MANNHEIM
KRIMI

2

Daniel Morawek, 1981 in Mannheim geboren. Er gehört zu einer jungen Generation von Krimiautoren, die frischen Wind in ein lang etabliertes Genre tragen.

Seine Texte sind »angenehm frei von gängigen Krimi-Klischees« (Szyllas Lesezeichen) und »durchbrechen die Schemen von 08/15-Krimi-Schmökern« (SWR 2).

Zwischen Abiturvorbereitungen und Zivildienstzeit drehte er seinen ersten Kurzfilm. Von 2002 bis 2005 arbeitete er für eine Filmproduktionsfirma in Norddeutschland. In dieser Zeit entstanden weitere Filme. Im Mai 2005 kehrte er zurück nach Mannheim und arbeitet seither als freischaffender Drehbuchautor, Filmemacher und Schriftsteller.

2007 erschien der Roman *Caffè della Vita.* Es folgten Magazinbeiträge und Kurzgeschichten wie die Story *Mannheim im Mai,* die in der Krimianthologie *Mannheimer Morde* veröffentlicht wurde, und die Drehbücher für eine Kinderserie.

Sein erster Kriminalroman um den Mannheimer Ermittler Leonard Kimski, *Die Partie,* erschien 2008 im Kehl Verlag.

Dies ist ein Roman. Alle Namen, Charaktere und Ereignisse sind entweder Fantasieprodukte des Autors oder werden fiktional verwendet.

Daniel Morawek

DIE VERGESSENEN

VERLAG STEFAN KEHL
HAMM AM RHEIN

Originalausgabe
1. Auflage

Lektorat: Marion Appelt, *wortvollendet*, Wiesbaden
Korrektorat: Pia Gelpke, *wortvollendet*, Berlin
Autorenbetreuung: Ineke Scholz, Mannheim
Umschlaggestaltung: Werner Hartmann, Mainz
Autorenfoto: Gionathan Lo Mascolo, Ludwigshafen
Druck und Bindung: CPI books GmbH, Leck
Neue deutsche Rechtschreibung
Printed in Germany 2009
ISBN 978-3-935651-36-3

www.kehl-verlag.de

Prolog

Mittwoch, 16. April 2008
Bergküttelsbach im Odenwald, Nordbaden

Seine Hände zitterten vor Aufregung. Er ordnete seine Unterlagen und blickte aus dem Fenster. Der Regenschauer, der vor wenigen Minuten so verspielt begonnen hatte, wurde mehr und mehr zu einer dichten Wand aus Wasser. Es war dunkel, annähernd so dunkel, als wäre es bereits mitten in der Nacht. Er sah auf seine Armbanduhr. 17.08 Uhr.

Jonathan atmete tief ein. Er war sich sicher, dass er auf etwas Großes gestoßen war. Das könnte der Durchbruch sein, auf den er seit Wochen hingearbeitet hatte. Sechs Stunden hatte das Interview gedauert.

Er packte den Papierstapel zurück zum Laptop in seine Aktentasche. Kurz darauf kam die Wirtin an seinen Tisch und er bezahlte.

Als Jonathan vor die Tür trat, hob ihn eine Windböe einen Schritt zur Seite. Blätter und Äste flogen ihm um die Ohren. Er öffnete seinen Mantel, schob die Tasche mit den Unterlagen darunter und überquerte die Straße. Die Sicht war so schlecht, dass er beinahe gegen einen schwarzen Geländewagen gestoßen wäre, der direkt vor seinem Auto geparkt am Straßenrand stand. Im Vorbeigehen bemerkte er, dass ein Mann auf dem Fahrersitz saß. »Der ist schlauer als ich«, dachte Jonathan, »wartet, bis der Sturm vorüber ist.«

Auf der schmalen Serpentinenstraße fuhr Jonathan nicht schneller als fünfzig Stundenkilometer. Im Lichtkegel der Scheinwerfer konnte er gerade einmal dreißig Meter weit sehen.

Hinter einer Kurve musste er abrupt bremsen, denn fast hätte er einen Baumstamm gerammt, der ihm auf seiner Fahrbahnseite den Weg versperrte. Im Moment des Schreckens vergaß Jonathan, die Kupplung zu treten, und würgte den Motor ab. Behutsam startete er den Wagen erneut und manövrierte langsam auf die Gegenfahrbahn, um das Hindernis herum. Erst jetzt bemerkte er, dass der schwarze Geländewagen ihm mit nur wenigen Metern Abstand folgte. Ohne Licht. Jonathan warf erneut einen Blick in den Rückspiegel, um sich zu vergewissern, dass er sich nicht getäuscht hatte. Das Fahrzeug hinter ihm wurde nur schwach von den Rücklichtern seines eigenen Autos angestrahlt. Hatte dessen Fahrer nicht bemerkt, dass er ohne Licht fuhr? Bei diesem Wetter?

Jonathan hörte noch, wie der Motor des anderen Wagens aufheulte, dann wurde sein Oberkörper durch den Aufprall der Kotflügel beider Fahrzeuge nach vorn geschleudert.

»Warum macht der das?«, Jonathan hatte keine Gelegenheit, weiter darüber nachzudenken, erneut prallte Blech auf Blech. Sein Wagen schlug nach rechts aus, er riss am Lenkrad. Nur mühsam konnte er ihn zurück auf die Spur bringen.

Im Sekundentakt starrte er abwechselnd in den Rückspiegel und auf die Straße. In der Dunkelheit machte er einige Meter vor sich eine Kurve aus. Er beschleunigte, woraufhin sein Verfolger im Rückspiegel aus dem Sichtkegel der Lichter verschwand. Jonathan hatte den Abstand zwischen den Fahrzeugen vergrößern können.

Bevor er sich in die Kurve legte, hörte er, wie hinter ihm der Motor des anderen Autos erneut aufheulte. Diesmal sah er nicht zurück und konzentrierte sich auf die Fahrbahn.

Sein Verfolger rammte ihn in dem Moment, als er mitten in der Kurve abbremsen wollte. Sein Wagen brach aus und rutschte, mit dem Heck voran, von der Straße. Dann drehte er sich einmal um die eigene Achse und glitt währenddessen einen Abhang hinunter.

Jonathan riss den Mund zum Schrei auf, brachte aber keinen Ton heraus. Wie aus dem Nichts tauchte Ast um Ast im Scheinwerferlicht auf. Sie hämmerten gegen die Windschutzscheibe und mit jedem Schlag schoss ihm derselbe Gedanke durch den Kopf: »Es ist vorbei!« Hilflos zerrte er am Lenkrad, nach links und nach rechts. Dann gab Jonathan auf und sein Wagen krachte frontal auf einen Baum.

Es dauerte einen Moment, bis Jonathan wieder zu sich kam. Dann erinnerte er sich, was passiert war. Die Welt um ihn herum nahm er verschwommen wahr und er konnte seinen rechten Arm nur unter Schmerzen bewegen. Er befühlte seinen Körper. Als er seine Hand hob, sah er, dass die Finger blutverschmiert waren.

In dem Moment hörte er draußen vor dem Wagen Schritte. Jonathan drehte seinen Kopf Millimeter um Millimeter, so weit es ihm möglich war. Im Seitenspiegel tauchten die schwarzen Umrisse einer Person auf, die langsam durch den Regen auf seinen Wagen zuschritt. Ihr Gesicht war nicht zu erkennen. Aus seinem Blickwinkel nahm Jonathan den Kopf als eine riesige schwarze Kugel wahr, ohne jegliche Konturen. »Hilfe«, keuchte er leise. So leise, dass man es fast nicht hören konnte. Jonathan schloss die Augen, seine Atmung war flach.

Als die Tür seines Wagens aufgerissen wurde, öffnete er seine Augen. Nur schwerlich konnte er den Kopf der Person im Blick behalten, er musste sich konzentrieren. Denn dort, wo eigentlich ein Gesicht zu erkennen hätte sein sollen, war nur eine raue, dunkle Fläche zu sehen. Wie der Kopf eines Geistes.

Was würde aus seinen Entdeckungen werden, wenn dieser Geist ihn holte? Jonathan tastete nach der Tasche mit seinen Unterlagen und dem Laptop. Was würde damit passieren? Wäre dann dieses Wissen für immer verloren?

Weiter konnte er nicht mehr denken. Die Gestalt holte einen dicken Ast hinter ihrem Rücken hervor und schwang diesen über ihrem Kopf. Das schwere Stück Holz schlug mit einem dumpfen Knall auf Jonathans Schädel auf. Er spürte noch, wie sich ein Holzsplitter in seine rechte Schläfe bohrte, dann wurde es finster. Dunkelste Nacht.

Erster Teil

1

Samstag, 19. April 2008
Mannheim

Kimski sitzt in seinem Wagen, ein klappriger 2-er Golf. Das war bestimmt mal eine geile Karre, was aber vor dem Fall der Berliner Mauer gewesen sein muss, lange bevor Kimski ihn gekauft hat. Wie jeden Samstagnachmittag fährt er zu seinem Vater. Er besucht seinen Erzeuger immer samstags, zwischen 16 und 18 Uhr. Und nur dann.

Als Kimski an einer roten Ampel halten muss, fummelt er eine CD, die auf dem Beifahrersitz liegt, aus ihrer Hülle und legt sie ein. Indochine, eine französische Düsterrockband, deren Texte er nicht versteht. Aber eigentlich geht es ihm bei dem französischen Depri-Sound nur darum, in die richtige Stimmung für den Verwandtenbesuch zu kommen.

Kimski fährt an, als der erste Song ertönt. Der CD-Player ist neu, aber bei den alten Boxen könnte er die Scheibe genauso gut in einen Mixer stecken und durchschreddern – das würde wahrscheinlich ähnlich klingen. Doch davon lässt er sich die schlechte Laune nicht verderben.

Als Kimski das Pflegeheim erreicht, gibt es wie jeden Samstag weit und breit keinen Parkplatz. Normalerweise würde er sich so richtig darüber aufregen, aber nicht heute. Er setzt den Blinker und manövriert seinen Wagen auf den Bordstein, genau vor dem Eingangsportal des Hauptgebäudes. Er bleibt stehen, mitten auf dem weißen Kreuz, das das absolute Halteverbot markiert.

Wenn Kimski in seiner Zeit als Gruppenführer beim SEK in Göppingen etwas Vernünftiges gelernt hat, dann ist es das Improvisieren in ausweglosen Situationen. Die Parkplatzsuche in diesem Stadtteil gehört definitiv dazu.

Er nimmt den Zettel aus dem Handschuhfach, den er zu Hause vorbereitet hat, und klebt ihn von innen an die Windschutzscheibe. Dann steigt er aus und begutachtet sein Werk. Das Schild sieht vielleicht nicht hundertprozentig echt aus, überzeugt aber irgendwie doch: *Eiliger Medikamententransport.* Dagegen können die von der Heimverwaltung wohl nichts sagen. Zufrieden dreht er sich um und betritt das Gebäude.

»Innen sieht das Pflegeheim auch nicht anders aus als eine Leichenhalle«, denkt Kimski. Die Wände sind vollkommen kahl. Er hat seine rechte Hand unter seinem Jackett verborgen und fingert an seiner Pistole herum. Sein Vater liegt vor ihm im Bett und stöhnt auf. »Willkommen im Klub der lebenden Toten«, denkt Kimski. »Man möchte kaum glauben, dass er erst dreiundsechzig ist.«

Am Fußende des Bettes sitzt Georg, der jüngere Bruder seines Vaters, und schweigt. Kimski kennt ihn nur schweigend, als stillen Beisitzer bei Familienfeiern und Verwandtenbesuchen – Georg, die Mumie. Ob er auch so ruhig und zurückhaltend ist, wenn er nicht mit Familienangehörigen zusammen ist?

»Und, Junge ... geht es besser mit deiner Auftragslage?«, fragt der Vater. Das Sprechen bereitet ihm Mühe, immer wieder ist er zu Pausen gezwungen. Zwar kann er sich nach der logopädischen Behandlung mittlerweile wieder einigermaßen verständlich machen, aber er lallt noch immer.

»Papa, bitte.«

»Ich will doch nur helfen.« Der Vater wird laut, verschluckt sich und muss husten. Nachdem er sich gefangen hat, redet er weiter.

»Ich merke doch, dass deine Geschäfte nicht gut laufen ... seit du dich selbstständig gemacht hast.«

»Das Leben ist kein Ponyhof. Na und?«, sagt Kimski trocken. »Es dauert einige Monate, bis sich herumgesprochen hat, dass es eine neue Detektei in der Stadt gibt.«

»Ich meine ja bloß ... Hätten wir in Deutschland einen richtigen Sozialstaat ... nicht diesen faschistischen Kapitalismus, dann müssten wir beide uns keine Sorgen machen.«

Kimski schüttelt den Kopf und blickt auf den Boden. »Darüber haben wir doch schon so oft gesprochen«, sagt er schließlich. »Faschismus und Kapitalismus haben nichts miteinander zu tun.« Der sonderbare Glaube Altlinker, Faschismus und Kapitalismus seien Synonyme und dass der eine nicht ohne die Hilfe des anderen existieren könne, ist für Kimski so einleuchtend wie die Annahme, die Erde sei eine Scheibe.

»Du weißt, dass das nicht wahr ist ... Aber du würdest dir eher die Zunge abbeißen ... als mir recht zu geben. Das war schon immer dein Problem!«

Der Vater versucht, sich im Bett aufzurichten, was ihm nicht ganz gelingt. Anschließend setzt das Husten wieder ein.

»Adolf, bitte beruhige dich ...« Georg macht das erste Mal seit Kimskis Ankunft den Mund auf.

»Nenn mich nicht Adolf!«

»Wie soll ich dich denn sonst nennen?«

»Ich heiße Ilja!«

»Ilja. Meine Güte, jetzt geht dieser Unsinn wieder los. Als wir Kinder waren, war dein Name Adolf, also nenne ich dich weiterhin so.«

»Du hast gut reden ... Dich hat unser geliebter Vater nicht nach dem Führer benannt!« Georg rückt seinen Anzug zurecht, lehnt sich zurück, legt die Hände im Schoß übereinander und schweigt wieder. Anders als sein Bruder wurde aus ihm ein erfolgreicher Geschäftsmann. Er ist als Immobilien- oder Finanzberater tätig, vielleicht macht er auch beides. Kimski hat ihn nie so genau danach gefragt.

»Georg sieht ganz schön adrett aus«, stellt Kimski fest. Er versucht, sich seinen Onkel bei einem Verkaufsgespräch vorzustellen. Onkel

Georg, wie er in einer schwarzen BMW-Limousine vorfährt, seinen Charme spielen lässt – nein wirklich, sobald Georg hier raus ist, ist er mit Sicherheit eine richtige Plaudertasche. Kimski muss unwillkürlich lächeln. Dann schaut er wieder den alternden Revolutionär vor sich an. Drei Jahre sind seit dessen Schlaganfall vergangen und sein Vater kann immer noch nicht akzeptieren, dass er halbseitig gelähmt ist. Die Kosten für die Pflege haben seine mageren Kapitalreserven längst aufgefressen. Nun zwingt das Sozialamt Kimski als nächsten Verwandten, sich monatlich an den Zahlungen zu beteiligen. Und die haben sich gewaschen.

»Ich war nicht glücklich, als du damals zur Polizei gegangen bist ... Aber jetzt, als Privatdetektiv und Personenschützer ... achhk ...« Der Revolutionär krächzt und klingt dabei wie ein verstopftes Abflussrohr. »Du hast noch ganz andere Fähigkeiten ... ein Freund, der mit mir im Revolutionären Rat war, hat inzwischen einen anarchistisch organisierten Verein in Weinheim gegründet ... da könntest du ...«

»Danke, aber ...«

»Ich hab meinen Freund schon gefragt ... du könntest umgehend dort anfangen.«

Kimski schüttelt den Kopf.

»Georg ... sag doch auch mal was ... du bist doch Profi für Arbeit.«

Aber Georg schweigt weiter.

»Ich schaff das schon«, sagt Kimski mürrisch.

»Daran zweifle ich doch gar nicht«, antwortet der Vater. »Ich habe immer an dich geglaubt ... Weißt du noch, wie du Ende der Siebziger ... jedes Jahr im Sommerlager in der DDR warst ... Du warst bei allen Schulungen der Beste ... 1981 durftest du sogar die Abschiedsrede am Ferienende halten ... Georg, wusstest du das?«

»Das ist an mir vorbeigegangen, Adolf.«

»Ilja!«, ruft der Revolutionär und dreht den Kopf mühsam in Richtung seines Bruders.

»Papa!«, unterbricht Kimski. »Es mag dich verwundern, aber die Ferienlagerzeit habe ich verdrängt.« Er steht auf.

»Das solltest du aber nicht ... deine Mutter und ich waren immer sehr stolz auf dich.«

»Ja, klar«, sagt Kimski trocken. Seine Mutter brannte nach Indien durch, als er zehn war, und hat ihn und seinen Vater sitzen lassen. Seither hat er sie nicht mehr gesehen.

»Sag mal, Sohn ... was ist eigentlich aus dieser Journalistin geworden ... mit der du mich letztes Jahr besucht hast?«

Kimski braucht einen Moment, bis er verstanden hat, was sein alter Herr meint, da er das Wort Journalistin so undeutlich vor sich hin gelallt hat, dass man genauso gut Schornstein hätte verstehen können.

»Eva? Wie kommst du denn jetzt auf die?«

»Nur so ... musste ein paarmal an sie denken ... Ein nettes Mädchen ... Sizilianerin, nicht wahr? Ich hatte gedacht, ihr beiden wärt ein Paar.«

Kimski grunzt nur unverständlich. Er wollte etwas anderes sagen; nein, eigentlich wollte er gar nichts sagen. Was soll er dazu auch sagen?

»Hast du es wieder mal verkackt, Junge?«

Diesmal ist Kimski nicht einmal bereit, auch nur ansatzweise eine Antwort zu geben.

»Dass du es auch nie hinbekommst mit den Frauen ... Ich hatte das ja schon befürchtet ... Eigentlich war das Mädchen zu gut für dich, aber gefreut hätte es mich doch.«

»Ich hab Schluss gemacht«, presst Kimski genervt in der Hoffnung hervor, sein Vater würde merken, dass er keine Lust hat, über dieses Thema zu sprechen. Er hat Schluss gemacht und damit basta. Wobei – eigentlich war das, was zwischen Eva und ihm letztes Jahr gelaufen war, eher ein kurzes Techtelmechtel. Ein Intermezzo von wenigen Wochen und das Wort Beziehung war nie gefallen. Wo es keine offizielle Bindung gibt, kann man sich doch auch nicht offiziell trennen, oder? Kimski hat sich einfach eine Weile lang nicht mehr bei ihr gemeldet, das ist alles. Und als sie sich dieses Jahr wiedergesehen haben, hat sich Eva wie er verhalten – als wäre nie etwas geschehen. That's it. Dementsprechend muss er seine erfolglosen Liebesabenteuer auch nicht seinem Vater auf die Nase binden.

»Hör dir das an, Georg! Er hat Schluss gemacht!«

»Komisch«, denkt Kimski, sein Vater kann nicht verständlich sprechen, aber sobald er anfängt zu schreien, kann er sich plötzlich ziemlich gut mitteilen.

»Ich verstehe das nicht, Junge! Mit dir stimmt doch was nicht. So eine Frau einfach sitzen zu lassen. Ich glaube, du solltest mal zum Psychiater. Du bist überhaupt nicht beziehungsfähig!«

Das muss sein Vater gerade sagen. »Na, vielen Dank«, murmelt Kimski.

»Ja, ja ... für so was bist du natürlich zu stolz ... Aber eine Therapie ... so was kann Wunder wirken.«

»Ich glaube, ich geh dann mal.«

»Was, jetzt schon? ... Wir haben dir noch gar nicht die Neuigkeiten erzählt ... nicht wahr, Georg?« Kimski sieht zu Georg. Dieser zeigt nicht die geringste Regung, so als hätte er nicht bemerkt, dass er angesprochen wurde. Bedächtig starrt die Mumie vor sich hin.

»Neuigkeiten?«

»Georg hat mir etwas erzählt ... bevor du gekommen bist ... Jetzt hör dir das an ... Georg hat unseren Stammbaum recherchiert ... Ist doch so, Georg?« Keine Regung, die Mumie ist in ihren tausendjährigen Schlaf gefallen.

»Ja, und?« Kimski sieht auf die Uhr. Resigniert lässt er sich auf den Stuhl zurückfallen.

»Georg hat einige Archive durchwühlt ... und hat einen sehr interessanten Verdacht.«

»Papa, ich habe nachher noch einen Termin.«

»Georg vermutet, dass dein Großvater Halbjude war.«

»Was?«, fragt Kimski ungläubig und windet sich auf seinem Stuhl.

»Was?«, möchte nun auch Georg wissen. Die Mumie ist wieder erwacht.

»Dein Großvater, der noch bis zu seinem Tod ein richtiger Antisemit war, eine schöne Ironie ... was?«

»Ich habe überhaupt nicht gesagt, dass unser Vater Halbjude war, Adolf. Das hast du jetzt behauptet.«

»Ilja ... ich heiße Ilja! ... Und außerdem, denk doch mal mit ... Du hast selbst gesagt ... Vater war wahrscheinlich das uneheliche Kind eines Unternehmers.«

»Aber ich habe nicht gesagt, dass dieser Jude war. Ich habe mich lediglich informiert. So klingt der Name Dreyfuß vielleicht jüdisch, er kann aber auch der einer deutschen Familie sein. Es gibt Nachnamen, die sowohl jüdischen als auch deutschen Ursprungs sind.«

»Na ... was wirst du denn gleich so pampig ... Passt dir wohl nicht, jüdische Vorfahren zu haben?«

»Nein, es ist nur ...«

»Ja, ja.«

Kimski ist verwirrt. Sein Großvater ein Halbjude und Antisemit? Was weiß er eigentlich über seinen Großvater? Er war noch ein Kind, als der Alte starb. Er kannte ihn kaum und doch sind die wenigen Erinnerungen, die er an ihn hat, positiv. Wenn er bei seinem Großvater war, war dieser für ihn eher wie ein Rettungsanker, eine Art ruhiger Hafen in den stürmischen Zeiten, wenn sich seine Eltern wieder einmal in den Haaren lagen. Seinen Enkelsohn wird er auf jeden Fall geliebt haben. Aber war er ein bekennender Antisemit?

»Wie hast du das überhaupt herausgefunden, Georg?«

»Ich habe einige Unterlagen im Nachlass unserer Großmutter gefunden. Sie hat bis zu ihrem Tod niemals öffentlich gemacht, wer der Vater unseres Vaters war. Aber aufgrund einiger ihrer Briefe aus dem Jahr 1919 kommt der Verdacht auf, sie hätte mit dem Sohn der Mannheimer Unternehmerfamilie Dreyfuß eine Liaison gehabt. Sie arbeitete damals als Dienstmädchen dort. Unser Vater, dein Großvater, wurde ja 1920 geboren. Aus dieser Zeit gibt es aber schon keine Liebesbriefe mehr, die darauf schließen ließen.«

Kimski steht auf. »Klingt interessant, aber ich muss jetzt wirklich gehen.«

»Es würde doch alles zusammenpassen ...«, sagt der Revolutionär, ohne auf Kimski zu achten. »Das Aufbegehren gegen den jüdischen Vater, der die Familie nicht anerkannt hat ... ist bei deinem Großvater in Hass umgeschlagen ... Ich bin mir sicher, dass dein Großvater wusste ... wer sein Vater war.«

»Also dann«, sagt Kimski und öffnet die Tür. »Bis dann, Onkel Georg.«

Georg hebt leicht die Hand und winkt ihm zu.

»Wir sind Juden, Georg ... Jetzt schließt sich der Kreis!«

»Ach, Adolf.«

Kimski tritt auf den Flur. »Ilja!!«, hört er seinen Vater noch rufen, als die Tür hinter ihm zuschlägt. »Ilja!«

2

Samstag, 19. April 2008
Heidelberg

»... wie die Polizeidirektion Heidelberg heute bekannt gab, handelt es sich bei dem tödlichen Autounfall, der sich während des schweren Unwetters am Mittwochnachmittag in der Nähe von Waldheim im Odenwald ereignet hat, nicht, wie zunächst angenommen, um ein Unglück. Die Ermittler fanden am Tatort Spuren, die auf ein zweites, am Tathergang beteiligtes Fahrzeug hindeuten. Des Weiteren erklärte der Pressesprecher der Polizei, dass man davon ausgehe, dass der junge Mann, der in seinem Fahrzeug verstarb, nicht den Folgen eines Unfalls erlag. Die Polizei schließt äußere Gewaltanwendung nicht aus.

Außerdem wurde zur selben Zeit im vom Fundort nur drei Kilometer entfernten Bergküttelsbach die verbrannte Leiche eines älteren Mannes in seinem Haus aufgefunden. Zunächst ging die Feuerwehr davon aus, dass das schwere Unwetter die Brandursache gewesen ist. Inzwischen vermutet man aber Brandstiftung.«

Kimski schaltet das Autoradio aus. Er muss sich auf die Strecke konzentrieren. Sein Magen meldet sich mit einem lauten Grunzen, denn vor seiner Abfahrt war er noch in Mannheim etwas essen gewesen. Es gibt dort ein türkisches Restaurant, nicht einfach nur eine Dönerbude, sondern ein Lokal mit einer richtigen Speisekarte, Bedienung und ordentlicher Auswahl, herrlich.

In der letzten Zeit macht er bei sich eine Entwicklung aus, die ihn irritiert und ein wenig beängstigt. Früher holte er sich seinen Kick mit regelmäßiger sportlicher Betätigung, jetzt braucht er dafür Steaks und Haute Cuisine. Die Nahrungsaufnahme ist für ihn in jüngeren Jahren eine rein zweckmäßige Angelegenheit gewesen, aber diese Zeit ist nun wohl vorbei.

In Anbetracht seines Termins hat er extra eine Portion mit wenig Knoblauchsoße bestellt und sich nach dem Essen an einem Kiosk eine Packung Kaugummi mit Pfefferminzgeschmack gekauft. Dass aber seine Verdauung gleich derart animalisch einsetzen würde, hatte er allerdings nicht bedacht. Was, wenn er bei dem Treffen Blähungen bekommt und sich deswegen die ganze Zeit nicht auf das Gespräch konzentrieren kann, sondern immerfort daran denken muss, alle überflüssigen Gase im Körper zu behalten? So lange, bis sein Bauch irgendwann aufgebläht ist wie ein Ballon. Aber so weit sollte man gar nicht denken.

Vor ihm erhebt sich im sanften Licht des Spätnachmittags die Heidelberger Altstadt auf den Hängen des Vorderen Odenwalds. Die Fahrt von Mannheim dorthin dauert mit dem Auto gerade mal zwanzig Minuten, aber man fühlt sich, als betrete man eine andere Welt. Heidelberg ist wie ein Paralleluniversum.

Kimski fährt entlang des Neckars und hält Ausschau nach einem Schild, das zum Carl-Bosch-Museum weist. Der Beschilderung zu folgen sei laut der Dame, die heute Morgen einen Termin mit ihm vereinbart hat, der einfachste Weg, um zum Schloss-Wolfsbrunnenweg zu gelangen.

Er solle sobald als möglich bei ihr vorbeikommen, hatte sie gesagt. Am Telefon wollte sie ihm nicht erklären, worum es sich bei dem Auftrag handeln würde. Sie hatte Kimski auf einen Termin am frühen Abend vertröstet. Er wäre lieber umgehend bei ihr vorstellig geworden, denn es gibt Schlimmeres als die Aussicht auf einen lukrativen Auftrag. Und zudem ist laut Wikipedia der Schloss-Wolfsbrunnenweg, von dem er zuvor noch nicht gehört hatte, eine der teuersten und exklusivsten Adressen der nicht gerade armen Stadt Heidelberg.

Kimski hat bereits die Innenstadt hinter sich gelassen und den Karlstorbahnhof passiert, als er endlich den versprochenen Wegweiser entdeckt. Mit einem riskanten Manöver biegt er in eine schmale Gasse ein, die steil den Berg hinaufführt. Nach etlichen Kurven erreicht er schließlich das Museum.

Kimski parkt direkt gegenüber vor dem Parkhotel und steigt aus. Vögel zwitschern und durch die Baumkronen blitzen einzelne Sonnenstrahlen.

Er blickt auf seine Uhr. Es sind noch ein paar Minuten Zeit, also läuft er ein Stück des Weges auf und ab. Auf den ersten Blick sind einige Häuser entlang der Straße nicht zu sehen, so gut sind sie hinter Bäumen, Privatwäldern und Zäunen versteckt. Riesige Villen aus der ersten Hälfte des vorigen Jahrhunderts wechseln sich ab mit kleinen Siebzigerjahrebauten, die wiederum einen Hauch von Kleingartenatmosphäre vermitteln. Auf einer Wiese entdeckt Kimski sogar zwei grasende Ziegen. Hier oben erscheint ihm alles noch viel weiter weg als unten in der historischen Altstadt. Er fühlt sich entrückt und diese Straße ist quasi das Paralleluniversum des Paralleluniversums.

Als er am vereinbarten Treffpunkt ankommt, muss er schlucken. Die Villa ist noch größer, als er erwartet hatte. Die Architektur erinnert an die eines Barockschlosses. Links und rechts des Haupthauses stehen zwei Dienstbotenhäuschen und Kimski fällt der Taubenschlag unter dem Dach der Villa ins Auge.

Das Tor steht offen. Er betritt das Gelände, steigt bedächtig die Stufen zum Eingangsportal hinauf. Noch während er nach einer Klingel sucht, öffnet sich die Haustür und ein Mann tritt heraus, der ihn beinahe über den Haufen rennt.

»Oh, Entschuldigung. Ich habe Sie gar nicht gesehen.«

»Kein Problem.«

Kimski mustert sein Gegenüber. Ein gut aussehender, adretter Mann, der einen zerlumpten Postsack in der Hand hält, prall gefüllt mit Heu. Er ist von oben bis unten weiß gekleidet – weißes Polohemd, weiße Leinenhose und weiße Slipper –, wie ein lebender Golfball. Er sieht jugendlich frisch aus, wobei er wohl ganz so jung nicht mehr sein wird. Kimski schätzt ihn auf etwa so alt wie sich selbst, auf Ende dreißig.

»Kimski«, stellt er sich vor und streckt ihm seine rechte Hand zur Begrüßung entgegen. »Ich möchte zu Frau Kampowski.«

Der Mann stellt den Postsack zur Seite und erwidert seinen Händedruck. »Sebastian, hallo. Dann sind Sie also der geheimnisvolle Gast, von dem sie den ganzen Tag über gesprochen hat?«

»Geheimnisvoll?«, fragt Kimski mit verschwörerischem Unterton.

»Kommen Sie mit«, sagt Sebastian und geht zurück ins Haus. »Ich führe Sie zu ihr. Ich glaube, sie erwartet Sie bereits.«

»Danke.«

Kimski betritt nach ihm das Haus. Im Foyer dominiert dunkelbraune Wandvertäfelung aus Holz. »Wenn man im Holiday Park als Attraktion einen überdimensionierten begehbaren Sarg aufstellen würde, würde dieser von innen bestimmt genauso aussehen«, denkt Kimski und lächelt. In der Mitte des Raums erklimmt Sebastian eine etwa vier Meter breite Treppe, die in den ersten Stock hinaufführt. Im unbeleuchteten Flur bleibt er an der zweiten Tür stehen und klopft. Aus dem Inneren des Zimmers erklingt eine Frauenstimme und Sebastian öffnet die Tür.

»Hier ist ein Herr Kimski, der zu Ihnen möchte.«

»Lassen Sie ihn hereinkommen.«

Kimski betritt den Raum, einen Lesesaal, und Sebastian verabschiedet sich und geht. An allen Wänden der Bibliothek, die Fensterseite ausgenommen, stehen Bücherregale aus massivem Eichenholz bis unter die meterhohe Decke. In der Mitte befinden sich mehrere Sitzgelegenheiten, allesamt kostbare Antiquitäten. Von der Decke hängt ein riesiger Leuchter herab, dessen diffuses Licht dem Raum eine schummrige Atmosphäre verleiht. Auf der Couch an einem der Fenster thront eine Dame um die sechzig, würdevoll, aber mit traurigem Blick. Maria Kampowski hat dunkelbraunes Haar, das sie als Pagenkopf trägt, und einen dunklen Teint. Wie in Zeitlupe erhebt sie sich und geht mit grazilen Schritten auf Kimski zu.

»Gut, dass Sie gleich heute kommen konnten.« Sie reicht ihm die Hand. »Möchten Sie etwas trinken?«

Eigentlich möchte er ablehnen, will die Einladung aber nicht ausschlagen und willigt schließlich ein.

»Einen Espresso?« Kimski nickt. Seine Gastgeberin geht zu einem weißen Telefon, das auf einem der Tische steht. »Lisa? Bringen Sie uns bitte zwei Tassen Espresso in die Bibliothek.« Maria spricht fließend Deutsch mit einem leichten Akzent.

»Sie sind Spanierin?«, fragt Kimski, nachdem sie aufgelegt hat.

»Ja, aber mein Mann ist Deutscher. Kommen Sie.«

Sie läuft zu einem der großen Fenster und blickt hinaus. Kimski folgt ihr. Hinter dem Haus befindet sich eine quadratische Terrasse. Der Boden besteht aus großen Marmorplatten. Hinten ist eine Treppe, die hinunter zum Garten führt, der terrassenförmig den Berg hinab angelegt ist. Auf der untersten Ebene befindet sich ein Springbrunnen.

»Gehört das alles Ihnen?«

»Meinem Mann, ja. Das Grundstück ist seit Generationen im Besitz seiner Familie.« Kimski nickt anerkennend. »Sehen Sie die beiden Herren dort unten?« Kimski richtet seinen Blick auf die zwei Männer, die sich auf der obersten Terrasse befinden. Den einen hat er bereits kennengelernt, es ist der Mann in Weiß, Sebastian. Der andere sitzt im Rollstuhl und wedelt mit einem Degen in der Luft herum. Ab und zu sticht er die Klinge in den Postsack, der vor ihm an einer Holzstange befestigt ist.

»Das ist Adelbert, mein Mann«, sagt Maria. »Er ist schwer krank, wahrscheinlich hat er nicht mehr lange zu leben.« Kimski dreht sich zu ihr und öffnet den Mund, um etwas zu sagen, doch ihm fällt nichts ein.

»Er leidet unter ALS. Amyotrophe Lateralsklerose. Das sagt Ihnen wahrscheinlich nichts, oder?«

»Nein.«

»ALS ist eine seltene Nervenkrankheit. Die Wissenschaft kennt bis heute nicht die Ursache. Heilungsmöglichkeiten gibt es keine. Bei meinem Mann begann es vor drei Jahren, bis zu diesem Zeitpunkt erfreute er sich, gemessen an seinem Alter, bester Gesundheit. Er hat sein ganzes Leben auf seinen Körper geachtet, war sportlich. Dann begannen eines Tages, seine Hände zu zittern. Sie wollten damit gar nicht mehr aufhören. Ein Arzt stellte fest, dass die Nervenzellen in seinem Gehirn und Rückenmark, die für die Motorik zuständig sind, bereits angefangen hatten abzusterben. Das Schlimmste für ihn ist wahrscheinlich, dass er seinen körperlichen Verfall bei vollem Bewusstsein miterlebt und nichts dagegen unternehmen kann. Mittlerweile ist die Krankheit so weit fortgeschritten, dass die Ärzte ihm nicht mehr viel Zeit geben. Ich, ich ...« Tränen rinnen über ihre Wangen. »Wie töricht, jetzt muss ich schon wieder weinen. Entschuldigen Sie bitte, dass ich mich so aufführe.«

»Hier«, Kimski reicht ihr ein Taschentuch.

»Ich kann mich einfach nicht damit abfinden. Ich weiß, ich sollte, aber ich kann nicht ...« Sie trocknet ihre Augen. Dann schnäuzt sie sich und starrt regungslos in den Garten.

»Dieses Herumgefuchtel mit dem Degen ist die letzte Freude, die ihm geblieben ist. Sie erinnert ihn daran, dass er noch nicht ganz tot ist. Früher war er ein begnadeter Fechter.« Noch einmal tupft sie sich das linke Auge. Kimski schaut weg. Die Tür geht auf und ein junges Mädchen mit einem Tablett tritt ein.

»Setzen wir uns«, sagt Maria. Sie bemüht sich zu lächeln und mit fester Stimme zu sprechen und begibt sich zurück zur Couch. Das Mädchen stellt das Tablett ab und zieht sich umgehend zurück. Kimski setzt sich auf einen Sessel und nimmt einen kleinen Notizblock und einen Stift aus der Innentasche seines Jacketts.

»Der Mann in Weiß, ist das Ihr Sohn?«

»Nein. Wir haben einen Sohn, aber der lebt in Frankfurt. Sebastian ist der Pfleger meines Mannes. Adelbert muss rund um die Uhr betreut werden.«

»Ich verstehe.«

»Mein Mann feiert in zwei Wochen seinen neunzigsten Geburtstag. Ich habe lange überlegt, was ich ihm schenken könnte. Womit kann man einen Menschen, der bereits alles besitzt und der nicht mehr lange leben wird, erfreuen? Vielleicht ist es das letzte Mal, dass ich etwas für ihn tun kann.« Sie schweigt einen Moment. »Vor ein paar Tagen ist mir aber etwas eingefallen, dazu brauche ich allerdings professionelle Hilfe von jemandem wie Ihnen.«

»Sie wollen, dass ich Ihnen bei der Beschaffung eines Geburtstagsgeschenks helfe?«

»Ja und nein. Die Angelegenheit ist umfassender. Ich muss etwas ausholen, um Ihnen die Zusammenhänge zu erklären. Während des Zweiten Weltkriegs war mein Mann Teil einer Widerstandsgruppe in Mannheim.«

Kimski setzt den Stift ab und blickt zu ihr auf. Zweiter Weltkrieg? Na, das fängt ja gut an.

»Ich weiß, dass seine Überzeugungen noch immer dieselben und ihm wichtig sind und dass die Jahre des Widerstands die prägendste und aufregendste Zeit seines Lebens waren. Leider haben sich die Mitglieder seit Kriegsende aus den Augen verloren. Ich möchte ihm zum Geburtstag ein Treffen mit seinen ehemaligen Weggefährten schenken.«

Widerstandskämpfer? Kimski kramt in seinem Kopf, was ihm zu diesem Thema einfällt. Und das ist erst mal nicht viel. »Hört sich interessant an. Wo komme ich ins Spiel?«

»Sie sollen die ehemaligen Gruppenmitglieder für mich ausfindig machen.«

Kimski schreibt weiter mit. »Um wie viele Personen handelt es sich?«

»Vier Männer und zwei Frauen.«

Ein paar Rentner ausfindig machen, das wird nicht sonderlich schwierig sein. Leicht verdientes Geld.

»Wie lauten ihre Namen?«

»Ich weiß sie nicht.« Kimski sieht erstaunt auf. »Die Mitglieder haben sich selbst nur unter ihrem Decknamen gekannt. Aus Sicherheitsgründen war ihnen die wahre Identität der anderen nicht bekannt.«

»Aber wie konnten sie dann eine Gruppe bilden?«

»Es handelte sich um junge Leute, die sich zuerst als loser Haufen auf den Mannheimer Neckarwiesen bei sonntäglichen Spaziergängen getroffen hatten und lange Unterhaltungen führten. Anscheinend ging die Initiative von einem Paar aus, das gezielt nach Gleichgesinnten suchte. Sie sprachen die anderen einfach unverbindlich an. Wenn sie heraushörten, dass diese gegenüber der Naziherrschaft eine ähnliche Einstellung hatten, vertieften sie langsam den Kontakt. Im Frühjahr 1945 trafen sie auf meinen Mann, der eine Radtour von Heidelberg nach Mannheim entlang des Neckars unternommen hatte. Zu diesem Zeitpunkt planten sie bereits ihre erste große Aktion. Sie wollten den KZ-Außenposten des Sandhofer Fliegerhorsts in Mannheim – dort, wo heute der Flugplatz der Amerikaner ist – überfallen und die Häftlinge befreien. Wussten Sie, dass es zwei KZ-Außenstellen in Mannheim gab?«

»Zwei? Ich habe mal von einem KZ gehört.«

»Nein, es waren keine richtigen KZs, sondern lediglich Außenstellen, die größeren KZs untergeordnet waren. Als die Alliierten von Frankreich aus immer weiter nach Osten vorrückten, begann man die Häftlinge der Lager, die in Grenzgebieten lagen, weiter ins Landesinnere zu verlegen. Fast täglich entstanden so neue KZ-Außenposten, einer davon Ende 1944 in ein paar Baracken am Mannheimer Flugfeld. Der zweite befand sich in der Grundschule in Sandhofen.« Kimski nickt.

»In der Grundschule hatte man tausend Gefangene untergebracht, auf dem Fliegerhorst hingegen waren es nur wenige Häftlinge, nicht mehr als achtzig, größtenteils Geistliche und Widerstandskämpfer aus Luxemburg. Die Lagerleitung hatte ein SS-Unterscharführer aus Heidelberg übernommen. Allerdings hatte man ihm zur Bewachung nur die Handvoll Wehrmachtssoldaten zur Verfügung gestellt, die ohnehin schon auf dem Flugplatz arbeiteten. Deswegen glaubten die jungen Leute um meinen Mann auch, dass es möglich wäre, das Lager in einer Nacht-und-Nebel-Aktion zu stürmen. Aber leider war der Plan von vornherein zum Scheitern verurteilt.«

»Was ist passiert?«

»Die Gestapo war ihnen bereits auf den Fersen. Lediglich der Einmarsch der Amerikaner verhinderte, dass man sie verhaftete und hinrichtete. Jugendlicher Leichtsinn, verstehen Sie?«

»Wahrscheinlich ging es ihnen einfach darum, ein Zeichen zu setzen«, erwidert Kimski.

»Ja, wahrscheinlich.« Maria lehnt sich zurück.

»Wie kommen Sie eigentlich darauf, dass irgendein Angehöriger der Gruppe noch lebt?«, fragt Kimski.

»Mein Mann war der Älteste. Die anderen waren alle einige Jahre jünger.«

»Was wissen Sie sonst noch?«

»Nicht viel, den Namen der Gruppe ausgenommen. Sie nannten sich *Die Letzten*.«

»*Die Letzten*? Warum?«

»Wahrscheinlich weil sie sich als letztes Aufgebot verstanden. Aber genau weiß ich es nicht.«

»In Ordnung.« Kimski blättert die Seite seines Notizblocks um und sieht zu Maria auf. »Vielleicht könnte ich mich mit Ihrem Mann unterhalten? Ich könnte es so drehen, dass er nichts merkt ...«

»Nein, das geht nicht. Es würde ihn zu sehr aufwühlen, denn neue Bekanntschaften zu schließen ist im Allgemeinen zu anstrengend für ihn. Und über den Krieg zu sprechen, nun ja ...«

»Gibt es denn sonst keine weiteren Anhaltspunkte, die Sie mir geben könnten?«

»Ich habe Ihnen schon alles gesagt, was ich weiß. Leider.«

Sie erhebt sich. Mit dem Rücken zu Kimski gewandt und mit verschränkten Armen läuft sie vor einem der Bücherregale auf und ab. »Mein Mann war immer sehr verschlossen, was dieses Thema betrifft. Sie müssen wissen, dass die Nachkriegszeit in Deutschland für Widerstandskämpfer keine leichte Zeit war. Vielleicht hatte man es bei den Entnazifizierungskomitees leichter, aber was denken Sie, was die Nachbarschaft über jemanden dachte, der nicht an den Endsieg geglaubt hatte?« Langsam dreht sie sich wieder ihm zu. »Es tut mir leid, dass ich nicht mehr Informationen für Sie habe. Dem Lebenslauf auf Ihrer Internetseite ist zu entnehmen, dass Sie als Kommissar bei der Mordkommission und als Gruppenleiter beim SEK gearbeitet haben.«

»Stimmt«, entgegnet er. »Aber nur deswegen bin ich noch lange nicht Schweinchen Superschlau«, denkt Kimski. Er steht auf, macht einen Schritt auf sie zu und wedelt mit seinem Notizblock. »Ich werde sehen, was sich mit den Informationen ausrichten lässt.«

»Danke.«

»Wissen Sie, dass ich noch nie davon gehört habe, dass es in Mannheim eine Widerstandsgruppe gegeben hat?«

»Eine, ach ...«, sie lacht kurz auf. »Dutzende. Heute weiß man, dass es allein in Mannheim um die tausendfünfhundert Widerstandskämpfer gegeben hat. Sie sind inzwischen namentlich bekannt.«

Kimski runzelt die Stirn. »Darüber habe ich bis jetzt nichts gewusst.«

»Das ist nicht verwunderlich. Es gibt zwar einen ganzen Stapel Sachbücher zu diesem Thema, aber wer liest die schon?«

Kimski räuspert sich. »Über meinen Tarif sollten wir noch sprechen.«

»Machen Sie sich um Ihre Bezahlung keine Sorgen. Berechnen Sie das, was Sie für angemessen halten.«

»Gut, ich habe hier für Sie einen Vertrag in zweifacher Ausführung. Lesen Sie ihn in Ruhe durch und geben Sie ihn mir einfach unterschrieben zurück, wenn wir uns das nächste Mal sehen.« Er kramt den zusammengefalteten Vertrag aus seiner Jackentasche hervor und legt ihn auf den Tisch. Maria setzt sich wieder, greift zu ihrer Tasse und nimmt einen Schluck. Dann nimmt sie den Vertrag in die Hand und überfliegt ihn. »Das sollte kein Problem sein.«

»Gut.«

»Noch etwas. Bitte gehen Sie bei Ihren Ermittlungen diskret vor. Ich möchte nicht, dass der Name meines Mannes unnötig mit einem Privatdetektiv in Verbindung gebracht wird. Sie können sich vorstellen, dass es Menschen gibt, die falsche Schlüsse daraus ziehen könnten.«

Kimski kann es sich zwar nicht vorstellen, nickt aber trotzdem zustimmend. Er will seiner Auftraggeberin nicht die Illusion rauben, dass sich alle Welt für ihre Angelegenheiten interessiert, nur weil sie steinreich ist.

»Wenn Sie etwas Neues herausfinden, setzen Sie sich bitte umgehend mit mir in Verbindung, ja?«

»Natürlich.«

»Auch wenn Sie eine der gesuchten Personen finden, rufen Sie mich bitte an, bevor Sie mit ihr sprechen. Die Geburtstagsfeier meines Mannes soll eine große Überraschung sein, nicht nur für meinen Mann, auch für die anderen Mitglieder der Gruppe. Ich möchte die Beteiligten gern einladen, ohne ihnen zuvor mitzuteilen, worum es sich bei dem Zusammentreffen handelt. Es soll für alle ein unerwarteter Anlass der Freude werden.«

»Wie Sie wünschen«, entgegnet Kimski. Im Gegensatz zu den exzentrischen Sonderwünschen anderer Reicher sind Marias Forderungen harmlos. Und sie ist immerhin bereit, diese ordentlich zu bezahlen – eine Tugend, die bei wohlhabenden Bürgern sonst eher selten ist.

»Hier ist meine Handynummer, rufen Sie mich jederzeit an.« Sie legt Kimski einen handgeschriebenen Zettel auf den Tisch, nimmt die Tasse in die Hand, klammert sich an ihr fest als suche sie Halt und starrt in den Raum.

Als er allein durch den unbeleuchteten Flur zum Treppenhaus geht, wirft er sich einen neuen Streifen Kaugummi in den Mund. Ihm schien es, als sei Maria über die Zeit ihres Mannes als Widerstandskämpfer nicht sonderlich erbaut. Trotzdem hat sie einen Detektiv beauftragt, um Licht in die Vergangenheit zu bringen, wenn auch unter größter Geheimhaltung. Vielleicht liebt sie ihn ja wirklich.

Kimski macht mit seinem Kaugummi eine Blase und geht die Treppe hinunter. Im Foyer angekommen offenbart sich ihm ein düsterer Anblick, gruseliger als jeder geöffnete Sarg der Welt. Der alte Kampowski sitzt in seinem Rollstuhl allein im angrenzenden Salon. Erst jetzt, aus dieser geringen Entfernung, kann Kimski sehen, wie steinalt der Mann, wie eingefallen und zerfurcht sein Gesicht ist. Er sieht aus wie ein Felsbrocken. Sein Körper ist schmächtig und abgemagert. Kimski erinnert sein Anblick an Bilder von KZ-Insassen.

Langsam dreht der Alte seinen Kopf in Kimskis Richtung und betrachtet ihn mit leeren, traurigen Augen. »Hallo«, sagt Kimski. Keine Antwort.

»Arme Sau«, denkt Kimski und verlässt das Haus. Als er durch die Eingangstür tritt, fällt sein Blick auf die schlechten Sicherheitsvorkehrungen. Besäße er eine Villa, würde er sie bestimmt nicht mit einer dreißig Jahre alten Alarmanlage sichern.

Auf dem Weg zum großen Eingangstor, das auf die Straße führt, entdeckt er Sebastian, der auf einer Bank sitzt und eine Zigarette raucht. Kimski lässt sich neben ihm nieder.

»Auch eine?« Sebastian streckt ihm eine halbvolle Zigarettenschachtel hin. Kimski lehnt dankend ab. »Sie sind also Privatdetektiv?«

»Ja«, sagt Kimski und fragt sich, woher sein Gegenüber das weiß.

»Cool.«

»Und Sie sind der Pfleger von Herrn Kampowski?«

»Vorübergehend, ich mache hier ein Praktikum.«

»Praktikanten sind heutzutage auch immer älter«, denkt Kimski und sieht ihn verwundert an. Wenn das so weitergeht, kann man bald direkt nach dem Pflegepraktikum als Bewohner in ein Pflegeheim ziehen.

»Na ja, eigentlich bin ich Arzt, Neurologe. Im September werde ich die Praxis eines Kollegen übernehmen, der in Rente geht. Mein Vertrag im Krankenhaus ist allerdings schon zum Ende des letzten Jahres ausgelaufen. Als ich von dem Angebot gehört habe, einen ALS-Patienten zu pflegen, habe ich sofort zugesagt. ALS ist eine interessante Nervenkrankheit – und eine seltene dazu. Ich sehe es als großartige Gelegenheit, Praxiserfahrung außerhalb des Krankhausbetriebs zu sammeln.«

»Ach so. Was genau macht eigentlich ein Neurologe?«

»Neurologen sind Nervenärzte. Wir behandeln ganz verschiedene Dinge, von der Migräne bis zum Hirntumor.«

»Verstehe. Sagen Sie mal, ich habe da noch eine andere Frage. Sie haben den alten Mann täglich um sich, erzählt er manchmal auch was vom Krieg?« Sebastian lacht laut auf: »Nein. Er redet grundsätzlich nicht mehr viel. Er nähert sich langsam aber sicher seinem Ende.

Unter uns gesagt, ich kann froh sein, wenn er noch das Ende meines Praktikums erlebt.«

»Hab ich mir schon gedacht«, murmelt Kimski.

»Ich denke, dass Kampowski die Vergangenheit schon lange begraben hat. Im Keller hat er ein paar Aktenschränke stehen und ich glaube, dass er darin alte Unterlagen aufbewahrt, die bis in den Krieg zurückreichen. Ich habe da mal etwas gesehen, als ich die Fechtausrüstung in den Keller brachte und mich dort unten verlaufen habe ... ist ein riesiges Gewölbe.«

»Sie wissen nicht zufällig, worum es sich bei den Unterlagen handelt?«

»Nein, tut mir leid, so genau habe ich sie mir nicht angesehen. Geht mich ja nichts an.«

»Klar.« Kimski erhebt sich und verabschiedet sich.

»Wenn ich Ihnen noch irgendwie helfen kann, können Sie mich gern jederzeit fragen«, sagt Sebastian, als er schon im Begriff ist zu gehen. »Hier«, er kramt eine Visitenkarte aus dem Geldbeutel, der in seiner Gesäßtasche steckt, und drückt sie Kimski in die Hand. »Hier haben Sie meine Handynummer.«

Kimski tritt auf die Straße und läuft dem Sonnenuntergang entgegen zu seinem Auto. Ein lautes Rumpeln reißt ihn aus seinen Gedanken. Er braucht einen Moment, bis er realisiert hat, was es ist. Sein Verdauungstrakt meldet sich wieder und Kimski bemerkt erst jetzt, dass er die ganze Zeit über keine Magenprobleme hatte. Als er an seinem Wagen ankommt, bleibt er kurz stehen und entlässt ein duftendes Lüftchen in seine wohlverdiente Freiheit.

Zur selben Zeit sitzt Kriminaloberrat Holger Benesch im Konferenzraum der Polizeidirektion Heidelberg und hält sich den Kopf. Vor ihm auf dem Tisch liegt eine Packung Kopfschmerztabletten neben einem Glas Wasser. Außer ihm befinden sich noch die dreizehn Mitglieder der Sonderkommission *Sturm*, der er seit drei Tagen vorsteht, im Raum.

Einer der Kollegen steht am Flipchart auf der gegenüberliegenden Seite des Zimmers und wedelt mit einem Edding in der Luft. Benesch hat Mühe, sich auf dessen Worte zu konzentrieren. Während er eine weitere Tablette einnimmt – die dritte an diesem Tag –, muss er an das Buch denken, das ihm seine Frau vor ein paar Wochen untergejubelt hat: *Burn-out. Symptome erkennen und Auswege finden.* Wie es seine Art ist, hat er sofort bestritten, dass er darunter leidet. Dass man für diese Erkrankung keine deutsche Bezeichnung gefunden hat, ist ihm schleierhaft. Denn schließlich ist es ein deutscher Arzt gewesen, der dieses Syndrom diagnostiziert und ihm einen Namen gegeben hat, so steht es zumindest in dem Buch. Benesch hatte noch ein bisschen darin geblättert, als seine Frau Marianne nicht zu Hause war. Was steht noch mal darin? Welche typischen Symptome gibt es? Schlafstörungen, die Vernachlässigung sozialer Kontakte außerhalb des beruflichen Umfelds, Angstzustände, Konzentrationsschwäche, pausenloses Arbeiten. Zugegeben, eigentlich trifft alles auf ihn zu. Allerdings erübrigt sich die Frage, ob diese Folgen zu umgehen sind, wenn er doch ständig die Leitung einer Sonderkommission übernehmen muss, bei der alle Beteiligten auf unbegrenzte Zeit jeden Tag mindestens vier Überstunden ableisten müssen. Vielleicht ist es ja nicht das Burn-out-Syndrom, das ihn plagt. Vielleicht hat er sich einfach nur für den falschen Beruf entschieden.

»So weit erst mal. Holger, hast du noch was zu ergänzen?«

»Bitte?« Er räuspert sich. »Ich denke nicht. Danke, das war sehr aufschlussreich. Aber könntest du alles noch einmal zusammenfassen?«

»Aber das war doch schon die Zusammenfassung.«

»Ehrlich?«, denkt Benesch, aber er hat doch noch nichts an der Tafel festgehalten. »Schreib doch einfach noch mal alles auf, damit wir es uns besser einprägen können.«

»Klar, hab ich ganz vergessen.« Benesch hat Glück, sein Kollege schreibt einige Stichpunkte auf das oberste Blatt Papier und erklärt dabei alles noch einmal.

»Also, da haben wir fürs erste die zwei Toten: den Autofahrer, der bei Waldheim von der Straße abgekommen und gegen den Baum geknallt ist, Jonathan Lautenschläger, und den alten Mann aus dem brennenden Haus in Bergküttelsbach, Herbert Schmitt.«

Er zeichnet einen Pfeil zwischen die Namen der beiden und schreibt *Was ist die Verbindung?* darüber.

»Wir haben so ziemlich alle Einwohner von Bergküttelsbach befragt. Schmitts Nachbarin konnte sich daran erinnern, dass Lautenschlägers Auto den ganzen Nachmittag über vor dessen Haus gestanden hat. Wir können also davon ausgehen, dass Lautenschläger ihn besucht hat. Worum es bei dem Treffen ging, können wir allerdings noch nicht sagen. Lautenschläger hatte weder in seinem Auto einen Terminkalender noch konnten wir in seiner Wohnung irgendetwas finden, das uns weiterbringen würde.

Nach seinem Besuch bei Schmitt war Lautenschläger in der Kneipe Goldener Hirsch und hat einen Kaffee getrunken. Dort ist er laut Aussage der Wirtin um etwa kurz nach fünf aufgebrochen. Zu diesem Zeitpunkt hatte bereits der Sturm eingesetzt. Von da an fehlen uns brauchbare Zeugenaussagen, denn anscheinend haben sich alle Küttelsbacher wegen des Unwetters in ihrer Höhle verkrochen. Lautenschläger hat sich davon aber nicht abschrecken lassen und machte sich auf den Weg. Das Nächste, was wir von ihm wissen, ist, dass er sich um den Baum gewickelt hat.«

Die Stichpunkte, die Beneschs Kollege von da an auf dem Flipchart notiert, sind allzu überschaubar. Und Benesch weiß nur zu gut, aus welchem Grund: Dieser verflixte Sturm hat alle Hinweise, die der Täter am Tatort hinterlassen haben könnte, weggeweht und -gespült. Selbst wenn es Reifenspuren des zweiten Fahrzeugs gegeben hatte, so waren diese nicht mehr zu sehen, als sie zum Ort des Geschehens kamen. An der Stoßstange und den Kotflügeln von Lautenschlägers Wagen befinden sich Dellen, aber auch diesbezüglich hat der Regen saubere Arbeit geleistet, denn Hinweise, wo und unter welchen Umständen das Auto gewaltsam abgedrängt wurde, gibt es nicht. Vielleicht waren die Dellen ja auch schon seit Jahren in der Stoßstange. Wer konnte das schon so genau sagen?

Lautenschläger selbst wies ebenfalls keine bedeutsamen Spuren auf. Es ist auch nur einem aufmerksamen Rettungssanitäter zu verdanken, dass der Mord überhaupt entdeckt worden ist. Der Sanitäter schloss aus Lautenschlägers Art von Kopfverletzung, dass er sich die Wunde nicht durch den Unfall zugezogen haben konnte.

»Kommen wir nun zu Schmitt«, schallt es von der Tafel zu Benesch herüber, der sich wieder auf die Präsentation seines Kollegen konzentriert.

»Er war schon eine Weile tot, als die Feuerwehr eintraf. Die Leiche, die die Einsatzkräfte aus den Flammen geborgen haben, konnten wir erst gestern eindeutig identifizieren. Wegen des Sturms ging die Feuerwehr zunächst davon aus, dass der Brand eine natürliche Ursache hatte. Dank einer genaueren Untersuchung konnten aber in der Küche im Bereich des Ofens und der restlichen Küchenzeile, also in unmittelbarer Nähe der Stelle, wo der Tote gelegen hat, Benzinreste gefunden werden. Wir können also davon ausgehen, dass der Täter in der Absicht gehandelt hat, einen Unfall vorzutäuschen. Wahrscheinlich hat er gehofft, dass alle Beweise durch den Brand restlos beseitigt werden würden. Ob Schmitt bereits tot oder nur bewusstlos war, bevor das Feuer gelegt wurde, lässt sich momentan noch nicht sagen, es ist aber anzunehmen, dass er nicht mehr gelebt hat.« Abgerundet werden die Ausführungen durch eine Skizze.

»Dürftig«, denkt Benesch, »sehr dürftig. Zwei Leichen ohne erkennbare Verbindung – auch wenn es sehr wohl einen Zusammenhang geben muss. Vom Täter haben wir keine einzige sinnvolle Spur. Das kann ja heiter werden.«

Mal sehen, ob er es schafft, den Gutschein für die Opernkarten, den er seiner Frau geschenkt hat, einzulösen. Damit will er ihr beweisen, dass sie sich keine Sorgen zu machen braucht, weil er ja immer noch genau weiß, wie man sich einen schönen Abend jenseits der Arbeit macht. Aber er hat ja noch Zeit, bis zur Aufführung sind es noch ein paar Tage hin. Benesch lehnt sich zurück und verschränkt die Arme. »Also gut, Leute. Dann machen wir für heute Feierabend. Montagmorgen um halb neun treffen wir uns wieder hier, bis dahin habt ihr frei. Geht nach Hause und schlaft euch mal richtig aus. Das ist ein Befehl.« Er erhebt sich und spürt, wie die Kopfschmerzen zurückkommen. Wenn er selbst nur jemanden über sich hätte, der ihm befehlen würde, zur Ruhe zu kommen. Stattdessen wird er sich die ganze

Nacht im Bett herumwälzen und über den Mörder nachdenken. Das Phantom vom Odenwald.

3

Montag, 30. Januar 1933
Mannheim

Zum großen Knall kam es auf der Neckarbrücke. Bereits zu Beginn des Fackelzugs hatten sich kleinere Zusammenstöße ereignet, und während die SA-Horde um 20 Uhr vom Schlosshof gen Innenstadt zog, wurde ihr Marsch von Pfeifkonzerten und Beleidigungen begleitet. Auf den Trottoirs hatten sich Scharen aufgebrachter Bürger versammelt, um sich das ungewöhnliche Schauspiel anzusehen. Trotz der Euphorie seitens der SA-Männer – für den heutigen Abend hatte man die dünnen Reihen der Mannheimer Truppe mit einigen Hundert Kameraden aus dem Umland auf gut und gerne siebenhundert Teilnehmer verdoppeln können – platzte manch einem der Männer der Kragen, noch bevor sie ihren Zielort erreicht hatten. So sah man immer wieder Braunhemdenträger, die ihre Gürtelriemen abschnallten und wahllos auf die Schaulustigen eindroschen.

Als sie auf dem Marktplatz eintrafen, atmete er tief durch und trat nach vorn, um das, was er zu sagen hatte, kundzutun. Es war sein Tag. Er, Otto Wetzel, Gauinspektor der SA Mannheim, sollte, berauscht vom süßen Duft der unerwarteten Reichskanzlerschaft seines Führers, verkünden, dass man nun endlich zum Endkampf gegen das rote Gesindel in dieser Stadt antreten würde.

Nachdem er geendet hatte, brach die kleine braune Menge auf dem Platz in ekstatischen Jubel aus. Wer hätte heute Morgen noch daran geglaubt, dass die Partei wieder Aufwind bekommen würde? In Mannheim sicher niemand, erst recht nicht er selbst. Nachdem die Zahl der Wählerstimmen für die NSDAP bei der letzten Wahl im Reichsgebiet – ganz zu schweigen von dem vernichtenden Ergebnis in seiner Stadt – zurückgegangen war, hatte er sogar in Betracht gezogen, zu den Kommunisten überzulaufen, um den Fortgang seiner politischen Laufbahn nicht noch selbst zu gefährden. Aber diese Überlegungen gingen heute niemanden etwas an.

»Ein dreifaches Sieg Heil!«, hatte er geschrieen, wobei sich sein Kopf puterrot gefärbt hatte, und »Sieg Heil!« hatten die Anwesenden dreifach erwidert. Dann hatte sich die Meute in einem Anfall spontaner Hochstimmung in Bewegung gesetzt, um das Herz des »roten Mannheims« im Sturm zu erobern.

Die Polizisten, die den Zug überwachen sollten, kamen nicht schnell genug hinterher. Zu verwundert waren sie darüber, dass die Gruppe ihren Marsch fortsetzte, anstatt sich aufzulösen. Und als die weiterziehenden SA-Trommler den ersten Träger der Neckarbrücke erreichten, hallte ihnen von der anderen Seite des Flusses ein fremdes Trommelfeuerwerk entgegen. Zwei Angehörige des Reichsbanners Schwarz-Rot-Gold schlugen wie wild auf die Felle ihrer Instrumente. Die SA-Meute setzte aber unbeirrt ihren Weg fort und erhöhte ihrerseits die Schlagfrequenz, unwillig, sich von zwei Sozialdemokraten die Schau stehlen zu lassen.

Auf der Mitte der Brücke angelangt, wurde der Pulk jäh gebremst, da innerhalb weniger Sekunden wie aus dem Nichts eine Wand aus Menschen aufgetaucht war und ihm den Weg versperrte. Männer und Frauen, Alte und Junge, Kommunisten und Sozialdemokraten ebenso wie unpolitische Bürger der Neckarstadt. Fäuste wurden in die Luft gereckt und Verwünschungen gebrüllt. Die SA-Männer hielten einen Moment inne und starrten verunsichert auf das aufgebrachte Volk. Dann blickten sie sich gegenseitig an, immer noch irritiert. Nach einer gefühlten Ewigkeit brüllte einer von ihnen seinen Kameraden etwas zu, riss seinen Schulterriemen vom Körper und mischte sich heldenmutig in die feindliche Menge. Nach kurzem Zögern folgten ihm jene, die in der ersten Reihe standen. Wetzel blieb zurück, griff zu seinem Taschentuch und tupfte sich den Schweiß ab, der sich trotz der eisigen Temperaturen auf seiner Stirn gebildet hatte.

Es dauert keine zwanzig Sekunden, bis der SA-Mann, der so tapfer vorangezogen war, von einer Arbeiterfaust niedergestreckt wurde. Das Handgemenge derer, die ihm gefolgt waren, zog sich hingegen über mehrere Minuten hin. Die wenigen Polizeibeamten, die es geschafft hatten, sich zum Kern der Keilerei durchzuschieben, begaben sich wenig später an das Brückengeländer und beobachteten das Schauspiel mit einer Portion gesunden Respekts. Sie hätten ohnehin nicht gewusst, für welche Seite sie hätten Partei ergreifen sollen. Wetzel schluckte.

Sonntag, 5. Februar 1933
Mannheim

In den Straßen der Neckarstadt wuselten die Menschen bereits seit den frühen Morgenstunden wie ein aufgescheuchter Ameisenhaufen umher. Für den heutigen Nachmittag hatten die Nationalsozialisten den »Marsch zur Eroberung Mannheims« angekündigt, womit sie eigentlich den »Marsch zur Eroberung der *Roten Neckarstadt*« meinten.

Die Aktion sollte in wenigen Minuten mit einer Kundgebung auf dem Messplatz beginnen. Die NSDAP hatte im Vorfeld zur Beflaggung des Stadtteils aufgerufen und kostenlose Hakenkreuzfahnen zur Verfügung gestellt. Doch zwischen einem Meer schwarz-rot-goldener und roter Fahnen gingen die drei Naziflaggen, die gehisst worden waren, unbeachtet unter. An Straßenecken bildeten Arbeiter große Menschentrauben und diskutierten. Wie würde man vorgehen, wenn die Braunhemden einmarschierten?

Zwischen all den Menschen lief ein Kind an der Hand seines Vaters und beobachtete das aufgeregte Treiben. Walter war gerade sieben Jahre alt geworden und besuchte die zweite Klasse der Volksschule.

Als er stehen blieb und mühsam auf einem Transparent *Tod dem Faschismus* zu entziffern versuchte, wurde er von seinem Vater unsanft weitergezogen. Dieser blieb erst wieder stehen, als sie die Tür ihres Hauses erreichten.

»Aber ich will noch nicht nach Hause«, protestierte Walter. »Kann ich nicht noch ein bisschen draußen bleiben?« »Für das, was hier heute los ist«, sagte der Vater, »bist du noch zu klein.«

Er brachte Walter in die Wohnung und gab ihn in die Obhut seiner Mutter. Aus einer Kommode nahm er ein schmales Messer, das er sich in die Hosentasche steckte. Die Mutter stand neben Walter und sah ihren Mann wortlos an. Als dieser ihren Blick bemerkte, sagte er nur: »Es wird schon nichts Schlimmes passieren.« Dann trat er durch die Tür auf den Hausflur und drehte sich im Hinausgehen noch einmal um. Er sah seinem Sohn direkt in die Augen und sagte: »Was immer auch geschieht, du musst mir versprechen, dass du niemals einer von ihnen wirst. Verstehst du?« Walter verstand. Durch die Gespräche, die sein Vater mit den anderen Männern im Haus und auf der Straße geführt hatte, wusste er, wen sie mit »ihnen« und mit »unseren« meinten. Er wusste, dass »die anderen« die Nationalsozialisten waren, und nickte stumm.

»Wie Sie sehen, haben wir den Platz komplett mit Seilen abgesperrt, um den Ablauf der Kundgebung nicht zu gefährden«, sagte der Polizeipräsident. »Außerdem patrouillieren zwei Dutzend berittene Polizisten um den gesamten Messplatz.«

»Ja, ja«, entgegnete Gauinspektor Wetzel abwesend. Dann lächelte er und rieb sich die Hände, denn das abgesperrte Areal füllte sich zusehends mit Menschen. Heute würden sie es dem roten Gesindel zeigen. Aus ganz Baden und der Pfalz hatte man SA- und SS-Verbände mobilisieren können, mehrere Tausend Mann. Und auch die Drohbriefe, die er dem Polizeipräsidenten in den letzten Tagen geschrieben hatte, schienen Wirkung zu zeigen.

»Ähm«, der Polizeipräsident räusperte sich, um die Aufmerksamkeit Wetzels zu erlangen. Dieser wendete sich verärgert dem Staatsbeamten zu: »Was?!«

»Nun, es wäre sehr nützlich, wenn Sie mir noch weitere Informationen über den geplanten Verlauf der Veranstaltung geben würden ... Ich meine ...«

»Diesmal gehört die Straße uns«, unterbrach ihn Wetzel. »Ihre Leute mögen sich danach richten!« Wetzel lief davon, ohne sich noch einmal nach dem Polizeipräsidenten umzusehen. Am Rande der Tribüne begrüßte er von Jagow, den SA-Gruppenführer Südwest.

»Ah, Wetzel, da sind Sie, wir sollten in Kürze mit der Kundgebung beginnen. Ich bin übrigens sehr zufrieden mit Ihnen.«

»Ach ja?«, fragte Wetzel mit gespielter Bescheidenheit.

»Mein Adjutant schätzt, dass sich hier etwa achttausend unserer Kämpfer versammelt haben. Es wäre gelacht, wenn wir heute diesen jämmerlichen Widerstand, von dem Sie berichtet haben, nicht brechen können.«

»Selbstverständlich.« Ein Trommelwirbel setzte ein. »Entschuldigen Sie mich, das ist mein Zeichen«, sagte von Jagow und trat auf die Bühne.

»Das Volk steht auf, der Sturm bricht los«, brüllte von Jagow ins Mikrofon und wedelte mit seiner rechten Hand, die er zu einer Faust geballt hatte, durch die Luft. »Diesen Wahlspruch hat sich unsere Partei nicht umsonst für die kommenden Wahlen auf die Fahne geschrieben. Aber heute geht es nicht nur um die Einheit der Nation – heute geht es um den Kampf um das rote Mannheim!« Mit seinen letzten Worten schleuderte er in hohem Bogen Speicheltropfen über die Holzplanken der Tribüne. Die Zuhörer dankten ihm mit tobendem Applaus. »Denn wenn das Volk in Mannheim aufsteht ...«, er musste eine Pause zum Luftholen einlegen, »dann wird wahrlich ein Sturm losbrechen!« Erneut ertönte hysterischer Beifall. Wetzel beobachtete das Geschehen vom Bühnenrand und sein Blick fiel auf die Menschenmasse. Dann sah er nach oben und betrachtete den Gruppenführer, der gerade ansetzte etwas zu sagen. Wetzel atmete schwer. Sollte er tatsächlich von Jagow den ganzen Jubel überlassen? Dieser hob beide Arme und schwenkte sie beschwichtigend durch die Luft und die Masse wurde langsam ruhiger. Wetzel aber spurtete los. Er nahm fünf Holzstufen auf einmal, hinauf auf das Podest, zum

Mikrofon. In dem Moment setzte von Jagow erneut zum Sprechen an, aber Wetzel schob ihn zur Seite und brüllte los: »Liebe Volksgenossen!« Er erntete verwirrte Blicke der Anwesenden, dann breitete sich Stille über der Menge aus. Wetzel räusperte sich und fing sich wieder.

»Der Kampf um Baden muss in erster Linie ein Kampf um Mannheim sein! Ein Kampf um die Fabrik!« Das Schweigen hielt an. Wetzel starrte auf die Menge herab, als ein Erster irgendwo am anderen Ende des Platzes schrie: »Genau! So ist es!« Plötzlich stimmte die ganze Menge ein und Wetzel lockerte seinen Kragen. Hochrufe setzten ein, Hakenkreuzfahnen wurden geschwenkt und die Trommler der SA erzeugten einen aufpeitschenden Marschrhythmus.

Um 15.15 Uhr endete die Kundgebung und die Anwesenden verließen den Platz. Die Kohorten von SA, SS und Stahlhelm versammelten sich gegenüber vom Capitol-Lichtspielhaus, an der Ecke Mittelstraße und Waldhofstraße. Einheiten der Polizei zu Pferde und zu Fuß begleiteten den Zug, der sich in Bewegung setzte, auf beiden Seiten. An der nächsten Ecke bogen sie in die Laurentiusstraße ein, anschließend in die Riedfeldstraße, die sich durch die gesamte westliche Neckarstadt zog.

Der Tross kam in der schmalen Geschäftsstraße nur langsam voran. Nach wenigen Hundert Metern, an der Kreuzung Bürgermeister-Fuchs-Straße, kam er abrupt zum Stehen. Ein unüberschaubares Meer an Menschen hatte sich an der Ecke eingefunden und blockierte den Durchgang. Von links und von rechts stießen immer mehr Männer aus den Quergassen hinzu und keilten die verwirrten Braunhemden ein. Ein ohrenbetäubendes Pfeifkonzert setzte ein, Fenster wurden aufgerissen, hinter denen sich ereifernde Hausfrauen auftauchten, in den Händen Blumentöpfe und andere Haushaltsgegenstände haltend. Dann begannen sie ihr Bombardement – Arme wurden schützend in die Luft gehalten, Pferde brachen aus und Menschen gingen zu Boden, Schreie. Innerhalb der Nationalsozialisten setzte eine unkoordinierte Wellenbewegung ein, ihr Rückzugsweg war abgeschnitten. Die Polizisten begaben sich in die Kampflinie und versuchten, die aufgebrachten Massen voneinander fernzuhalten. Vergeblich. Immer wieder durchbrachen Gruppen von SA und SS mit Knüppeln die Reihe der Ordnungshüter und droschen um sich. Die Arbeiter schlugen zurück und das hinabtropfende Blut färbte den Asphalt tiefrot. Wo man hinsah, wurden Verletzte aus dem Pulk gezerrt. Messer blitzten auf, die Internationale wurde gesungen und mitten im Getümmel ging unbemerkt von der Masse ein junger Arbeiter zu Boden. Die Schlägertrupps stiegen über ihn hinweg. Blut floss aus seinem Mund über das Kinn und seine Hände verkrampften sich auf seinem aufgeschlitzten Bauch. Zwischen vorbeihetzenden Stiefelsohlen und durch das Menschengewusel hindurch blickte er gen Himmel und sah ab und an die dunklen Wolken. Dahinter schälte sich bedächtig die Sonne hervor, deren Strahlen direkt auf sein Gesicht fielen. Dann wurde er ohnmächtig.

Walter hatte die Straßenschlacht vom Fenster aus beobachtet. Als er sah, wie der junge Arbeiter in der Menschenmasse zu Boden gedrückt wurde, hielt er sich erschrocken die Augen zu. Als er sie wieder öffnete, konnte er den Mann nicht mehr sehen.

Der Vater kam an diesem Abend erst spät zurück. Er hatte einige Kratzer im Gesicht, die schien er aber nicht weiter zu beachten. Walter lag auf seiner Matratze im Schlafzimmer der Familie und tat so, als würde er schlafen. In Wirklichkeit aber beobachtete er durch einen Spalt in der Tür seine Eltern, die sich in der Küche unterhielten.

»Gab es diesmal Tote?«, fragte die Mutter.

»Ich glaube nicht«, antwortete der Vater. »Einige von uns haben sie aufgeschlitzt und einer ist noch immer bewusstlos, aber ...«

Die Mutter legte ihr Gesicht in ihre Hände und begann zu schluchzen.

»Was hast du denn, Anny?«, fragte der Vater. »Die Hauptsache ist doch, dass wir uns verteidigen. Wir lassen die hier nicht rein!«

Am nächsten Morgen durfte Walter wieder zum Spielen auf die Straße. Bedächtig schritt er jeden Zentimeter der Straßenkreuzung ab, auf der am Vortag der Kampf getobt hatte, bis er die Stelle fand, an welcher der Mann zu Boden gegangen war. Er blieb stehen. Auf dem

Asphalt vor ihm war ein riesiger dunkelbrauner Fleck zu sehen. Er bückte sich und starrte eine ganze Weile auf die Stelle. Dann streckte er seine kleine Hand aus und legte sie auf das getrocknete Blut. »Da haben die einen von uns niedergestochen«, murmelte er leise.

4

Sonntag, 20. April 2008
Mannheim

Das Licht geht an. Ein Strahler wie in einem Filmstudio steht genau vor ihm. Das helle Licht lässt ihn zusammenfahren und Kimski muss sich die Hand schützend vor die Augen halten, so lange, bis er sich an die Helligkeit gewöhnt hat. Von irgendwoher hört er Schritte, die immer näher kommen. Als sie deutlich zu vernehmen sind, setzt sich eine Gestalt auf einen Stuhl, genau vor ihm. Kimski nimmt die Hand herunter, um besser sehen zu können, dennoch kann er nur eine schwarze Silhouette erkennen, da die Person sich vor dem großen Strahler befindet.

»Wer sind Sie?«, fragt Kimski.

»Ich?« Die Figur beugt sich etwas vor. »Ich bin Ihr Psychoanalytiker.«

»Ich brauch niemanden, der in meiner Seele herumwühlt«, entgegnet Kimski mit fester Stimme.

»Sicher?« Sein Gegenüber beugt sich jetzt noch näher an ihn heran. Kimski kann sein billiges Eau de Toilette riechen. »Also, wenn ich mir Sie so ansehe, würde ich sagen: Mann, der Kerl hat echte Probleme!«

Kimski folgt einem plötzlichen Impuls, packt den Psychologen an der Krawatte und zieht ihn zu sich heran. Als dieser nah genug ist, holt Kimski aus und verpasst ihm mit seinem Schädel und mit voller Wucht eine Kopfnuss, direkt auf die Nase.

»Oho«, sagt der Mann belustigt und reißt sich los. Kimski stellt irritiert fest, wie dieser sich wieder aufrichtet und in Seelenruhe, ohne erkennbare Regung zu seinem Platz zurückkehrt. »Ja, ja, hehe, Ihr Wutproblem, dazu kommen wir auch noch.« Er wirft einen Arm über die Stuhllehne und sitzt lässig da. Nur eine Hälfte seines Gesichts wird vom Strahler erhellt. Kimski kann sehen, wie ihm das Blut bis in den Hemdausschnitt fließt.

»Heute widmen wir uns erst einmal Ihrer Unfähigkeit, eine feste Beziehung aufrechtzuerhalten.«

»Was soll der Mist? Und warum können Sie nicht wenigstens ein bisschen erschrecken, wenn man Ihnen in die Fresse haut?«

»He, he«, kichert es Kimski entgegen. »Im normalen Leben erzittert immer noch jeder vor Ihrer Männlichkeit, keine Angst. Aber nicht in Ihren Träumen.«

»Ich träume das Ganze nur?«

»Jap.«

Das erklärt einiges. Wenn er es sich recht überlegt, braucht er gar keine Angst vor dem Gespräch zu haben. Sein Gesprächspartner ist schließlich nur sein eigenes Unterbewusstsein.

»Wie haben Sie sich eigentlich gefühlt, als Ihre Mutter die Familie verlassen hat?«

»Was hat denn meine Mutter mit meinem Verhältnis zu Frauen zu tun? Machen Sie mal nicht auf Sigmund Freud.«

»Wie alt waren Sie damals eigentlich?«, fragt sein Gegenüber, ohne auf ihn einzugehen.

»Oh Mann, zehn!«

»Zehn Jahre. Fühlt sich nicht schön an, wenn man mit zehn eines Morgens erwacht und die eigene Mutter ist spurlos verschwunden.«

»Nein.« So plötzlich war das gar nicht gewesen. Seine Eltern stritten sich so lange er denken konnte. Zuletzt war es bei ihren Auseinandersetzungen um irgendeinen Guru gegangen, dem seine Mutter sich angeschlossen hatte. Sein Vater war wenig begeistert gewesen und eines Morgens war sie halt verschwunden. Das erste Lebenszeichen kam sieben Monate später in Form einer Postkarte aus Indien: *Hi Junge, alles easy hier. Kümmer dich gut um deinen Vater, der hat's nötig!!* Das war's.

»Haben Sie Ihrer Mutter eigentlich jemals verziehen?«

»Bitte?«

»Na, Verzeihen lockert die Seele. Wenn Sie nicht verzeihen können, staut sich Ihr ganzer Zorn nur unnötig an. Sie müssen loslassen lernen.«

»Das klingt jetzt genau wie die Hippiescheiße, die ich mir als Kind die ganze Zeit anhören musste.«

Wieder lacht ihn sein Gegenüber nur an. »Kommen wir zu Ihrem Problem mit Frauen.«

»Ich hab kein Problem mit Frauen.«

»Hehe.«

Kann der nicht mal aufhören zu lachen? »Was willst du mir denn jetzt weismachen! Etwa dass ich keine feste Beziehung eingehen kann, weil ich als Kind bei meinen Eltern nur gesehen habe, wie eine Beziehung nicht funktioniert, und dass ich außerdem keine Frau an mich heranlasse, nur weil ich sauer auf meine Mutter bin?!«

»Und? Ist es denn nicht so? Hehe.«

Noch einmal dieses blöde Lachen ... »Nein. So ist es nicht!«

»So, so ...« Der Psychologe erhebt sich und wendet sich zur Lampe. Kimski gefällt der besserwisserische Unterton in der Stimme des Psychologen überhaupt nicht.

»Der wahre Grund, dass ich mich von Eva getrennt habe ...«

»Ich dachte, Sie waren gar nicht richtig zusammen?«

Tief durchatmen, Kimski! »Der wahre Grund, dass ich mich nicht mehr bei Eva gemeldet habe, ist, dass mir klar geworden ist, dass wir eigentlich gar nicht zusammenpassen.«

»Ach so.«

»Ich mein ... das war eine ziemlich gefährliche Zeit letzten Sommer, als wir uns kennengelernt haben.«

»Sie meinen, als Sie beide den Mannheimer Oberbürgermeister aus den Fängen eines Entführers befreit haben?«

»Genau. Das war lebensgefährlich. Und Gefahren, die man gemeinsam erlebt, schweißen doch zusammen. Da braucht man dann schon mal eine Schulter, an der man sich anlehnen kann. Das müsstest du als Seelenklempner doch wissen!«

»Ja, ja, schon ...«

Schon wieder dieser Unterton!

»Aber«, der Psychologe dreht sich jetzt wieder Kimski zu, »Sie wollen mir jetzt also erzählen, dass Sie ganz allein darauf gekommen sind, dass Ihre Beziehung – nennen wir sie ruhig mal so – nur auf einer verbindenden Extremsituation basierte? Und dass Sie allen verliebten Hormonausschüttungen zum Trotz die rein logische Entscheidung getroffen haben, diese Verbindung aufzulösen, noch bevor Sie überhaupt absehen konnten, wie sich Ihre Liaison mit Eva weiterentwickeln würde?«

»Ja. Und?«

»Hehe.«

»Was soll denn die ganze Zeit dieses Hehe! Du bist doch MEIN Unterbewusstsein. Jetzt glaub mir doch mal, was ich sage!«

Der Psychologe fängt urplötzlich an, eine Melodie zu summen. Was soll denn der Quatsch! Dann fängt er auch noch an zu singen.

»Happy Birthday ... la la la ... Happy Birthday ... la la la ...«

»Sag mal? Geht's noch!«

Kimski wird von lauten Schreien geweckt. Auf der Straße brüllen mehrere Männer unterschiedlicher Stimmlage ihre ganz eigene Version eines Geburtstagsständchens. Er hört immer zu nur: »Happy Birthday, lieber ...« Den Namen, der dann folgt, kann Kimski beim besten Willen nicht verstehen.

Mühsam zieht er seinen Kopf unter dem Knäuel aus Bettdecke und Kopfkissen hervor und sieht auf die Anzeige seines Funkweckers. 3.17 Uhr. Na, das kann ja morgen was werden.

Kimski steht auf und schlurft lediglich mit einer Unterhose bekleidet zum Fenster. Vor dem Haus sieht er fünf junge Männer herumstehen, die Bomberjacken und Springerstiefel tragen und rasierte Schädel haben. Allesamt sturzbesoffen, stützen sie sich gegenseitig ab und brüllen in die Nacht hinaus. Auf der gegenüberliegenden Straßenseite geht ein Licht nach dem anderen an.

Der Jungbusch, wo Kimski wohnt, ist ein Stadtviertel, in dem zum größten Teil Ausländer wohnen. Nach einer Minute brüllt jemand aus einer der Wohnungen unter ihm in einer Sprache, die Kimski nicht versteht. Es scheint eher ein Fluch zu sein und kurz darauf fliegt der erste Blumentopf. Auf der Straße wird weiter gesungen.

Kimski schließt das Fenster und läuft zurück zum Bett. Vom Nachttisch nimmt er sich ein Taschentuch und reißt es in kleine Stücke. Bevor er sich die Papierfetzen in die Ohren steckt, fällt sein Blick noch einmal auf den Wecker. Diesmal liest er auch die Datumsanzeige: 20. April. An irgendetwas erinnert ihn dieses Datum, in irgendeinem historischen Zusammenhang hat er es schon einmal wahrgenommen. Schließlich fällt es ihm ein. Und als er sich wieder hingelegt hat, versteht er genau, was die Jungs singen: »Happy Birthday ... lieber Adolf.« Kimski steckt sich die Taschentücher in die Ohren, schließt seine Augen und dreht sich um.

5

Sonntag, 20. April 2008
Heidelberg

»Danke, dass ich so schnell vorbeikommen konnte.«

»Kein Problem. Du weißt doch, dass ich dir gern weiterhelfe, wenn du bei einem deiner Aufträge nicht weiterkommst«, sagt sie und geht in ihrem schlabberigen Jogginganzug an ihm vorbei in die Wohnküche.

»Woher weißt du ...«, stammelt er und folgt ihr durch den breiten Flur ihrer Altbauwohnung in der Heidelberger Weststadt. Am Telefon hat er ihr nicht gesagt, worum es sich bei seinem Anliegen handelt.

Die Strahlen der Mittagsonne fallen auf die weiß gestrichenen Wände und lassen den Raum erstrahlen. Eva räumt irgendwelche Sachen zusammen und sieht ihren Besuch nicht an, während er mit ihr spricht, so als würde sie ihn nicht beachten. Kimski weiß, dass sie ihm zuhört, dennoch irritiert es ihn jedes Mal erneut, dass es möglich ist, mehrere Dinge gleichzeitig zu tun. Multitasking will ihm einfach nicht in den Kopf. Jeder Frau – und Eva allen voran – scheint es ohne Probleme möglich, den Frühjahrsputz zu erledigen oder ein probiotisches Trennkost-Menü mit vier Gängen zuzubereiten und dabei Lösungen für den Nahostkonflikt zu diskutieren.

»Ich wusste nicht, dass du wieder mal meine Hilfe brauchst, aber ich habe es mir doch denken können.«

»Na ja.«

»Kannst du mir bitte aus dem Schlafzimmer einen der Kartons bringen?«

»Klar.«

Als er das Schlafzimmer betritt, bleibt sein Blick auf dem Bett hängen. »Hier habe ich schon mal gelegen«, denkt er und verharrt für einen Moment in der Bewegung. Müßig, weiter darüber nachzusinnen. »Danke«, sagt Eva, als er ihr den Karton bringt. Sofort beginnt sie, Küchengeräte in die Kiste zu räumen.

»Sag mal, was machst du da eigentlich?« Kimski sieht sich um. Erst jetzt fällt ihm auf, dass die Regale in der Küche leer sind und zwei weitere Umzugskartons am Fenster stehen. Will sie umziehen? Sie hat die Wohnung doch erst letztes Jahr bezogen. Nach der spektakulären Befreiung des Bürgermeisters hatte sie ihren Artikel über die Ermittlungen als mehrteilige Exklusivgeschichte an eine Boulevardzeitung verkaufen können. Seitdem kann sie sich vor Reportageaufträgen für diverse Zeitungen und Magazine nicht mehr retten. Und die Zweizimmeraltbauwohnung in der Heidelberger Weststadt ist das Erste gewesen, was sie sich nach dem Geldsegen geleistet hat.

»Ich verreise.«

»Aha?«

Er tritt ins Wohnzimmer, auch die Bücherregale sind leer. Auf dem Schreibtisch steht weder ein Computer noch befindet sich darauf einer der obligatorischen Papierstapel. Der Fernsehapparat ist verschwunden, ebenso die Couch.

»Es scheint, als plantest du mehr als einen zweiwöchigen Cluburlaub.«

»Ich mache eine zwölfmonatige Weltreise.« Kimski pfeift schrill durch die Zähne. »Die Kisten kommen zu meinen Eltern in die Garage. Ein paar von den Möbeln habe ich den Nachbarn geschenkt, den Fernseher auch.«

»Wann geht es denn los?«

»Mein Flug nach Moskau geht am Mittwoch. Ich weiß es selbst erst seit ein paar Tagen.«

»Wow.« Zwölf Monate hat sie gesagt? Und das weiß sie erst seit ein paar Tagen? Schon als sie sich kennenlernten, hat Eva ihn mit ihrem spontanen Temperament immer wieder in Erstaunen versetzt. Bei der Geschichte mit dem Bürgermeister hatte sie sich sogar unter falschem Namen in die Ermittlungen der Polizei eingebracht und vorgegeben, einen Artikel über die Arbeit eines Dezernats für den *Mannheimer Morgen* zu schreiben. Sie kann ganz schön skrupellos sein, ohne dabei den Eindruck einer zarten, geradezu zerbrechlichen Frau zu zerstören, der in jedem Mann den Beschützerinstinkt weckt.

»Ich träume schon seit meiner Kindheit davon, eine Weltreise zu machen. Jetzt, wo ich ein paar Ersparnisse habe, ist es endlich möglich. Außerdem habe ich eine Zeitung gefunden, die bereit ist, jede Woche eine Reisekolumne von mir zu veröffentlichen.«

Kimski beobachtet sie dabei, wie sie irgendwelchen Kram in die Kisten packt. »Sie ist so voller Leben«, denkt er. Es sprudelt geradezu aus ihr heraus, selbst wenn sie sich wie jetzt einer profanen Aufgabe annimmt. Er ist so ganz anders als sie. Vielleicht war es ja genau das, was ihn als Griesgram so sehr an ihr gereizt hat?

Jetzt, in diesem Moment, sieht sie richtig glücklich aus. Er hat erlebt, dass sie sich tierisch über eine Sache aufregen kann, aber bei ihr ist es nur ein kurzer, heftiger Zornesausbruch. Danach ist sie wieder die unbekümmerte Frohnatur. Und nachdem er sich monatelang nicht mehr bei ihr gemeldet hatte und dann Anfang des Jahres einfach wieder als gewöhnlicher Freund in ihr Leben trat, war es so, als hätte sie sich ihr Tête-à-Tête überhaupt nicht zu Herzen genommen. Irgendwie scheint sie das Leben so zu nehmen, wie es gerade kommt, ohne sich über irgendetwas aufzuregen. Wann war er nur das letzte Mal so ausgeglichen wie Eva?

»Aber was führt dich her? Am Telefon klang es irgendwie wichtig.«

»Du hast recht, es geht um meinen neuen Auftrag. Ich soll die Mitglieder einer Mannheimer Widerstandsgruppe aus der Zeit des Zweiten Weltkriegs ausfindig machen. Ich dachte, du könntest mir dabei helfen. Aber wenn du dich auf deine Reise vorbereiten musst, will ich nicht weiter stören.«

»Ich würde dir gern helfen. Wie du weißt, lag mein Studienschwerpunkt im Bereich europäische Geschichte des 16. bis 18. Jahrhunderts. Von Geschichte der Neuzeit habe ich nicht so viel Ahnung, wobei ich natürlich schon davon gehört habe, dass es in Mannheim viele Widerstandskämpfer gab.«

»Ach ja?«

»Ja. Am Historischen Institut gibt es sogar einen eigenen Lehrstuhl, der zum Thema Widerstand in Südwestdeutschland während der NS-Zeit forscht. Aber mehr weiß ich auch nicht.«

»Kennst du jemanden, der dort studiert hat?«

»Nein. Aber wie wäre es, wenn wir Carlo fragen? Der hört sich doch alle möglichen Vorlesungen an.«

Eva hat Carlo während ihres Studiums kennengelernt. Er arbeitet bereits seit zwanzig Jahren als Lehrer, er besucht so oft er kann als Gasthörer Veranstaltungen des Historischen Instituts. Sein großer Traum ist es, eine eigene Chronik der Kurpfalz zu schreiben. Kimski lernte ihn kennen, als sie in der Bürgermeister-Affäre ermittelten.

»Was meinst du, wann wir ihn treffen könnten?«

»Mal sehen.« Eva greift zum Telefon und ruft Carlo an. Sie schildert ihm die Problematik und vereinbart einen Termin.

»Und?«, fragt Kimski, nachdem sie aufgelegt hat.

»Wir treffen uns um halb vier mit ihm im Pichelwirt.«

»Er hat sofort zugesagt, nach Heidelberg zu kommen?«

»Du weißt ja, wie er ist. Die Gelegenheit, einen geselligen Nachmittag in einem Weinlokal zu verbringen, lässt er sich nicht entgehen.«

»Halb vier? Dann haben wir noch drei Stunden Zeit.«

»Hast du schon etwas gegessen?«

»Nein.«

»Ich hab vorhin was vorbereitet. Du kannst mitessen, wenn du möchtest.«

»Was gibt es denn?«

Eva läuft zur Anrichte und deckt ein paar mit Alufolie bedeckte Schüsseln auf: »Trennkost!«

6

Sonntag, 20. April 2008
Heidelberg

Sie machen sich zu Fuß auf den Weg von Evas Wohnung in die Altstadt. Sie reden nicht viel und das gesunde Mittagessen breitet sich wohlig in Kimskis Magen aus. Die Mahlzeit war eine willkommene Erholung für seinen strapazierten Verdauungstrakt, aber satt ist er davon nicht geworden. Schweigend betreten sie das Gasthaus, Carlo ist bereits da. Als er Kimski und Eva erblickt, hebt er sein Weinglas in die Höhe und prostet ihnen zu. Seine Frisur ist nicht unordentlicher als beim letzten Treffen – was auch kaum möglich wäre. Sein graues Haar wird auf dem Vorderkopf immer schütterer, dafür kräuselt sich der übrige Haarkranz in wilden Locken zu allen Seiten. Die riesige Brille mit den runden Gläsern hängt schief auf seiner Nasenspitze. Das Gesicht ist eingefallen, dürr und knochig. Carlos Hautfarbe ist fahl und braun zugleich, sodass sie Kimski an die Farbe von Tabak erinnert. In der Tasche seines Jacketts steckt ein seidenes Einstecktuch. Carlos Anblick bringt Kimskis Klischeedenken durcheinander, da in seinen Augen der übertriebene Genussmensch und der Intellektuelle nicht zusammenpassen. Außerdem ist er sich nicht sicher, ob Carlo deswegen so viel trinkt, weil er ein Lebemann ist, oder ob er ein ernsthaftes Alkoholproblem hat.

Neben Carlo sitzt ein weiterer Mann. Dieser trägt einen schlecht sitzenden grauen Zweireiher von der Stange.

»Das ist der Assistent von Herrn Professor«, stellt Carlo ihn vor.

»Der Assistent von Professor Werner Schmidt vom Historischen Institut in Mannheim«, ergänzt der Mann. »Franz heiße ich.«

»Franz und ich picheln gern zusammen das eine oder andere gute Tröpfchen.«

»Nur zum Genuss, versteht sich.«

»Natürlich.«

»Professor Schmidt ist derjenige, der den Lehrstuhl für Widerstandsforschung unterhält, wenn ich mich nicht irre«, sagt Eva.

»Du irrst nicht, Schätzchen. Als ich deinen Anruf bekommen habe, musste ich sofort an Franz denken. Immerhin ist er Fachmann für eure Fragen. Und mir war klar, dass er nicht abgeneigt sein würde, an einem Sonntagnachmittag einen kleinen Ausflug nach Heidelberg zu unternehmen. Er kann genauso wenig wie ich einen guten Tropfen ausschlagen.« »In Maßen natürlich.«

»Selbstverständlich, Franz.« Carlo blickt zu Eva und Kimski. »Ihr habt ja noch gar nichts bestellt! Keine Angst, ich regle das für euch.« Er ruft den griechischen Kellner herbei und bestellt in fließendem Griechisch für die beiden. Alle am Tisch starren ihn verwundert an, auch Franz. Carlo spricht Griechisch! »Ich hab mal eine Zeit in Griechenland gelebt«, erklärt er kurz.

»Also, worum geht es, Leonard?« Carlo ist der einzige, der Kimski mit seinem Vornamen anspricht. Dieser hört nur widerwillig darauf, aber was bleibt ihm auch anderes übrig? Ihm etwa eine reinhauen? Kimski erzählt in knappen Worten von dem Gespräch mit seiner Auftraggeberin, ohne deren Namen zu nennen. So hat er innerhalb von zwei Minuten die wenigen Informationen, die er erhalten hat, an die beiden weitergegeben.

»Da muss ich passen«, sagt Carlo. »Ich arbeite zwar mit Hochdruck an meiner Kurpfalz-Chronik, aber ich stecke momentan noch voll im 19. Jahrhundert fest. So weit bin ich noch nicht. Was sagst du, Franz?«

»*Die Letzten* sagten Sie, hieß die Gruppierung?«

»Genau.«

»Von ihnen habe ich noch nie etwas gehört.« Franz blickt in sein Weinglas, so als würde er auf dessen Boden nach einer Erleuchtung suchen. »Auch was Sie über den Angriff auf das Konzentrationslager gesagt haben ...«, fährt er fort, »solche Pläne gab es wohl tatsächlich, aber in Mannheim sind sie niemals in die Tat umgesetzt worden.«

»Soweit ich verstanden habe, wurde die Gruppe auch entdeckt, bevor sie die Aktion durchführen konnte«, sagt Kimski.

»Ja, das mag sein. Trotzdem habe ich keine Idee, welche Gruppe gemeint sein könnte. Am Institut haben wir die Daten aller noch lebenden Widerstandskämpfer – zumindest von denen, die uns bekannt sind. Natürlich versuchen wir, mit diesen Personen in Kontakt zu treten, um weiterführende Informationen zur damaligen Situation und auch zum Umfang der Widerstandstätigkeiten zu erlangen. Es gibt bestimmt auch Widerstandskämpfer, deren Namen heute in Vergessenheit geraten sind. Aber die meisten von ihnen dürften mittlerweile tot sein. Ehrlich gesagt halte ich die Chancen, dass Sie etwas herausfinden, für nicht besonders groß.«

»Und wenn Sie mich Ihrem Professor vorstellen würden?«

»Das könnte ich natürlich. Er freut sich immer, wenn Interesse an seinem Forschungsgebiet gezeigt wird. Aber mehr als ich wird er Ihnen auch nicht erzählen können. Ich bin bestens mit unserer Forschung vertraut. Ich werde trotzdem morgen noch einmal für Sie ins Archiv gehen und nachsehen, ob ich irgendeine Gruppe übersehen habe und Sie anrufen, wenn Sie es wünschen.«

»Gerne.«

Der Kellner kommt und bringt die Getränke für Eva und Kimski. »Wie gehen Sie denn vor, wenn Sie recherchieren? Gibt es etwas, wozu Sie mir raten können?« »Nun ja. In Ihrem Fall würden die Gestapoakten sicherlich weiterhelfen. Die kann man im Bundesarchiv in Karlsruhe einsehen. Was den Raum Mannheim und Heidelberg betrifft, finden Sie dort leider nur die Jahrgänge bis 1938. Die Jahrgänge bis 1942 sind durch einen Bombenangriff auf das Polizeipräsidium in Mannheim verbrannt. Die Jahrgänge bis 1945, die wiederum für Sie von Bedeutung wären, sind nach dem Krieg verschwunden und nie wieder aufgetaucht. Sollten Sie diese tatsächlich finden, gibt Ihnen mein Chef sicherlich einen aus. Denn die hätten wir nämlich selber gern.« Er bricht in Gelächter aus, als er aber sieht, dass Kimski auf seinen Witz nicht reagiert, verschluckt er sich.

»Sie könnten es auch mal im Stadtarchiv in Mannheim versuchen. Dort sind alle Zeitungen aus dieser Zeit eingelagert. Und vielleicht finden Sie Berichte über zerschlagene Widerstandsgruppen, über die aus Gründen der Abschreckung vor allem in den letzten Kriegsmonaten häufig berichtet wurde. Eigentlich haben wir bereits das gesamte Material durchgearbeitet, aber angesichts der Vielzahl von Artikeln und Berichten in der Zeit von 1933 bis 1945 kann es natürlich sein, dass wir etwas übersehen haben. Und wenn Sie sich an das Jahr 1945 halten, sollten Sie es nicht schwer haben. Damals erschien in Mannheim als letzte und einzige Zeitung das *Hakenkreuzbanner.* Und das in einer abgespeckten Version.«

»Na gut.«

Es ist nicht viel. Aber es wird reichen, um ihn für den morgigen Vormittag zu beschäftigen. Sie tauschen ihre Kontaktdaten aus und vereinbaren ein Telefongespräch für den morgigen Nachmittag. Danach wechseln sie das Thema und tauschen Belanglosigkeiten aus. In der Zeit, in der Eva und Kimski ihr erstes Glas geleert haben, sind Carlo und Franz schon bei ihrem dritten angelangt. Allerdings sieht man Carlo das Pensum nicht an.

»Doch, ja«, denkt Kimski, »der Kerl hat ein ernsthaftes Alkoholproblem.«

Kimski zahlt für die gesamte Gesellschaft, dann verabschieden er und Eva sich. Auf dem Weg zu ihrer Wohnung sprechen sie deutlich mehr, als auf dem Hinweg. Kimski begleitet sie bis zu ihrer Haustür.

»War doch ein schöner Nachmittag«, sagt Eva.

»Klar.«

»War auch gut, sich mal wieder mit dir unterhalten zu können.«

Sie gibt Kimski einen Kuss auf die Wange, dann dreht sie sich um und schließt die Haustür auf. Gerade als sie diese aufdrücken will, hält sie inne und dreht sich noch einmal zu ihm um. »Ach, sag mal. Mir fällt da gerade noch was ein. Was machst du am Mittwoch?« Kimski zuckt mit den Schultern.

»Du könntest mich doch zum Flughafen fahren. Dann können wir unser Gespräch fortsetzen.«

»Gerne.«

»Gut. Holst du mich um acht Uhr am Abend ab?«

Sie verabschieden sich und Eva verschwindet im Haus. Ihr hat der Tag mit ihm also gefallen oder wie ist das zu verstehen? So sehr, dass sie sich wünscht, dass er sie zum Flughafen fährt. Ob er sich Sorgen machen sollte, dass sie versuchen könnte ihn zurückzuerobern?

Kimski wendet sich um und geht auf sein Auto zu. Schon aus der Entfernung kann er den Zettel sehen, der unter das rechte Scheibenwischerblatt seines Wagens geklemmt ist. »Scheiß Politessen«, denkt er, doch als er das Papierstück näher betrachtet, erkennt er, dass er sich getäuscht hat. Es ist kein Strafzettel, irgendein Scherzbold hat einen Schmierzettel hinterlassen, auf dem in krakeligen Buchstaben *Ich beobachte dich!* steht. Und auf die Kühlerhaube hat jemand mit dem Finger das Wort *Drecksau* in den Staub geschrieben. Er sollte bald mal wieder in die Waschanlage fahren, denkt sich Kimski und steigt in sein Auto.

7

Montag, 21. April 2008
Mannheim

Das Stadtarchiv ist im Collini-Center untergebracht, einer hundert Meter hohen, wabenartig angelegten Wohnkrake aus den Siebzigern. Als Kimski die zweigeschossige Eingangshalle betritt, fühlt er sich, als hätte man ihn mitten in einen schlechten Science-Fiction-Film gebeamt.

Um ins Archiv zu gelangen, muss Kimski mit dem Aufzug ins zweite Obergeschoss fahren. Dort angekommen findet er sich in einem kahlen weißen Flur wieder. Die Neonröhren an der Decke beleuchten mit ihrem matschigen Licht die Schaukästen, die an der Wand angebracht sind und historische Informationen enthalten. Ein sonderbarer Ort, um die Geschichte der Stadt aufzubewahren.

Nach einigen Metern gelangt er in den Empfangsraum des Stadtarchivs. In der Mitte des Zimmers sitzt eine Dame mit toupiertem Haar und aufwendig manikürten Fingernägeln an einem mit dem Wort Servicepoint beschrifteten Klotz.

»Ich würde gerne die Ausgaben des *Hakenkreuzbanners* von Oktober 1944 bis April 1945 einsehen. Können Sie mir weiterhelfen?«

»Alla gut. Fülle Sie erst mal den Benutzerantrag aus«, sagt sie und schiebt ihm einen Stapel DIN A4-Blätter über die Theke. Während er den Antrag ausfüllt, tippt sie an ihrem Computer.

»*Hake'kreuzbanner*, sagte Sie?«

»Genau.«

»Könne mer Ihne nur auf Mikrofilm zeige. Dazu müsse Sie awwa an ein Lesegerät und des müsse Sie vorher reserviere.«

»Reservieren?«, er sieht von dem Antrag auf. »Wie lang kann das dauern?«

»Ä Woch.«

»Ich bräuchte die Informationen wirklich dringend. Gibt es nicht eine Möglichkeit, eilige Fälle vorzuziehen? Ich zahle auch gerne dafür, wenn ich die Filme heute noch anschauen kann.«

»Tut mer leid.«

»Kann man da denn überhaupt nichts machen?«

»Nä. Alla dann.«

Es braucht weitere drei Minuten und eine Vielzahl Komplimente für ihre Frisur, bis sich die Frau bereit erklärt nachzuschauen, ob eventuell doch ein Lesegerät frei ist.

»Ich muss awwa erst meinen Kollege frage, ob der Zeit hat, die Mikrofilme für Sie rauszusuche.«

Sie ruft ihn an. Er hat Zeit. Nach zwanzig Minuten führt der Mitarbeiter Kimski in den Benutzerraum und er darf an einem Lesegerät Platz nehmen. Kimski wird noch kurz eingewiesen und versinkt für die nächsten drei Stunden in den Berichten aus den letzten Tagen des Naziregimes. Um 11.50 Uhr beendet er seine Recherche, denn länger hat er nicht gebraucht, um sämtliche Zeitungen, die in einem Zeitraum von sieben Monaten erschienen sind, durchzusehen. Zudem sind die Ausgaben tatsächlich sehr dünn, manche weniger als eine Seite lang. Erfreulicherweise sind sie nicht in Frakturschrift gesetzt.

Kimski hat nichts gefunden, was ihm weiterhelfen könnte, Franz hat also recht gehabt. Frustriert erhebt er sich und verlässt den Raum. Wo soll er bei seiner Recherche als Nächstes ansetzen? Und der Anruf bei Franz heute Nachmittag wird ihm wohl auch kaum neue Erkenntnisse bringen, das ahnt er bereits.

Er verabschiedet sich bei der Empfangsdame und will in den Flur treten, der ihn zurück zum Aufzug führt. In diesem Moment fällt sein Blick auf einen Aushang an der Wand:

Auskünfte aus der Meldedatei

Das Stadtarchiv erteilt aus der Meldedatei Auskünfte gemäß Meldegesetz. Weiterhin beantworten wir Fragen zu Renten- und Erbschaftsangelegenheiten sowie zur Familienforschung.

Kimski bleibt stehen und liest sich den Text zweimal durch, wobei ihm das Wort Familienforschung besonders ins Auge fällt. Warum eigentlich nicht? Dann geht er noch einmal zum Servicepoint. »Alla gut«, sagt er, lehnt sich an die Theke und die Dame erwidert sein Lächeln.

8

Montag, 21. April 2008
Mannheim

»Die Meldekarte könne Sie aus Date'schutzgründen ned persönlisch einsehe«, erklärt die Empfangsdame. »Außerdem müsse Sie Ihre Anfrage schriftlich einreische.«

»So ein Zufall.«

»Tja. Awwa wie ich Sie mittlerweile kenn, muss es ja schnell gehe. Da könne Sie auch eine E-Mail schicke. Bis morgen könnte Sie dann die schriftlische Rückmeldung, ebenfalls elektronisch, erhalte. Des geht doch mittlerweile alles elektronisch bei uns.«

»Das klingt doch wunderbar.«

»Alla hopp«, sagt die Dame und diktiert Kimski den Namen und die E-Mail-Adresse ihrer Kollegin, die für die Melderegisterauskunft zuständig ist. Dann macht er sich zu Fuß auf den Weg nach Hause. In den H-Quadraten kauft er sich einen Döner. Mal wieder türkisch, aber diesmal Fast Food. Seine ehemaligen Kollegen im Präsidium nennen das Viertel hinter dem Marktplatz schon lange »Klein Istanbul«. In einem Kiosk erwirbt er eine Ausgabe der *ZEIT,* die auf ihrer Titelseite auf einen Artikel zum Thema Rechtsradikalismus hinweist.

In seiner Wohnung angekommen legt er ein Album von Maximo Park in den CD-Spieler und dreht die Anlage auf. Er schmeißt sich auf die Couch und lässt sich von der Musik berieseln. Es dauert nicht lange, bis er einschläft. Schon nach einer Viertelstunde setzt er sich mit neuer Kraft an seinen Laptop und beginnt mit einer Onlinerecherche. Wie hieß doch gleich der Unternehmer, von dem sein Onkel sagt, seine Urgroßmutter habe bei ihm als Dienstmädchen gearbeitet? Dreyfuß?

Kimski gibt die Wörter *Dreyfuß Mannheim Unternehmer* bei Google ein und erhält hundertundvier Treffer. Nachdem er zwei Artikel gelesen hat, weiß er, dass er den richtigen Namen eingegeben hat. Vor dem Zweiten Weltkrieg gab es eine Unternehmerfamilie, deren Oberhaupt Wilhelm Dreyfuß hieß, womit aber weder bewiesen ist, dass Kimskis Urgroßmutter wirklich dort tätig war, geschweige denn dass sie mit einem Mitglied der Familie ein Kind gezeugt hat.

Kimski öffnet sein E-Mail-Programm und überlegt. Die Empfangsdame hat gesagt, man bräuchte möglichst viele Informationen, um eine Person eindeutig zu identifizieren. Kimski beginnt mit dem Namen seines Großvaters, Heinrich Kimski. Wann hatte er bloß Geburtstag? Irgendwann im Mai. Und das Geburtsjahr? Kimski erinnert sich, dass die Beerdigung in den Neunzigern war, genauer gesagt 1995. Es hatte geregnet und Kimski tippt darauf, dass es Herbst gewesen sein muss. Bei seinem Tod war sein Großvater fünfundsiebzig Jahre alt. Also muss er etwa 1920 geboren worden sein.

Kimski schreibt: *Geboren vermutlich 1920, Geburtsort: Mannheim.*

Dann setzt er einen kurzen formellen Text auf und fügt ihn vor den bereits geschriebenen Zeilen ein. Bevor er auf Senden drückt, geht er zum Kühlschrank und holt sich eine Flasche Export. Er setzt sich wieder an seinen Schreibtisch, trinkt das Bier und starrt den Bildschirm an. Er zögert, denn er redet sich ein, dass wahrscheinlich sowieso keine neuen Erkenntnisse über seinen Großvater herausgefunden werden. Schließlich nimmt er doch noch die Maus in die Hand und versendet die E-Mail. Scheiß drauf!

Als Nächstes greift er zum Mobilteil seines Festnetztelefons und ruft Franz an. Nachdem sie knappe Höflichkeitsfloskeln ausgetauscht haben, kommt Kimski direkt zur Sache: »Haben Sie in Ihrem Archiv etwas finden können?«

»Nein. Es ist so, wie ich dachte. In unseren Beständen taucht keine Widerstandsgruppe auf, auf die die von Ihnen genannten Merkmale zutreffen. Ich habe auch noch einmal mit dem Herrn Professor und einigen Kollegen gesprochen. Ehrlich gesagt waren sie alle verblüfft über Ihre Geschichte.« Kimski atmet gut hörbar aus.

»Von Professor Schmidt soll ich Ihnen aber ausrichten, dass wir, falls Sie mit Ihren Recherchen Erfolg haben, an einem Informationsaustausch mit Ihnen sehr interessiert wären.«

»Na, sehr schön.« Er kann seine Enttäuschung nicht zurückhalten. »Und welche Informationen kriege ich von Ihnen als Gegenleistung? Sie wissen doch gar nichts!«

»Ich habe eine Liste mit Telefonnummern der letzten Zeitzeugen des Mannheimer Widerstands für Sie herausgesucht. Ich kann Ihnen die Nummern sofort durchgeben. Vielleicht können Sie ja bei jemanden ein paar Erinnerungen wecken.«

»Hm«, entgegnet Kimski. Er notiert sich die Daten und legt auf. Den Rest des Nachmittags ist er damit beschäftigt, die sieben Rufnummern auf seiner Liste durchzutelefonieren.

Zwei der Anschlüsse sind nicht mehr vergeben. Im dritten Fall kann er mithilfe einer Telefonbuchrecherche, durch die er Verwandte der betreffenden Person erreicht, ihren neuen Anschluss im Altersheim herausfinden. Ein anderer Mann wiederum, dessen Name auf der Liste steht, ist mittlerweile verstorben. Mit den restlichen vier Frauen und Männern führt er teils unterhaltsame, teils anstrengende Gespräche über das Leben in Mannheim gegen Ende des Zweiten Weltkriegs. Nur zu der von ihm gesuchten Gruppierung kann ihm niemand etwas sagen. Eine Frau unterstellt ihm sogar, dass er sich von seiner Auftraggeberin hat hinters Licht führen lassen. »So eine Gruppe hat es in den letzten Monaten vor dem Untergang nicht mehr gegeben. Die jungen Leute haben doch nur noch überlegt, wie sie ihren eigenen Kopf retten können. Nein, also einen Überfall auf ein Lager hatte bestimmt niemand mehr geplant.«

Um kurz nach sieben legt Kimski den Hörer erschöpft zur Seite. Er läuft in seinem winzigen Wohnzimmer im Kreis umher und denkt nach. Die ausgewiesenen Fachmänner konnten ihm nicht weiterhelfen und die Zeitzeugen konnten es ebenso wenig. Weil er mit seinen Überlegungen nicht weiterkommt, begibt er sich wieder an seinen Laptop und versucht, im Internet noch mehr zum Thema Widerstand in Mannheim zu finden. Tatsächlich gibt es einiges an Material, doch neue Erkenntnisse liefert es ihm nicht. Er erinnert sich an die Worte von Maria Kampowski. Sie hatte erwähnt, dass es etliche Sachbücher zu dem Thema gibt. Auf der Seite der Stadtbibliothek entdeckt er ein gutes Dutzend Bücher. Er notiert sich die Titel, um sie am kommenden Tag in der Bibliothek herauszusuchen und sich anzusehen.

Als er den Computer ausschaltet, bemerkt er, dass es bereits halb zehn ist.

Er setzt sich auf die Couch und blättert in der *ZEIT*, um sich abzulenken. Er hat Probleme, sich auf die Texte zu konzentrieren, also legt er die Zeitung zur Seite und geht in die Küche, um sich ein weiteres Bier zu holen. »Aufräumen müsste man auch mal wieder«, denkt er missmutig. Seit er in Evas blitzblanker, strahlender Wohnung war, fällt ihm der Dreck in seiner Bude erst so richtig auf.

Zurück im Wohnzimmer legt er eine DVD, den ersten Teil von *Stirb Langsam*, in den DVD-Player und lässt sich auf das Sofa sinken.

»Was für Zeiten«, denkt er nach den ersten paar Minuten des Films. Die Achtziger! Bruce Willis fand er damals ziemlich cool. Er darf nicht zu viel darüber sinnieren, ob es das Bild des muskelbepackten Actionhelden gewesen ist, der als einsamer Rächer die Menschheit rettet, das er im Kopf hatte, als man ihm Ende der Neunziger anbot, sich beim SEK zu bewerben? Wenn dem so ist, dann hat er damals etwas falsch verstanden. Bruce Willis hingegen jagt in diesem Moment einen Aufzug in die Luft und Kimski sinkt tiefer in die Couch. Irgendwann schläft er ein.

Kimski erwacht um 10.43 Uhr am Dienstagvormittag. Mühsam erhebt er sich und bereitet sich eine Schale Cornflakes mit saurer Milch zu. Nebenbei schaltet er den Laptop ein und sein E-Mail-Programm begrüßt ihn mit einem schrillen Ping – das Signal dafür, dass er eine Nachricht erhalten hat. Absender ist das Stadtarchiv Mannheim,

Kimski kann es kaum glauben. Man hat ihm tatsächlich zügig geantwortet. Im Dateianhang der E-Mail befinden sich die Kopien sämtlicher Dokumente, die man über Heinrich Kimski gefunden hat. Kimski öffnet zuerst die Datei mit dem Namen *Geburtsurkunde.*

Das angegebene Geburtsdatum ist der 21. Mai 1920. Der Name der Mutter lautet Charlotte Kimski. Dort, wo der Name des Vaters hätte angegeben sein müssen, steht *unbekannt.* Er schüttelt den Kopf und schielt mit halb geöffneten Augen auf den Bildschirm. Eigentlich hatte er auch nichts anderes erwartet. Als er aber weiterliest, fährt er zusammen. Neben Mannheim als Geburtsort wird die jüdische Kinderstube aufgeführt.

9

Mittwoch, 9. November 1938
München

Hitler saß im Alten Rathaus beim Abendessen, als er die Nachricht vom Tod des Botschaftssekretärs erhielt. Es war Punkt 21 Uhr. Die Parteiführung feierte den jährlichen Kameradschaftsabend zum Gedenken des gescheiterten Hitler-Ludendorff-Putsches von 1923.

Hitler tupfte sich die Mundwinkel mit einer Serviette und schickte seinen Adjutanten weg. Dann rückte er näher an seinen Tischnachbarn Goebbels heran und sagte leise: »Es ist soweit.«

Wenige Minuten später verließ er die Versammlung und fuhr in seine Privatwohnung. Es war nun an Goebbels, alles Weitere in die Wege zu leiten. Die Aktion war von langer Hand geplant. Dass ein Jude vor zwei Tagen in Paris einen Sekretär der deutschen Botschaft angeschossen und lebensgefährlich verletzt hatte, war lediglich ein glücklicher Zufall, genauer gesagt ein geeigneter Vorwand für das, was kommen sollte.

Nach dem Abendessen, etwa gegen 22 Uhr, hielt Goebbels vor den versammelten Gauleitern und SA-Führern eine Rede. Und bereits um 23 Uhr brannten die ersten Synagogen in Deutschland.

Donnerstag, 10. November 1938
Mannheim

In Mannheim begannen die Ausschreitungen des 10. November 1938 in den frühen Morgenstunden. Um 4 Uhr wurden bereits die ersten Verhaftungen durchgeführt, vor allem die der wohlhabenderen Juden. Die Hauptsynagoge ging nur zwei Stunden später, um 6 Uhr in Flammen auf.

Klara machte sich wie jeden Tag um 7.30 Uhr auf den Weg zur K 5-Schule. Auf ihrer Route passierte sie das Judenviertel in den F-Quadraten. Schon von Weitem sah sie das Feuer über der Kuppel der Synagoge wüten. Als sie näher kam, stellte sie fest, dass die Feuerwehr daneben stand und nichts tat. Ungläubig verharrte sie in unmittelbarer Nähe.

»Bitte weitergehen!«, rief ihr ein SA-Mann zu. Sie wusste, dass sie zu neugierig war. Ihre Mutter hatte ihr schon lange versucht einzubläuen, dass man bei so etwas wegzusehen hatte. Als vor ein paar Jahren die ersten Boykottaktionen gegen Juden durchgeführt wurden und SA-Posten vor jüdischen Geschäften mit abschreckenden Schildern gestanden hatten, wollte Klara auch wissen, was vor sich ging. »Sieh nicht hin, Kind. Das ist nichts für uns«, zischte ihre Mutter damals und drückte ihre Hand immer fester.

Sie lief weiter. Überall auf der Straße lagen vor den jüdischen Geschäften die Glassplitter der eingeschlagenen Schaufensterscheiben. Aus einem leeren Rahmen krachte vor ihr ein Stuhl auf die Straße. Das Holz zerschmetterte auf dem Bordstein und die Splitter flogen Klara um die Ohren. Schützend hielt sie einen Arm vor ihr Gesicht und wich auf die andere Straßenseite aus. Auf der Höhe von H 4 erblickte sie auf der Straße ein brennendes Sofa. Zwei SA-Männer standen stumm daneben, während eine Frau auf die beiden zugerannt kam.

»Ich bin Arierin!«, rief sie. »Die Möbel gehören nicht meinem Mann, sondern mir!«

»Halt's Maul, du Sau!«, brüllte der eine der beiden Männer und schlug mit seiner rechten Faust nach ihr. Sie stürzte zu Boden. Klara sah beschämt zur Seite, als sie an ihnen vorüberging. So wie sie es gelernt hatte.

Der vormittägliche Unterricht verlief wie an jedem anderen Tag auch. Gegen halb eins am Mittag erschütterte eine Detonation das gesamte Schulgebäude. Die Lehrerin hielt die Klasse zur Ruhe an und setzte die Stunde fort.

Nachmittags hatte Klara Deutschunterricht bei Frau Schlesinger. Als durch die Fenster des Klassenraums deutlich zu sehen war, wie im gegenüberliegenden Haus im Quadrat I 5 ein jüdischer Geschäftsmann von der SA gezwungen wurde, eigenhändig die gesamte Einrichtung seines Büros auf die Straße zu tragen, sprang die Lehrerin auf.

»Wie soll man denn so unterrichten können!«, schrie sie und rannte aus dem Zimmer. Eine Viertelstunde später kam eine andere Lehrerin herein und teilte den Schülerinnen mit, dass für sie der restliche Unterricht ausfiele. Auf dem Nachhauseweg nahm Klara nicht ihren herkömmlichen Schulweg, sondern machte einen Umweg über den Ring. Doch auch hier waren überall die Spuren der Zerstörung sichtbar. Auf der Höhe der Liebfrauenkirche kam ihr eine grölende Gruppe von HJ-Pimpfen entgegen. Die vier Jungen waren etwa in ihrem Alter und hielten Büstenhalter und Damenschlüpfer in ihren Händen, mit denen sie aufeinander einpeitschten.

In der Nähe ihres Zuhauses war ein Parterre-Appartement demoliert worden. »Besichtigen Sie die Bescherung gegen ein Entgelt von 20 Pfennig. Der Erlös geht zugunsten des Winterhilfswerks«, verkündete ein Polizeibeamter jedem Passanten, der an dem Haus vorbeikam.

Zu Hause erfuhr Klara von einer Nachbarin, dass die Explosion, die sie am Mittag gehört hatte, durch die Sprengung des Eingangsgebäudes des jüdischen Friedhofs hervorgerufen worden war. In der Wohnung ihrer Familie angekommen, zog Klara sich in ihr Zimmer zurück und wartete. Am frühen Abend kam ihre Mutter von der Arbeit. Sie aßen zusammen eine Kleinigkeit und machten sich dann fertig, um das Haus zu verlassen.

Die Missionsveranstaltung in der Trinitatiskirche war schon seit Monaten angekündigt. Vikar Jaeger hatte sie gemeinsam mit der Allianz, dem Bund der evangelischen Frei- und Landeskirchen, organisiert. Klara mochte ihn und sie wusste, dass Jaeger Mitglied der Bekennenden Kirche war. Im Gegensatz zu seinem Vorgesetzten Pfarrer Kiefer, der der Landesführer der Deutschen Christen war.

Die Trinitatiskirche war die älteste evangelische Kirche Mannheims. Sie befand sich in G 4, schräg gegenüber der Hauptsynagoge. Als Klara und ihre Mutter an der Kirche ankamen, war noch mehr als eine halbe Stunde Zeit, bis die Veranstaltung beginnen sollte. Das Feuer in der Synagoge war mittlerweile erloschen, aber direkt gegenüber der Kirche, vor dem Wartburghospiz, brannten noch Möbelstücke.

Klara sah den Vikar am Hauptportal der Kirche stehen. Kerzengerade und verkrampft nach vorn blickend wirkte er auf sie wie ein Wachsoldat. Sie begrüßten ihn und schritten an ihm vorbei. Klara hörte plötzlich Schreie hinter sich und drehte sich um. Ein SA-Mann mit brennender Fackel kam auf die Kirche zugerannt. Ihre Mutter schien den Lärm nicht zu beachten, denn sie ging einfach weiter. Klara hingegen stellte sich an die Holztür und beobachtete die Szene.

Vikar Jaeger stellte sich dem Fackelträger in den Weg: »Das ist doch eine christliche Kirche!« Der SA-Mann kam direkt vor ihm zum Stehen.

»Ihr kommt auch noch alle dran!«, schrie er dem Vikar ins Gesicht.

»Wie das? Sehen Sie denn nicht den Altar da vorn mit Jesus Christus?«, Jaeger zeigte durch die offene Kirchenpforte Richtung Altarraum. »Das ist der Mann, den die Juden gekreuzigt haben.« Seine Stimme klang brüchig, gar nicht so stark und voll Überzeugung, wie Klara ihn sonst hatte reden hören.

»Ganz einerlei«, sagte der SA-Mann schließlich. »Ihr steckt doch alle unter derselben Decke!« Unverrichteter Dinge zog der Fackelträger ab.

Die geräumige Kirche mit ihren zwei Emporen konnte die zweitausend Kirchgänger, die an diesem Abend gekommen waren, kaum fassen. Das lodernde Feuer schien von der Straße durch die Kirchenfenster, auch den Brandgeruch konnte Klara in ihrer Bankreihe riechen.

Der Evangelist auf der Kanzel ging mit keinem Wort auf die Ereignisse des Tages ein. Klara hatte auch schon erlebt, wie er bei einem Vortrag mit übersprudelnder Begeisterung zu den Anwesenden sprach, und seine Überzeugung für das, was er predigte, war ihm an jeder Geste abzulesen gewesen. Heute sprach er langsam, mit monotoner Stimme, und immer wieder sah er sich im Publikum um, so als suche er nach jemandem. Oder fühlte er sich beobachtet? Aber das wäre doch Unsinn, natürlich wurde man auf einer Kanzel beobachtet.

Am Ende der Predigt bat der Evangelist die Gemeinde, sich für eine Fürbitte zu erheben.

»Vater, wir stehen heute Abend als Gemeinde vor dir«, begann er leise. Dann erhob er plötzlich seine Stimme und es brach aus ihm heraus. Er beklagte das Geschehene, beugte sich unter der tief empfundenen Schuld, die Deutschland an diesem Tage auf sich genommen habe, und er schrie nach Gottes Gnade. Er betete für die Betroffenen, die Verfemten und Gejagten sowie für das gelästerte, angezündete Gotteshaus nebenan.

Die Anwesenden atmeten hörbar auf. Auch Klara spürte, wie ihr eine Last vom Herzen fiel, die sie den ganzen Tag über bedrückt hatte. Endlich sprach sich jemand gegen das aus, was hier geschah. Als sie neben sich schaute, erblickte sie einen Mann, der sich nicht zum Gebet erhoben hatte. Mit versteinerter Miene saß er da und notierte sich etwas auf einem kleinen Notizblock.

Nach dem Gottesdienst wollte Klaras Mutter die Kirche umgehend verlassen.

»Ich muss zur Toilette«, sagte Klara, »dringend.«

»Aber beeil dich.«

Klara wühlte sich durch die Menschenmenge zu dem kleinen Gang, der links neben dem Altarraum abging und zur Sakristei führte. Davor war die Tür zur Toilette. Als Klara diese öffnete, hörte sie die Stimmen des Vikars und des Evangelisten. Vorsichtig lugte sie hinter der Tür hervor und sah, dass die beiden vor der Sakristei standen und sich unterhielten.

»Ich sehe vor meinem inneren Auge, wie diese Stadt in Flammen aufgehen wird«, sagte der Evangelist. »Der Bumerang kommt zu uns zurück – zu jenen, die ihn heute geworfen haben.«

10

Dienstag, 22. April 2008
Mannheim

»Vielleicht hat man deiner Urgroßmutter den Aufenthalt in der jüdischen Privatklinik bezahlt, um sie ruhigzustellen?« Evas Stimme dringt durch den Telefonhörer in Kimskis Ohr. Während er mit ihr spricht, sucht er im Internet nach Spuren der jüdischen Kinderstube in Mannheim.

»Warum nicht«, sagt er. »Ich glaube, ich habe etwas gefunden.«

»Halt mich auf dem Laufenden. Ich muss jetzt aus dem Haus, um noch ein paar Sachen zu erledigen. Also dann, bis heute Abend um acht.«

Nachdem sie aufgelegt haben, sieht er sich die Webseite, auf die er zuvor gestoßen ist, genauer an. Es handelt sich um das Projekt einer Schulklasse, die sich auf die Spuren des jüdischen Lebens in Mannheim begeben hat. Das Vorhaben war im Sommer 2006 durchgeführt worden und auf einer Unterseite findet sich ein kurzer Beitrag über die jüdische Kinderstube. Darin werden drei Sätze einer Zeitzeugin wiedergegeben, die die Schüler interviewt hatten. Irina Mejr war, wie der Anhang offenbart, bis zum Ausbruch des Zweiten Weltkriegs Hebamme in der Kinderstube gewesen. Danach floh sie zu Verwandten nach England und wohnt seit 1946 wieder in Mannheim.

Kimski überlegt. Sein Großvater wurde 1920 geboren, vor nunmehr achtundachtzig Jahren. Damals kann Irina noch nicht in der Kinderstube gearbeitet haben. Trotzdem sucht er im Telefonbuch ihre Nummer. Er findet diese ohne Weiteres, was ihn erstaunt.

Nachdem er sich mit Irina verabredet hat, geht Kimski in die Stadtbibliothek, um die Bücher auf der Liste abzuarbeiten, die er am Vorabend erstellt hat. Er nimmt sie sich alle auf einmal vor und setzt sich mit dem Stapel an einen Tisch. Nach zwei Stunden aufmerksamen Blätterns schlägt er das letzte Buch frustriert zu. Immer wieder dasselbe, die Informationen wiederholen sich und Kimski erfährt nichts wirklich Neues. Er stützt die Arme auf den Tisch, legt den Kopf zwischen seine Hände und atmet laut hörbar aus. Er steht auf und lässt die Bücher liegen, denn er hasst es, wenn er eine Aufgabe nicht lösen kann.

11

Dienstag, 22. April 2008
Mannheim

Die Seniorenstätte Vitalia liegt im Stadtteil Lindenhof und ist ein moderner Komplex. Darin befinden sich neben Wohnungen für ältere Menschen ein Fitnesscenter, Wellnessshops und ein Restaurant, das sich ausschließlich auf die Ernährungsgewohnheiten Älterer spezialisiert hat. Kimski sieht auf seine Armbanduhr, es ist Punkt 15 Uhr. Er öffnet die Tür und betritt das Lokal. Alle Tische sind besetzt, überall sitzen ältere Herrschaften, die Kuchen essen und dazu entkoffeinierten Kaffee trinken. An normalen Tagen ist er froh, wenn er um diese Uhrzeit seine erste richtige Mahlzeit zwischen die Kiemen bekommt. Heute wird er es mit einem Stückchen Plunder versuchen.

In der hintersten Ecke des Raums entdeckt er eine Dame, die allein an einem Tisch sitzt. Er vermutet, dass sie in ihren Achtzigern ist. Sie trägt ein hellblaues Kostüm und sitzt kerzengerade. Das graue, dauergewellte Haar ist frisch frisiert und wird von einer perlenbesetzten Haarspange zusammengehalten. Als Kimski zu ihr herübersieht, winkt sie ihm zu.

»Leonard Kimski, sehr erfreut«, sagt er und reicht ihr seine Hand. »Sie sind Frau Mejr?«

»Die bin ich.«

»Habe ich das richtig ausgesprochen, Mejr?«

»Ja. Genau wie das deutsche Meier.« Sie bietet ihm einen Platz an und er setzt sich. Die Bedienung kommt und er bestellt sich statt eines doppelten Espresso ein Kännchen Kaffee und ein Stück Sahnetorte.

»Sie kommen also auch wegen der jüdischen Kinderstube?« Sie lächelt. »Und ich dachte immer, für die Vergangenheit interessiert sich keiner mehr. Was wollen Sie denn wissen?«

»Nun, ich weiß gar nicht, ob Sie mir weiterhelfen können. Wahrscheinlich liegt das alles vor Ihrer Zeit – aber sagt Ihnen der Name Dreyfuß etwas?«

»Es gab eine Unternehmerfamilie in Mannheim, die so hieß. Sehr bekannte Leute damals.« Sie schließt die Augen und senkt ihren Kopf. Einen Moment lang sagt sie nichts, dann kichert sie plötzlich.

»Was ist?«

»Ach nichts, aber jetzt fällt es mir wieder ein. Der jüngste Sohn der Familie, Friedrich Dreyfuß, war so etwas wie ein Stammgast bei uns. Wir Hebammen haben unsere Witze über ihn gemacht.« Sie beugt sich etwas vor und fährt im Flüsterton fort: »Er hatte eine Schwäche für Dienstmädchen.« Sie macht eine kurze Pause und richtet sich wieder auf. »Diese durfte er natürlich nicht heiraten, weil sein Vater niemals damit einverstanden gewesen wäre. Also kam er ziemlich regelmäßig zu uns und brachte ein unglückliches Mädchen nach dem anderen mit. Einmal sogar zwei Frauen innerhalb eines Jahres. Die Familie zahlte für den gesamten Aufenthalt im Voraus, bis Kriegsausbruch ging das so.«

Kimski schiebt sich ein Stück Sahnetorte in den Mund, das wie lauwarme Zahnpasta durch seine Zahnreihen quillt. »Na super«, denkt er. Wenn dieser Friedrich Dreyfuß zwischen 1920 und 1939 kontinuierlich Frauen in die Kinderstube brachte, bedeutet das, dass sein Großvater noch etliche Halbgeschwister hat.

»Erinnern Sie sich an irgendwelche Namen?«

»Sie meinen die der Frauen und ihrer Kinder? Das ist lange her. Aber warten Sie ...«, sagt Irina unvermittelt. »Einen Namen habe ich für Sie, Albert Stumpf.« Kimski sieht auf.

»Alberts Geburt war eigentlich vor meiner Zeit in der Kinderstube, es muss irgendwann in den Zwanzigerjahren gewesen sein, Friedrich Dreyfuß war jedenfalls der Vater. Ich habe Albert 1946 bei einem Treffen der wenigen nach Mannheim zurückgekehrten Juden gesehen. Eine ehemalige Kollegin, die schon seit 1919 in der Kinderstube als Hebamme gearbeitet hatte, stellte ihn mir vor. Beide Eltern waren Juden gewesen. Nach der Geburt gab ihn seine Mutter zu Pflegeeltern, sogenannten Ariern. Eine sehr interessante Geschichte, denn Albert wusste nicht, dass sie nicht seine richtigen Eltern waren.

1943 benötigte er für seine bevorstehende Heirat die erforderlichen Papiere und erfuhr dadurch erst, dass er jüdischer Herkunft war. Er wurde gleich von der Gestapo vorgeladen, die ihm ein Verfahren anhängte wegen des Verstoßes gegen das Gesetz zum Schutz des deutschen Blutes oder wie man das damals nannte. Sie setzten ihn sofort auf die Liste derer, die für die nächste Deportation vorgesehen waren.« Kimski macht sich Notizen auf seinem Schreibblock.

»Mithilfe von Freunden floh Albert nach Italien, wo er sich wenig später einer Partisaneneinheit anschloss.«

»Dann war er so etwas wie ein Widerstandskämpfer?«, murmelt Kimski mehr zu sich selbst als zu seiner Gesprächspartnerin.

»Klar. Er war ein mutiger Kerl, man sah das gleich. Diese Erscheinung – ich kann mich noch gut erinnern, mit welcher Inbrunst er uns damals seine Geschichte erzählte.«

»Wissen Sie, wo er heute lebt?«

»Nun«, Irina überlegt einen Moment. »Nach dem Krieg war er nach Mannheim zurückgekehrt, aber er fühlte sich hier nicht mehr zu Hause. Ich glaube, er sagte etwas davon, dass er nach Italien zurückkehren wollte. Bei den Treffen habe ich ihn jedenfalls irgendwann nicht mehr gesehen.«

»Wissen Sie, wohin genau er gehen wollte?«

»Das kann ich Ihnen nicht sagen. Aber mir ist noch etwas eingefallen, weil Sie eben das Wort Widerstandskämpfer gebraucht haben. Albert kam ja zu unseren Treffen, um wieder Anschluss in der Stadt zu finden. So erzählte er, dass er sich zuvor schon mit Mannheimer Widerstandskämpfern getroffen hatte.«

»Sie haben wirklich ein gutes Gedächtnis.«

»Na ja«, Irina lacht verlegen. »Diese alten Geschichten. Das ist doch nicht der Rede wert. Daran kann ich mich erinnern, aber fragen Sie mich bitte nicht, was ich letzte Woche gemacht habe.«

Als er wieder zu Hause ist, macht Kimski sich auf die Suche nach Albert Stumpf. Über das Internet findet er für einen gewissen Alberto Stumpf auf Anhieb im italienischen Telefonbuch einen Eintrag. Als Wohnort ist Desenzano del Garda angegeben, ein Ort am Gardasee.

»Prego?«, meldet sich eine Männerstimme am anderen Ende der Leitung, nachdem er die Nummer gewählt hat.

»Signore Stumpf?«, stammelt Kimski. Seine Italienischkenntnisse belaufen sich auf wenige Wörter und Redewendungen.

»Der bin ich«, antwortet der Mann auf Deutsch. Kimski atmet auf. »Unverkennbarer deutscher Akzent. Worum geht es? Ich habe seit Jahrzehnten keinen Anruf aus Deutschland bekommen.«

Kimski stellt sich vor und erklärt ihm, dass er sich aufgrund seiner Recherche zu Mannheimer Widerstandskämpfern mit ihm treffen möchte. Er erwähnt nicht seine Vermutung, dass Albert – oder Alberto – der Halbbruder seines Großvaters ist.

»Da müssen Sie schon zu mir kommen, junger Mann. Ich bin keine dreißig mehr.«

»Ich denke, das ist kein Problem. Wann kann ich bei Ihnen vorbeikommen?«

»Wann es Ihnen passt, ich habe keine Termine.«

»Wie wäre es mit morgen Vormittag?« Alberto lacht auf. »Na gut.«

Kimski lässt sich noch die genaue Adresse geben und verabschiedet sich.

Nachdem er das Gespräch beendet hat, wählt er Maria Kampowskis Mobilnummer.

»Haben Sie etwas herausfinden können?«

»Nichts Handfestes, die Angelegenheit gestaltet sich leider ziemlich kompliziert. Ich habe noch einen möglichen Informanten ausfindig machen können, der wohnt aber in Italien.«

»Wie schnell können Sie dort hinreisen?«

»Ich würde den nächstbesten Flug nehmen.«

»Gut.«

»Ich will Ihnen aber nicht zu viel versprechen. Vielleicht wird das wieder ein Reinfall.«

»Bitte – lassen Sie nichts unversucht.«

Kimski atmet tief durch. Am besten packt er ein paar Sachen zusammen, bevor er zu Eva fährt. Dann kann er, nachdem er sie am Flughafen abgesetzt hat, gleich weiterreisen. »Ach du Scheiße!«, ruft er in die leere Wohnung. Eva! Sie hatte er ganz vergessen. Wie spät ist es? Er sieht auf seine Uhr und stöhnt.

12

Dienstag, 22. April 2008
Frankfurt, Flughafen

»Cazzo!«, flucht Eva in ihrer Muttersprache. Kimski steht am Absperrband und beobachtet, wie die Dame am Schalter sie abweist, weil sie fünf Minuten zu spät für den Check-in ist. Als Eva auf ihn zustapft, sieht er schuldbewusst zu Boden.

»Porca miseria! Du stronzo! Ich habe dir extra gesagt, dass du mich pünktlich abholen sollst!«

»Ich weiß.« Und wie Kimski das weiß, denn sie haben auf der Herfahrt im Auto schon ausgiebig über sein Zuspätkommen diskutiert. Zu dem Zeitpunkt war aber noch nicht sicher gewesen, dass sie den Flieger auch verpassen würde.

»Cazzo!«, wiederholt sie noch einmal. »Wie konnte ich nur so blöd sein, mich auf dich zu verlassen. Minchia! Weißt du eigentlich, was der Flug gekostet hat, der gerade ohne mich geht?«

»Wohin willst du?«, ruft Kimski ihr nach, als sie wie eine italienische Furie davonläuft.

»Ich mache jetzt endlich das, was ich schon die ganze Zeit vorhatte! Ich gehe aufs Scheißhaus!«

Als sie zurückkommt, steht Kimski an einem Infoschalter und unterhält sich mit der Angestellten, die dahinter sitzt. »Ah, da bist du ja.« Er weiß nicht, was Eva auf dem Klo gemacht hat, aber irgendwie scheint sie sich wieder einigermaßen beruhigt zu haben. »Ich habe mich erkundigt, du könntest morgen Nachmittag eine Maschine nach Moskau nehmen.«

»Das bringt doch nichts. Ich habe ein Ticket für die Transsibirische Eisenbahn und die fährt morgen Mittag vom Hauptbahnhof Moskau Richtung Wladiwostok.«

»Cazzo«, sagt jetzt auch Kimski. »Das wusste ich nicht.«

»Und was ist mit dir? Du wolltest doch zum Gardasee?« Im Auto hatte er ihr von seinen Reiseplänen erzählt.

»Dafür muss ich nach Verona fliegen, ich habe eben nachgefragt. Um das heute noch zu schaffen, müsste ich mich ganz schön beeilen. Erst mal muss der Wagen von der Eingangstür zum Terminal weg und in die Tiefgarage. Und der letzte Flug heute geht in ...« Er hebt seinen Kopf und sieht zur Uhr, die an der Anzeigetafel angebracht ist. »... in genau siebzig Minuten. Und dich kann ich ja jetzt auch nicht so einfach hier stehen lassen.« »Nachdem ich dir den Tag versaut habe!«, denkt er und lässt den Kopf hängen.

»Tja, immerhin«, sie sieht zu ihm auf. Ihr starrer Gesichtsausdruck wandelt sich zu einem schiefen Grinsen. »Dann sind deine Eier wohl genauso verkehrt herum wie meine!«

»Sieht so aus«, sagt Kimski etwas besorgt darüber, dass Eva nun auch noch anfängt, italienische Gossensprichwörter ins Deutsche zu übertragen. Als sie sein belämmertes Gesicht sieht, muss sie lachen.

»Hör mal«, sagt Kimski. »Wie wäre es, wenn du mitkommst nach Italien? Ich lade dich ein.« Um genau zu sein wird er sie als seine Assistentin auf das Spesenkonto setzen müssen. »Und wenn du zurückkommst, suchst du in Ruhe nach der nächsten Reisemöglichkeit. Ich treffe in Italien einen Widerstandskämpfer, der sich dort zur Ruhe gesetzt hat. Darüber kannst du doch bestimmt auch irgendeinen Bericht basteln, oder?«

»Aha, so einfach willst du also deine Verfehlung wiedergutmachen.« Sie sieht ihn mit einem durchdringenden Blick an, wie es nur eine Frau kann, die einen Mann bei den Eiern hat, wie der sizilianische Volksmund sagen würde.

»Na ja«, stammelt er.

»Klar«, sagt sie und lächelt ihn überlegen an.

»Wirklich?«

»Warum nicht.«

»Gut, dann aber schnell«, sagt Kimski und rennt los. Seine Eier fühlen sich irgendwie wieder richtig herum an, denkt er kurz, er hat aber keine Zeit, diesen Gedanken weiterzuverfolgen.

13

Dienstag, 22. April 2008
Heidelberg

Nur wenig Mondlicht fällt durch die großen Fenster ins Schlafzimmer. Das schummrige Licht einer Nachttischlampe kann sich nur schwer gegen die erdrückende Dunkelheit der Wandvertäfelung und die düsteren antiquarischen Möbel behaupten. Mitten in dieser musealen Atmosphäre wirkt der moderne Hebekran für Rollstuhlfahrer wie ein Utensil aus einer fernen Zukunft.

»Passen Sie doch auf«, sagt Maria zu Sebastian, dem Pfleger, als dieser ihren Mann mithilfe des Krans aus seinem Stuhl hebt und etwas abrupt auf dem Bett absetzt. Sie hat sich daran gewöhnt, im Nachthemd dabeizustehen, wenn ein Fremder in ihrem Schlafzimmer seiner Arbeit nachgeht. Daran, dass ihr Mann leidet, kann sie sich nicht gewöhnen. Adelbert stöhnt immer wieder leise auf. Sebastian ändert dessen Lage mehrfach, bis er die richtige Position zum Schlafen hat, dann zieht er sich zurück. Maria legt sich zu ihrem Mann und kuschelt sich vorsichtig an ihn. Eine Weile starrt sie ihn nur an, streichelt behutsam sein Gesicht, dann sagt sie leise: »Keine Angst, alles wird gut.«

Adelberts Atmung geht laut und langsam. Er krächzt und öffnet den Mund.

»Wer war der Mann ...«

»Schlaf«, flüstert sie. »Du musst dich ausruhen.«

»Neulich ... der Mann, der bei dir war ... war das wieder einer von denen?«

»Bitte, du sollst dich doch nicht aufregen. Ich kümmere mich um alles.«

Sie hebt ihren Kopf und küsst ihn auf die Stirn. »Ich passe auf, dass alles gut wird.« Sie legt sich wieder hin, wischt sich eine Träne aus dem Augenwinkel und drückt ihren Körper ganz nah an seinen. »Ich werde dich beschützen.«

14

Mittwoch, 23. April 2008
Desenzano del Garda

Der Weg vom Bahnhof ins Zentrum des pittoresken Städtchens ist nicht weit. Eva und Kimski spazieren die Uferpromenade entlang und betrachten die kleinen Motorboote und Jachten. Sie haben in Verona im Hotel übernachtet und sind am Morgen mit dem ersten Zug nach Desenzano del Garda weitergereist. Noch vom Bahnhof aus hat Kimski Alberto Stumpf angerufen und mit ihm ein Treffen für 10 Uhr in dessen Haus vereinbart. Jetzt ist es kurz nach neun.

Die beiden laufen am alten Hafen an dem kleinen quadratischen Becken vorbei zur Piazza. Die Überreste des mittelalterlichen Kastells, das auf einem Felsvorsprung über dem Ort thront, sind von hier aus gut zu sehen. In den winzigen Läden längs der Straßen werden teurer Schmuck und Designerkleidung angeboten. Als sie die Straße entlanglaufen, fällt Kimski auf, dass alle Frauen, die ihnen entgegenkommen, blondiert sind und dass alle Männer in Golf-Outfit gekleidet sind. »Nicht gerade das Altersdomizil, in dem ich einen früheren Partisanen erwarten würde«, sagt er, als sie in eine schmale Gasse einbiegen.

Das Haus von Alberto liegt etwas außerhalb, den Hügel hinauf, aber da Desenzano eine winzige Stadt mit kaum mehr als zwanzigtausend Einwohnern ist, ist es problemlos zu Fuß zu erreichen.

»Weißt du, was ich immer noch nicht verstehe?«, fragt Kimski.

»Lass mich raten. Du verstehst immer noch nicht, wie man eine Uhr liest?«

»Sehr witzig. Ich dachte, das Thema hätten wir abgehakt. Nein, ich verstehe nicht, wie ich als Mannheimer noch nie davon gehört habe, dass es so viele Widerstandskämpfer gegeben hat? Vielleicht kannst du mir das mal erklären, Frau Historikerin.«

»Historikerin und Journalistin«, ergänzt Eva.

»Ich wusste tatsächlich nur von zwei Dingen: Ich habe den Film über die Weiße Rose gesehen und vom Attentat auf Hitler durch Stauffenberg gehört.«

»Tja, mein Lieber, da muss ich dich enttäuschen. Die Operation Walküre, an der Stauffenberg beteiligt gewesen ist, war kein Widerstand im eigentlichen Sinne, sondern ein militärischer Putschversuch. Also weißt du sogar nur von einer Widerstandsgruppe.«

»Aber wird das Attentat nicht in der Presse immer wieder im Zusammenhang mit Widerstand genannt?«

»Klar.«

»Und warum wird über die anderen Widerstandskämpfer nie geschrieben?«

»Vielleicht ist es für manche Menschen in Deutschland besser zu ertragen, wenn nicht zu oft über die Vergangenheit geschrieben wird. Ich habe mich in den letzten Tagen mit dem Thema beschäftigt und bin auf eine Umfrage von 1964 gestoßen. Sie ergab, dass zwei Drittel der Befragten die von Widerstandskämpfern verübten Taten als unehrenhaft beurteilten. Widerstandskämpfer hielten sie für gemeine Verbrecher.

Als dann in den Siebzigerjahren erstmals die Geschichte der Weißen Rose einer breiten Öffentlichkeit bekannt wurde, waren sicherlich einige ordnungsliebende Deutsche auch beruhigt, denn sie befürchteten möglicherweise, dass bekannt werden könnte, dass es in ihrer Familie Widerstand gegen den Führer gegeben hatte. Es gab ja nun ein Beispiel für Widerstand – exemplarisch für alle anderen – und tatsächlich, seit dem ersten Film über die Weiße Rose konnte man die anderen Bewegungen weiterhin unter den Teppich kehren. Als die Umfrage von 1964 zwanzig Jahre später wiederholt wurde, waren zwar bereits zwei Drittel der Befragten der Meinung, der Widerstand sei richtig gewesen. Nur, die Widerstandskämpfer selbst werden sich in der Zwischenzeit mit ihrem Schicksal abgefunden und ihre Vergangenheit verdrängt haben. Oder was meinst du?«

Alberto erwartet sie bereits auf der Terrasse seines Bungalows. Trotz seines hohen Alters – Kimski rechnet noch einmal im Kopf nach: Ende achtzig müsste er jetzt sein – macht er einen frischen Eindruck. Seine Haut ist gebräunt und das weiße Haar adrett frisiert. Er trägt ein hellblaues Polohemd und eine weiße Leinenhose. Erst als er sich von seinem Stuhl erhebt, um die beiden zu begrüßen, lassen seine schwerfälligen Bewegungen sein wahres Alter erkennen.

»Wir haben miteinander telefoniert?«, fragt er, nachdem er Eva zuerst die Hand geschüttelt hat, und sich nun an Kimski wendet.

»Genau. Ich bin Leonard Kimski.« Kimski deutet auf seine Begleiterin. »Und das ist Signora Eva, sie unterstützt mich bei meinen Recherchen. Danke, dass wir Sie so kurzfristig überfallen dürfen.«

»Ich bitte Sie, die Freude ist ganz auf meiner Seite. Setzen Sie sich doch.«

Alle drei nehmen an einem gedeckten Frühstückstisch Platz. Alberto ruft seine Haushälterin, die den Gästen frischen Espresso serviert. Kimski starrt Alberto an. Dabei kommt ihm ein Foto seines Großvaters, das kurz vor dessen Tod entstanden ist, in den Sinn. Er hatte dieselben Augen, dasselbe markante Kinn. Dieser Mann muss der Halbbruder seines Großvaters sein.

»Sie sprachen am Telefon von Widerstandskämpfern in Mannheim?«, fragt Alberto, nimmt sich ein Hörnchen und legt es auf den Teller.

»Genau.«

»Warum kommen Sie ausgerechnet zu mir? In Mannheim würden Sie wahrscheinlich Menschen treffen, die mehr darüber sagen können.«

»Mit ihnen habe ich schon gesprochen, was mich in meiner Angelegenheit allerdings nicht viel weitergebracht hat. Und Ihre Geschichte, zumindest das, was ich bis jetzt davon gehört habe, hat mich sehr erstaunt.«

»Ja«, sagt Alberto. »Sie haben recht. Meine Lebensgeschichte ist sehr speziell.«

»Vielleicht können Sie sie noch mal von Anfang an erzählen«, wirft Eva ein. »Dann sind wir alle auf demselben Stand.«

Alberto beginnt zu berichten. Er erzählt von seiner behüteten Kindheit in Mannheim, wie er als Kind einer wohlhabenden deutschen Familie aufwuchs, über seine Mitgliedschaft in der Hitlerjugend, über seine kaufmännische Ausbildung bei der Firma Lanz und über seine ersten Hochzeitspläne. »Ich fiel aus allen Wolken, als man mir auf dem Amt erklärte, ich sei Jude, das können Sie mir glauben. Sie wissen ja, was die Deutschen damals von den Juden hielten und was sie mit ihnen gemacht haben. Ich wurde umgehend von der Gestapo vorgeladen und auf die nächste Deportationsliste gesetzt.«

»Was war das für ein Gefühl, als Ihr Leben von einem Moment auf den anderen auf den Kopf gestellt wurde?«, will Eva wissen.

»Ich kann es nicht sagen, ich weiß es wirklich nicht. Alles ging so schnell, dass ich zunächst überhaupt nicht darüber nachgedacht habe, glaube ich. Ich habe lediglich reagiert und einen Bekannten gefragt, der geschäftlich häufig nach Norditalien musste, ob er mich mitnimmt. Unter ein paar Mänteln auf der Rückbank versteckt, schmuggelte er mich dann nach Mailand. Da Italien damals ein Verbündeter Deutschlands war, war ich dort auch nicht sicher. Aber immerhin hat man mich hier erst mal nicht vermutet. Da ich keine gültigen Papiere mehr hatte – meinen Ausweis, aus dem hervorging, dass ich Jude bin, hatte ich nämlich gleich verbrannt –, floh ich in die Berge.

Nach ein paar Tagen brach ich erschöpft auf einer Wiese zusammen. Ein paar Bauern fanden mich und nahmen mich mit in ihr Dorf. Als sie allerdings merkten, dass ich Deutscher bin, wurden sie misstrauisch. Anscheinend hatten sie Kontakte zu einem Angehörigen eines der Partisanenverbände, jedenfalls stand am nächsten Tag eine Partisanin mit einer Pistole in der Hand vor der Tür und lud mich in ein Auto. Wortlos fuhr sie mit mir einen abgelegenen Waldweg entlang. Irgendwann hielt sie an, stieg aus und verschwand hinter dem Wagen. Da dachte ich dann, nun ist es aus. Jetzt erschießt sie dich. Aber Fehlanzeige, denn irgendwann stieg sie wieder ins Auto und fuhr weiter. Sie brachte mich zu einem Haus, in dem es von Partisanen nur so wimmelte. Einer der Männer, der mich dann verhörte, sprach gebrochen Deutsch. Irgendwie überstand ich diese und auch andere rätselhafte Überprüfungen, bis man mir mitteilte, dass ich mich vorübergehend bei ihnen verstecken könnte.

Ich merkte aber, dass man mich ständig genau beobachtete, ob ich auch wirklich kein Spion war. Einer der Männer war ebenfalls Jude und mit ihm freundete ich mich an. Ehrlich gesagt hat mir diese Begegnung geholfen, mich mit meiner eigenen jüdischen Herkunft auseinanderzusetzen. Dort auf einem Hügel in der Lombardei konnte ich die Vorurteile abschütteln, die ich in den Jahren zuvor so bereitwillig aufgenommen hatte. In der Zeit nach meiner Flucht bis zu meiner Ankunft bei den Partisanen hatte ich nämlich noch gar nicht darüber nachgedacht, sondern war einfach nur weggerannt.« In der Stimme des Alten klingt eine Entschlossenheit mit, die Kimski anrührt.

»Und dann sind Sie selber Partisan geworden?«

»Ja. Ich hatte einige ruhige Tage auf dem Hügel verbracht, in denen ich meine Gedanken sortieren konnte, aber dann dachte ich: Dieser Wahnsinn kann doch nicht ewig weitergehen. Dieser Krieg muss ein Ende haben. Also griff ich selbst zur Waffe und beteiligte mich an Angriffen auf deutsche Truppen.«

»Und nach dem Krieg sind Sie dann wieder nach Mannheim gegangen?«

»Das stimmt. Ich habe es dort aber nicht lange ausgehalten. Mannheim war nicht mehr die Stadt, die ich gekannt hatte. Und die Menschen waren auch nicht mehr dieselben. Also ging ich bereits 1946 zurück nach Italien und habe mir eine Existenz als Geschäftsmann aufgebaut. Ich bin schon immer einer gewesen, der die Dinge anpackt.«

»Das kann ich mir vorstellen«, sagt Kimski. In diesem Punkt unterscheidet Alberto sich ganz gewaltig von seinem Großvater, der die

Dinge eher auf sich zukommen ließ. Er meckerte viel, hat aber nie versucht, selbst etwas zu bewegen. Über die Juden beschwerte er sich auch. Kimski erinnert sich auf einmal an Bemerkungen, die sein Großvater in seiner Kindheit gemacht hat. Nichts Großartiges, aber im Nachhinein, aus der Perspektive eines Erwachsenen betrachtet, war er immer ein Antisemit. Ob er von seiner Herkunft wusste?

»Sehen Sie sich nur einmal um«, sagt Alberto und reißt Kimski aus seinen Gedanken. Alberto hebt seine rechte Hand und weist Richtung See, der unterhalb von ihnen liegt. Sonnenstrahlen tanzen auf seiner Wasseroberfläche. »Schauen Sie sich die Landschaft hier an. Und dann sagen Sie mir, ob es ein Fehler war, hierher zu ziehen?« Alberto lacht.

»Man hat mir erzählt, Sie hätten sich in Mannheim mit ehemaligen Widerstandskämpfern getroffen?«

»Ja, als ich nach Mannheim kam, suchte ich nach einer Möglichkeit, Anschluss zu finden. Meine alten Bekannten waren entweder in den Wirren des Kriegs verschollen oder verstorben, so wie meine Pflegeeltern, die bei einem Bombenangriff ums Leben kamen, oder sie begegneten mir kühl, weil sie nun wussten, dass ich Jude bin. Also nahm ich Kontakt zu Widerstandskämpfern auf. Es gab ein paar Treffen, bei denen wir uns über die aktuelle Situation austauschten. Eine ganze Reihe von uns war politisch ja ganz links eingestellt und träumte von irgendwelchen großen Umwälzungen. Für mich war das nichts. Außerdem war bei diesen Zusammenkünften auch schon sehr deutlich der Frust vieler zu spüren, weil ihr Engagement während des Kriegs im Nachhinein nicht anerkannt wurde.

Der einzige Widerstandskämpfer, den ich kennenlernte und mit dem ich auf einer Wellenlänge lag, war Eugen Kämper. Wir trafen uns außerhalb dieser Zusammenkünfte, denn er ging nie dort hin. Ich glaube, die anderen wussten nicht einmal von ihm und seiner Widerstandsgruppe.« Kimski richtet sich auf seinem Stuhl auf und hört aufmerksam zu. Er holt den Notizblock aus seiner Hosentasche und schreibt sich etwas auf.

»Eugen Kämper sagten Sie?«

»Genau. Ich habe ihn über meinen Cousin kennengelernt. Sie gehörten wohl beide demselben Jugendkreis unserer Kirche an.«

»Wissen Sie, ich suche eine Gruppe von Frauen und Männern, die gegen Ende des Kriegs Anfang zwanzig waren und in den letzten Kriegstagen einen Anschlag auf einen KZ-Außenposten in Mannheim geplant hatten. Anscheinend hat dort aber noch niemand von ihnen gehört.«

»Klingt nach Eugen.«

»Meinen Sie wirklich?«

»Ja. Eugen erzählte mir von diesem fehlgeschlagenen Plan. Keine Details, denn ich glaube, es war ihm unangenehm, überhaupt daran zurückdenken zu müssen, aber von dem Außenposten hatte er erzählt.«

»Dann ist er der richtige Ansprechpartner! Sie wissen nicht zufällig, wie es ihm heute geht oder wo er sich aufhält?«

»Nein, tut mir leid.«

Kimskis Handy klingelt. Er entschuldigt sich, steht auf und geht ein Stück abseits, um zu telefonieren.»Haben sie schon etwas herausgefunden?« Es ist Maria Kampowski.

»Ja. Ich habe einen Namen erfahren. Ich muss nur noch herausfinden, ob der Mann noch lebt und wo er wohnt. Danach werden wir wissen, ob er zu der Gruppe gehörte, die Sie suchen.«

»Das sind ja großartige Nachrichten! Wann sind Sie wieder zurück in Mannheim?«

»Ich fliege heute Abend um halb acht zurück nach Frankfurt.«

»Gut. Dann besprechen wir alles Weitere morgen, wenn Sie wieder hier sind. Wie, sagten Sie, heißt der Mann?«

»Eugen Kämper.«

Er beendet das Gespräch und legt auf. Wo er schon dabei ist, kann er noch weitere Anrufe erledigen und sucht im Telefonbuch seines Handys die Nummer der Auskunft heraus, die ihn weiterverbindet. Nach nur zwei Minuten landet er in der Warteschleife des Stephanus-Seniorenheims in Mannheim.

»Wie war noch gleich Ihr Name?«, fragt die Frau vom Pflegepersonal.

»Kimski.«

»Habe ich mir notiert. Soll ich Sie mit dem Apparat von Herrn Kämper verbinden?«

»Das heißt, er wohnt tatsächlich bei Ihnen?«

»Ja.«

»Gut, mehr wollte ich nicht wissen. Sie müssen mich auch nicht mit ihm verbinden. Ich denke, ich werde ihn in den nächsten Tagen persönlich besuchen kommen.« Kimski geht zurück zu Eva und Alberto und fragt, ob er sie zum Mittagessen einladen darf.

Mit Albertos Wagen fahren sie zu einem Restaurant an der Seepromenade. Anschließend spazieren sie zu dritt durch den Ort, bis hinauf zur alten Burgruine. Alberto lehnt sich an eine der Mauern und blickt auf die Stadt und den See. Plötzlich fängt er an zu singen:

Heute morgen, in aller Frühe
bella ciao, bella ciao, bella ciao, ciao, ciao
Als ich aufstand, in aller Frühe
war der Feind schon in der Stadt

Bevor ich draufgeh', ihr Partisanen
bella ciao, bella ciao, bella ciao, ciao, ciao
Geh' ich mit euch in die Berge
Mich bringt das Elend hier noch um

Wenn ich sterbe, als Partisane
bella ciao, bella ciao, bella ciao, ciao, ciao
Wenn ich sterbe, als Partisane
bitte schaufelt mir ein Grab

In den Bergen steht eine Blume
bella ciao, bella ciao, bella ciao, ciao, ciao
In den Schatten der kleinen Blume
bettet mich zur letzten Ruh'

Und die Leute, die seh'n die Blume
bella ciao, bella ciao, bella ciao, ciao, ciao
Die seh'n die Blume und werden sagen
diese Blume ist so schön

Kimski erkennt das Lied wieder. Er hat es schon mal auf irgendeiner Punkplatte gehört. Auch Eva kennt es, allerdings nur die italienische Variante. Als Alberto das Lied zum zweiten Mal singt, stimmen beide mit ein. »Mein Lieblingslied«, sagt Alberto, als sie sich an den Abstieg machen.

Den Nachmittag verbringen Kimski und Eva in Verona. Pünktlich um halb sieben sind sie am Flughafen. Diesmal hat er rechtzeitig auf die Uhr gesehen.

15

Donnerstag, 4. Juni 1942
Mannheim

Eugen keuchte. Sie rannten die Stufen des kleinen Treppenhauses im Westflügel des Schlosses hinauf, in dem Privatwohnungen untergebracht waren. Die Fotokamera hatte er in einer Tasche versteckt, die er nun fest umklammert hielt. »Wir wollen den Messdiener besuchen«, sagte er sich immer wieder in Gedanken. Das war ihre Ausrede für den Fall, dass man sie erwischen würde. Im dritten Stock wohnte tatsächlich einer der Messdiener der Jesuitenkirche, den sie gut kannten – aber würde man ihnen nicht ansehen, wie aufgeregt sie waren? Würde man nicht misstrauisch werden?

»Komm weiter«, sagte Paul, der um eine Ecke lugte, mit ruhiger Stimme.

»Die Luft ist rein.«

Paul war schon immer der mutigste von ihnen gewesen. Immer wenn sie ihre geheimen Jugendstunden in der Jesuitenkirche mit Kaplan Weinmann abgehalten hatten, schlich sich Paul anschließend als Erster aus der Kirche, um zu kontrollieren, ob die Luft rein war. Einmal, es herrschte totale Verdunkelung, wurden sie nach der Seelsorgestunde von einer Streife der Hitlerjugend abgepasst. Die Jungs waren mit Schlagstöcken, Gummiknüppeln, Lederriemen und Messern bewaffnet. Es hatte eine blutige Schlägerei gegeben, bei der Paul einigen ihrer Angreifer richtig zugesetzt hatte. Auch wenn es darum ging, Flugblätter zu verteilen und Hirtenbriefe in Briefkästen zu werfen, war Paul immer derjenige, der die Initiative ergriff.

Sie waren im obersten Stockwerk angelangt. Bei einem Erkundungsgang im Vorfeld hatten sie das Fenster entdeckt, von dem aus man einen Teil des L-förmigen Hofs des Schlossgefängnisses einsehen konnte. Es ließ sich sogar öffnen.

»Hol die Kamera raus«, sagte Paul. Eugens Hände zitterten, als er den Apparat hochhielt. Die Gefangenen drehten beim vormittäglichen Hofgang ihre Runden. Sie gingen nicht besonders schnell und Eugen musste eine Weile warten, bis Kaplan Weinmann in seinem Blickfeld auftauchte. Er drückte den Auslöser und nahm sogleich die Kamera herunter, um sie wieder zu verstauen.

»Mach noch eins«, sagte Paul und griff ihn bei der Schulter. »Zur Sicherheit.« Er konnte gerade noch eine Aufnahme machen, bevor der Kaplan hinter einem Vordach verschwand.

»Los«, sagte Paul und sie rannten so schnell sie konnten die Treppe hinab. Sie verließen den Trakt durch einen der zwei privat genutzten Hintereingänge und liefen in den Schlosspark. Hinter einem Busch blieben sie stehen, um zu verschnaufen.

»Jetzt müssen wir nur noch einen Weg finden, ihm das Foto zukommen zu lassen«, sagte Eugen. »Solange er noch im Schlossgefängnis ist, sollte es kein Problem sein. Einer der Wärter gehört zur Pfarrgemeinde, der kann vielleicht helfen. Es ist nur wichtig, dass wir etwas unternehmen, bevor er woandershin verlegt wird.«

Sonntag, 7. Juni 1942
Mannheim

Eugen hatte das Foto vor sich liegen. Die Nachricht, dass der Kaplan nach Dachau verlegt worden war, hatte er heute Vormittag erhalten.

»Mist!«, sagte er laut, obwohl niemand sonst im Raum war. Sie hatten geplant, dem Kaplan das Foto als Zeichen ihrer Solidarität zu übermitteln. Er sollte wissen, dass sie mit ihren Gedanken bei ihm waren. Jetzt war es wohl zu spät.

Es klopfte an der Tür und seine Mutter kam herein.

»Die Trudl steht vor der Tür.«

Trudl gehörte auch zu ihrem Kreis um den Kaplan. Eugen trat ins Treppenhaus, wo sie mit bleichem Gesicht auf ihn wartete. Sie sah ihn einen Moment schweigend an, dann machte sie einen Schritt auf ihn zu und flüsterte ihm ins Ohr, dass die Gestapo Paul vorgeladen habe.

Eugen antwortete nicht, er schlug mit der Faust auf den Türrahmen. »Man muss doch irgendetwas unternehmen können«, dachte er.

16

Mittwoch, 23. April 2008
Mannheim

Nacht ist über die Kurpfalz hereingebrochen. Kimski hat zuvor Eva in ihrer Wohnung in Heidelberg abgesetzt und macht nun einen Spaziergang durch den Hafen, um seine Gedanken zu sortieren. Der kühle Abendwind mischt die unterschiedlichen Gerüche der Umgebung – den von Kakao aus der Schokoladenfabrik sowie den Dieselgestank der Lkws mit dem reinigenden Geruch von Wasser – und trägt die Melange durch die Luft. Die Lastkähne an den Hafenbecken erstrahlen im Licht orangefarbener Scheinwerfer.

Kimski läuft die ein oder zwei Kilometer längs des Flusses bis zu der Stelle, an dem der Neckar in den Rhein fließt, und sieht ins Wasser. Seine Umrisse sind nur schemenhaft auf der dunklen Wasseroberfläche zu erkennen. Leichte Wellen lassen die Spiegelung erzittern wie ein rauschendes Fernsehbild.

Genauso geht es Kimski, wenn er versucht, sich selbst zu verstehen. Er nimmt sich nur schemenhaft wahr. Inzwischen weiß er nicht einmal mehr genau, wo er eigentlich herkommt. Oder hat er es überhaupt jemals gewusst? Weiß er es jetzt vielleicht sogar besser?

Eugen Kämper schrickt auf. Was war das? War da nicht ein Geräusch? Oder hat er nur schlecht geträumt? Nur wenig Licht fällt in das kleine Zimmer des Altersheims. Die Gardinen sind zugezogen, dennoch finden die vereinzelten Strahlen einer Straßenlaterne ihren Weg hinein. Eugen richtet seinen Oberkörper im Bett auf. Ein leichter Schauer läuft über seinen Körper und er spürt, wie sich die Haare auf seinen Armen aufrichten, als wären sie elektrisch geladen.

Eugen betrachtet die Schatten im Zimmer ganz genau. Woher rührt der sonderbare Schemen dort hinten am Schrank? Es könnte der Schatten eines Menschen sein. Eugen dreht den Kopf, seine Augen haben sich langsam an die Dunkelheit gewöhnt. Erst jetzt realisiert er, dass der Schatten, der ihn so beunruhigt hat, von der Vase stammt, die auf dem Tisch am Fenster steht. Er atmet auf.

Erstaunlich, dass er die Furcht vor Schatten in dunklen Zimmern nie hat ablegen können. Als Kind dachte er, er würde das irgendwann überwinden, inzwischen ist er neunundsiebzig und hat immer noch Angst.

Langsam stützt er sich auf die Bettkante und greift zum Beistelltisch neben seinem Bett, um sich ein Glas Wasser einzuschenken. Als eine kühle Hand seinen Arm berührt, erstarrt er in der Bewegung. Langsam richtet sich eine dunkle Gestalt neben seinem Bett auf. Ihr Gesicht ist nicht zu sehen. Dort, wo der Kopf sein sollte, befindet sich nur eine dunkle Kugel, dennoch erkennt Eugen sie sofort.

»Du bist also zurückgekehrt«, keucht er, wenig später bricht seine Stimme. Die Gestalt erwidert nichts. Starr steht sie vor ihm und blickt auf ihn herab. Das schwache Licht von der Straße lässt lediglich ihre Umrisse erkennen. »Ich wusste immer, dass du zurückkehren würdest.« Es ist die Angst, die die Worte aus Eugens Mund zittern lassen. »Aber ich habe niemandem von dir erzählt. Niemals.« Mit ruhigen Bewegungen nimmt die Gestalt neben Eugen auf der Kante seines Bettes Platz. Eugen schnappt nach Luft. »Ich werde auch weiterhin niemandem von dir erzählen. Ich verspreche es. Aber bitte geh.« Er krallt sich mit beiden Händen an seiner Bettdecke fest. »Es wird weiterhin unser kleines Geheimnis bleiben.« Die Gestalt nickt behäbig, ihre dunklen Hände greifen nach dem Kopfkissen, das zwischen Eugens Rücken und der Wand eingeklemmt ist.

»Nein ... bitte ...« Eugen wehrt sich, doch er hat keine Chance. Die Gestalt reißt das Kissen hinter ihm hervor. Sie hält es in der linken Hand, mit der rechten packt sie Eugen an der Schulter und drückt ihn mit Gewalt aufs Bett. Der wedelt verzweifelt mit seinen Händen und versucht, seinen Angreifer zu fassen zu bekommen. Es gelingt ihm, mit einer Hand das Wasserglas auf den Beistelltisch zu greifen. Er reißt seinen Arm hoch und schlägt es der Gestalt mit Wucht auf den Kopf. Das Glas zerspringt und die Scherben fallen klirrend zu Boden. Eugens Peiniger zeigt keine Regung, er drückt Eugen mit aller Kraft auf die Matratze, holt das Kissen hervor und hält es über dessen Gesicht. Der betrachtet es mit aufgerissenen Augen, Erinnerungsfetzen aus den letzten Jahrzehnten seines Lebens kommen ihm ins Gedächtnis. Erinnerungen an den Krieg. An schlimme und schöne Zeiten. Und an Zeiten, in denen er versucht hat, etwas zu bewegen.

»Ich bereue nichts!«, ruft er unwillkürlich aus. Dann spricht er ein Gebet und sieht zu, wie das Kissen auf ihn herabsaust. »Ich habe aufrichtig gelebt, aufrichtig will ich sterben«, denkt er. Eugen wehrt sich noch reflexartig, aber nur kurz, denn er hat keine Chance.

17

Donnerstag, 24. April 2008
Mannheim

Kimski ist heute Morgen um halb acht aufgestanden – obwohl er erst um 2 Uhr nachts ins Bett gekommen ist – und tut etwas, was er seit Monaten nicht gemacht hat: Er trainiert. Genauer gesagt, seit er sich selbstständig gemacht hat, hat er nicht mehr trainiert – unglaublich, wenn man bedenkt, dass er bis vor zwanzig Monaten noch Gruppenführer beim SEK war.

Jetzt ist es kurz nach neun und er joggt eine Runde. Nicht im Hafen, wo er vor ein paar Stunden spazieren war, sondern in Schlossnähe. Er passiert die Sternwarte und läuft durch die Unterführung zur Mensa der Uni. Die Sternwarte, die er früher kaum wahrgenommen hat, weckt nun jedes Mal, wenn er sich ihr nähert, Erinnerungen an seinen letzten Fall als Polizeibeamter. So wird auch heute eine Kette von Assoziationen und Gedankensprüngen in seinem Kopf freigesetzt, als er den Fußgängerweg am alten Eisstadion entlangjoggt. Ob er doch bei der Polizei hätte bleiben sollen? Dann bräuchte er sich immerhin keine Sorgen machen, woher er Woche für Woche neue Aufträge bekommt. Sein Vorgesetzter hätte ihn damals trotz allem im Dienst behalten – immerhin hat Kimski bei seiner letzten Ermittlung nicht nur gegen diverse Dienstvorschriften verstoßen, sondern auch gegen diverse Gesetze. Und beim SEK war er ein Jahr zuvor ebenfalls suspendiert worden.

»Nein«, denkt sich Kimski und dreht vor der Konrad-Adenauer-Brücke um. Es ist besser, wie es ist. Sein Vater hat recht, er eignet sich nicht als Polizist. Und momentan hat er einen lukrativen Auftrag, was ihn an seine Klientin denken lässt. Wenn er nach Hause kommt, sollte er sich umziehen und Eugen Kämper besuchen.

Wenige Minuten später ist er wieder im Jungbusch. Als er in seine Straße einbiegt, fallen ihm zwei Männer auf, die vor seinem Wohnhaus stehen. Einer der beiden kommt ihm seltsam vertraut vor.

»Ah, Kimski!«, ruft dieser unvermittelt und dreht sich in seine Richtung. Vor dem Haus kommt er zum Stehen und stützt die Arme auf seinen Oberschenkeln ab.

»Kommissar Vollmer«, keucht Kimski. »Wäre ich eine Faust, dann wäre Vollmer das Auge«, denkt er.

»Darf ich vorstellen«, sagt Vollmer und zeigt auf den anderen Mann. »Unser neuer Kollege im Dezernat, Kommissar Timmermann.« Kimski hat den Neuen noch nie gesehen, Kommissar Vollmer kennt er umso besser. Dieser hat bereits im Dezernat für Tötungs- und Vermisstenfälle gearbeitet, als er selbst noch Dienst tat. Vollmer ist ein Arschkriecher und Klinkenputzer, doch für seine Strebsamkeit hat Kimski ihn immer bewundert. Scharfsinn zählt allerdings weniger zu seinen guten Eigenschaften.

»Wir warten schon ein paar Minuten auf dich«, fährt Vollmer fort. »Haben uns schon Sorgen gemacht, wo du steckst, Kimski.«

»Hast mich wohl vermisst, was?«, fragt Kimski und richtet seinen Oberkörper auf.

Vollmers Lippen formen sich zu einem schmalen Lächeln. »Nun ja, im Büro ist es tatsächlich etwas, wie soll ich sagen, langweilig ohne dich.« Vollmer nimmt sich eine vorgedrehte Zigarette aus seiner Jackentasche und zündet sie an. »Aber aus rein sentimentalen Gründen sind wir nicht hier.«

»Na dann«, sagt Kimski und kramt seinen Haustürschlüssel aus der Tasche seiner Jogginghose. »War nett, dich wiederzusehen, Vollmer. Ich will euch auch gar nicht länger aufhalten, ihr beiden habt doch bestimmt irgendwo eine Leiche liegen, die ihr ein bisschen abstauben könntet.« Kimski wendet sich zum Gehen ab, macht einen Schritt auf die Tür zu und steckt den Schlüssel ins Schloss.

»Oh, in der Tat«, sagt Vollmer und läuft Kimski hinterher. »Deswegen sind wir auch schon seit 7 Uhr auf den Beinen.« Vollmer steht jetzt so dicht neben ihm, dass Kimski seinen Atem im Gesicht spürt. »Wir haben da einen hübschen Mord. Sollte wohl eher wie ein Unfall aussehen, aber du weißt ja, wie das ist, Kimski. Irgendeine Kleinigkeit übersieht der Mörder immer.«

»Es sind noch ein paar Fragen offen«, sagt Timmermann, der in diesem Gespräch zum ersten Mal den Mund aufmacht. Vollmer sieht zu ihm herüber, so als wollte er ihn rügen, dass er ihn unterbrochen hat. Doch dann nickt er nur stumm und wendet sich wieder Kimski zu. Das Lächeln auf seinen Lippen wird langsam aber sicher breiter. Kimski schiebt die Haustür auf und stellt sich in den Türrahmen.

»Und jetzt kommt ihr beiden zu mir, weil ihr mit eurem Latein am Ende seid?«, fragt er und verschränkt die Arme.

»So in etwa. Ja, es ist tatsächlich so«, sagt Vollmer. Er nimmt einen langen Zug von seiner Zigarette und bläst genüsslich eine kleine Rauchwolke in die Luft. Dann beugt er seinen Oberkörper zu Kimski vor und fragt ihn, ob ihm der Name Eugen Kämper etwas sagt.

Zweiter Teil

18

Montag, 28. April 2008
Heidelberg

»Glaubst du wirklich, dass das eine gute Idee ist?«

»Ich denke, ich habe keine Wahl.« Eva sieht ihn an. Kimski starrt aus dem Autofenster. Die Kampowski-Villa liegt unbeleuchtet vor ihnen. Das Haupttor ist geschlossen.

»Einbruch ist kein Kavaliersdelikt und du weißt nicht mal, ob diese Unterlagen, von denen der Pfleger dir erzählt hat, irgendetwas taugen.«

»Es ist der einzige Anhaltspunkt, den ich im Moment habe, wenn ich mit meinen Ermittlungen weiterkommen will. Ich drehe mich schon seit drei Tagen im Kreis. Die Zeit läuft mir davon und ich bringe nur ungern einen Auftrag erfolglos zu Ende.«

»Stimmt«, sagt sie. In dieser Beziehung ist er stur.

»Außerdem ist Eugen Kämper ermordet worden. Die Pflegerin hat sich doch tatsächlich meinen Namen notiert, als ich dort angerufen habe, und den Zettel mit meinem NamenVollmer unter die Nase gehalten.«

»Aber der hat nicht wirklich was in der Hand, um dir ans Bein zu pinkeln.«

»Natürlich nicht. Aber allein dass er die ganze Zeit um mein Bein herumscharwenzelt, reicht mir schon. Und die schlimmste Frage von allen lautet: Warum schlägt der Mörder genau an dem Tag zu, an dem ich Eugen ausfindig mache? Und die einzige Person, dich ausgenommen, die ich eingeweiht habe, heißt Maria Kampowski.« Er deutet auf die Villa seiner Auftraggeberin.

»Was meinst du, was das zu bedeuten hat?«

»Ich weiß es nicht. Als ich sie angerufen und ihr von dem Mord erzählt habe, klang sie aufrichtig erschrocken und überrascht.« Eva schweigt. »Du musst im Auto warten. Und lass den Motor laufen, wenigstens fünf Minuten, bis du sicher sein kannst, dass ich drin bin.«

Eva betrachtet ihn, während er sich hauchdünne Baumwollhandschuhe überstreift. Er hat in letzter Zeit am Bauch ganz schön zugelegt, aber seine Muckis sind noch ziemlich beachtlich. Wenn sie da an die Cellulitis an ihrem Hintern denkt ... aber so weit darf sie gar nicht denken. Natürlich hat sie die Zeit mit Kimski genossen, sie dachte sogar, dass es diesmal etwas Festes werden könnte. Diesbezüglich hat sie sich ganz offensichtlich getäuscht. Kimski hatte sich irgendwann eine ganze Weile nicht mehr bei ihr gemeldet. So etwas war sie gewohnt, schließlich hat in ihren dreiunddreißig Jahren noch nie eine Beziehung länger als drei Monate gedauert. Eva hat die Zeit, in der Kimski nichts von sich hören ließ, genutzt, um wieder auf die Beine zu kommen. Laut Aussage ihrer besten Freundin gelingt es ihr von allen am besten, beim Fallen immer wieder auf den Füßen zu landen. Und schließlich stellte sie fest, dass sie auch allein wunderbar zurechtkommt. Warum sollte sie also eine Beziehung erzwingen, wenn es vielleicht doch nicht der Richtige war? Und als Kimski auf einmal wieder bei ihr anrief, weil er ihre Hilfe bei der Recherche braucht, hat sie sein Spiel mitgespielt und so getan, als wäre nichts gewesen. Kimski taugt vielleicht sogar besser als guter Freund denn als Lebenspartner. Immerhin ist der Kerl total verkorkst.

Warum haben alle Leute um sie herum nur immer so viele Probleme, ihr Leben auf die Reihe zu bekommen? Nicht nur Kimski, auch Evas bester Freundin geht es nicht viel besser. Nur sie selbst schlägt sich ganz gut, wie sie findet. Vielleicht liegt es an ihrer Kindheit, denn im Alter von nur sieben Jahren hatte sie sich entschlossen, nicht länger bei ihren Eltern in Deutschland zu leben, die vor lauter Arbeit und Zeit, die sie zum Streiten benötigten, kaum Zeit für sie hatten. Sie zog zu ihrer Großmutter nach Sizilien. Dies war die erste Entscheidung, die sie getroffen hatte, und man ließ sie gewähren.

Ihre Oma lebte auf einem kleinen Bauernhof in einem Bergdorf nördlich von Agrigento. Auf dem Land genoss Eva eine unbeschwerte Kindheit und lernte, sich um sich selbst zu kümmern. Zudem macht einen das Landleben hart im Nehmen. Als sie vierzehn war, holten ihre Eltern sie wieder zurück nach Deutschland. Sie kam zuerst auf die Hauptschule, unabhängig von ihren guten Noten, die sie in Italien gehabt hatte. Die Hauptschule schloss sie mit Bravour ab, obwohl sie am Anfang einige Wochen gebraucht hatte, bis sie wieder fließend Deutsch sprach. Danach machte sie noch die Mittlere Reife und begann anschließend eine Ausbildung zur Bürokauffrau, weil sie so schnell wie möglich ihr eigenes Geld verdienen wollte, um von ihren Eltern unabhängig zu sein. Mit achtzehn zog sie in ihre erste eigene Wohnung. Nach Abschluss ihrer Ausbildung erlangte sie die Hochschulreife auf dem zweiten Bildungsweg und begann im Alter von vierundzwanzig Jahren, Geschichte zu studieren, weil sie noch weiter vorankommen wollte im Leben.

Und nun sitzt sie im Auto eines verrückten Detektivs, mit dem sie eine kurze Affäre gehabt hat und der gerade dabei ist, einen Einbruch in das Haus seiner Auftraggeberin zu begehen. Stattdessen könnte sie jetzt genauso gut in ihrem Bett liegen und morgen früh um 6 Uhr aufstehen, um zur Arbeit in irgendein Büro zu gehen. Das ist das Einzige, wofür sie sich nicht entschieden hat.

Sie wird aus ihren Gedanken gerissen, als Kimski die Autotür öffnet und sich aus dem Wagen stemmt. Als er ihr seinen Hintern zudreht, muss sie wegsehen. Kimski selbst ist verkorkst, aber sein Hintern ist zum Reinbeißen. Davon darf sie sich jetzt nicht verrückt machen lassen: »Denk an deine Cellulitis!«, sagt sie sich. »Die Cellulitis!«

Kimski steigt aus dem Wagen und öffnet den Kofferraum. Er holt eine schwarze Umhängetasche hervor, passend zu seinem schwarzen

Langarm-T-Shirt, seiner schwarzen Hose und seinen schwarzen Sportschuhen. Seinen Kopf bedeckt er mit einer schwarzen Baseballmütze. Dann überquert er die Straße, geht zum Stromkasten und öffnet diesen. Bei seinem ersten Besuch hat er die Alarmanlage gesehen. Sie ist so alt, dass es reichen sollte, den Strom abzustellen, um die Anlage lahmzulegen. Bei einer neueren Anlage würde ein Stromausfall mit einem Aggregat überbrückt werden. Nachdem er den Strom abgeklemmt hat, geht Kimski weiter. Einige Meter seitlich vom Eingangstor entfernt steigt er über den Zaun und atmet auf der anderen Seite angekommen tief durch.

Er läuft auf das Hauptgebäude zu und schleicht entlang der Hausfassade bis vor die Haustür. Dort angekommen zieht er den rechten Handschuh aus und ertastet mit seinen Fingern behutsam das Türschloss. Ein mit der Alarmanlage verglichen neues Modell. Aus seiner Tasche holt er mehrere Picks zum Öffnen von Schlössern und zieht den Handschuh wieder über. Das Knacken eines Schlosses ist eine knifflige Angelegenheit, zumindest wenn man keine Spuren hinterlassen will. Als er noch beim SEK war, hat er es regelmäßig geübt. Mittlerweile fällt es ihm nicht mehr ganz so leicht. Kimski nimmt einen dünnen Pick mit einem kurzen Haken und führt ihn in den Schließkanal, bis dieser alle Stifte berührt. Dann drückt er diese in das Schlossgehäuse. Anschließend zieht er das Werkzeug langsam wieder heraus. Es klickt sechsmal, folglich hat das Schloss sechs Stifte, einen mehr als herkömmliche Schlösser. Wieder führt er den Pick in den Kanal und drückt die Stifte nach oben. Vorsichtig übt er dabei etwas Druck aus und hakt nach und nach die einzelnen Stifte aus.

Als die Tür aufspringt, verharrt er einen Moment und zählt in Gedanken bis zehn. Nichts passiert. Die Alarmanlage schlägt nicht an. Vorsichtig schiebt er die Eingangstür einige Zentimeter auf und schlüpft durch den schmalen Spalt ins Haus. Dann schließt Kimski hinter sich die Tür und bleibt wieder einen Moment regungslos stehen. Diffuses Mondlicht fällt spärlich durch die Fenster in die Eingangshalle. Seine Taschenlampe will Kimski aber erst einschalten, wenn er auf der Kellertreppe ist. Wo befindet sich diese bloß? Er rührt sich so lange nicht, bis sich seine Augen an die Dunkelheit gewöhnt haben und er sich im Haus zurechtfinden kann.

Schließlich setzt er sich in Bewegung. Neben dem breiten Treppenaufgang entdeckt er eine Tür, die in das dunkle Holz eingelassen ist. Dort angekommen drückt er die Klinke hinab und die Tür öffnet sich. Tatsächlich befindet sich dahinter eine Treppe, die in die Tiefe führt. Vorsichtig steigt Kimski hinab, und nachdem er die Tür hinter sich geschlossen hat, holt er endlich seine Taschenlampe hervor. In ihrem trüben Licht offenbart sich ihm ein steiler Schacht, der so tief hinunterführt, dass er das Ende des Tunnels nur erahnen kann. Unten angelangt, erreicht er eine weitere Tür, die sich mit einem schrillen Quietschen öffnet, als er dagegen drückt. Er tritt über die Schwelle und leuchtet mit der Lampe nach allen Seiten. Es handelt sich um ein langes Gewölbe aus kahlem Stein, das an einen Weinkeller erinnert. Kälte schlägt ihm entgegen und hüllt ihn ein. Von dort aus führt ein langer Gang geradeaus, links und rechts zweigt jeweils ein weiterer ab. Kimski zögert einen Moment, dann entscheidet er sich, nach links zu gehen. An einer Holztür bleibt er stehen.

Eva sieht auf die Uhr, dann schaltet sie den Motor aus. Kimski müsste längst im Haus sein, denn es gibt keine Anzeichen dafür, dass etwas schiefgelaufen ist. Sie lehnt sich zurück und presst ihren Rücken gegen die Sitzlehne. Ob sie mit Kimski tauschen wollen würde? Warum sollten Frauen nicht auch mal die gefährlichen Aufgaben übernehmen dürfen, dann wäre ihr jetzt wenigstens nicht so langweilig.

Sie schaltet das Autoradio ein. Eine von Kimskis seltsamen Indie-Punk-CDs ertönt. Hätte sie gewusst, dass ihre Aufgabe darin bestehen würde zu warten, hätte sie ihren MP3-Player mitgenommen. Gelangweilt wippt sie mit ihrem rechten Fuß im Takt der Musik und versucht, eine bequemere Sitzposition zu finden, als ihr Blick den Außenspiegel der Beifahrerseite streift. Hinter dem Wagen, vielleicht fünfzig Meter entfernt, sieht sie eine Person am Straßenrand entlanggehen, genau auf sie zu. Eva kann nur ihre schwarzen Umrisse erkennen. Unwillkürlich schaltet Eva das Radio aus und lässt sich ein Stück den Sitz hinabgleiten, um nicht gesehen zu werden. Obwohl die Gestalt nur noch wenige Meter vom Auto entfernt ist, nimmt Eva sie lediglich als schwarze Masse, ohne jegliche Konturen wahr. Ihr Kopf ist ungewöhnlich groß und rund, eine gespenstische Erscheinung.

»Stell dich nicht so an«, sagt sie zu sich selbst, als sie einen heißkalten Schauer spürt, der ihr den Rücken hinunterläuft. Es gelingt ihr trotzdem nicht, die Angst abzuschütteln. Sie rührt sich nicht, als die Gestalt direkt am Auto vorbeiläuft, und traut sich nicht einmal, ihren Kopf zu drehen. Ihre Atmung ist schneller geworden, langsam dreht sie ihren Kopf. Wo ist sie hin? Eva entdeckt die Gestalt auf der anderen Straßenseite, sie geht am Zaun des Kampowski-Anwesens entlang.

»Beruhige dich, Mädchen!«, denkt sie. »Das ist nur jemand, der hier im Dunkeln entlanggeht. Du hast ihn nicht einmal erkannt und er weiß nicht, wer du bist. Es war bestimmt jemand, der einfach nur nach Hause geht.«

Sie muss husten. Dann beugt sie sich zum Handschuhfach hinunter und öffnet es. Sie wühlt einen Moment darin herum, bis sie gefunden hat, was sie sucht. Einen Elektroschocker mit zweihunderttausend Volt, nur zur Sicherheit. Sie hat sich entschlossen auszusteigen und der Gestalt hinterherzulaufen, denn sie will wissen, wohin sie geht.

Eva greift zum Türgriff und betätigt ihn. Nachdem sie ausgestiegen ist, nimmt sie den Elektroschocker in die rechte Hand und versteckt ihn hinter ihrem Rücken. Sie bleibt noch einen Moment neben dem Auto stehen und sieht sich um.

Wohin ist sie nur verschwunden? Eva läuft einige Meter die Straße hinunter bis zu einer Kurve. An diesem Straßenabschnitt sind die Bäume höher und lassen noch weniger Mondlicht hindurch, Straßenbeleuchtung gibt es keine. Würde die Gestalt jetzt vor ihr stehen, sie würde sie nicht sehen können. Sie holt den Elektroschocker hinter ihrem Rücken hervor, dreht sich um und geht zurück zum Auto.

Kimski betritt einen kahlen Raum. Darin befinden sich einige Kisten und tatsächlich – aneinandergereiht stehen drei schmale Aktenschränke. Er tritt näher heran und richtet den Strahl seiner Lampe auf sie. Sie bestehen jeweils aus drei Fächern, die mit Zetteln beschriftet sind. Das Papier ist vergilbt, die Buchstaben sind in Sütterlinschrift eher gemalt als geschrieben und nur schwer entzifferbar. Kimski braucht einen Moment, bis er überhaupt etwas lesen kann. Dann findet er heraus, dass an erster Stelle der Ortsname steht, gefolgt von einer Jahreszahl. Die oberste Schublade des mittleren Schranks ist mit *Mannheim 1945* gekennzeichnet. Er zieht sie auf und zuckt zusammen. Sie ist leer.

»Mist!« Kimski öffnet weitere Schubladen. *Berlin 1944,* voll. *Heidelberg 1940,* ebenfalls vollgestopft mit schmalen braunen Aktenmappen. Er will gerade eine Kladde aus dem Fach *Ostgebiete 1942* ziehen, als ein Geräusch ihn zusammenfahren lässt. Was war das? Hastig schiebt er die Schublade wieder zu und schaltet die Taschenlampe aus. Behutsam, einen Fuß vor den anderen setzend, schleicht er zur Tür. Im Türrahmen bleibt er stehen. Schritte, die lauter werden. Der Schein einer Taschenlampe taucht am Ende des Tunnels auf und nähert sich langsam. Noch jemand, der eine Taschenlampe benutzt. Dann wird derjenige, wer auch immer es ist, vielleicht gar nicht wissen, dass der Strom abgeschaltet ist.

Kimski macht einen Schritt zurück und überlegt. Es scheint so, als käme die Person direkt auf ihn zu. Wo kann er sich verstecken? Er ertastet einige Kisten zu seiner Rechten. Er legt sich dahinter, quetscht sich in den schmalen Zwischenraum zwischen Kisten und der kalten Wand.

Plötzlich fällt der Lichtstrahl in den Raum und unmittelbar darauf tritt jemand ein. Kimski presst sich noch fester in seine Nische. Mühsam versucht er, seine Atmung zu verlangsamen. Er zählt die Sekunden: »Eins, zwei ...« Er spürt, wie sein Puls sich dennoch beschleunigt und sein Blut in seiner Halsschlagader unwillkürlich pocht. »Drei.«

Offensichtlich hat man ihn nicht entdeckt, denn die Person geht weiter und bleibt dann stehen. Kimski hört, wie eine Schublade aufgezogen wird. Er neigt seinen Oberkörper etwas nach vorn und lugt über den Rand einer Kiste. Die Person steht vor den Aktenschränken und hat das Fach aufgezogen, für das er sich ebenfalls interessiert – *Mannheim 1945.* Offenbar ist sie ebenso verblüfft wie er, jedenfalls greift sie mehrmals in die Schublade und tastet alles ab. Dann tritt sie mit Wucht gegen den Kasten.

Da das Licht der Taschenlampe nicht auf sie gerichtet ist und nicht von den dunklen Steinwänden reflektiert wird, nimmt Kimski nur die als schwarze Silhouette der Gestalt wahr. Er kann nicht mal sagen, ob es sich um einen Mann oder eine Frau handelt.

Einen Moment lang steht die Person wie versteinert da, dann kommt sprichwörtlich wieder Bewegung in die Angelegenheit, denn alle Schubladen werden aufgerissen und die Akten in irgendeine Art Sack geschmissen. Als die Person einen Schritt zurücktritt, nimmt Kimski seinen Kopf wieder herunter, um nicht entdeckt zu werden, wieder fängt er an zu zählen. Bei acht ist die Gestalt aus dem Raum verschwunden. Ihre Schritte werden leiser. Vorsichtig schält sich Kimski aus seinem Versteck und atmet auf.

19

Montag, 28. April 2008
Heidelberg

Eva schläft bis halb eins am Mittag. Unter der Dusche denkt sie über die Erlebnisse der vergangenen Nacht nach, obwohl sie es eigentlich nicht will. Irgendwie war es gruselig und was genau bei der Einbruchaktion herausgekommen ist, kann sie auch nicht sagen. Warum lässt sie sich nur auf diese bescheuerten Aktionen mit Kimski ein? Würde der sich nicht nur um sich selbst und seine Fälle kümmern, sondern auch mal an sie denken, wäre sowieso alles anders gekommen. Dann würde sie nämlich in der Transsibirischen Eisenbahn sitzen und irgendwo durch die Walachei fahren. Kurz gesagt: Wenn sie es sich recht überlegt, ist sie sauer auf Kimski.

Sie trocknet sich ab, wickelt sich in ein Handtuch und geht ins Wohnzimmer. Sie schaltet den Laptop ein und öffnet ihr E-Mail-Programm. Im Posteingang findet sie zwei Werbepostings, die der Spamfilter übersehen hat, und eine Mail vom Ressortleiter des Reiseteils der Zeitung, für die sie die Kolumne über ihre Weltreise schreiben soll. Als sie ihn vor ein paar Tagen anrief, um ihm zu erklären, dass ihr erster Bericht deutlich später bei ihm eintreffen würde, war er wenig begeistert gewesen. Gestern Nachmittag hat sie ihm dann einen Artikel mit dem etwas albernen Titel *Der alte Mann und der See* geschickt, der als eine Art Reisebericht die Begegnung mit Albert Stumpf am Gardasee beschreibt. Dem Redakteur scheint er zu gefallen, denn er will den Text drucken. Damit dürfte das Loch in der Zeitung gestopft sein.

Eva klappt den Laptop zu und läuft in die Küche. Als sie in den Kühlschrank sieht, stellt sie fest, dass er nur wenig enthält, was genießbar ist. Also zieht sie sich an und geht einkaufen.

Nach einem kurzen Besuch im Supermarkt kauft Eva bei ihrem Lieblingsgemüsehändler noch Lauch und Blumenkohl. Voll bepackt tritt sie vor die Tür des Ladens und schaut im Vorbeigehen nach rechts zu den Auslagen und erblickt frische Champignons, die sie zuvor übersehen hat. In diesem Moment kommt ein Mann schnellen Schrittes das Trottoir entlang. Eva sieht ihn erst, als es schon zu spät ist. Durch den Zusammenstoß fällt ihr die Tüte mit dem Gemüse aus der Hand. Der Mann kann nicht mehr rechtzeitig ausweichen und tritt mit seinem rechten Fuß mitten ins Gemüse.

»Entschuldigung!«, er bückt sich und kratzt den Kohl vom Asphalt. »Das tut mir wirklich leid.«

»Nein, das macht doch nichts. Es war mein Fehler, ich sollte besser aufpassen, wo ich hinlaufe.«

»Ja, aber der Kohl!« Er hält zwei große Blätter links und rechts von sich, in jeder Hand eins, was ihn ein wenig belämmert aussehen lässt. Ansonsten sieht er eigentlich ziemlich fesch aus, denkt Eva. Adrett gekleidet, groß, ein kantiges, freundlich wirkendes Gesicht.

»Ich kauf Ihnen einen neuen.«

»Ach, das muss doch nicht sein«, entgegnet Eva, reißt ihm die Blätter aus der Hand und steckt sie in die Tüte mit dem restlichen Gemüsematsch.

»Kann ich Ihnen sonst irgendetwas Gutes tun?«

»Nein, wirklich.«

»Ich könnte Sie auf einen Kaffee einladen.« Er lächelt Eva breit an.

Irgendwie erinnert sie die Szenerie an eine Liebesschnulze: Gut aussehender, jugendlich wirkender Akademiker – ist er das überhaupt?, wobei das jedenfalls auf die meisten zutrifft, die hier in der

Gegend wohnen – rempelt frustrierte Lebenskünstlerin vor einem Gemüseladen an und lädt sie auf einen Kaffee ein.

»Ich hab jetzt wirklich keine Zeit«, murmelt Eva. Hat sie wirklich keine Zeit? Er sieht auf seine Armbanduhr.

»Sie haben ja recht. Ich muss auch gleich in die Uni.« Also doch, er ist Akademiker! Vielleicht kann man sich mit einem wie ihm sogar über Oper unterhalten. Mit ihren letzten Freunden war das jedenfalls nicht möglich. Kimski zum Beispiel konnte man nur mit Achtzigerjahre-Actionfilmen mit Bruce Willis oder Arnold Schwarzenegger hinterm Ofen hervorlocken. Die einzige Oper, die der kennt, ist Humperdincks *Hänsel und Gretel.*

»Aber wie wäre es, wenn ich Sie morgen Abend zum Abendessen einlade?« Sie blickt ihn einen Moment an. »Sie können sich auch ein Restaurant aussuchen.« Warum eigentlich nicht? Es gibt sicherlich billigere Anmachen und es ist ja auch irgendwie schmeichelhaft, von einem gut aussehenden Akademiker angeflirtet zu werden, und außerdem ist es ja nur ein Abendessen. Aber sie kennt nicht mal seinen Namen.

»Wie heißen Sie?«

»Oh, wie unhöflich von mir. Ich habe mich noch gar nicht vorgestellt. Lukas, nennen sie mich einfach Lukas.« Er streckt ihr die rechte Hand entgegen.

»Eva«, sagt sie und nimmt die ihr angebotene Hand.

20

Donnerstag, 15. Oktober 1942
Brest-Litowsk

Die Aktion dauerte nun schon den ganzen Tag an. In den Morgenstunden waren Abordnungen von Polizei, Sicherheitsdienst, Waffen-SS und den örtlichen polnischen Schutzmannschaften ausgezogen, um das Getto zu umstellen. Danach hatte man begonnen, die Bewohner auf zentralen Plätzen zusammenzutreiben und in Lastwagen verfrachtet zum Bahnhof zu bringen.

Friedrich zitterte, mehr noch als die junge Frau von vielleicht achtundzwanzig oder neunundzwanzig Jahren, die stumm vor ihm auf dem Asphalt lag. Unsicher darüber, was er tun sollte, machte er schließlich den Mund auf.

»Aufstehen!« Sein Befehl, den er da von sich gab, strotzte nicht wirklich vor Autorität.

»Was ist hier los?« Friedrich hatte nicht bemerkt, wie sich Sturmbannführer Osterkorn ihm von hinten genähert hatte, folglich zuckte er zusammen, als dieser ihn von der Seite anrempelte. »Was ist hier los?«, wiederholte der Sturmbannführer.

»Die Frau ist gestolpert und nun bleibt sie einfach liegen, Sturmbannführer!«

»Ja haben Sie etwa Mitleid mit diesen Saujuden!«

»Nein, Sturmbannführer!«

»Denken Sie, wir haben den ganzen Tag Zeit, um uns um jeden Juden einzeln zu kümmern?«

»Nein, Sturmbannführer!«

»Sehen Sie mal da rüber, dort warten bestimmt noch zehntausend auf ihren Abtransport und das sind immer noch nicht alle!«

»Ich weiß, Sturmbannführer!«

»Na, dann machen Sie mal!«, dann holte der Sturmbannführer mit seinem Stiefel aus und trat der Frau gegen den Kopf. Sie rührte sich nicht. Friedrich sah kurz zu ihr hinab, dann blickte er wieder seinen Vorgesetzten an, der ihn die ganze Zeit mit seinen Augen fixierte. Friedrich starrte zurück, unschlüssig, was der andere von ihm erwartete, obwohl er eigentlich genau wusste, was es war. Aber wie sollte er nur?

Der Blick des Sturmbannführers blieb starr auf ihn gerichtet, die Gesichtszüge waren hart und ließen jegliches Empathievermögen vermissen. Sie hellten sich erst auf, als Friedrich schließlich seine Pistole zog und auf die Frau zielte. »Abdrücken«, sagte er immer wieder zu sich selbst. »Abdrücken«. Doch er konnte nicht.

Nach einer Minute peinlicher Stille riss ihm der Sturmbannführer die Waffe aus der Hand und feuerte. Diesmal bewegte sich die junge Frau und riss ihren Kopf zur Seite.

»Verdammt!«, rief der Sturmbannführer. »Halten Sie mal fest!« Friedrich sah ihn unschlüssig an. »Na los!« Langsam beugte Friedrich sich nach unten. Er streckte die Hände aus und tastete vor sich, ohne genau hinsehen zu können. Als er mit seinen Fingern den weichen Busen der Frau ertastete, schrak er beschämt zurück. Er wollte schon den Mund aufmachen, um sich zu entschuldigen, realisierte dann aber, dass ihn seine gute Erziehung jetzt auch nicht mehr weiterbringen würde.

»Wird's bald!«

Friedrich packte die Frau am rechten Arm, mit der anderen Hand griff er nach ihrem Kopf. Aus Angst, nun selbst in die Schusslinie zu geraten, dauerte es einen Moment, bis er die geeignete Position gefunden hatte. Schließlich fasste er sie am Hals und drückte ihr Kinn nach oben. Der Schuss kam plötzlich und noch bevor er realisiert hatte, was vor sich gegangen war, spürte er die Splitter, die in sein Gesicht spritzten. Friedrich musste die Augen schließen und sich abwenden. Nachdem er sich aufgerichtet hatte, wendete er sich, ohne darüber nachzudenken, wie er aussah, nicht noch einmal um.

»Name und Dienstgrad?«, fragte der Sturmbannführer.

»SS-Unterscharführer Friedrich Schulze, Sturmbannführer!«, sagte Friedrich monoton.

»Ach, Sie sind der Neue?«

»Jawohl, Sturmbannführer!«

»Hier.« Der Vorgesetzte reichte ihm seine Pistole. »Melden Sie sich heute Abend um acht im SS-Hauptquartier bei mir.«

Die hochrangigen SS-Offiziere waren in einer alten Villa am Stadtrand untergebracht. Nachdem man ihn in das Vorzimmer von Osterkorns Appartement geführt hatte, hatte Friedrich zum ersten Mal an diesem Abend die Gelegenheit, sich in einem Spiegel zu betrachten. Das, was er sah, schockierte ihn. Er wusste, dass er aus seinem Gesicht alle Spuren der Exekution mit seinem Taschentuch entfernt hatte. Seine Uniform hingegen hatte er nicht weiter beachtet. Sogar auf dem schwarzen Stoff waren die Blutflecke deutlich zu sehen. Außerdem entdeckte er auf seiner rechten Schulter Knochensplitter und einen Rest Gehirnmasse an seinem Kragen. Er holte sein Taschentuch hervor, das bereits total verdreckt war, und wischte panisch über seine Uniform. So konnte er unmöglich vor seinen Vorgesetzten treten.

Die Tür zu seiner Linken ging auf und er fuhr zusammen. Herein trat der Sturmbannführer, lachend und vergnügt – der Gegensatz zu seinem Auftreten vor ein paar Stunden war frappierend. Ihm folgte sein Adjutant, der mit den zwei Degen und zwei Fechtanzügen, die er mühsam unter beide Arme geklemmt hatte, kaum laufen konnte.

»Schulze!«, rief Osterkorn begeistert und breitete seine Arme aus. Als er bemerkte, dass Friedrich nicht aufhören konnte, an seiner Uniform herumzuscheuern, lachte er laut auf. »Ja, daran muss man sich erst gewöhnen. Kommen Sie!« Er lief schnellen Schrittes hinaus auf den Flur, der Adjutant trottete in zwei Meter Entfernung hinter ihm her.

»Aber ...« Friedrich steckte das Taschentuch weg und folgte den beiden. Wenig später fand er sich in einer provisorischen Fechthalle wieder, die im Salon der Villa eingerichtet worden war. Der Adjutant begann umgehend damit, dem Sturmbannführer beim Ankleiden seiner Ausrüstung zu helfen.

»Sie sind doch aus Heidelberg, Schulze.«

»Äh, genau.«

»Und Sie studieren dort, habe ich gelesen.« Friedrich nickte. Er war immer noch irritiert und wusste nicht, worauf das Treffen hinauslaufen sollte. Warum hatte der Sturmbannführer ihn denn nun zu sich bestellt?

»Dann sind Sie doch bestimmt auch in einer Burschenschaft.« Osterkorn holte aus und warf Friedrich einen Degen zu.

»Ähm«, Friedrich räusperte sich. Er war tatsächlich der alten Familientradition folgend in einer Burschenschaft, allerdings nicht offiziell. Nachdem Hitler die Burschenschaften verboten hatte und der Verband sich dagegen gewehrt hatte, sich in eine offizielle NS-Kameradschaft einzugliedern, traf man sich inoffiziell.

»Sie brauchen keine Angst zu haben, was im Reich verboten ist, zählt hier im Osten nicht viel. Eigentlich ist hier alles erlaubt!« Er lachte wieder. Während er sprach, kam der Adjutant zu Friedrich und zog ihm den zweiten Fechtanzug über. »Ich bin auch Burschenschaftler in Heidelberg gewesen, bin es immer noch in der Altherrenmannschaft. Ihr Vater ist doch Wilhelm Friedrich Schulze?«

»Ja.«

»Hab sofort die Ähnlichkeit erkannt. Ihr Vater und ich waren Studienkameraden. En garde!« Osterkorn sprang vor, den Degen voran. Friedrich hatte mit dem plötzlichen Angriff nicht gerechnet. In letzter Sekunde parierte er den Schlag. Der Sturmbannführer machte drei Schritte zurück, dann startete er seinen nächsten Angriff.

»Wissen Sie, die Arbeit, die wir hier machen, ist für keinen von uns leicht. Aber wir haben den Befehl, der Front zu folgen und für die Sicherung der besetzten Gebiete zu sorgen.«

»Ich weiß.« Wieder knallten die Klingen gegeneinander. »Dabei ist es unerlässlich, dass wir unsere Feinde in den besetzten Gebieten vernichten, noch bevor sie sich gegen uns zusammenrotten können. Die Härte, mit der wir vorgehen, hat nichts mit dem zu tun, was wir von unserem normalen Leben zu Hause gewohnt sind.«

Diesmal setzte Friedrich zum Angriff an. »Sehr schöner Angriff«, bestätigte Osterkorn, der mit leichter Hand parierte. »Wissen Sie, wenn ich hier aufräume, dann denke ich immer daran, dass dieses Gesindel es mit unseren Familien genauso machen würden, ach, was sage ich – sie würden es zehnmal so schlimm mit unseren Frauen und Kindern treiben!«

»Ich werde in Zukunft daran denken.« Friedrich konnte sich aus einem erneuten Angriff des Vorgesetzten befreien und fing an, ihn zurückzudrängen.

»Natürlich werden Sie das! Wenn der Transport in der Schlucht angekommen ist, werden Sie die Leitung eines der Erschießungskommandos übernehmen.«

»Was?« Für einen Moment ließ Friedrich seine Deckung sinken.

»Touché«, sagte der Sturmbannführer und legte seinen Helm ab, trat zu Friedrich und schlug ihm kameradschaftlich auf die Schulter. »Denken Sie daran. Es ist eine Drecksarbeit. Aber irgendjemand muss sie ja machen.«

Auf dem Stiefelabsatz drehte er sich um und verließ den Salon, gefolgt von seinem Adjutanten. »Behalten Sie die Fechtausrüstung und üben Sie für unser nächstes Gefecht«, rief er noch, dann war er verschwunden.

Friedrich legte seinen Helm ab und ließ sich auf einen Stuhl fallen. »Irgendjemand muss es ja machen«, murmelte er.

21

Dienstag, 29. April 2008
Mannheim

Die Sonne scheint. Der Mannheimer Hauptfriedhof liegt friedlich da, als Eva und Kimski die Urnenhalle betreten.

»Wir kommen wieder zu spät«, murmelt Eva. »Nicht mal auf eine Beerdigung kann man mit dir gehen.«

»Ich weiß«, sagt Kimski ruhig, warum sollte er es auch abstreiten. Vorsichtig schiebt er die Tür zur Trauerhalle auf und späht in den Raum. Eva und Kimski treten in die Halle und nehmen in der letzten Reihe auf der rechten Seite Platz. Als Kimski zur Seite blickt, zuckt er zusammen. Jenseits des Mittelgangs, ebenfalls in der hintersten Reihe, sitzt Kommissar Vollmer und winkt ihm mit einem süffisanten Lächeln zu. »Na prost«, denkt Kimski. »Der Tag ist im Arsch.« Er lässt seinen Blick weiter schweifen, ohne Vollmer weiter zu beachten. Nur die zwei vorderen Reihen sind spärlich besetzt. Ansonsten sitzt noch ein Mann allein in der vorletzten Reihe, schräg vor Kimski. Er erweckt den Eindruck, als sei er sehr mitgenommen. Aber warum sitzt er dann so abseits? Wenn er ein guter Freund von Eugen war, könnte er doch weiter vorn bei den anderen sitzen.

Kimski lehnt sich zurück und atmet hörbar aus.

»Psst«, macht Eva.

»Was denn?«, flüstert Kimski. Als ein Choral gesungen wird, beugt er sich vor, um ihr leise ins Ohr zu flüstern. »Sag mal, du hast letzte Nacht wirklich niemanden aus der Villa kommen sehen, während ich drin war?«

»Nein.«

»Ist irgendjemand hineingegangen?«

»Ich weiß es nicht. Da war jemand. Nur wo die Gestalt hin ist, kann ich nicht sagen. Es war ziemlich gespenstisch.«

»In der Tat. Wer auch immer die Person gewesen ist, die im Keller war, sie hat alle Unterlagen mitgehen lassen, die noch dort waren. Vielleicht ist sie ja durch die Gartenanlage Richtung Neckar abgehauen. Was weiß ich.«

»Du sagtest auf einem der Fächer steht *Ostgebiete 1942?*«

»Richtig.«

»Ob der Mann deiner Auftraggeberin an der Ostfront war?«

»Ich weiß es nicht. Ich habe sie so verstanden, dass der alte Kampowski nicht im Krieg gewesen ist. Wie sonst hätte er mit dem Fahrrad am Neckar entlangradeln können?«

»Vielleicht war er ja auf Fronturlaub. Wenn man seinen Geburtsjahrgang bedenkt, ist es eher unwahrscheinlich, dass er nicht eingezogen wurde.«

»Hm, ja wahrscheinlich.«

Das Lied ist vorüber und sie sind wieder still. Der Pfarrer liest einen kurzen Abschnitt aus der Bibel vor. Danach wird erneut gesungen. Diesmal ist es Eva, die sich zu Kimski hinüberbeugt: »Geht das alles nicht etwas schnell?«, fragt sie ihn.

»Trauergottesdienste sind eigentlich immer recht kurz.«

»Nein, ich meine die Beerdigung. Eugen ist doch erst ein paar Tage tot. Dauert es normalerweise nicht noch eine Weile, bis eine Leiche beigesetzt wird? Man ermittelt immerhin wegen Mordes.«

»Nicht unbedingt. Die Obduktion kann schon nach ein paar Tagen abgeschlossen sein. Wenn danach keine Fragen mehr offen sind, ist es Sache der Mordkommission zu entscheiden, ob die Leiche für die Verwandten freigegeben wird. Auch wenn noch kein Mörder gefasst wurde.«

Die Anwesenden hören auf zu singen und der Pfarrer bittet sie, einzeln vor den Sarg zu treten, um Abschied zu nehmen. Der Erste, der aufsteht, ist ein Mann um die vierzig, eventuell ist er auch etwas jünger. Seine Augen sind rot unterlaufen, was Kimski selbst aus der letzten Reihe erkennt.

»Meinst du, das könnte der Sohn des Toten sein?«

»Vielleicht. Aber er sieht noch ziemlich jung aus, oder?«, erwidert Eva.

»Muss nichts heißen. Kämper war um die achtzig. Und mit vierzig ist man ja noch nicht zu alt, um Vater zu werden. Wenn das sein Sohn ist, sollten wir uns nachher mal mit ihm unterhalten.«

»Ach, deshalb sind wir hier.«

»Genau.«

Eva und Kimski verlassen den Saal als Erste. Vor der Urnenhalle stellen sie sich etwas abseits unter einen Baum und beobachten den Eingang. Nach ein paar Minuten verlassen die Trauernden das Gebäude. Allen voran Vollmer, der seine Hand behutsam auf die Schulter des vermeintlichen Sohnes von Eugen Kämper gelegt hat und sich mit diesem unterhält.

»Bist wohl nicht der Einzige, der die glorreiche Idee hatte, den Sohn nach der Beerdigung zu befragen, was?«, sagt Eva und lacht.

»Zwei Dumme, ein Gedanke.«

Vollmer entdeckt Kimski unter dem Baum und winkt ihm zu, während er seinen Gesprächspartner mit der anderen Hand in die entgegengesetzte Richtung lenkt. Diesmal winkt Kimski zurück. Er sieht den beiden nach, während sie langsam aus seinem Blickfeld verschwinden. Er denkt, dass er Vollmer gern mal eine Kopfnuss verpassen würde. Aber in der Ermittlung im Mordfall Kämper würde es wahrscheinlich kein besonders gutes Licht auf ihn werfen, wenn er einem der leitenden Ermittler die Nase zertrümmert. Sein Unterbewusstsein hat vermutlich recht. Er sollte an seiner Wut arbeiten.

»Sieh dir nur den armen Mann an«, sagt Eva und reißt ihn aus seinen Gedanken.

»Bitte was?« Sie deutet auf den alten Herrn, der genau vor ihnen gesessen hat und jetzt aus der Halle tritt, um mit forschen Schritten an ihnen vorbeizugehen. Er läuft nach vorn gebeugt, die Hände hinter dem Rücken verschränkt, die Schultern hängen weit nach unten.

»Hast du gesehen, wie er ganz allein da stand, so als würde er nicht zu den anderen Trauernden gehören? Es wirkte fast so, als wäre er eigentlich gar nicht anwesend.« Kimski nickt langsam. »Ich glaube, ich habe ihn sogar weinen sehen.«

Er sieht dem Alten hinterher, der auf einem kleinen Weg im Schutze eines Baumes langsam aus seinem Sichtfeld verschwindet. Dann sieht er zu Eva. »Kannst du wiederholen, was du gerade gesagt hast?«

»Du meinst, dass er geweint hat?«

»Nein, das davor!«

»Es wirkte so, als würde er nicht zu den anderen gehören.«

»Genau, das ist es!« Kimski läuft mit schnellen Schritten los.

»Hey, warte doch mal.« Eva muss sich Mühe geben, mit ihm Schritt zu halten. »Was hast du denn jetzt schon wieder?«

»Was ist, wenn er einer von den *Widerstandskameraden* ist?«

»Er kann genauso gut sein Mühlepartner aus dem Altersheim sein.«

Sie haben den Weg erreicht, auf dem der Alte kurz zuvor verschwunden ist.

»Wo ist er nur hin?« Laute Geräusche aus dem Gebüsch neben ihnen lassen Eva und Kimski herumfahren. Es raschelt und das Laub bewegt sich, dann sehen sie, wie eine dunkle Gestalt aufspringt. Sie rennt tiefer in das Gestrüpp hinein und verschwindet aus ihrem Blickfeld.

»Hast du das gesehen?!«

»Ja.«

»Ich konnte überhaupt kein Gesicht erkennen«, stammelt Eva.

»Komm.« Kimski rennt los. Er springt in das Gebüsch, dabei schlägt ihm ein Ast ins Gesicht. Nach wenigen Metern schlägt er einen Weg ein und sieht sich um. Gut hundert Meter entfernt sieht er die Gestalt, wie sie gerade hinter einem großen Mausoleum verschwindet. Die Kleidung, die sie trägt, ist in einem einzigen dunkelbraunen Farbton gehalten und auch Kimski kann kein Gesicht ausmachen. Er rennt weiter.

An der Stelle angekommen, wo er die Gestalt zuletzt gesehen hat, ist es totenstill. Auf dem Pfad vor ihm ist niemand zu sehen, allerdings entdeckt er wenige Meter weiter die nächste Gabelung. Es ist wie in einem Labyrinth. Links und rechts des Wegs ist alles so dicht bepflanzt, dass man nichts sieht. Kimski überlegt einen Moment. Erst als er wieder Geräusche aus dem Gebüsch zu seiner Rechten vernimmt, läuft er weiter. Diesmal bleibt er auf dem Weg, biegt an der Kreuzung ab und versucht, den Weg, den der Flüchtende nimmt, vorherzusehen. Doch hinter der nächsten Ecke herrscht wieder Stille. Kimski bleibt stehen und lauscht, nicht einmal das Zwitschern eines Vogels ist zu hören. Ihm fällt auf, dass er mittlerweile im ältesten Teil des Friedhofs angelangt ist, in der Nähe des historischen Haupttors. Anders als in den übrigen Bereichen sehen hier die Grabstätten noch wie richtige Gräber aus – mit lebensgroßen Engelsfiguren und kleinen Mausoleen. Steinernes Grau, mit Moosen und Flechten überzogen, Sumpf der Vergangenheit.

»Der richtige Ort für eine Geisterstunde«, denkt Kimski. Doch dann ermahnt er sich selbst – nur weil eine sonderbare Gestalt durchs Gebüsch hüpft, muss es sich noch lange nicht um einen Geist handeln. In diesem Moment taucht der Alte plötzlich vor ihm auf und kommt direkt auf ihn zugelaufen.

»Hallo!«, ruft Kimski und winkt. Der Alte erschrickt, wendet sich von ihm ab und läuft davon. »Moment, jetzt warten Sie doch«, sagt Kimski, doch der Alte beschleunigt weiter seinen Schritt. Als er an einem großen Grab vorbeikommt, das wie ein kleiner Tempel zwischen einigen Eichen hervorragt, schießen zwei dunkle Arme hervor und packen den Alten an seinen Schultern. Der versucht, sich zu wehren, indem er mit seinen Händen nach dem Angreifer schnappt. Ohne Erfolg, sein Kontrahent ist stärker. Der Alte wird zur Seite gezerrt und verschwindet hinter dem Grabstein.

Kimski spurtet los. Er greift reflexartig nach der Waffe in seinem Halfter, doch noch in der Bewegung fällt ihm ein, dass er weder das eine noch das andere heute Morgen mitgenommen hat. Er durchbricht das Gesträuch und sieht, wie die Gestalt den Alten auf den Boden wirft und ein Messer hervorholt. Das Ganze geht so schnell, dass Kimski nicht nachkommt. Der Angreifer sieht kurz in Kimskis Richtung, stürzt sich auf den Alten und holt mit der Klinge aus. Kimski rennt so schnell er kann, doch als er realisiert, dass er die beiden nicht mehr rechtzeitig erreicht, um die Gestalt davon abzuhalten, die Messerklinge in die Kehle des Alten zu bohren, entscheidet er sich, volles Risiko einzugehen. Er setzt zum Sprung an und hebt vom Boden ab. In dem Moment verfängt sich jedoch sein rechter Fuß in einer Wurzel. Noch im Flug spürt Kimski, wie ein Ruck durch seinen Körper geht und er zu Boden gedrückt wird. Ein stechender Schmerz schießt vom Knöchel über das Schienbein durch seinen Magen bis in den Kopf. Kimski schreit auf und sieht wie in Zeitlupe mit an, wie das Messer auf den Alten zudrängt. Doch Kimski ist jetzt ganz nah dran. Mit dem rechten Arm holt er aus, greift nach dem Handgelenk der Gestalt, packt zu und reißt mit aller Kraft daran.

Es gibt einen dumpfen Aufschlag, als die Gestalt zu Boden geht. Kimski richtet seine Augen auf den Angreifer, der neben ihm im Dreck liegt, und rollt sich zur Seite. In dieser Position ist die Gestalt zu weit weg, als dass er sie packen könnte. Sie hebt ihren Kopf, als wolle sie ihm direkt in die Augen sehen, was aber nicht möglich ist, da ihr Gesicht verdeckt ist. Die Kontrahenten mustern sich einen Moment, ohne sich zu bewegen. Wieder diese Stille. Das Einzige, was Kimski hört, ist der schnelle Atem seines Gegenübers. In diesem Augenblick richtet sich die Gestalt auf, springt über den Körper des Alten, der noch immer regungslos am Boden liegt, und rennt durch die Büsche auf den Weg. Es vergehen einige wertvolle Sekunden, bis Kimski sich von der Wurzel befreit hat.

»Alles in Ordnung?« Der Alte hält sich röchelnd die Kehle, die unversehrt geblieben ist, nicht mal ein Kratzer ist zu sehen. Kimski läuft weiter, ohne eine Antwort abzuwarten. Er tritt auf den Weg und kann nichts Auffälliges entdecken. Als Nächstes kommt Eva von rechts herbeigestürmt.

»Was ist denn los?«, ruft sie.

»Hier«, schreit Kimski und zeigt auf den Alten im Gebüsch. Sofort rennt sie zu ihm. Kimski geht humpelnd einige Meter den Pfad entlang nach links, die Gestalt ist aber immer noch verschwunden. Er trottet noch einige Minuten über den Friedhof, da er mit dem rechten Fuß nicht richtig auftreten kann. Schließlich gibt er auf.

»Mist!« Er läuft zurück zu Eva und dem Alten.

»Was war das bloß?«, fragt sie, als sie Kimski näherkommen sieht.

»Was meinst du?«

»Diese Gestalt. Von Weitem wirkte sie wie ein Phantom.«

»Klar. Von Nahem konnte ich aber erkennen, dass die Person einen Fechtanzug samt Helm und Visier trägt.«

»Einen Fechtanzug?«

»Ja, so einen alten, nicht weiß, sondern aus dunkelbraunem Leder. Und für den Kopf eine große braune Fechtmaske.«

22

Montag, 19. Oktober 1942
Bronnaja Gora

Nachdem der Güterzug den kleinen Bahnhof erreicht hatte, trieb man die Menschen waggonweise auf einen Platz, der mit Stacheldraht umzäunt war. Dort wurden die Juden von der SS und dem Sicherheitsdienst gezwungen, sich auszuziehen. Eine Frau, die gezögert hatte, wurde von einem der SS-Männer mit dem Gewehrkolben niedergeschlagen. Anschließend fuhr er fort, die Ankommenden zu bewachen.

Friedrich stand auf der anderen Seite des Stacheldrahts und beobachtete, wie das Blut langsam aus dem Schädel der Frau trat und sich als dunkles Rinnsal auf die trockene Erde ergoss. Seine Männer und er waren auf Lkws angekarrt worden, sie sollten sich nur um die Massenerschießung kümmern, mehr nicht. Man hatte sie zu früh einbestellt oder der Zug war verspätet eingetroffen, was auch immer. Jedenfalls waren er und seine Leute zu früh und Friedrich musste nun das Schauspiel von vorne bis hinten mitansehen – wie die Schafe zunächst geschoren und schließlich zu ihrer Schlachtbank geführt wurden.

Als immer mehr nackte Leiber nur wenige Meter von ihm entfernt am Stacheldraht entlanggeschoben wurden, konnte er nicht länger verhindern, dass ihm übel wurde. Dabei hatte er doch angenommen, in den letzten Tagen die nötige Zeit gehabt zu haben, um sich auf die Aufgabe, die vor ihm lag, vorzubereiten. Mit Mühe drückte er die Magensäfte, die sich in seinem Rachen und seiner Kehle sammelten, zurück.

»Unterscharführer Schulze?«, rief eine Stimme.

»Das bin ich.« Er wandte sich nicht um, um zu sehen, wer ihn rief, er antwortete nur.

»Wir sind dann so weit, Sie können mit Ihren Männern loslegen.«

Am Lkw griff er sich seinen Ledertornister und rannte anschließend nicht zur Grube, sondern zu dem kleinen Bahnhofsgebäude, in der Hoffnung, eine Toilette zu finden. Er hatte Glück, dennoch schaffte er es nicht mehr rechtzeitig in das stinkende Kabuff und erbrach sich noch im Vorraum des Aborts neben das rostige Waschbecken. Er wollte in den Spiegel blicken und sich selbst in die Augen sehen, doch er musste erst mal mit dem Ärmel seiner Uniform ein Loch in den Dreck auf der Scheibe reiben. Was er dann sah, gefiel ihm nicht. Der Anblick, den er bot, war erbärmlich. Wie sollte er das ausführen, was man von ihm erwartete?

Hastig griff er in seinen Tornister und zog die braune Fechtmaske hervor. Er atmete laut schnaufend, als er das rauhe Leder über seinen Kopf zog, und sah wieder in den Spiegel. So konnte er sein Antlitz nicht mehr erkennen und wurde schließlich ganz ruhig.

Zwei Minuten später trat Friedrich vor das Gebäude. Er sah zwei seiner Männer, die wild umherliefen und nach ihm Ausschau hielten.

»Es geht los«, sagte er. Die beiden drehten sich zu ihm um. Als sie ihn sahen, fuhren sie zusammen: »Sind Sie das, Unterscharführer?«

»Kommen Sie«, sagte Friedrich, ohne auf ihre Frage einzugehen, und lief in Richtung Grube.

Man trieb die Juden durch abgezäunte Korridore in den Bereich um die Grube. Über Leitern mussten sie hinabsteigen und sich mit dem Gesicht nach unten auf die Leichen der letzten Tage legen.

Am Rand angekommen zog Friedrich seine Pistole und zielte willkürlich in das Gewirr weißer Leiber. Seine Hand zitterte, er drückte trotzdem ab, immer wieder. Er hatte es sich schwerer vorgestellt. Er hatte gedacht, er würde dabei etwas empfinden, dass er sich schlecht fühlen würde, aber er spürte gar nichts.

Durch das beständige Nachladen und das erneute Leerfeuern eines Magazins verlor er bald das Gefühl für Raum und Zeit. Er hätte nicht sagen können, wie lang es gedauert hatte, bis in der Grube nichts mehr zappelte und man die nächste Gruppe hinabtrieb, die sich nun ebenfalls auf die frisch Getöteten zu legen hatte. Seine Hände zitterten immer weniger, und nachdem zum dritten Mal Menschen hinabgestiegen waren, konnte Friedrich ganz ruhig auf Frauen, Kinder und Säuglinge zielen.

Als die letzte Gruppe in den Pferch getrieben wurde, ging bereits die Sonne über dem nahe gelegenen Birkenwäldchen unter. Es waren nur noch wenige Menschen zu töten, vielleicht drei Dutzend. Kurz vor der Grube blieb die Kolonne auf einmal stehen, genau vor Friedrich. Wie angewurzelt standen sie da, stumm und regungslos, und starrten ihn an.

»Was ist?«, brüllte er, aber niemand regte sich. Bewegten sie sich nicht mehr wegen seiner Aufmachung? Machte er ihnen darin noch mehr Angst, als sie ohnehin schon hatten? Er konnte es nicht fassen, doch er fand Gefallen an der Vorstellung. Er war darin nicht mehr er selbst, er war der Mann mit der Maske. Das Monster, das tat, was man ihm aufgetragen hatte. Und was getan werden musste, musste getan werden.

Es blieb weiter still. Das einzige Geräusch, das er hörte, war das Pfeifen in seinen Ohren, das durch das stundenlange Maschinengewehrfeuer hervorgerufen worden war. Ohne zu zögern hob er seine Waffe und schoss die erste Person, die vor ihm stand, mitten auf dem Weg nieder. Zwei weitere folgten, dann hatte seine Pistole Ladehemmung und Friedrich warf sie weg. Daraufhin riss er einem der niederen SS-Männer sein Gewehr aus der Hand und erschoss alle anderen, die noch am Rand der Grube standen.

Danach sprang er hinab zu den Getöteten und watete durch den

Berg regungsloser Körper. Dabei feuerte er das Magazin leer und drückte so lange den Auslöser, bis er einsah, dass keine weitere Kugel abgegeben wurde, ließ dann die Waffe sinken und sah in den Abendhimmel.

Die Strahlen der tiefhängenden Sonne erzeugten einen Lichtkranz um seinen Körper, sodass die Kameraden am Grubenrand nur seine dunkle Silhouette im Gegenlicht sehen konnten.

»Irgendjemand muss es ja machen«, sagte er, worauf niemand etwas erwiderte.

23

Dienstag, 29. April 2008
Mannheim

Obwohl der Alte es nicht will und er nicht verletzt zu sein scheint, bringen Eva und Kimski ihn ins Klinikum, das sich vis-à-vis des alten Tors vom Hauptfriedhof befindet. Während er untersucht wird, warten sie in der großen Empfangshalle auf ihn und schweigen sich gegenseitig an. Schließlich taucht der Alte am Ende eines der Gänge auf und wird von einer Krankenschwester zu ihnen geführt.

»Ihrem Vater ist nichts passiert, aber passen Sie auf, dass er es in Zukunft etwas ruhiger angehen lässt.« Kimski nickt und die Schwester geht.

»Was haben Sie ihr denn erzählt, was Sie gemacht haben?«

»Ich habe gesagt, ich sei Tanzen gewesen und wäre hingefallen.«

»Mittags um zwei?«

»Na ja, ich wollte nicht, dass auch noch die Polizei in diese Angelegenheit mit hineingezogen wird.«

»Ja«, entgegnet Kimski und erhebt sich. »Das will ich auch nicht. Kommen Sie, vielleicht können wir uns ein bisschen unterhalten.«

Sie gehen in die Kantine und Eva und der Alte setzen sich. Kimski holt eine Runde Kaffee.

»Wie heißen Sie?«, fragt Eva den Alten.

»Walter.« »Was haben Sie bei der Beerdigung gemacht?« Kimski kehrt mit einem Tablett zurück und lässt sich neben Eva nieder.

»Sie standen die ganze Zeit über abseits.« Kimski fragt sich außerdem, warum der Maskenmann ausgerechnet den Alten angegriffen hat. Walter schluckt und schweigt.

»Muss ich wirklich darüber sprechen?«, fragt er schließlich und sieht zu Boden. »Wer sind Sie überhaupt?« Kimski beschließt, mit offenen Karten zu spielen, und erzählt Walter alles über seinen Auftrag ebenso wie das Wenige, was er bis jetzt herausgefunden hat.

Der Alte holt tief Luft. »Wissen Sie, ich bin jetzt zweiundachtzig Jahre alt. Als ich noch jünger war, haben mir die Abwehrmechanismen geholfen, die ich wie jeder andere Mensch auch für mich entwickelt habe. Doch die reichen jetzt nicht mehr aus. Und das, was einmal war, Dinge, die einmal passiert sind, kommen zu mir zurück. Jede Nacht träume ich davon, was früher war, schlimmer noch: Ich träume davon, wie ich selbst all diese schrecklichen Dinge tue.« Walters Stimme wird brüchig. Kimski starrt ihn an und fragt sich, wovon der Alte bloß redet. »Vor ein paar Tagen träumte ich, ich müsste meine eigenen Kinder in einen Wald führen, man gibt mir ein Gewehr in die Hand und drängt mich dazu, sie zu erschießen. Mein Kopf dreht sich und ich weiß nicht, was ich tun soll. Dann wache ich auf und weiß immer noch nicht, was ich machen soll. Ich habe inzwischen Angst vor dem Schlafen, denn wenn es finster wird, kommen diese Gedanken. Ich kann nichts dagegen machen. Früher hatte ich so etwas nicht, es begann erst vor zehn Jahren – Spätschäden. Ich habe bereits eine Therapie gemacht, aber geholfen hat sie nicht. Ich nahm Medikamente, Schlafmittel, ohne Erfolg. Und dabei ist meine Geschichte nicht einmal so schlimm wie die einiger anderer, die ich nach dem Krieg getroffen habe. Wie muss es denen wohl ergehen?«

»Mussten Sie im Krieg töten?«

»Nein, nein. So war das nicht. Wissen Sie, ich komme aus dem Arbeitermilieu. Mein Vater und seine Freunde waren allesamt Kommunisten und dementsprechend bin ich aufgewachsen, mit Straßenkämpfen vor unserer Haustür in der Neckarstadt. In unmittelbarer Nachbarschaft wurden Menschen abgestochen. Für mich hat sich die

Frage, ob ich für oder gegen die Nazis bin, nie gestellt. Als Hitler an die Macht kam, war ich noch ein Kind. Aber selbst in jungen Jahren war mir schon klar, dass man etwas gegen das Unrechtsregime unternehmen muss. Und später plante ich dann tatsächlich einen bewaffneten Überfall in einem Wald. Wenn es hätte sein müssen, hätte ich auch geschossen, das können Sie mir glauben. Aber so weit kam es dann gar nicht.«

»Waren Sie zusammen mit Eugen Kämper in einer Widerstandsgruppe?«, will Kimski wissen.

»Ja.«

»Waren Sie bei den *Letzten*?«

»Was meinen Sie?«

»Die Gruppe, nannte sie sich *Die Letzten*?«

»Nein, wie kommen Sie denn darauf? Wir waren ein lose zusammengewürfelter Haufen und hatten keinen Namen. Nur einmal, als ich Eugen und Klara nach ein paar Jahren in Mannheim noch mal traf, gaben wir uns einen Namen.«

»Klara?«

»Ja, das war eines der beiden Mädchen in unserer Gruppe, ansonsten waren wir nur Jungs.«

»Fahren Sie fort.«

»Als ich die beiden nach dem Krieg traf und wir darüber sprachen, wie wir alle uns entwickelt hatten, welchen Lauf die Dinge in Deutschland genommen hatten und welchen Stellenwert die Aufarbeitung der Gestapogeschichten hatte, nannten wir uns im Spaß *Die Vergessenen*.«

»Haben Sie noch Kontakt zu anderen Mitgliedern der Gruppe?«

»Nein. Wir kannten uns damals ja nur unter unseren Decknamen. Klara und Eugen habe ich später zufällig im Luisenpark getroffen. Ich glaube, das war erst in den Sechzigerjahren. Ich wusste ihre Namen nicht, aber erkannt habe ich sie sofort. Und sie mich auch. Die beiden waren damals ein Paar. Irgendwann haben sie sich getrennt, weil sie sich sehr heftig wegen irgendeiner Sache gestritten hatten, fragen Sie mich nicht weswegen. Eugen war danach mit den Nerven am Ende. Er wollte mir aber auch nicht erklären, worum es bei ihrem

Streit gegangen war. Was aus Klara nach der Trennung geworden ist, weiß ich nicht. Nur mit Eugen hatte ich gelegentlich noch Kontakt. Er hat bald darauf eine andere Frau geheiratet und mit ihr einen Sohn bekommen. Obwohl wir uns in den letzten Jahren nicht mehr gesehen haben, stand meine Adresse wohl noch in seinem Notizbuch, jedenfalls hat sein Sohn mir eine Einladung zur Beerdigung geschickt. Sie haben ihn heute bestimmt auch gesehen.«

»Ja. Ob ihm sein Vater etwas von seiner Zeit im Widerstand erzählt hat?«

»Das glaube ich nicht. Eugen wollte genauso wenig wie ich über diese Sachen reden. Nur mit mir sprach er darüber, weil ich ja dabei gewesen bin.«

»Vielleicht hat er seiner Frau etwas erzählt?«

»Das glaube ich auch nicht. Und selbst wenn, sie war zwar jünger als er, aber sie ist schon vor ein paar Jahren gestorben.«

Kimski atmet tief durch und lehnt sich zurück. »Gibt es sonst jemanden, der Ihre Gruppe *Die Letzten* genannt haben könnte?«

»Nein. Es wusste ja niemand von uns außer ...« Walter stockt einen Moment, dann setzt er wieder an: »... außer der Gestapo. Als ich verhört wurde, sagte es einer immer wieder, das stimmt. Er sagte immer wieder: ›Ihr seid die Letzten!‹«

»Wer hat das gesagt?«

»Na er, der Mann mit der Maske.«

»Und wer ist der Mann mit der Maske?«

»Schulze. SS-Sturmbannführer Schulze.«

24

Sonntag, 28. Januar 1945
Berlin

Er hatte seine Waffe abgegeben und stieg die Treppenstufen hinab. Der furchtbare Krach, der offensichtlich von einem Dieselgenerator verursacht wurde, war das Erste, was er bemerkte, als er den Führerbunker betrat. Abgetrennt wurden die Räume von dicken Stahltüren. Gasundurchlässig, wie man ihm versichert hatte. Die kahlen Wände glotzten ihn an. Er hätte sich einen anderen Ort gewünscht, um ihm das erste Mal persönlich gegenüberzutreten. Er spürte, wie sein Herz vor Aufregung klopfte.

Vor den Privaträumen des Führers angekommen musste er einen Moment warten, bis ihn schließlich ein SS-Mann hineinbegleitete. Nachdem er durch die Tür getreten war, ließ er seinen Blick kurz über die Anwesenden wandern. Himmler, sein oberster Vorgesetzter, war da. Außer ihm erkannte er noch Albert Speer, die beiden anderen Männer in Wehrmachtsuniform waren ihm unbekannt. Und dann war da natürlich noch er.

»Kommen Sie rein, Schulze, wir haben gerade über Sie gesprochen«, begrüßte ihn Himmler.

»Heil Hitler!«, rief Friedrich und streckte seinen rechten Arm.

»Setzen Sie sich«, erwiderte Hitler und zeigte auf einen leeren Stuhl.

»Wie ich gehört habe, sind Sie gerade befördert worden. Himmler erzählt, Sie seien einer seiner besten Männer.«

»Nun«, sagte Friedrich und lief rot an, da ihm nichts Besseres einfiel, was er hätte sagen können, und weil ihn dieses Lob aus dem Mund Hitlers erschaudern ließ.

»Seien Sie nicht zu bescheiden, wir brauchen Männer wie Sie. Deshalb haben wir Sie auch herbeirufen lassen. Wir haben einen Auftrag für Sie.« Friedrich wurde noch nervöser. Er wollte sich zusammenreißen, aber je mehr er versuchte, ruhig zu bleiben, umso aufgeregter wurde er. Der Führer hatte eine Mission für ihn vorgesehen. Für ihn persönlich!

»Wie Sie wissen, stehen wir gerade eine schwere Zeit durch. Der Feind rückt von zwei Seiten auf uns zu. Gerade deshalb ist es so wichtig, dass wir im Innern fest zusammenstehen – und zwar alle Deutschen, damit unser Vaterland ein Fels in der Brandung ist, wenn der Sturm aufzieht. Unverrückbar!«

»Die Gestapoleitstellen melden immer öfter Sabotage und Wehrkraftzersetzung«, sagte Himmler, der sich nun in das Gespräch einschaltete. »Es gibt Städte, in denen Widerstand gegen unseren geliebten Führer immer wieder aufkeimt. Natürlich handelt es sich nur um Einzelfälle, Abschaum! Aber gerade jetzt können wir keine Feinde in den eigenen Reihen gebrauchen. Wir versetzen Sie deshalb zur örtlichen Gestapostelle nach Mannheim.«

»Mannheim?«, fragte Friedrich verwirrt.

»Sie sind doch aus Heidelberg?«, fragte Hitler.

»Ja.«

»Gut. Schönes Städtchen, und Sie kennen sich ja mit den Leuten dort unten aus.« Er wandte sich an Speer. »Sie sind doch auch aus Mannheim. Was meinen Sie? Warum sind die Mannheimer so schwer zu zähmen?«

»Das liegt ihnen im Blut. Sie müssen immer dagegen sein. Mer Kurpfälzer hatten eben immer schon ne große Klappe«, sagte Speer ruhig und lehnte sich in seinem Sessel zurück.

»Da hören Sie's!«, sagte Hitler und wandte sich wieder Friedrich zu. »Die Mannheimer haben eine große Klappe. Und die werden Sie jetzt stopfen gehen.«

Samstag, 17. März 1945
Mannheim

Die Sonne war schon lange untergegangen. Walter zitterte. Er war sich nicht sicher, ob es die Aufregung war oder ob er sich zu dünn angezogen hatte. Er lud das Gewehr in seiner Hand durch und blickte in die Runde. Auf der kleinen Lichtung mitten im Wald standen zehn Personen, von denen er nur den Decknamen kannte. Alle waren sie in seinem Alter. Keiner von ihnen hatte je eine Schusswaffe benutzt, sah man von dem einen Nachmittag ab, als sie sich vor einer Woche im Viernheimer Wald zu Schießübungen getroffen hatten.

Elf junge Menschen, die sich nicht anders zu helfen wussten, als zur Waffe zu greifen. Dass sie elf an der Zahl waren, beunruhigte ihn, denn bei den Vorbesprechungen waren sie noch zwölf gewesen. Einer von ihnen, der sich Hannibal nannte, war heute nicht am Treffpunkt erschienen. Hektor, der Anführer, hatte gesagt, dass es passieren könnte, dass einer nicht kommt. Wahrscheinlich hätte Hannibal kalte Füße bekommen, was nicht weiter schlimm sei. Ihre Gruppe sei immer noch groß genug, um nach Plan vorzugehen. Doch Walter gefiel die Sache nicht.

»Also, ich wiederhole noch einmal, wie wir vorgehen«, sagte Hektor. »Wir teilen uns auf. Homer und ich werden an den beiden Wachtürmen links und rechts des Haupttors die Sprengsätze anbringen, dann schlagen wir uns mit dem Zünder zurück in den Wald. Die anderen beziehen in der Zwischenzeit auf der Rückseite des Lagers Position. Die beiden Frauen und drei von den Jungs nehmen den Wachturm ins Visier und geben der dritten Gruppe Feuerschutz.« Er deutete auf die vier, die er dafür vorgesehen hatte. Walter war einer von ihnen. »Sobald die Sprengsätze detonieren, wartet ihr einen Moment. Unsere Hoffnung ist, dass die Wachen ihren Posten verlassen und sich in den vorderen Teil des Lagers begeben. Nach etwa einer Minute rennt ihr vier los und schneidet mit den Bolzenschneidern ein Loch in den Stacheldraht.«

»Was ist, wenn die Wachen auf ihrem Posten bleiben?«, fragte einer aus Walters Gruppe.

»Ihr bekommt ja Feuerschutz. Sollten die Wachen zurückbleiben, wird der Turm also unter Beschuss genommen. Denkt immer daran, es gibt nicht einmal zwanzig Soldaten in diesem Lager.«

»Soweit wir wissen ...«, warf Walter ein.

»Soweit das, was wir beobachtet haben, stimmt«, sagte Hektor. »Das Einfachste ist, wenn wir alle erledigen. Und denkt daran, das Überraschungsmoment ist auf unserer Seite. Nach der Sprengung sollten die ersten vier Männer erledigt sein. Sobald einer von ihnen vorn aus dem Lager seinen Kopf herausstreckt, werden Homer und ich uns um ihn kümmern und ihr vier nehmt die Baracke der Wachen im vorderen Lagerbereich unter Beschuss. Und nachdem ihr Posten bezogen habt, rückt die Nachhut hinterher.«

Walter blieb skeptisch. Die Waffen, die sie organisiert hatten, waren teilweise noch aus dem Ersten Weltkrieg. Und woraus Hektor die Sprengsätze zusammengebaut und woher er das nötige Wissen hatte, war ihm auch nicht klar. Dennoch wollte er nicht zu pessimistisch sein, zumal man von überall her Geschichten über den Erfolg von Partisanen hörte: aus Italien, Frankreich und vom Balkan. Das waren auch normale Menschen, darunter Frauen, Jugendliche und Alte, und sie erreichten etwas. Und sie waren im Vorteil, weil sie überraschend angreifen wollten. Die Wächter richteten außerdem ihren Fokus darauf, dass niemand aus dem Lager ausbrach. Dass jemand ins Lager einbrechen würde, damit würden sie nicht rechnen. Also begab Walter sich mit seiner Gruppe auf ihren Posten.

Die Zeit schlich unerträglich langsam voran. Walter hatte feuchte Hände und er bemerkte erst jetzt, dass die Stelle, an der er sich hingelegt hatte, von Ameisen frequentiert wurde. Er spürte, wie es ihn an den unterschiedlichsten Körperstellen juckte und zwickte, aber er wagte nicht, sich zu bewegen. Er wartete darauf, dass endlich eine Detonation erfolgte oder dass Schüsse ertönten, dass sie alle aufflogen und angegriffen wurden, aber stattdessen passierte – nichts.

»Was treiben die nur so lang«, krächzte einer seiner Verbündeten. »Die hätten doch schon längst fertig sein müssen.«

»Habt ihr gesehen, ob sich etwas bewegt auf der anderen Seite?«

»Nein.«

Sie harrten noch eine weitere, nicht enden wollende Viertelstunde aus, dann erhob Walter sich. »Wir sollten nach den Jungs sehen.«

»Leg dich wieder hin, Mann!«

Aber Walter wollte sich nicht wieder hinlegen. »Ich gehe kurz vor und sehe nach.« Ohne abzuwarten, ob die anderen widersprachen, lief er los und pirschte durch den Wald. Als er die Stelle erreichte, an der Hektor und Homer ihre Position einnehmen wollten, war nichts zu sehen. Walter stellte sich hinter einen Baum und beobachtete das Lager. Auch dort war nichts zu sehen.

Ein Rascheln im Gehölz ließ ihn herumfahren. Er riss sein Gewehr hoch und starrte in den dunklen Wald. Das Geräusch wurde lauter und die Finger seiner linken Hand krampften sich um den Lauf der Waffe.

»Hektor? Bist du das?« Keine Antwort, das Rascheln hörte kurz auf. Dann hörte Walter, wie sich wieder etwas links von ihm bewegte. Walter machte einen Schritt nach vorn und folgte dem Geräusch mit dem Lauf seiner Waffe. Erneut wurde es still.

»Fass dir ein Herz«, sagte er zu sich selbst und schlich los in die Richtung, aus der das Rascheln zuletzt gekommen war. Er musste sich durch ein Gebüsch kämpfen, Äste schlugen ihm ins Gesicht. Dann blieb er wie erstarrt stehen und ließ das Gewehr vor Schreck sinken. Er hatte Hektor gefunden. Ihr Anführer lag mit dem Rücken auf dem Boden, Arme und Beine ausgestreckt. Seine Augen waren weit aufgerissen, das Gesicht und der Oberkörper waren blutverschmiert. Bei näherem Hinsehen entdeckte Walter eine klaffende Wunde an Hektors Hals. Jemand hatte ihm die Kehle durchgeschnitten.

Hektors Anblick hatte Walter für einen Moment abgelenkt, sodass er zu spät bemerkte, dass hinter ihm im Unterholz das Rascheln wieder eingesetzt hatte. Als er sich schließlich erschrocken umdrehte, stand der Verursacher der Geräusche etwa vier oder fünf Meter von ihm entfernt bereits hinter ihm. Eine düstere Gestalt, ganz und gar farblos, ohne erkennbares Gesicht, lediglich eine rauhe, runde Fläche. Wie ein Geist.

Langsam trat die Gestalt auf Walter zu. Erst als sie unmittelbar vor ihm stand, fing er sich wieder. Das war kein Gespenst, sondern ein Mensch aus Fleisch und Blut – und wenn er nicht schnell etwas unternehmen würde, würde es ihm genauso ergehen wie Hektor. Walter riss das Gewehr nach oben und schlug mit dem Kolben in das Gesicht seines Gegenübers. Die Gestalt zuckte kurz, wich ein paar Zentimeter zurück und ging wieder auf ihn los, als wäre nichts gewesen. Sie packte ihn und wenig später spürte Walter einen harten Gegenstand, der gegen seinen Hinterkopf schlug.

Als er wieder zu sich kam, brauchte er einen Moment, bis er sich orientieren konnte. Zunächst nahm er alles nur verschwommen wahr, sah dann aber immer klarer. In Walters Stirn pochte ein stechender Schmerz. Er spürte, wie feuchter Rotz aus seiner Nase lief, wogegen er nichts tun konnte. Schließlich fand er heraus, dass er sich in einem kahlen Raum ohne Fenster befand. Er hing schief auf einem Stuhl, seine Hände waren hinter der Stuhllehne zusammengebunden und vor ihm saß ein Mann in einer schwarzen Uniform. Walter musste sich konzentrieren, bis er sein Gegenüber über einen verschwommenen Umriss hinaus erkennen konnte.

Der SS-Mann war jung, vielleicht Mitte zwanzig. Sein hellbraunes Haar war ordentlich zur Seite gekämmt. Er rauchte und wirkte auf eine Art und Weise unsicher. Als er sah, dass Walter zu sich kam, lächelte er.

»Guten Abend«, wurde er begrüßt. »Bitte entschuldigen Sie die Umstände.« Seine Stimme klang, als würde er sich ernsthaft um Walters Befinden sorgen. »Soll ich Ihnen etwas zu trinken bringen lassen?« Walter schüttelte den Kopf. Der SS-Mann schwieg, lehnte sich zurück und nahm einen langen Zug von seiner Zigarette. Dann beugte er sich ein Stück vor, griff auf dem Boden nach einem silbernen

Aschenbecher, der in diesem trostlosen Ambiente viel zu edel wirkte, und drückte die Zigarette aus.

»Sie können sich vorstellen, warum Sie hier sitzen müssen?« Walter schwieg. »Hören Sie, wenn Sie schweigen, hat niemand etwas davon. Weder Sie noch ich.« Walter beobachtete, wie sein Gegenüber nervös mit seinen Fingern spielte. »Ich kann mir auch schönere Orte vorstellen, um meine Zeit zu verbringen, als diesen Keller, das können Sie mir glauben. Wenn Sie reden, kommen wir beide hier am schnellsten wieder raus. Und eins sage ich Ihnen gleich und dabei denke ich nicht an mich: Wenn Sie nicht mit mir reden, werde ich abgezogen und einer meiner Kollegen wird hier Platz nehmen. Und der wird vielleicht nicht wie ein zivilisierter Mensch mit Ihnen umgehen.«

»Wie sind Sie uns auf die Schliche gekommen?«, unterbrach ihn Walter.

»Das war einfach. Ein Mann aus Ihrer Truppe hat uns alles erzählt. Das war sehr vernünftig, das müssen Sie doch auch einsehen. Ich meine, wo kommen wir da hin, wenn jetzt schon Deutsche anfangen, auf Deutsche zu schießen?« Walter erwiderte nichts. »Wie lauten die Namen der anderen? Sagen Sie's einfach, dann haben wir es hinter uns.«

Walter schwieg weiter. Das Einzige, was zu hören war, waren seine schweren Atemzüge. Er dachte nach: Wenn man ihn nach weiteren Namen fragte, war das ein gutes Zeichen. Das hieß, dass sie nicht alle schnappen konnten. Aber er durfte nichts sagen.

»Sie können sich also an keine Komplizen erinnern?« Nicht einmal Walters Mundwinkel zuckten. »Und der Name Eugen Kämper? Haben Sie den schon mal gehört?« Er schüttelte den Kopf. Den Namen kannte er tatsächlich nicht, was aber nichts zu bedeuten hatte, da er ja die anderen nur unter ihrem Decknamen kannte. Wer war wohl dieser Eugen? Hatten sie ihn auch gefangen?

»Aber Ihren eigenen Namen, den wissen Sie doch noch, oder?« Keine Reaktion. »Das ist schade, Sie hatten nämlich keine Papiere bei sich, als wir Sie aufgegriffen haben. Das ist von Ihnen natürlich besonders schlau gewesen. Nur ist es leider so, dass wir sehr gerne wissen, mit wem wir es zu tun haben.« Walter schwieg weiter.

Der SS-Mann atmete laut hörbar aus. »Dann tut es mir für Sie leid. Armer Teufel.« Er erhob sich. »Ich muss meinen Kollegen holen.« Walter beobachtete, wie er sich in Bewegung setzte. Doch statt zu der dunklen Holztür zu gehen, wie er es erwartet hatte, ging er zum Tisch, der in einer Ecke stand. Darauf lagen Utensilien, die sich Walter lieber nicht genauer angesehen hätte. Der Mann griff nach etwas. Da Walter nur den Rücken des SS-Mannes sah, konnte er nicht genau erkennen, was es war.

Schließlich drehte dieser sich zu ihm um und Walter fuhr zusammen. Über seinen Kopf hatte der Mann eine braune Fechtmaske gezogen und Walter erkannte ihn sofort wieder. Die Gestalt aus dem Wald.

25

Dienstag, 29. April 2008
Mannheim

»Carlo, Carlo, Carlo.« Der Rektor sieht ihm nicht in die Augen, sondern scheint stattdessen einen Punkt auf seinem Schreibtisch zu fixieren. In der Hand hält er einen Flachmann. Carlos Flachmann.

»Krieg ich ihn jetzt wieder?« Der Rektor antwortet nicht sofort.

»Machst du eigentlich eine Therapie? Bist du in Behandlung?«

»Wozu das denn?« Sein Chef wedelt stumm mit dem Trinkbehälter.

»Ich bitte dich, Kurt. Das ist doch nichts. Es ist doch nicht verboten, wenn ein erwachsener Mann einen Schluck Alkohol trinkt. Da ist doch nichts weiter dabei. Mensch Kurt, wir sind doch Freunde.«

»Carlo, du hast dich von einem Kollegen dabei erwischen lassen, wie du vor Unterrichtsbeginn auf dem Schulkorridor Schnaps trinken wolltest. Ich habe Herrn Müller ganz schön zureden müssen, das nicht hoch aufzuhängen, nachdem er mir das hier übergeben hat.« Wieder schwenkt er den Flachmann durch die Luft. »Mensch Carlo! Wo kommen wir denn da hin, wenn unsere Lehrer sich gegenseitig die Schnapsflaschen abnehmen. Stell dir vor, nicht Müller hätte dich erwischt, sondern ein Schüler.«

»Ich weiß gerade nicht, was du eigentlich von mir willst. Ich bin kein Alkoholiker.«

Kurt hebt seine Hand und deutet mit dem Zeigefinger auf Carlos rechten Arm, der auf dem Tisch liegt. »Deine Hand zittert.«

»Ach Quatsch.«

»Doch.« Carlo schaut auf seine Hand, Kurt hat recht, seine Hand vibriert wie ein tiefergelegter Wagen, der auf einer Schotterpiste fährt. Man könnte fast meinen, er hätte ein Stromkabel im Hintern stecken.

»Ich habe es unter Kontrolle. Vertrau mir, Kurt.«

»Wenn du alles unter Kontrolle hast, dann kann das ja erst mal hier bleiben.« Kurt nimmt den Flachmann und lässt ihn in einer Schublade verschwinden.

»Hey!«

»Nervös?« Carlo entgegnet darauf nichts. Jetzt ist er es, der dem Blick des anderen ausweicht. »War nur ein Scherz.« Kurt holt den Flachmann wieder hervor und legt ihn auf den Tisch. »Das Zittern ist ein Anzeichen von Entzug oder etwa nicht? Bitte Carlo, sei ehrlich zu dir selbst. Das sage ich als dein Freund, verstehst du?«

Carlo verlässt das Schulgebäude durch den Haupteingang. Er läuft zum Lehrerparkplatz und steuert direkt auf seine alte Vespa zu. Jetzt ist selbst Kurt gegen ihn. Aber warum? Er hat sich doch nichts zuschulden kommen lassen. Wie soll er das verstehen? Sein Handy klingelt und reißt ihn aus seinen Gedanken.

»Eva?« Sie erzählt ihm etwas von einem Walter, und dass sie mit Kimski bei ihm vorbeikommen möchte. Carlo versteht zwar nicht genau, was sie ihm eigentlich gerade erklären will, trotzdem fühlt er sich gut. Die Aussicht auf einen aufmunternden Besuch hellt seine trübe Stimmung umgehend auf. Er beendet das Gespräch und streift seinen Helm über. Er nimmt noch einen kurzen Schluck aus dem Flachmann, dann schwingt er sich auf die Vespa und fährt los.

Als sie Carlos Wohnung am Wasserturm betreten, ist es kurz nach 16 Uhr.

»Hallo Eva«, ruft Carlo begeistert. Küsschen links, Küsschen rechts. »Leonard!« Ein kurzes Händeschütteln. »Und Sie sind?«

»Walter.«

»Sehr erfreut. Aber bitte, kommt doch rein. Macht es euch gemütlich. Darf ich euch etwas zu trinken anbieten?«

»Danke«, sagt Kimski. Besser nicht, Carlo stinkt schon wieder nach Alkohol. Vielleicht doch keine so gute Idee, den Zeugen ausgerechnet bei ihm zu verstecken.

»Ich habe am Telefon nicht alles verstanden, aber natürlich kann Walter ein paar Tage bei mir unterkommen.«

»Danke«, sagt Eva.

»Aber nur, wenn es Ihnen keine Umstände macht«, fügt Walter hinzu. Man sieht ihm an, dass ihm die Situation etwas unangenehm ist. »Ich wäre auch lieber nach Hause gefahren, aber die beiden haben darauf bestanden, dass ich bei Ihnen untergebracht werde.«

»Bei sich zu Hause wäre Walter momentan vielleicht nicht sicher«, erklärt Kimski.

»Versteh schon. Ihr braucht mir gar nicht alles zu erzählen. Ihr habt euch also mal wieder in Gefahr gebracht. Na ja. Hat das immer noch mit dieser Widerstandsgeschichte zu tun?«

»Ja, aber die Details brauchst du nicht zu erfahren.« Eigentlich gibt es auch nicht viel, was sie ihm erzählen könnten, denkt Kimski. Sie wissen ja selbst nicht, wer in dem Fechtanzug steckt und warum er es auf Walter abgesehen hat. »Wir holen Sie ab, sobald wir wissen, dass Sie wieder sicher sind, und dann fahren wir Sie nach Hause«, sagt Eva und legt Walter eine Hand auf die Schulter.

»Ob dieser Schulze wirklich tot ist?«, fragt Kimski, als er mit Eva das Treppenhaus hinabsteigt. »Walter hat jedenfalls all die Jahre geglaubt, Schulze hätte das Kriegsende nicht überlebt.«

»Ja.« Kimski drückt die Haustür auf und sie treten unter die Arkaden des Friedrichrings. »Aber vielleicht ist er auferstanden.«

»Als Geist im Fechtanzug, der auf dem Mannheimer Hauptfriedhof sein Unwesen treibt?«

»Wer weiß.« Kimski zuckt mit den Achseln.

»Lass uns noch mal rekapitulieren, was wir bis jetzt alles haben«, schlägt Eva vor.

»Die Namen von drei Widerstandskämpfern.«

»Ja, von denen einer tot ist, Eugen. Walter hat uns alles erzählt, was er weiß. Und dann gibt es da noch Klara. Aber solange wir ihren Nachnamen nicht wissen, bringt uns das wohl kaum weiter.«

»Ich weiß. Alles, was wir wissen, ist, dass sie in den Sechzigerjahren mit Eugen Kämper zusammen war.«

»Was uns nicht wirklich weiterbringt.«

Sie sind an Kimskis Wagen angelangt. Er tritt an die Fahrerseite und öffnet die Tür.

»Du brauchst mich nicht zu fahren, ich nehme die Bahn.«

Kimski sieht sie verwirrt an. »Ehrlich? Willst du allein in die OEG? Ich kann dich wirklich gern nach Hause bringen.«

»Ich bin erwachsen, Kimski. Meinst du nicht, dass ich am helllichten Tag ohne Begleitung nach Heidelberg fahren kann?« Kimski antwortet nicht. »Was machst du jetzt? Ich meine, was sagst du deiner Auftraggeberin? Sie ist nach wie vor die einzige Verdächtige.« Kimski zuckt wieder mit den Achseln. Darin hat er mittlerweile Übung.

In seiner Wohnung angekommen schmeißt er sich auf die Couch mit dem festen Entschluss, nicht so bald wieder aufzustehen. Kann er wirklich gegen seine Auftraggeberin ermitteln? Immerhin ist er kein Polizist mehr, sondern Privatdetektiv, und die ermitteln in der Regel für ihre Klienten, die sie bezahlen. So etwas darf sich nicht herumsprechen, sonst hat er bald gar keine Kunden mehr. Sein Blick fällt auf das Telefon. Er könnte Maria Kampowski einfach anrufen. Er greift zum Hörer und starrt ihn an. Ganz richtig, er sollte sie anrufen, aber nicht mehr heute.

Eva hat Lukas die Wahl des Restaurants überlassen. Er entscheidet sich für ein kleines spanisches Restaurant, Tres Mares, das sich in einem Kellergewölbe am Rande der Heidelberger Altstadt in der Nähe der Bergbahnstation befindet. Eine sehr gute Wahl, muss Eva zugeben, denn so hat sie die Möglichkeit, zwischen zahlreichen Fischspezialitäten zu wählen. Sie entscheidet sich schließlich für gefüllte Forelle mit Schinken.

Die Gespräche mit Lukas sind geistreich und unterhaltsam. Wie sich herausstellt, ist er promovierter Soziologe und arbeitet am Soziologischen Institut an einem Forschungsprojekt, das es sich zum Ziel gesetzt hat, die Lehren Max Webers zu vertiefen. Lukas spricht viel und gern über seine Arbeit.

Als Eva von ihrer Jugend in Italien erzählt, fängt er an, einen Vortrag über die italienische Oper zu halten. Sie schmunzelt. Er redet viel, keine Frage, aber es macht ihr Spaß, ihm zuzuhören.

Es wird spät und Lukas begleitet sie zu Fuß nach Hause. Er hat darauf bestanden und Eva hat nicht protestiert. Als sie im Restaurant aufgestanden sind, hat er ihr in ihre Jacke geholfen und ihr die Tür aufgehalten. Kleinigkeiten. Aufmerksamkeiten.

»Also dann«, sagt er, als sie vor ihrer Haustür angekommen sind. »Gute Nacht.«

»Gute Nacht«, erwidert sie und gibt ihm links und rechts einen Kuss auf die Wange, wie es in Südeuropa üblich ist, um sich zu verabschieden. Als aber ihre Haut die seiner Wange berührt, verharrt sie für einen Moment in der Bewegung. Die Nähe fühlt sich gut an und in ihrer rechten Wade fängt es an zu kribbeln. Ein Zeichen, das sie nur zu gut kennt, denn seit Teenagertagen stellt sich dieses Phänomen ein, das besagt, dass sie Gefahr läuft, sich über beide Ohren zu verknallen. Sie hat keine Schmetterlinge im Bauch, sondern einen Floh im Stiefel. Dabei weiß sie noch nicht, ob sie sich überhaupt verlieben will. Ausgerechnet jetzt, wo sie auch ohne Beziehung wunderbar zurechtkommt. Und in ein paar Tagen will sie auch noch zu einer Weltreise aufbrechen. Was soll sie davon halten? Eva macht einen halben Schritt zurück und sieht ihm in die Augen. Lukas hält ihrem Blick stand und nimmt sie in den Arm, was sie widerspruchslos geschehen lässt.

Kimski steht unentschlossen vor seiner DVD-Sammlung und kratzt sich am Bauch. Die Auswahl in dem alten Schuhkarton, der ihm als Regal dient, ist begrenzt. Er kann nicht jeden Abend mit *Stirb Langsam* überbrücken. Er schließt die Augen und greift aufs Geratewohl zwei Filme und betrachtet lange die DVD-Cover, *Conan der Barbar* und *Predator.* Der Zufall hat es so gewollt, aber er hat ja immer noch die Möglichkeit, einen der beiden Filme nicht zu gucken, aber welchen? Arnold Schwarzenegger, der sich in einer schicken Uniform im Dschungel im Matsch wälzt, oder Arnold Schwarzenegger, wie er sich in der Wüste nur mit einem Lendenschurz bekleidet im Matsch wälzt. Er sieht sich die Auswahl noch einen Moment an und entscheidet sich schließlich für *Conan der Babar.* Seine Wahl ist beeinflusst von der auf dem DVD-Booklet abgebildeten blonden Kriegerin, die sich räkelt, ebenfalls nur in Lederfetzen gehüllt. Irgendwie erbärmlich, denkt Kimski, als er sich auf die Couch fallen lässt und den Fernseher anmacht. Jetzt braucht es schon Urzeit-Amazonen mit Dauerwelle, damit er abschalten kann. Wohin soll das noch führen?

Eva erwacht mit einem Lächeln auf den Lippen. Sie tastet mit der Hand über die Matratze, die Augen noch geschlossen. Das Bett neben ihr ist leer. Sie wickelt ihren nackten Körper in die Bettdecke und sieht nach, ob Lukas noch da ist. Er ist verschwunden, aber in der Küche findet sie einen Zettel, auf dem steht: *Wollte dich nicht wecken.* Darunter hat Lukas seine Telefonnummer notiert. Obwohl er ohne ein Wort zu sagen verschwunden ist, versteht sie es als Zeichen dafür, dass er mit ihr in Kontakt bleiben will.

Eva setzt sich ans Küchenfenster und lässt ihr Gesicht von den morgendlichen Sonnenstrahlen kitzeln. Sie weiß nicht warum, aber plötzlich muss sie an Kimski denken. Das arme Würstchen, er dreht sich nur um sich selbst und beachtet sie kaum. Er ist oft garstig, hilflos und desinteressiert, aber irgendwie auch süß. Und sein Hintern erst – der ist echt unschlagbar. Kimski tut ihr auch leid. Aber wie kann man ihm auch dabei helfen, besser mit sich selbst klarzukommen? Klar, sie unterstützt ihn bei seinen Ermittlungen, doch glücklicher wird er nicht sein, nachdem er seinen aktuellen Fall gelöst hat. Vielleicht sollte sie ihn vor ihrer Reise zum Essen einladen.

Eva schließt die Augen und genießt die Sonne. Eine Weile sitzt sie einfach so da. Als sie die Augen wieder öffnet, blickt sie auf den Zettel mit der Nachricht von Lukas. Mal sehen, was daraus wird.

26

März 1945
Mannheim

Nach den zwei heftigen Bombardements des Vortags ging am Morgen des 18. März ein sanfter Zettelregen über Mannheim nieder. Wie Schneeflocken tanzten die weißen Blätter über den Dächern der Stadt und läuteten den Sonntag ein. Die Botschaft, die darauf abgedruckt war, war weniger friedlich:

EISENHOWER WARNT DIE BEVÖLKERUNG VON FRANKFURT UND MANNHEIM!

Die Regionen Frankfurt und Mannheim-Ludwigshafen sind ab sofort zum Kampfgebiet erklärt. Die Zivilbevölkerung ist aufgefordert, diese Regionen zu verlassen, solange noch Zeit ist. Das Kampfgebiet Mannheim-Ludwigshafen umfasst nach einer Bekanntmachung des alliierten Oberkommandos die Stadtkreise Mannheim und Ludwigshafen sowie Sandhofen, Waldhof, Käfertal, Wallstadt, Feudenheim, Seckenheim, Neckarau, Mundenheim, Rheingönheim, Mutterstadt, Friesenheim, Oggersheim, Oppau, Edigheim und Frankenthal.

Auf anderen Flugblättern wurde ein letztes »erbarmungsloses Bombardement« angekündigt und mit Fotos von neuartigen Bomben illustriert, deren Sprengkraft angeblich kein Bunker zu trotzen vermochte. Das Stadtbild prägten in diesen Tagen zahlreiche gigantische Schilder, die die Partei in Ruinen und Trümmerhäusern aufstellen ließ. Griffige Parolen im Sinne von *Der Sieg ist unser!*, *Jetzt erst recht!* oder *Und legt der A... auch falten, wir Mannheimer bleiben die Alten!* standen darauf.

Die Stimmung im Volk und beim Heer war allerdings weniger siegessicher. Am 20. März sprengte die Wehrmacht die Rheinbrücke zwischen Mannheim und Ludwigshafen. Nach Sonnenuntergang setzten sich die verbliebenen Soldaten aus dem Stadtgebiet in Bewegung Richtung Sandhofen, wo man sich im Schutze des Rheins verschanzen wollte. In dieser Nacht waren immer wieder Schüsse zu hören. Soldaten, zermürbt von der Aussichtslosigkeit der allgemeinen Lage, wurden so daran gehindert zu desertieren und umgehend hingerichtet. Erschossen von ihren eigenen Kameraden, die selbst nicht weniger gern geflüchtet wären und nur aus Furcht, selbst eine halbe Stunde später jämmerlich verblutend im Straßengraben zu landen, so handelten.

Die Geschütze hatte man zum Teil gesprengt, damit sie nicht dem Feind in die Hände fielen. Die verbleibenden Kanonen wurden von je vierzig Mann über die Pionierbrücke bis nach Seckenheim gezogen, gemeinsam von russischen Gefangenen und deutschen Soldaten, denn Treibstoff zum Transport hatte man schon lange nicht mehr.

Am 22. März erreichten die amerikanischen Truppen Ludwigshafen. Bis zum Abend hatten sie die Stadt eingenommen und eine Artilleriebatterie installiert, mit der sie sofort die Nachbarstadt unter Beschuss nahmen. Noch in derselben Nacht setzten sich der Oberbürgermeister mit seinem Stab sowie alle mehr oder minder wichtigen Parteimitglieder nach Babstadt bei Sinsheim ab.

In der Nacht zu Palmsonntag schlugen amerikanische Pioniere zwischen Frankenthal und Sandhofen eine Brücke über den Rhein. Am folgenden Tag kam es in Sandhofen zu Straßen- und Häuserkämpfen, in denen die deutschen Soldaten vor lauter Erschöpfung der amerikanischen Übermacht nur noch wenig entgegensetzen konnten. Die Verluste am Abend waren entsprechend: dreiunddreißig gefallenen Wehrmachtssoldaten sowie einundzwanzig zivilen Opfern standen drei getötete amerikanische GIs gegenüber. Wenige Stunden später stießen amerikanische Panzer von Sandhofen aus weiter Richtung Waldhof vor.

Die Mannheimer Innenstadt stand schon seit Tagen unter Artilleriebeschuss, als Friedrich rauchend in seinem Büro in der Gestapostelle saß. Adolf Gerst, der Leiter der Mannheimer Außenstelle, war bereits vor einigen Tagen geflüchtet und spurlos verschwunden. Friedrich konnte kaum fassen, dass einer wie Gerst sich SS-Obersturmführer schimpfte. Aber auch die anderen Angehörigen der hiesigen Gestapo waren allesamt wie vom Erdboden verschwunden. Der Einzige, der mit ihm die Stellung hielt, war Friese.

»Wir müssen fliehen, Friedrich«, sagte dieser unvermittelt und durchbrach die Stille. Friedrich sah ihn ungerührt an, schwieg und nahm einen weiteren Zug von seiner Zigarette. »Spätestens in den nächsten ein, zwei Tagen werden die Amerikaner auch hier in der Innenstadt stehen. Wir müssen fliehen, am besten noch heute Nacht.«

Friedrich sah ihn eine Weile einfach nur an. Dann sagte er plötzlich: »Na gut, wenn du meinst.« Er sah es nur ungern ein, aber sein Untergebener hatte recht. »Dann geh. Ich bin dir nicht böse.«

»Ich soll allein gehen?«

»Ja.« »Und was wird aus dir?«

»Ich muss mich um unsere letzten Gefangenen kümmern, vorher kann ich hier nicht verschwinden.«

»Lass das doch jetzt gut sein. Wichtig ist, dass wir hier rauskommen.«

»Mein lieber Friese, ganz so einfach ist es nicht. Was meinst du, was passiert, wenn die zwei Kerle, die unten im Keller sitzen, von den Amerikanern befreit werden? Was glaubst du, was die denen erzählen werden?«

»Hm«, sagte Friese nur und sah zu Boden.

»Hier.« Friedrich drückte ihm einen Mantel in die Hand. »Du

musst dich in Richtung Neckarau durchschlagen, bis dahin sind sie noch nicht gekommen. Geh nur in Zivilkleidung raus und deinen Dienstausweis und dein Parteibuch kannst du verbrennen.«

»Wegen der beiden Gefangenen ... Ich, ich kann das auch erledigen, wenn du willst. Ist doch keine große Sache.« Er deutete auf seine Pistole, die neben ihm auf seinem Schreibtisch lag.

»Nein, wir können ihnen nicht hier im Keller einfach eine Kugel durch den Kopf jagen. Ich bringe sie an einen Ort, wo man sie nicht findet oder erst dann findet, wenn man sie nicht mehr identifizieren kann.«

Friedrich brauchte noch ein paar Minuten, bis er seinen Kollegen endgültig davon überzeugt hatte, sodass dieser ohne ihn aufbrach. Als er endlich allein war, stellte er sich ans Fenster, ließ seinen Blick über die Ruinen gleiten und dachte nach. Wohin sollte er die beiden Gefangenen bringen? Es waren die letzten, die noch im Keller saßen, alle anderen waren bereits in Gefängnisse verlegt worden. Aber die beiden packten einfach nicht aus, also hatte er sie hier behalten. Jetzt war alles egal, nun lautete die Parole Schadensbegrenzung. Er musste zwei Zeugen beseitigen, die ihn identifizieren könnten, aber nicht im Haus der Gestapo. Und die Gefangenen über die Straße zu führen, wo sie jeder sehen konnte? Ein Automobil stand ihm nämlich auch nicht mehr zur Verfügung.

Friedrich hörte ein schrilles Zischen und im nächsten Moment schlug eine Granate ein. Die Wände erzitterten. Er konnte zunächst nicht erkennen, wo die Detonation stattgefunden hatte, doch wenig später sah er eine Rauchsäule aus Richtung des Schlosses aufsteigen. Daraufhin kam ihm eine Geschichte in den Sinn, die ihm einer der Gestapokollegen in der Außenstelle erzählt hatte, und Friedrich hatte eine Idee.

Walter harrte in der Dunkelheit aus. Die Glühbirne war irgendwann erloschen, wann genau, vermochte er nicht zu sagen. Vielleicht war es ein paar Stunden her, möglicherweise aber auch einen ganzen Tag. Sein Zeitgefühl hatte er schon lange verloren. Er hing seit geraumer Zeit gefesselt auf einem Stuhl, sein ganzer Körper war mittlerweile taub, die Hose durchnässt. Walter reagierte schon nicht mehr auf das Geräusch, das von der Tür kam. Ob er es wieder ist? Dieser verrückte SS-Mann, der anscheinend glaubt, sich durch das Überziehen einer Maske nicht mehr für seine Taten rechtfertigen zu müssen und kein schlechtes Gewissen zu haben braucht. Der hat sich schon lange nicht mehr hier unten blicken lassen. Oder waren es andere, die er hörte? Seine Befreier etwa? Dass die Stadt seit Tagen unter Artilleriebeschuss stand, konnte Walter auch in dem Keller deutlich spüren.

Das Schloss öffnete sich und eine Gestalt erschien im Türrahmen. Wieder die schwarze Silhouette im Halbdunkeln, wie schon so oft. Der Mann mit der Fechtmaske. Und wenn schon, er hoffte nur, dass es bald vorbei sein würde. Doch wider Erwarten kam der Maskierte auf ihn zu und löste seine Fesseln.

»Aufstehen!«, befahl er. Walter gehorchte mühsam, doch als seine Füße festen Stand auf dem kalten Steinboden hatten, knickten seine Beine unwillkürlich ein und er stürzte zu Boden. Der SS-Mann wartete schweigend, bis er erneut versuchte, sich aufzurichten. Diesmal ging es schon besser und er wurde in einen spärlich beleuchteten Gang geführt. Eine weitere Kellertür wurde geöffnet und ein zweiter Gefangener herausgezerrt. Der Mann sah aus wie eine halbverweste Leiche, als hätte man ihn eben erst ausgegraben und mit Gewalt zurück in die Welt der Lebenden gerissen. Doch Walter erkannte ihn sofort, es war Herakles. Zumindest lautete so sein Deckname. Gemeinsam waren sie an dem Anschlag auf die KZ-Außenstelle beteiligt gewesen. Ob er genauso erbärmlich aussah wie Herakles? Wahrscheinlich.

»Hier!«, rief der Maskenmann und deutete auf ein weißes Schild mit einem roten Streifen in der Mitte, das am Ende des Tunnels an der Wand angebracht war. Walter wusste ganz genau, was dieser Hinweis zu bedeuten hatte, er hatte ja zu Genüge an Luftschutzübungen teilnehmen dürfen. Das Schild kennzeichnete einen vorbereiteten Mauerdurchbruch. Bei Luftangriffen bestand nämlich die Gefahr, dass das Haus oberhalb des Kellers, in dem man sich während der Bombardierung aufhielt, getroffen wurde und zusammenstürzte und dadurch die Kellerausgänge zugeschüttet wurden. Deshalb wurde in jedem Keller, der an den eines Nachbarhauses grenzte, vorsorglich das Mauerwerk an der entsprechenden Stelle durch einfache Ziegelsteine ersetzt. Im Bedarfsfall konnten diese leicht durchbrochen werden und die Eingeschlossenen in den nächsten Keller fliehen.

Der SS-Mann schaltete eine Taschenlampe ein und drückte sowohl ihm als auch seinem Mitgefangenen einen Vorschlaghammer in die Hand, dann mussten sie losschlagen. Nachdem sie den ersten angrenzenden Keller erreicht hatten, mussten sie sogleich die nächste Wand einreißen, was sich mehrmals wiederholte. In keinem der Keller, durch die sie sich vorarbeiteten, trafen sie auf andere Menschen. Stand die Stadt tatsächlich kurz vor ihrer Eroberung? Waren tatsächlich alle Bewohner geflüchtet? Und wollte der Mann mit der Maske sie beseitigen, um sich von unliebsamen Zeugen zu befreien? Wo wollte er nur mit ihnen hin?

Wenn ihre Odyssee im Keller des Gestapogebäudes begonnen hatte, dann müssten sie jetzt bald das Gewölbe des Schlosses erreichen, dachte Walter.

Sie wollten schon den nächsten Mauerdurchbruch in Angriff nehmen, als der SS-Mann ihnen Einhalt gebot. Statt in einen weiteren Keller führte er sie nun in einen schmalen, langen Gang, dessen Ende auch im Schein der Lampe nicht zu erkennen war.

»Ihr seid die Letzten«, sagte der SS-Mann unvermittelt, nachdem sie einige Schritte gegangen waren. »Ihr seid die Letzten.« Seine Worte hallten zwischen den Steinmauern hin und her.

Einmal wendete Walter seinen Blick zurück. Noch immer hatte er den Hammer in der Hand. Was, wenn er sich wehren würde? Oder war das jetzt auch egal? Da sah er, dass der Maskenmann seine Waffe bereits gezogen hatte, einige Meter hinter ihnen stand und auf die beiden zielte. Erneut setzte er an zu sprechen. »Ihr seid ...« Weiter kam er nicht, ein Einschlag erschütterte die Erde, Steine stürzten herab und Staub wirbelte auf. Das Letzte, was Walter sah, war sein Peiniger, der zu Boden ging. Dann wurde es dunkel.

Walter stand einen Moment regungslos da. Dann ertastete er seine unmittelbare Umgebung. Nur etwa einen Meter vor ihm schien die Decke eingestürzt zu sein, die einen Teil des Gangs verschüttet hatte.

»Herakles?« Niemand antwortete, nur ein Stöhnen war zu hören. Wenigstens schien er zu leben. Walter kniete sich auf den Boden und kroch vorsichtig voran, bis er ihn gefunden hatte. Schließlich zog er ihn hoch, warf ihn sich über die Schulter und ging weiter den Tunnel entlang.

27

Mittwoch, 30. April 2008
Mannheim

Das Pflegeheim ragt in den kühlen Morgenhimmel. Kimski betritt das Gebäude mit langsamen Schritten.

»Na, Ilja«, sagt er, als er das kleine Zimmer seines Vaters betritt.

»Sehr witzig.« Der Vater sieht auf. »Was willst du hier? Es ist ... noch gar nicht Samstag.«

»Hier«, sagt Kimski, setzt sich auf einen Stuhl und legt einen Stapel Papiere auf den Beistelltisch des Krankenbettes.

»Was ist das?«

»Eine Kopie der Geburtsurkunde deines Vaters und ein paar andere Dokumente, über die ich gestolpert bin. Wusstest du, dass dein Vater einen Halbbruder hatte?«

»Einen Halbbruder?«

»Mindestens einen«, ergänzt Kimski.

»Und was steht ... in den Dokumenten?«

»Kannst du dir das nicht denken?« Der Vater fängt an zu kichern. »Und, wie fühlt es sich an ... jetzt da du weißt ... dass jüdisches Blut durch deine Adern fließt?« Kimski zuckt mit den Schultern und schweigt.

Eine ganze Weile starren sie einander nur an. Kimski fragt sich, warum er ausgerechnet heute zu seinem Vater gegangen ist, um ihm die Unterlagen zu geben. Das hätte er doch auch am kommenden Samstag erledigen können. Wenn er schon anfängt, seinen Vater aufzusuchen, wenn es ihm selbst schlecht geht, kann er ja gleich zum Psychologen gehen.

»Guck mal in die Schublade«, sagt der Alte plötzlich. »Ich hab noch was Wichtiges für dich ... Ich wollte dich sowieso anrufen deswegen, aber jetzt, wo du schon mal da bist ...«

»Was ist das?«, fragt Kimski, als er einige Papiere hervorholt.

»Du kennst doch Rainer, oder?«

»Oh nein«, sagt Kimski.

»Doch! ... Er arbeitet gerade an einer Reportage.« Wieder einer der Revoluzzerfreunde seines Vaters. Warum muss er ausgerechnet jetzt damit anfangen? »Es geht um einen Mordfall.«

»Hat er mal wieder den wahren Mörder von John F. Kennedy gefunden?«

»Nein, du Esel ... Diesmal hat er eine richtig schlimme Sache aufgedeckt ... Rainer kannte einen jungen Historiker ... Jonathan Lautenschläger ... der ist vor zwei Wochen mit seinem Wagen im Odenwald gegen einen Baum gefahren ... und gestorben.«

»Hm.« Kimski verschränkt die Arme und lehnt sich zurück.

»Die Polizei hat festgestellt ... dass es gewisse Unstimmigkeiten bei der Todesursache gab.«

»Was du nicht sagst.«

»Es kommt noch besser ... Rainer wusste, dass Jonathan gerade dabei war, etwas aufzudecken.«

»Und jetzt meint dein Freund Rainer, der Historiker wurde ermordet, und er ist sich sicher, dass irgendeine kapitalistische Verschwörung dahintersteckt?«

»Richtig ... Endlich verstehst du mal was! ... Er hat sogar einen Verdacht und weiß, in welche Richtung man ermitteln muss ... Leider hören deine ignoranten Polizeifreunde nicht auf ihn.«

»Das sind nicht meine Freunde.« »Ich dachte ...«, fährt der Vater fort, ohne seinem Sohn zuzuhören, »du könntest uns jetzt weiterhelfen ... Immerhin kennst du dich mit den Bullen aus, weißt, wie die ticken ... Du hast doch noch Kontakte.«

»Papa«, unterbricht ihn Kimski. »Ich habe bei den Bullen – wenn ich bei deiner Wortwahl bleiben darf – gekündigt. Und was Rainers Verschwörungstheorien betrifft, weiß ich nicht, ob ich der richtige Ansprechpartner bin.«

»Doch, doch! ... Denk an deinen jüdischen Vorfahren.«

»Was hat der denn damit zu tun?«

»Mehr als du denkst ... Jonathan hat sich mit dem Zweiten Weltkrieg beschäftigt.«

»Zweiter Weltkrieg?«

»Ja ... Er war gerade dabei, die letzten Überlebenden einer deutschen Widerstandsgruppe ausfindig zu machen, die niemals für ihre Courage geehrt wurde ... wie all die anderen auch.«

»Widerstandsgruppe?«, fragt Kimski monoton und beugt sich vor.

»Hitlers zahlreiche Gegner wurden nach dem Krieg einfach totgeschwiegen ... Wusstest du das nicht? ... Selbst heute gibt es noch Leute, die mit Gewalt verhindern wollen ... dass die Öffentlichkeit von ihnen erfährt ... Ist das nicht eindeutig?«

»Beruhig dich«, sagt Kimski und legt seinem Vater die Hand auf die Stirn.

»Du regst dich wieder zu sehr auf.«

»Es ist doch wahr!«

Kimski steht auf. »Ich nehme das mal mit und sehe es mir an.«

»Lisa?« Adelbert Kampowskis brüchige Stimme schallt durch den Flur. Der alte Mann sitzt in seinem Rollstuhl am Fenster in der Bibliothek und starrt nach draußen, in die Ferne. Es dauert nicht lang, bis das Hausmädchen neben ihm auftaucht.

»Sie haben nach mir gerufen?« Er will den Mund aufmachen, um etwas zu sagen, aber stattdessen räuspert er sich nur und schweigt einen Moment.

»Geht es Ihnen gut? Soll ich Ihren Pfleger holen?«

»Nein. Nein. Bitte Lisa, bringen Sie mir doch die Unterlagen. Sie wissen schon, die Akten, die Sie mir neulich aus dem Keller geholt haben.«

»Sie meinen die Unterlagen, die ich so verstecken sollte, damit Ihre Frau sie nicht findet?«

»Genau die.« Sie schüttelt den Kopf und geht weg. Eine Minute später steht sie wieder vor ihm und reicht ihm die schmale Akte. »Aber vergessen Sie nicht, dass Sie sich schonen sollen. Ich weiß nicht, was das wieder für ein Geheimnis ist, aber der Doktor hat gesagt ...«

»Ist schon gut. Gehen Sie bitte.« Sie zuckt mit den Schultern und verlässt das Zimmer. Adelbert legt die Mappe auf seine Knie. Seine Hände zittern, als er sie aufschlägt. Er liest langsam und bedächtig. Vor seinem inneren Auge stellt sich die Vergangenheit wieder ein. Die bis dahin grauen Schatten vager Erinnerung werden zu klaren Bildern, strahlend, voller Leben. Nach nur wenigen Seiten spürt er, wie seine Kräfte nachlassen. Das Bisschen reicht für heute, er schlägt die Akte zu, die ihm darauf aus der Hand fällt.

»Herr Kampowski!« Adelbert nimmt verschwommen Lisas Konturen wahr. Sie beugt sich hinab, richtet sich auf mit der Akte in der Hand.

»Es, es ist nichts.«

»Soll ich nicht doch den Pfleger ...«

»Es ist nichts. Gehen Sie, bitte«, wehrt er ab. Sie verschwindet wieder aus seinem Blickfeld und Adelbert tastet sich zu dem Tisch neben sich vor. Wasser. Dort steht ein Wasserglas. Er muss etwas trinken, dann wird es ihm besser gehen. Mit zittrigen Fingern bekommt er das Glas zu fassen. Oder doch nicht? Wo ist das Glas hin? Er spürt es nicht mehr zwischen seinen Händen und hört nur noch seinen Aufschlag.

»Adelbert!«, ruft Maria. »Was ist mit dir?«

»Nichts ...« Wie aus dem Nichts taucht sie vor ihm auf. »Es ist nichts«, entgegnet Adelbert.

Zu Hause angekommen faltet Kimski das Dossier, das er von seinem Vater erhalten hat, auseinander und legt es vor sich auf den Tisch. Der Text ist nicht sehr umfangreich und mit einer erstaunlich leserlichen Handschrift verfasst worden, zumal ein Journalist ihn geschrieben hat.

Recherche Fall Lautenschläger/Zusammenfassung vom 27.04.08:

Persönliches Gespräch mit L. am 14.04.08 / L. erzählt von Mitgliedern bisher unbekannter Widerstandsgruppe / L. hat als Erster darüber recherchiert und erklärt, er habe auch Gestapomann ausfindig gemacht, der Gruppe verfolgte / L. wurde bei ihm in dessen Heidelberger Wohnung vorstellig, wurde aber unfreundlich abgewiesen / L. erklärt, es sei kein Problem, da L. mittlerweile Adressen der ehemaligen Widerstandskämpfer ausfindig gemacht habe, die er befragen könne / L. glaubt, es sei nur Frage der Zeit, bis er Gestapomann überführen kann / L. nennt dessen Namen leider nicht

Am 16.04.08 tödlicher Unfall L. bei Waldheim im Odenwald / Presse berichtet über unklare Todesursache / Nachfrage bei Polizei bestätigt dies / Gewaltanwendung von außen wird nicht ausgeschlossen

Weitere Recherche ergibt Auffälligkeit: Am selben Abend verbrennt Rentner in Wohnhaus, wenige Kilometer entfernt in Bergküttelsbach / Zusammenhang? / Wen hat L. im Odenwald besucht?

Das Freizeichen in der Leitung ertönt, dann nimmt jemand ab.

»Ja?«

»Frau Kampowski?«

»Am Apparat.«

»Kimski hier. Wir müssen uns unterhalten.«

Eine Pause entsteht. »Worauf warten Sie?«, fragt Maria schließlich. »Ich höre.«

»Nein. Es ist etwas Wichtiges. Kann ich bei Ihnen vorbeikommen?«

»Worum geht es denn? Ich bin heute sehr beschäftigt.«

»Ich kann nicht sagen, worum es geht.«

»Wenn Sie es nicht sagen können, wie sollen wir uns dann darüber unterhalten?«

»Hören Sie, ich muss mit Ihnen persönlich sprechen. Es geht um die Frage, ob ich Ihren Auftrag weiterhin bearbeiten kann.«

»Was heißt das, weiterhin? So richtig scheinen Sie noch gar nicht angefangen zu haben. Sie sind noch nicht weit gekommen und der Geburtstag meines Mannes naht mit großen Schritten.«

»Frau Kampowski, kennen Sie einen SS-Mann, der Schulze hieß?« Wieder Stille. Kimski wartet ihre Reaktion ab, doch sie schweigt. »Ich komme heute Abend bei Ihnen vorbei. Es gibt einige Fragen, die Sie mir beantworten müssen.« »Und am besten denken Sie sich schon mal ein paar gute Antworten aus, da ich ansonsten anfangen muss, in Ihrer Vergangenheit zu wühlen«, denkt er.

»Aber nicht vor acht«, entgegnet sie.

»Also gut, 8 Uhr.« Er legt auf und atmet durch.

Kimski hat noch etwa fünf Stunden Zeit, also ruft er Eva an. Ihre Wohnung liegt auf seinem Weg und er könnte ihr seine neuesten Überlegungen mitteilen und sich mit ihr besprechen. Er duscht und zieht seinen weißen Leinenanzug an, steigt ins Auto und fährt auf die A 656, die fünfzehn Kilometer lange Miniautobahn, die Mannheim mit Heidelberg verbindet. Wenige Minuten später steht er vor Evas Tür.

»Siehst gut aus«, sagt sie, als sie ihm aufmacht.

»Danke. Du auch.« Sie trägt ein buntes Kleid, das für die Jahreszeit etwas zu luftig ist. Es erinnert Kimski an das Kleid, das sie trug, als sie sich das erste Mal sahen, letzten Sommer.

»Hast du schon was gegessen?«, will sie wissen.

»Nein.«

»Glück gehabt.« Sie führt ihn in die Küche, aus der mittlerweile selbst die Regale verschwunden sind. Lediglich der Esstisch steht noch am Fenster sowie zwei Stühle. Auf dem Tisch ist für zwei Personen gedeckt. »Setz dich.«

Ein verheißungsvoller Geruch steigt ihm in die Nase. Ein Geruch, der seine Sinne überrascht und nicht auf Trennkost schließen lässt!

»Was gibt es denn?«, fragt Kimski vorsichtig.

»Ich dachte, ich koche mal echt sizilianisch. Vollwertiges Essen magst du ja nicht so sehr.«

»Ach was«, murmelt er und atmet tief ein. Fleisch! Er nimmt doch tatsächlich eine Fleischnote wahr!

»Hast du etwas Neues herausgefunden?«

»Nein, gar nichts. Nachher um acht gehe ich bei den Kampowskis vorbei und stelle Maria zur Rede.«

»Richtig so.« Eva bringt zwei kleine Teller und stellt sie auf den Tisch.

»Ich hoffe, du hast recht. Was ist das?«, Kimskis Blick fällt auf die Vorspeise.

»Klein gehackte Orangen mit Zwiebeln, etwas Olivenöl und Pfeffer. Das haben die Bauern früher auf dem Feld gegessen, wenn sie sonst nichts anderes hatten.« Vorsichtig schiebt er sich etwas davon auf die Gabel und probiert.

»Das ist ja großartig!« Kimski isst den ganzen Inhalt des Tellers, bevor er weiterspricht. »Na ja. Maria klang ziemlich erschrocken, als ich den Namen Schulze aussprach.«

»Nehmen wir mal an, sie steckt mit diesem Schulze unter einer Decke.«

Während Eva spricht, legt sie den nächsten Gang auf. Spaghetti mit Peperoncini, Knoblauch und Petersilie. »Dann taucht ein neugieriger Historiker auf, der in den alten Geschichten wühlt.«

»Wobei wir noch nicht genau wissen, ob dieser Jonathan Lautenschläger wirklich hinter Schulze her war.« Kimski bemüht sich, deutlich zu reden, da er den Mund voll hat.

»In dem Bericht, den dein Vater dir gegeben hat, wurden keine Namen genannt?«

»Nein. Sag mal, dein Teller ist ja halb leer.«

»Ich muss auf meine Figur achten.«

»Ach so«, sagt er. Frauen!

»Aber der Zufall, dass ihr beide, Jonathan und du, euch mit Widerstand während des Zweiten Weltkriegs beschäftigt, ist ziemlich groß.«

»Japp.«

»Also gehen wir mal davon aus, dass ihr beide hinter derselben Gruppe her seid. In dem Bericht deines Vaters steht, dass der SS-Mann in Heidelberg wohnt. Und Jonathan suchte ihn sogar auf und hat ihn wahrscheinlich mit seinen Erkenntnissen konfrontiert. Vielleicht kennt dieser die Kampowskis, sie könnten auch miteinander befreundet sein. Schulze geht also zu Maria und bittet sie, einen Privatdetektiv zu engagieren, weil es zu auffällig wäre, wenn er es selbst täte. Der Privatdetektiv, also du, soll ihm die Namen der Widerstandskämpfer liefern.«

»Aber wozu? Damit er sich eine alte Fechtmaske aufsetzen kann, um als Schlächter durch die Altenheime zu ziehen? Wenn dieser Schulze noch lebt, muss er selbst schon ziemlich alt sein.«

»Die alten Naziverbrecher sind teilweise ziemlich zäh. Hast du in den Zeitungen nichts von Aribert Heim gelesen?«

»Nein. Wer ist das denn?«

»Heim war KZ-Arzt, ein außerordentlich grausamer Typ. Nach dem Krieg arbeitete er zunächst unbehelligt unter seinem Namen als Frauenarzt. Zuerst in Mannheim, danach in Baden-Baden.«

»Ach was?«

»Doch. Erst in den Fünfzigerjahren wurde die Justiz auf ihn aufmerksam, woraufhin er floh. Inzwischen ist er auf Platz eins der Liste der Kriegsverbrecher vorgerückt, die vom Simon-Wiesenthal-Center gesucht werden.« Kimski nickt, von Simon Wiesenthal hat er schon gehört. »Deswegen sind die Zeitungen auch gerade voll mit seinem Namen. Man geht davon aus, dass er immer noch lebt und sich zurzeit in Südamerika aufhält.«

»Tja. Aber dieser Angreifer auf dem Friedhof war mit Sicherheit kein alter Mann.«

»Ich bin gespannt, was deine Auftraggeberin dazu meint«, sagt Eva und serviert das Hauptgericht, Gulasch mit Artischocken.

Für den Rest des gemeinsamen Essens vergisst Kimski seinen Auftrag. Während er sich die Artischocken auf der Zunge zergehen lässt, sieht er Eva an. Warum hat sie ihm dieses Mahl serviert? Ob sie ihn wieder an ihrem Leben teilhaben lassen und verführen will? Andererseits, wer braucht schon Sex, wenn er so verköstigt wird?

28

Mittwoch, 28. März 1945
Mannheim

Er musste unwillkürlich husten. Er spürte, wie eine Staubwolke durch die Luft wirbelte. Friedrich versuchte das, was um ihn herum war, zu ertasten. Er musste etliche Steine zur Seite schieben, erst dann konnte er seine Beine fühlen. Vorsichtig versuchte er, sie zu bewegen. Sie schmerzten, aber er konnte sich schließlich zur Seite drehen und kniete nun in der Dunkelheit auf dem Boden. Wieder streckte er die Hände aus und befühlte den Schutt vor sich. Wo war die Lampe abgeblieben? Er konnte sie nicht finden. Und was war eigentlich mit seinen Gefangenen? Er richtete sich nun ganz auf, wobei er hier und da gegen einen Steinbrocken stieß. Als er sich umwandte, fühlte er einen Holzbalken, der quer den Gang blockierte. Dahinter türmten sich Steine zu einer Wand aus Schutt, unter der er die beiden Männer vermutete. Also gut, dann konnte er sich also auf den Rückweg in die Richtung machen, aus der sie gekommen waren.

Nach einigen Metern sah er einen stumpfen Lichtkegel, der aus dem Keller des Hauses in A 1 in den Tunnel fiel. Es war einer der älteren Gestapokollegen, ein echter Mannheimer gewesen, der ihm einmal erzählt hatte, dass es von dem alten Barockpalais aus einen Gang gebe, der direkt in die Gewölbe des Schlosses führe und der noch immer passierbar sei. Kurfürst Carl Theodor hatte ihn wohl vor gut zweihundert Jahren anlegen lassen, damit er ungesehen von seinen Gemächern zu seiner Mätresse und den gemeinsamen Kindern gelangen konnte, für die er das Herrenhaus in A 1 hatte errichten lassen.

Friedrich gelangte unbeschadet durch die Keller zurück in sein Büro. Er nahm die Fechtmaske vom Kopf und warf sie in einen Papierkorb, er würde sie nicht mehr brauchen. Als Nächstes warf er auch einige Papiere weg und entledigte sich schließlich seines Reisepasses. Aus der Schublade seines Schreibtischs holte er eine Spiritusflasche hervor, die er bereits vor einigen Tagen dort deponiert hatte. Er übergoss den gesamten Inhalt des Papierkorbs und zündete ihn an. Sein Blick blieb einen kurzen Moment auf den Papieren hängen, er beobachtete, wie sein Passbild, sein Name, sein Geburtsort, seine Lebensdaten von den Flammen verzehrt wurden. Von nun an würde er nie wieder Friedrich Schulze sein.

Er öffnete abermals den Schreibtisch, um einen neuen Reisepass aus der Schublade zu nehmen, den er vor einigen Tagen hatte anfertigen lassen. Er enthielt einen anderen Namen. Es war einfach gewesen, die Fälschung durchzukriegen, denn immerhin befand er sich in einer wohlorganisierten Behörde.

Es lag auch noch ein brauner Umschlag in der Ablage, den er nun an sich nahm. Darin enthalten waren die wichtigsten Papiere, die seine Arbeit in Mannheim dokumentierten. Er würde sie nicht vernichten. Man konnte nie genau wissen, wo überall sich davon Abschriften befanden, auch das war eine Eigenheit dieser wohlorganisierten Behörde. Er wollte sie für den Fall behalten, dass eines Tages etwas auftauchen könnte, das ihn belasten würde. So könnte er es wenigstens mit dem Original vergleichen. Die Dokumente mussten nur immer sehr gut versteckt werden, aber das sollte für ihn kein Problem darstellen.

Friedrich legte den Umschlag noch einmal zurück auf den Tisch. Dann entkleidete er sich bis auf die Unterwäsche. Die schwarze SS-Uniform schleuderte er zu dem lodernden Brenngut im Papierkorb und holte aus dem Bürospint einige Kleidungsstücke hervor. Unauffällige Zivilkleidung, in dunklen Farbtönen gehalten, die sich der aktuellen Tristesse auf den zerbombten Straßen mühelos anpassen würde. Er griff zu der braunen Wildlederjacke, die ebenfalls dort hing. Sie war schon etwas zerlumpt, das Leder an vielen Stellen abgeschabt, und hatte einem der beiden Verräter gehört, die er heute in den Keller gebracht hatte. Als er darüber nachdachte, musste er schmunzeln, der arme Teufel würde sie nicht mehr brauchen.

Friedrich schob den Umschlag durch einen Riss im Innenfutter, für den er vorher gesorgt hatte. Auch an Nadel und Faden hatte er gedacht. Mühselig nähte er das Loch zu, und obwohl diese Art von Tätigkeit nicht zu seinen Stärken gehörte, bekam er es irgendwie fertig. Er streifte die ungewohnten Kleidungsstücke über, steckte den Pass mit dem neuen Namen – seinem neuen Namen – in die Innentasche der Lederjacke und verließ das Gebäude. Die Straßen waren menschenleer. Er lief durch die Ruinen des Schlosses zum Rheinufer. Von dort aus hielt er sich Richtung Süden, bis er nach einigen Minuten einen Teil der Lindenhoffassaden sah. Er durchquerte diesen Stadtteil – wenn von Stadt überhaupt noch die Rede sein konnte. In dieser Gegend gab es kein einziges Haus mehr, von dem mehr als zwei einzelne Wände übrig waren. Er ging weiter. Wenig später erreichte er den Hochbunker bei den Feldern und Gärten im Niederfeld zwischen Almenhof und Neckarau. Man wollte ihm zuerst keinen Einlass gewähren, da der Bunker gänzlich überbelegt sei, zumal dieser eigentlich nur für tausenddreihundert Menschen ausgelegt und die Obergrenze sicherlich schon um das Doppelte oder Dreifache überschritten worden sei. Aber schließlich ließ man ihn doch herein, was hätte der Bunkerwart auch tun sollen? Mittlerweile befand sich die Zivilbevölkerung der Stadt komplett in Bunkern.

Friedrich ging hinauf bis ins dritte Obergeschoss und zwängte sich zwischen den Körpern der dicht gedrängten Schutzsuchenden hindurch. Die Luft war abgestanden, überall wimmelte es von Ungeziefer. Soweit er es überblicken konnte, befanden sich mehrere Hundert Menschen auf dieser Etage, vielleicht auch mehr. Aber was ihn erstaunte war, dass kaum ein Mucks zu hören war. Hunderte Menschen zusammengepfercht in einem Raum und allesamt schwiegen sie.

Als er eine Wand erreichte, ließ er sich zu Boden sinken und suchte eine erträgliche Sitzposition. Er atmete einmal tief durch, was nicht zu helfen schien, denn das Gefühl, dass keine Luft in seine Lunge gelange, hielt an. Er schloss die Augen, verrenkte sich etwas und hoffte, ein wenig zur Ruhe zu kommen. Jetzt war er einer von ihnen.

Im Laufe des Tages erreichten amerikanische Panzer das Wasserwerk im Käfertaler Wald im Norden Mannheims. Dort ließ sich Captain Franz S. Steinitz, Regimentsarzt der US-Truppe, der acht Jahre zuvor vor dem Nationalsozialismus aus Deutschland geflohen war, über die noch intakte Telefonleitung mit der Zentrale der Stadtwerke im Mannheimer Zentrum verbinden. In den nachfolgenden Stunden gelang es ihm tatsächlich, den letzten Verantwortlichen der Stadt an den Apparat zu bekommen und die kampflose Übergabe Mannheims zu vereinbaren. In der Nacht wurde der Innenstadtbereich, der immer noch unter schwerem Artilleriebeschuss stand, von Wehrmacht und Polizei komplett geräumt.

Als die Amerikaner am Morgen des Folgetags, Gründonnerstag des Jahres 1945, auf Höhe des Theresienkrankenhauses in Schlauchbooten über den Neckar setzten, fanden sie die Stadt verlassen vor. Weitere Verbände überquerten bei Altrip den Rhein mit Sturmbooten, von wo aus sie in Richtung Rheinau und Neckarau vorstießen. Andere Einheiten rückten vom Flughafen in Neuostheim vor und besetzten den Rangierbahnhof. An Karfreitag wurde Pfingstberg besetzt und die ganze Stadt war von nun an in den Händen der US-Truppen.

Dritter Teil

29

Mittwoch, 30. April 2008
Heidelberg

Die Sonne steht knapp oberhalb der Baumwipfel. Ihre sanften Strahlen leuchten vereinzelt durch die Baumkronen hindurch und tauchen den Schloss-Wolfsbrunnenweg in ein sanftes, orangefarbenes Licht. Die Kampowski-Villa hat in dem Moment etwas Malerisches, Friedliches und man könnte annehmen, sie sei einem Gemälde der Romantik entsprungen.

Auf dem langen Weg die Auffahrt hinauf hält Kimski inne. Sein Magen meldet sich mit einem lauten Grummeln und er spürt deutlich, wie das Gulasch den Verdauungstrakt durchwandert, die Peperoncini tun ihr Übriges. Sie waren vielleicht doch etwas zu scharf, um hinterher ein wichtiges Treffen wahrzunehmen.

Als er an der Eingangstür des Haupthauses ankommt, wird er aus seinen Gedanken gerissen. Die Tür ist lediglich angelehnt und davor, genau vor seinen Füßen, liegt ein Degen auf der Erde. Er geht in die Knie und hebt ihn auf. Die Klinge ist zwar leicht verkratzt, aber sauber poliert. Das heißt, sie wird sorgfältig gepflegt und wurde schon häufig benutzt. Aber warum liegt die Waffe hier? Ob sie dem alten Kampowski gehört? Kimski zuckt zusammen. Natürlich, Kampowski fechtet, wie dieser Schulze anscheinend auch. Vielleicht sind die beiden Fechtpartner gewesen oder es verhält sich derart, dass ... Kimski richtet sich auf und hält den Gedanken, der sich gerade einstellt, fest.

Vorsichtig schiebt er die Tür auf und betritt mit dem Degen in der Hand die Eingangshalle. »Hallo?« Keine Antwort und es rührt sich nichts.

Eva setzt sich an den leeren Schreibtisch in ihrem Wohnzimmer. Vor ihr liegt das Dossier, das Kimski von seinem Vater bekommen hat. Unterzeichnet hat es ein gewisser Rainer Bergmann. Was hinter dem Tod des jungen Historikers steckt, hat Kimski noch gar nicht weiter untersucht. Dabei könnte das Dossier den Schlüssel enthalten, um den Zusammenhang der jüngsten Entwicklungen zu verstehen. Eva nimmt sich vor, Klarheit in die Angelegenheit zu bringen.

Sie packt ihren Laptop aus und findet problemlos Rainer Bergmanns Rufnummer in der Onlineversion des Telefonbuchs. Sie ruft ihn an und stellt sich als Kimskis Bekannte vor.

»Hab ich mir doch gedacht, dass der junge Kimski sich dafür interessieren wird.«

»Ach ja?«

»Ja. Ich kenn ihn schon, da war der noch ein richtiger Zwoggel. Ich wusste immer schon, dass der Junge kein richtiger Bulle ist. Dafür ist er viel zu feinfühlig.«

»Ihr habt wohl alle kein besonders gutes Bild von der Polizei?«

»Mein Bild von der Staatsgewalt hat sich spätestens seit der Hinrichtung von Benno Ohnesorg gewandelt.« Nach ihrem Wissen handelt es sich bei dem Tod des Studenten Ohnesorg nicht um eine Hinrichtung. Eva spart es sich aber, Rainer zu unterbrechen.

»Damals war ich ja noch ziemlich jung. Ende der Sechziger ging ich noch in die Schule. Erst später fand ich heraus, dass der deutsche Polizeiapparat nach dem Krieg von Altnazis wieder aufgebaut worden war.«

Damit hat er nicht ganz unrecht, übertreibt aber auch ein wenig. Es war nicht der ganze Polizeiapparat von Naziverbrechern unterwandert.

»Kommen wir zurück zu Ihrem Bericht. Sie erwähnen dort keine Namen.«

»Das ist ja nur ein Schmierzettel, um Neugier zu wecken.«

»Sie schreiben, Jonathan Lautenschläger hätte in Heidelberg einen Kriegsverbrecher aufgesucht. Verriet er Ihnen den Namen des Mannes?«

Jonathan hat einen Kriegsverbrecher aufgesucht, danach starb er auf ungeklärte Weise. Das Puzzlestück, das sie jetzt weiterbringen kann, ist also die Identität dieses Mannes.

»Nein, er hat mir den Namen nicht gesagt.« Mist. »Aber es muss sehr schwierig gewesen sein, ihn überhaupt ausfindig zu machen.«

»Hatte er sich gut versteckt?«

»Sozusagen. Er hatte einen neuen Namen angenommen.« Einen neuen Namen. Eva kommt ein Gedanke, der sie zusammenfahren lässt. »Ich rufe Sie später noch mal an.«

»Aber ich habe doch noch gar nicht alles ...«

Eva hängt auf und wählt umgehend Kimskis Handynummer. »Der gewünschte Gesprächspartner ist momentan nicht zu erreichen«, teilt ihr eine Stimme auf dem Band mit. Cazzo! Kann es wirklich so gewesen sein? Wenn ja, dann ist vielleicht alles doch ganz einfach.

Ihr kommt noch eine Idee. Wie hieß doch gleich dieser SS-Typ? Schulze, hat Kimski gesagt. Eva öffnet das Fenster ihres Webbrowsers erneut, ruft die Google-Suchmaschine auf und gibt auf gut Glück die Begriffe *Schulze* und *Schloss-Wolfsbrunnenweg* ein. Die Suche dauert 0,17 Sekunden, wie sie dem oberen Rand der neu aufgebauten Seite entnimmt. Die ersten zehn von insgesamt dreiunddreißig Suchergebnissen werden angezeigt. Wer hätte gedacht, dass es so einfach werden würde? Treffer für Treffer klickt sie sich durch die Ergebnisse.

Kimski entdeckt Adelbert Kampowski im großen Salon im Erdgeschoss der Villa. Der Alte hängt wie bei seinem letzten Besuch etwas schief im Rollstuhl und klammert sich mit beiden Armen an den Lehnen fest, so als hätte er Angst herauszufallen. Das Licht des Leuchters ist gedimmt und im Halbdunkel wirkt er wie ein Schatten seiner selbst. Sein rasselnder Atem ist laut und deutlich im gesamten Raum zu hören.

»Da sind Sie ja endlich.«

»Die Tür war offen«, sagt Kimski, der sich mit dem Degen in der Hand im Türrahmen stehend etwas komisch vorkommt.

»Ich bat darum, die Tür offen zu lassen. Ich hätte Ihnen ja schlecht öffnen können.«

»Wo ist Ihre Frau? Und das Personal?«

»Ich musste sie wegschicken.«

»Warum?« Der Alte antwortet Kimski nicht. Er sitzt einfach nur da. Dann betätigt er einen Schalter und der Rollstuhl setzt sich quietschend in Bewegung. Er fährt auf Kimski zu und bleibt genau vor ihm stehen. Er mustert in mit starrem Blick eingehend.

»Was machen Sie mit meinem Degen?«, keift er auf einmal.

»Lag vor der Tür.«

»Reden Sie keinen Unsinn. Was soll denn die Waffe vor der Tür? Legen Sie den Degen weg.« Kimski sieht sich um. Die Waffe legt er auf eine Kommode zu seiner Rechten. Als er sich wieder umdreht, ist der Alte bereits ein Stück zurückgefahren.

»Ich bin eigentlich gekommen, weil ich mit Ihrer Frau sprechen muss.« »Sie müssen gar nichts!«

»Bitte?« In was für eine skurrile Situation ist er nun schon wieder geraten? Kampowski allein zu Haus, bettlägerig, unfähig, sich allein zu versorgen, schickt alle Hausbewohner fort. Und schreit Kimski an. Aber warum eigentlich?

»Ich will, dass das, was Sie da mit meiner Frau treiben, umgehend aufhört!«

»Oh, ich glaube, Sie missverstehen da etwas.« Was war das? Denkt der Alte etwa, Kimski hätte eine Affäre mit seiner Frau? »Ihre Frau hat mich in einer Angelegenheit beauftragt, in der sie den Beistand eines Privatdetektivs braucht.«

»Ich weiß schon, was Sie für einer sind. Privatdetektiv, natürlich. Denken Sie, ich bin blöd?«

»Nein.« Was soll er auch denken, Kimski kennt den alten Mann eigentlich überhaupt nicht, sieht man von der kurzen Begegnung zwischen Tür und Angel ab.

»Wissen Sie, es gibt Menschen, die wühlen in Dingen herum, die sie nichts angehen.«

»Ich fürchte, ich kann Ihnen immer noch nicht folgen.« »Das wundert mich nicht. Sie kamen mir gleich etwas beschränkt vor.« Kimski schweigt ihn an und der Alte schweigt zurück. Schließlich zeigt Adelbert Kampowski wortlos auf eine schmale Mappe, die auf einem Tisch in der Mitte des Salons liegt. Kimski wirft dem Alten einige Blicke zu, wie um sich zu vergewissern, dass er tatsächlich zu dem Tisch gehen und sich die Dokumente ansehen soll, ohne wieder zum Idioten erklärt zu werden. »Gehen Sie schon!«

Als Kimski auf den Tisch zuläuft, hört er den Alten in seinem Rücken atmen. Gänsehaut legt sich auf seinen Arm. Vorsichtig nimmt er die Dokumente in seine Hand und blättert sie durch. Darunter befinden sich mehrere Vernehmungsprotokolle der Gestapostelle Mannheim, ein Versetzungsbefehl und der Name Friedrich Schulze taucht immer wieder auf, SS-Unterscharführer Friedrich Schulze. Sind dies die Unterlagen, die er im Keller der Villa vergeblich gesucht hat? Hinter ihm ertönt ein Surren, das ihn herumfahren lässt. Der Alte in seinem Rollstuhl ist wieder auf ihn zugefahren.

»Ist es das, was Sie gesucht haben?«

»Sie sind Friedrich Schulze?«

»Ja«, ächzt der Alte. »Und? Was nun?« »Wie, was nun? Ringelpiez mit Anfassen?«, denkt Kimski, aber das sagt er natürlich nicht. »Vor einigen Wochen kam ein junger Mann hier vorbei, ein unangenehmer Zeitgenosse. Man sah ihm sofort an, dass er sich nur um sich selbst drehte. Erst behauptete er, er wäre ein Geschichtsstudent, der zum Schloss-Wolfsbrunnenweg und den alten Villen recherchieren wolle. Doch wie sich schnell herausgestellt hat, war er zwar Historiker, aber wegen einer ganz anderen Angelegenheit gekommen.«

»Lassen Sie mich raten, der junge Mann hieß Jonathan Lautenschläger.«

»Sie kennen ihn? Dann wissen Sie ja, was für eine erbärmliche Kreatur er ist.«

»Ich kannte ihn nicht. Jonathan Lautenschläger ist tot. Die Polizei ermittelt, ob er aufgrund von Gewaltanwendung verstorben ist.«

»Gut so«, sagt der Alte, ohne zu zögern. »Das war ein Schädling. Er war zu sehr von sich selbst eingenommen und bei seinen Recherchen war es ihm egal, ob er dabei über Leichen geht. Hauptsache er schlägt für sich und seine Doktorarbeit den größten Nutzen heraus. Ich kenne diese Art Mensch, die vor lauter Selbstverliebtheit nicht in der Lage ist, sich in die Volksgemeinschaft einzugliedern, nur zu gut.«

»Und, sind Sie bei Ihrer Arbeit schon mal über Leichen gegangen?« Kimski hebt die Akte hoch.

»Ha«, sagt der Alte und lacht. »Es gibt Dinge, die man tun muss. Insbesondere wenn man Teil einer Gemeinschaft sein will, muss man dazu bereit sein, auch wenn sie einem nicht gefallen. Manchmal muss man auch töten, um eine Gemeinschaft zu schützen. Ja denken Sie denn, ich hätte damals im Krieg alles freiwillig getan?« Der Alte wird laut, merkt es von sich aus und versucht, sich zu beruhigen, was ihm nicht gelingt.

»Sie meinen, ein Mensch hat keinen eigenen Willen?« Der Alte schweigt.

»Ich weiß nicht, was Sie während des Kriegs alles getan haben«, sagt Kimski und krallt sich an der Akte fest. »Aber eine Freundin von mir, ebenfalls Historikerin, hat mir erzählt, dass beispielsweise Offiziere an der Ostfront, die sich weigerten, an Erschießungen teilzunehmen, keine Konsequenzen zu fürchten hatten. Es gibt genug Beispiele dafür. Dabei erzählen Offiziere, die an Massenerschießungen teilgenommen haben, genau das Gegenteil – sie hätten mitmachen müssen, sie hätten keine Wahl gehabt.«

»Was wissen Sie schon!« Kampowski schneidet ihm das Wort ab. »Waren Sie damals dabei?« Der Alte beginnt zu zittern. »Ich hatte keine Wahl, weil ich mein Volk schützen wollte! Meine Familie! Die Barbaren bedrohten uns an allen Fronten. Auch an der Heimatfront«, sagt er und wird plötzlich ruhig. Sein Kopf sinkt herab und sein Blick schweift ziellos durch den Raum.

»Was wissen Sie über den Tod von Jonathan Lautenschläger?«, fragt Kimski. Seine Stimme klingt streng.

»Nichts weiß ich darüber. Sie haben mir davon doch gerade erst erzählt.«

»Wissen Sie denn, wer etwas mit seinem Tod zu tun haben könnte?«

»Nein, das weiß ich nicht!«, seine Worte fahren schneidend durch die Luft und er fixiert Kimski jetzt wieder eindringlich mit seinen Augen. »Und ich habe Sie auch nicht herbestellt, damit Sie Ihre Detektivspielchen mit mir spielen können.«

»Sie haben mich nicht herbestellt. Ich bin gekommen, weil ich einen Termin mit Ihrer Frau ausgemacht habe.«

»Was denken Sie nur von sich! Sie sind nur hier, weil ich Sie hier haben will. In diesem Haus geschieht überhaupt nichts, ohne dass ich es will. Merken Sie sich das!« Der Alte klingt, als würde er ihn nun bald aus dem Haus werfen lassen, und sollte Kimski nicht sofort gehen wollen, die Polizei rufen. Der ehemalige Offizier ist wieder erwacht.

Doch mit einem Mal verfliegt der drohende Ausdruck aus dem Gesicht des Alten, die faltigen Hautlappen fallen in sich zusammen. »Jeden Abend sehe ich sie«, murmelt er.

»Wen sehen Sie?«

»Die toten Juden! Sie verfolgen mich in meinen Träumen, zwischen dem Einschlafen und Erwachen. Es fing vor ein paar Jahren an und es ist immer schlimmer geworden. Als dieser Lautenschläger dann hier auftauchte und die alten Geschichten wieder ausgraben wollte, wurde es unerträglich. Seither kann ich nicht mehr schlafen. Dabei soll man doch die Vergangenheit ruhen lassen. Wen interessieren die alten Geschichten heute noch?«

»Mehr Menschen, als Sie denken.« Kimski lehnt sich auf die Tischkante, legt die Mappe zur Seite und verschränkt seine Arme. »Wie ist Lautenschläger eigentlich auf Ihre wahre Identität gekommen?«

»Ich weiß es nicht genau. Wahrscheinlich hat er eine Liste mit Namen abgearbeitet, ob einer von ihnen noch lebt.«

»Sie meinen die Namen von Kriegsverbrechern?« Der Alte seufzt. »Wenn Sie das so nennen wollen.«

»Und Ihr Name stand auch auf der Liste?«

»Der Name Schulze, was plausibel wäre. Lautenschläger hatte jedenfalls einige Unterlagen dabei über ...«, Kampowski macht eine Kunstpause, »über Schulze. Darin stand auch, dass ich aus Heidelberg stamme. Da er ganz in der Nähe wohnte, wollte er wohl herausfinden, ob es noch Angehörige von mir in Heidelberg gibt. Dabei fand er heraus, dass diese Villa früher im Besitz meiner Familie war, es quasi immer noch ist. Als ich vor zwanzig Jahren nach Deutschland zurückkehrte, habe ich sie unter meinem neuen Namen meiner älteren Schwester abgekauft, die mittlerweile verstorben ist. Lautenschläger konnte zuerst nicht wissen, wer ich wirklich bin. Aber irgendwie muss er sich das Haus angesehen und mich im Garten beobachtet haben. Er hatte ja ein altes Bild von mir, sodass er mich wohl erkannt hat.«

»Haben Sie Ihre wahre Identität geleugnet, als er bei Ihnen war?«

»Natürlich. Er hatte doch gar keine Beweise.«

»Wo waren Sie eigentlich nach dem Krieg? Sie sagten eben, Sie kehrten erst vor zwanzig Jahren nach Deutschland zurück?« »Nachdem Mannheim von den Amerikanern eingenommen worden war, flüchtete ich zuerst nach Norddeutschland. Von dort bin ich mit anderen SS-Männern nach Spanien gereist. General Franco empfing uns Veteranen damals mit offenen Armen, wussten Sie das nicht? Dort lebte ich unbehelligt, habe geheiratet, mir ein Geschäft aufgebaut und es zu etwas Wohlstand gebracht.«

»Aber glücklich wurden Sie nicht.« Der Alte antwortet nicht. Er betätigt einen Knopf an seinem Rollstuhl und das Gefährt dreht zur Seite. Langsam fährt Kampowski zum Fenster, Kimski in seinem Rücken, und sieht hinaus.

»Alter ist eine schlimme Sache.«

»Vielleicht kommt es nur darauf an, wie man gelebt hat«, sagt Kimski und wundert sich kurz darauf über sich selbst, warum er auf einmal so neunmalklug klingt. Wie lebt er denn schon? Er ist doch selbst nicht glücklich.

»Ich habe Sie herbestellt, damit Sie diese Akte mitnehmen. Ich will, dass sie aus meinem Leben verschwindet.«

»Ihnen ist klar, dass ich die Unterlagen gegen Sie verwenden kann?«, fragt Kimski. Er nimmt den Umschlag und erhebt sich.

»Das ist mir egal. Was will man gegen einen alten Krüppel wie mich schon unternehmen? Ich will, dass die Dokumente aus meinem Haus verschwinden.« Kimski widerspricht ihm nicht. »Und dann will ich Sie nie wieder hier sehen. Haben Sie das verstanden?« Der Befehlston kehrt zurück.

Kimski tritt hinter ihn. »Können Sie mir noch sagen, wo ich Ihre Frau finde?«

»Sie ist bei einer Freundin in Mannheim.«

Kimski verlässt das Haus durch das Hauptportal und denkt nach. Was war das nur für eine sonderbare Situation? Der Alte hat ihm tatsächlich das belastende Material überlassen. Ob er sich davon eine Art Absolution erhofft? Die kann Kimski ihm wohl kaum erteilen.

Er steigt in seinen Wagen und legt die Akte neben sich auf den Beifahrersitz. Die Heidelberger Altstadt liegt friedlich vor ihm, als er am Schloss vorbei den Berg hinabfährt.

Es wird Zeit, dass er Maria Kampowski aufsucht, aber noch nicht sofort. Als er auf den Bahnhof zufährt, biegt er links ab, anstatt geradeaus weiter in Richtung Autobahn zu fahren. Den Wagen, der ihn bereits seit einiger Zeit verfolgt, nimmt er nicht wahr.

30

Mittwoch, 30. April 2008
Heidelberg

»Ich hab versucht, dich anzurufen«, sagt Eva und öffnet die Tür. Kimski tritt in die Wohnung. »Ich glaube, ich habe etwas herausgefunden. Wie es aussieht, ist dieser Kampowski gar nicht derjenige, für den er sich ausgibt, sondern ...«

»... SS-Untergruppenführer Friedrich Schulze«, führt Kimski ihren Satz zu Ende und drückt ihr die Akte in die Hand. Sie sieht ihn verdutzt an, dann öffnet sie den Umschlag und wirft selbst einen Blick auf die Unterlagen.

»Der Alte hat alles zugegeben. Aber wie bist du darauf gekommen?«

»Das war relativ einfach. Die Villa gehörte seit den Dreißigerjahren einer Familie Schulze, derselben Familie Schulze, deren Sohn Friedrich nach dem Zweiten Weltkrieg verschwunden ist. Ich fand den Gedanken, Kampowski sei ein ehemaliger Widerstandskämpfer, der in der Villa eines ehemaligen Widersachers wohnt, unvorstellbar. Das wäre schon ein ziemlich großer Zufall gewesen.«

»Ja.«

»Das Einzige, was ich noch nicht herausgefunden habe, ist, wie

Kampowski die Villa unter seinem neuen Namen erworben hat und seit wann er wieder in Heidelberg wohnt.«

»Er hat das Haus seiner Schwester in den Achtzigerjahren abgekauft. Davor lebte er in Spanien.«

»Spanien! Das macht Sinn, denn nach dem Krieg haben sich viele Naziverbrecher über Spanien nach Südamerika abgesetzt. Einige sind auch dort geblieben, nachdem sie festgestellt hatten, dass ihnen vonseiten des Franco-Regimes keine Auslieferung drohte. In Südspanien sind um 1950 regelrechte Altnazikolonien entstanden. Einige der Untergetauchten brachten es dank ihres im Krieg erworbenen Fachwissens und ihrer militärischen Kontakte als Waffenhändler zu einigem Erfolg.«

»Das würde erklären, woher Kampowskis Vermögen stammt.«

»Ja.«

»Hör mal.« Kimski sieht auf die Uhr. »Maria war nicht in der Villa, aber der Alte hat mir eine Adresse in Mannheim gegeben, wo sie sich aufhalten soll. Ich fahre jetzt dorthin. Ich wollte dich fragen, ob du mitkommen willst.« Für einen Moment lächelt sie ihn an. »Und, was ist?«, fragt Kimski.

»Ich würde gerne. Aber ich versuche gerade, etwas über Jonathan Lautenschläger herauszufinden.«

»Den Historiker?«

»Genau den. Denn wenn sein Tod mit dieser Geschichte zusammenhängt, könnte er ein weiterer Schlüssel sein, um noch größere Klarheit zu schaffen. Kümmere du dich um Maria und ich versuche, mich aus einer anderen Perspektive dem Fall zu nähern. So bekommen wir die fehlenden Puzzlestücke schon zusammen.«

»Du hast recht. Den Historiker sowie seine Ermordung habe ich bislang vernachlässigt.«

»Sag ich doch.«

»Bin gespannt, was du herausfindest.« Er geht zur Tür und Eva will ihm die Akte reichen. »Nein. Am besten bleiben die Dokumente bei dir. Sie sind zu wertvoll, als dass ich sie mit mir herumtragen sollte.«

»Okay.«

Kimski steht bereits in der Tür. »Pass auf dich auf«, sagt sie. »Irgendwo da draußen ist immer noch jemand mit der Fechtmaske unterwegs und ...«, sie stockt, dann gibt sie ihm einen Kuss auf die Wange. Er spürt ihren Atem auf seiner Haut und er fühlt sich gut an. »Mir passiert schon nichts.«

»Schalt dein Handy ein.«

»Mach ich.«

»Und ruf mich jederzeit an, wenn du etwas herausgefunden hast.«

Die Gestalt sitzt in einem Auto und beobachtet den Hauseingang. Als Kimski auf die Straße tritt, atmet sie aus. Der Privatdetektiv hat die Akte nicht mehr bei sich, umso besser. Dann müssen die Unterlagen noch in dem Haus sein – bleiben können sie dort aber nicht.

Kimski läuft direkt auf das Auto zu, also rutscht die Gestalt tiefer den Sitz hinab. Wenige Sekunden später ist Kimski an dem Wagen vorbei. Die Gestalt nimmt ihre ursprüngliche Position wieder ein und starrt in den Seitenspiegel.

Kimski ist jetzt an seinem eigenen Auto. Er steigt ein und fährt davon.

Gut. Die Gestalt tastet nach der Fechtmaske, die sie neben sich auf dem Beifahrersitz liegen hat, und wartet noch einen Moment, bis sie aussteigt.

Die Auffahrt der Kampowski-Villa liegt unbeleuchtet im Dunkel zwischen den Bäumen. Stille hat sich über den Berg gelegt. Das Gekicher zweier angetrunkener Menschen zerreißt urplötzlich die Ruhe. Lisa hängt in den Armen eines jungen Kerls.

»Wow«, ruft dieser, als er die Umrisse des Anwesens wahrnimmt. »Ist das Disneyland? Sicher, dass wir hier so einfach, na ja, du weißt schon.«

»Keine Angst, ich hab mein eigenes Zimmer im Nebenhaus«, sagt sie und zeigt auf das kleine Dienstbotengebäude zu ihrer Linken. »Da sind wir ungestört.«

»Wow«, sagt er noch einmal. »Na dann.« Er will sie an sich ziehen, doch sie befreit sich aus seiner Umklammerung.

»Warte mal.«

»Was denn?«

»Ich gehe nur mal eben schnell, um nach dem Rechten zu sehen. Warte hier auf mich.« Sie läuft los in Richtung Haupthaus. »Und nichts anstellen.«

»Geht klar«, sagt der Junge. Als sie aus seiner Sichtweite ist, stöhnt er unwillkürlich auf und plumpst auf den Boden. Der Inhalt von fünf Flaschen Exportbier entfaltet seine Wirkung. Er rappelt sich wieder etwas auf, fingert am Reißverschluss seiner Jeans herum und entleert in einem der angrenzenden Rosenbeete schließlich seine Blase.

Lisa fächert sich mit dem Handrücken Luft zu, in der vagen Hoffnung, durch den extra Sauerstoff einen klaren Kopf zu bekommen. Aber da sie nur drei Bier getrunken hat, können ihr Zustand und ihre Fahne so schlimm nicht sein. Sie drückt ihr Kreuz durch und zupft ihre Bluse zurecht.

Bis wann hatte der alte Kampowski gesagt, wolle er nicht gestört werden? Sie weiß es nicht mehr genau, aber jetzt ist es ohnehin schon sehr spät. Der Privatdetektiv ist bestimmt wieder weg und schließlich kann sie den alten Mann nicht die ganze Nacht allein in dem Haus herumsitzen lassen. Sie sollte zumindest mal nach ihm gucken. »Und hoffentlich stellt Johnny in der Zwischenzeit nichts an«, denkt sie noch, als sie den Degen sieht. Was soll das denn? Der Alte achtet so akribisch auf seinen Krempel, er würde doch nie zulassen, dass eine seiner Waffen in den Boden gerammt wird und über Nacht dort stecken bleibt.

Lisa streckt ihre Hand danach aus und will den Griff packen, zuckt aber unwillkürlich zurück, denn an der Klinge befindet sich eine dunkle Flüssigkeit. Das kann doch nicht etwa Blut sein! Sie springt einen Schritt zurück, dann dreht sie sich zur Treppe, läuft die Stufen hinauf und drückt die Tür auf.

»Die war ja offen«, realisiert sie, nachdem sie eingetreten ist. Sie ist sich schon im Klaren darüber, dass der Alte wollte, dass die Tür angelehnt bleibt, damit sein Besuch ohne Probleme ins Haus kommen kann. Allerdings sollte sie inzwischen geschlossen sein, zumal der

Besucher um diese Uhrzeit schon längst wieder verschwunden sein wird.

Eigentlich hatte sie vorgehabt, den Hausherrn bei seinem Namen zu rufen, heraus kommt aber nur ein leises Krächzen.

»Hallo?«

Sie erinnert sich, dass sich der Alte im Salon befand, bevor sie vorhin in die Altstadt aufgebrochen ist. Sie spürt, wie ihre Hand zittert, als sie die Türklinke herunterdrückt, um den Raum zu betreten.

»Stell dich nicht so an!«, ermahnt sie sich selbst. Die Tür springt auf und sie blickt in das schummrig beleuchtete Zimmer. Dann atmet sie erleichtert auf, denn Kampowski sitzt mit dem Rücken zu ihr in seinem Rollstuhl und blickt aus dem Fenster in die Dunkelheit.

»Da sind Sie ja.« Lisa betätigt den Dimmer neben dem Türrahmen und der Kronleuchter in der Mitte des Raums wird heller und lässt den Salon erstrahlen. »Ich hatte mir schon Sorgen gemacht. Draußen vor der Tür steckt einer Ihrer Degen in der Erde. Soll ich ihn rein ...« Sie stockt, denn der Alte rührt sich nicht, als sie ihm ihre Hand auf seine Schulter legt. Sie schüttelt ihn sanft, kann aber immer noch kein Lebenszeichen feststellen. Sie nimmt seine Hand und da sieht sie es. Ihre Handfläche ist blutverschmiert.

Jetzt kann sie nicht mehr zu sich halten – ein Aufschrei entweicht ihrer Kehle.

31

Mittwoch, 30. April 2008
Mannheim

Kimski biegt in das sogenannte Schwarzwaldviertel ein und fragt sich, warum es diesen Namen trägt, als er aus dem Wagen aussteigt. Im Schwarzwald sieht es doch ganz anders aus. »Vielleicht liegt es ja daran, dass seine wohlhabenden Anwohner sich nur von Schwarzwälder Kirschtorte ernähren«, denkt er, vertieft diesen Gedanken aber nicht weiter.

Er steht jetzt vor dem Portal einer der trostlosen Siebzigerjahrevillen, die sich wie zu groß geratene Reihenhäuser am Straßenrand einer schmalen Allee aneinanderdrängen. Sein Blick schweift über den Namen des Klingelschilds, er ist da.

Kimski ordnet seine Gedanken, denn in wenigen Augenblicken wird er seine Auftraggeberin damit konfrontieren, dass er sie für die Hauptverdächtige mehrerer Mordfälle hält. Ist das, was er gerade macht, richtig? Und hat er auch alles bedacht? Maria muss von Anfang an von der wahren Identität ihres Mannes gewusst haben, denn sie ist ebenfalls in einem faschistischen Land aufgewachsen. Sie hat mitbekommen, wie Jonathan Lautenschläger ihren Mann aufsuchte und verkündete, er würde mit seinen Erkenntnissen an die Öffentlichkeit treten, sobald er die entsprechenden Zeitzeugen interviewt habe. Maria wurde panisch, denn sie liebt ihren Mann. Sie liebt ihn aufrichtig, was er bereits bei seinem ersten Besuch in der Kampowski-Villa gespürt hat. Also bringt sie den jungen Historiker um oder – was noch wahrscheinlicher ist – sie hat einen Komplizen. Nur wer könnte das sein? Wer würde noch in dieses Puzzle passen? Und wer steht Maria und ihrem Mann nahe genug, um sich an einem Mord zu beteiligen? Vielleicht der Sohn oder doch ein Auftragsmörder? Das Geld hätte Maria.

Kimski atmet tief durch. Er fährt mit seinen Gedanken fort. Maria ist auch nach Lautenschlägers Tod noch panisch. Was ist, wenn Lautenschläger bereits einige der Widerstandskämpfer aufgesucht hat? Sie will auf Nummer sicher gehen und diese ebenfalls ruhig stellen. Allerdings kennt sie nicht ihre Namen und beauftragt einen Privatdetektiv, um ihre nächsten Opfer ausfindig zu machen. Kimski läuft es bei dem Gedanken kalt den Rücken herunter – er ist es, den sie beauftragt hat.

Er klingelt. Es dauert einen Moment, bis ihm geöffnet wird. Vor ihm steht eine Dame, etwa im selben Alter wie Maria Kampowski, und mustert ihn irritiert.

»Ja, bitte?«

»Kimski, guten Abend«, stellt er sich vor. »Ich suche Frau Kampowski.«

»Ich verstehe nicht ganz?«

Die Hausherrin wirkt nicht sonderlich glücklich über seinen Besuch. An seiner Begrüßung sollte er vielleicht noch etwas arbeiten. Es war auch damals nicht seine Stärke, einen guten ersten Eindruck zu machen, als er noch im Dezernat für Kapitalverbrechen gearbeitet hat.

»Woher wissen Sie überhaupt, dass sie ...«

»Ist schon gut«, ertönt eine Stimme aus dem Hintergrund und es ist Maria, die jetzt in den Flur tritt. »Lass den Mann herein, Gundel.«

Kriminaloberrat Benesch ist einer der ersten Beamten, die am Tatort eintreffen. Heute sollte sein großer Tag sein, denn er wollte sich endlich gemeinsam mit seiner Frau einen schönen Abend in der Oper machen. Das hat zumindest so lange ganz gut funktioniert, bis sein Handy mitten im Dritten Akt klingelte. Das wiederum wäre nur halb so peinlich gewesen, wenn er nicht die Titelmelodie von *Derrick* als Klingelton eingestellt gehabt hätte. Er hätte das Handy auch einfach mal ausschalten können, so müsste er jetzt nicht im Nebel auf einem Hügel stehen und versuchen, ein sinnvolles Gespräch mit einer heulenden Haushälterin zu führen.

»Also noch mal: Sie sagten, Ihr Chef hätte Sie weggeschickt, weil er Besuch erwartete, und dass er bei dem Treffen allein sein wollte?«

»Genau.« Lisa schluchzt.

»Und wissen Sie, worum es bei dem Besuch gehen sollte?«

»Nein, das weiß ich nicht. Aber Herr Kampowski war sehr aufgebracht.«

»Aufgebracht? Warum denn das?«

»Das weiß ich nicht.«

»Was war denn das für ein Treffen? Wissen Sie vielleicht, wer der Besucher war?«

»Nicht genau.« Lisa schnäuzt sich und spricht mit deutlich klarerer Stimme weiter. »Ich, ich habe ihn aber schon mal gesehen. Es ist ein Privatdetektiv.«

»Ein Privatdetektiv?«

»Ja. Frau Kampowski hat ihn engagiert. Aber ich weiß nicht weswegen.«

»Und Herrn Kampowski hat das nicht gepasst?«

»Nein. Ich glaube, er war dagegen, weshalb er doch im Vorfeld seine Frau weggeschickt hat, nachdem er gehört hatte, dass der Detektiv kommt.«

»Hm, gut«, murmelt der Kommissar, verwirrter als vorher. »Wissen Sie noch den Namen des Privatdetektivs?«

»Au Backe, da fragen Sie was. Mit Namen hab ich es nicht so, aber ich glaube, er fängt mit K an.«

»Köhler, Kohlhammer, Kleinschmidt ...«, schlägt Benesch vor.

»Nein, er klang irgendwie osteuropäisch. Irgendwas mit ski am Ende.«

»Kampowski?«

»Nein, so heißen doch die Herrschaften.« »Schon klar«, sagt Benesch, den es nicht wundert, dass dem Hausmädchen sein witzig gemeinter Einwurf entgangen ist. »Wie wär's mit Kowalski?«

»Ne, eher so was wie Schmimski, Bimski nur halt ...«

»... mit K am Anfang«, bringt er ihren Satz zu Ende.

»Genau!«

Benesch schließt die Augen und denkt nach. Bimski mit K am Anfang, das wäre dann ja – »Kimski!«, ruft er laut aus und Lisa zuckt zusammen.

»Ja, das war es. Kennen Sie den?« Benesch grummelt vor sich hin und macht ein paar Schritte zur Seite. Er holt sein Handy aus der Tasche und sucht in seinem Telefonbuch die Nummer des Mannheimer Kollegen, mit dem er im letzten Jahr regelmäßig Informationen wegen eines Falles austauschen musste.

Nach dem neunten Klingeln quält sich ein lang gezogenes »Ja?« aus dem Hörer.

»Benesch hier, vom Revier Heidelberg. Sie wissen noch, wer ich bin?«

»Benesch?«

»Ja. Guten Abend, Vollmer.«

»Geht es wieder um diese Mafia-Geschichte? Die Spaghettifresser können sich doch bestimmt bis morgen gedulden. Ich gucke hier gerade eine *Tatort*-Wiederholung und ...«

»Keine Angst, ich habe erst mal nur eine kurze Frage.«

»Schießen Sie los.«

»Ihr hattet doch mal einen Kollegen, der jetzt als Privatdetektiv arbeitet, oder?« Die Nachricht, dass der Polizist, der den Oberbürgermeister Mannheims aus der Hand eines größenwahnsinnigen Entführers befreit hatte, bei der Polizei kündigte und sich selbstständig machte, hatte sich letzten Sommer in Polizeikreisen ziemlich schnell verbreitet. Sogar bis nach Heidelberg. »Dieser Kimski, oder?«

»Kimski! Was hat der jetzt schon wieder angestellt?«

»Wie kommen Sie darauf, er könnte was angestellt haben? Bis jetzt ist er, so wie es aussieht, der letzte Zeuge, der einen Ermordeten lebend gesehen haben könnte.«

»Nicht schon wieder!«

»Bitte?«

»Ach, nichts. Passen Sie auf, Benesch. Machen Sie sich keinen Stress, sobald Kimski nach Mannheim kommt, schnappe ich ihn mir.«

»Und der *Tatort*?«

»Das echte Leben ist spannender als jeder *Tatort*.«

Maria sitzt ihm in einem modernen schwarzen Ledersessel gegenüber. Sie sind allein in dem großen Wohnzimmer mit den kahlen weißen Wänden.

»Hat er Ihnen gesagt, wo Sie mich finden können?«

»Ja.«

»Warum hat er das getan? Ich dachte, er wollte nicht, dass ich noch einmal mit Ihnen spreche.«

Kimski zuckt mit den Schultern. »Passen Sie auf, ich habe keine Lust mehr, lange um den heißen Brei herumzutanzen.«

»Herumzureden. Man sagt: ›Herumzureden‹!«

»Wie auch immer. Kennen Sie einen Historiker, der Jonathan Lautenschläger heißt?«

»Ja«, sagt sie kühl, als würden seine Worte an ihr abperlen wie Wassertropfen an einer glatten Oberfläche.

»Sie haben mir nichts davon erzählt, dass er bei Ihnen war. Diese Information hätte mir sicherlich weitergeholfen.«

»Die Angelegenheit, in der Herr Lautenschläger bei uns vorstellig wurde, war rein persönlicher Natur. Das geht nur meinen Mann und mich etwas an.«

»Lautenschläger hat Ihren Mann bezichtigt, unter dem Namen Friedrich Schulze bei der SS gewesen zu sein und Kriegsverbrechen begangen zu haben.« Sie sieht ihn an, ohne auch nur die geringste Regung zu zeigen.

»Frau Kampowski«, fährt Kimski fort. »Haben Sie Jonathan Lautenschläger umgebracht oder ihn umbringen lassen, damit er nicht länger in der Vergangenheit Ihres Mannes herumstochert?«

Jetzt zeigt sie Regung, zuckt kurz zusammen und bemüht sich, ihre

Haltung zu wahren. Aber für einen Moment ist es ihm gelungen, sie zu überrumpeln. »Der junge Mann ist tot? Seit wann?«

»Ich dachte, Sie wüssten davon.« Will sie ihn an der Nase herumführen? Wusste sie es wirklich nicht und ist deswegen zusammengefahren? Oder ist sie aus der Fassung geraten, weil er ihr auf die Spur gekommen ist?

»Seit wann?«, hakt sie noch einmal nach. »Mittwoch vor zwei Wochen ist er mit seinem Wagen verunglückt. Die Polizei ermittelt, ob es sich dabei um einen Mord handelt.«

Wieder zuckt sie. »Das kann nicht sein.«

»Wie bitte?«

»Nun, das ist unmöglich. Ich hatte noch nach dem besagten Mittwoch mit Lautenschläger Kontakt.«

»Das ist in der Tat sehr mysteriös. Aber nun hören Sie mal zu, Sie engagieren mich unter falschem Vorwand, damit ich die Mitglieder einer Widerstandsgruppe ausfindig mache, die von Ihrem eigenen Mann verfolgt wurden. Kaum habe ich das erste Mitglied der Gruppe gefunden, wird dieser Mann auch schon tot aufgefunden. Ermordet! Und jetzt erzählen Sie mir, dass Sie mit einem Toten in Verbindung stehen. Ich finde, es ist an der Zeit, dass Sie mir ein paar Dinge erklären, anstatt sich in neue Lügen zu verstricken.«

»Ja, nein ...«, stammelt Maria. »Sie haben ja recht, aber auch wieder nicht.«

»So?«

»Ich habe Ihnen nicht die Wahrheit gesagt, als ich Sie beauftragt habe, das ist richtig. Aber nachdem dieser Lautenschläger bei uns war und gesagt hat, er würde alles erzählen ...« Sie stockt.

»Da ist Ihnen eine Sicherung durchgebrannt?«, schlägt Kimski vor.

»Ich hatte Angst um meinen Mann.« Sie schnieft. Mit langsamen Bewegungen greift sie zu ihrer Handtasche, die neben ihr auf dem Boden steht, und zieht ein seidenes Taschentuch hervor. Sie tupft sich die Nase, dann erst spricht sie weiter. »Ich habe ein paar Tage lang gezögert. Ich wusste nicht, wie ich ihn stoppen könnte. Schließlich habe ich es nicht mehr ausgehalten und rief ihn an. Er hatte uns ja seine Visitenkarte überlassen, falls wir doch zu einem Interview bereit wären und mein Mann doch noch mit der Wahrheit herausrücken wolle. ›Um es sich von der Seele zu reden‹, hatte der junge Mann gesagt.«

»Aber ihr Mann wollte nicht.«

»Natürlich nicht! Wissen Sie, sein Gesundheitszustand hat sich seit diesem Besuch merklich verschlechtert. Ohne Frage lag es daran, dass diese Anschuldigungen seine Nerven zu sehr belastet haben. Also habe ich Lautenschläger angerufen und ihm Geld geboten, wenn er uns in Ruhe lässt.«

»Wie viel?«

»Zuerst 50.000 Euro. Er sagte, er wolle das Geld nicht. Also habe ich ihm 100.000 Euro geboten. Er weigerte sich weiter, aber, nachdem ich mein Angebot erneut erhöht hatte, klang er anders. Ich hatte das Gefühl, er würde mit sich ringen, weil er das Geld wohl doch gern angenommen hätte, er aber zu stolz war, so schnell seine Integrität aufzugeben.«

»Das war Ihr Eindruck?« »Das fand ich, ja. Deshalb bot ich ihm an, das Geld drei Tage später, am Donnerstagabend, in einem Schuppen auf der Hangseite unseres Grundstücks zu verstecken. Ich erklärte ihm genau, wo er es finden und wie er unbemerkt zu der Hütte kommen würde. Wir haben zwar einen großen Zaun an der Frontseite unseres Grundstücks, aber wenn man aus der Neckarrichtung den Hang hinaufsteigt, kann man problemlos auf unser Anwesen gelangen.«

»Lassen Sie mich raten. Als Sie am Freitagmorgen nachsahen, war das Geld weg, und deshalb gehen Sie davon aus, mit Lautenschläger nach dem Unfall noch zu tun gehabt zu haben. Dabei haben Sie ihn nach seinem Tod weder gesehen noch etwas von ihm gehört.«

»Sie haben recht. Wenn Sie wollen, kann ich Ihnen den Kontoauszug zukommen lassen, der besagt, dass ich die Summe auch abgehoben habe.«

»Danke. Ich glaube Ihnen das jetzt einfach mal.« Was soll diese Geschichte? Wenn das stimmt, was sie sagt, dann weiß sie wirklich nichts vom Mord an Lautenschläger. Und wer um alles in der Welt kann das Geld an sich genommen haben?

»Als ich gesehen habe, dass das Geld verschwunden ist, dachte ich,

Lautenschläger wäre auf mein Angebot eingegangen. Und tatsächlich hat er sich daraufhin nicht mehr bei uns gemeldet.« Klar hat er sich nicht mehr gemeldet. Zu dem Zeitpunkt war Lautenschläger ja auch schon tot.

»Doch dann habe ich nachgedacht. Was ist, wenn der Historiker bereits einen Teil der Widerstandskämpfer aufgesucht und ihnen von meinem Mann erzählt hat? Er hatte es immerhin angekündigt. Ich musste das irgendwie in Erfahrung bringen, hatte aber keine Anhaltspunkte.« »Also haben Sie mich angerufen.«

»Ja.«

»Und was dann? Wie wäre es weitergegangen, nachdem ich Ihnen die Namen genannt hätte?«

»Ich wollte den Menschen Geld geben.«

»Sie wollten sie bestechen, so wie Lautenschläger?«

»Ich ... ich wollte ...« Maria fängt an zu weinen.

»Ist schon gut.«

»Verhaften Sie mich jetzt?« Sie sieht hinter dem Taschentuch hervor.

»Ich bin Privatdetektiv, Verhaftungen gehören nicht zu meinem Aufgabenbereich.« Kimski hat noch nie gern jemanden verhaftet, auch nicht, als er noch bei der Polizei war.

Er schaut auf sie herab. Wie ein Häufchen Elend kauert Maria auf ihrem Stuhl. Skrupellos? Vielleicht. Unmoralisch? Klar. Sieht sich selbst über dem Gesetz und ihren Mitmenschen stehen? Auf jeden Fall. Dennoch liebt sie ihren Mann so sehr, dass diese Liebe sie geradezu von innen heraus auffrisst. Verrückt.

In der Tür bleibt er noch einmal stehen und wendet sich zu ihr um. »Sie wissen nicht zufällig, wer sonst noch in der Lage gewesen wäre, den Mord zu begehen, um Ihren Mann zu schützen? Was ist eigentlich mit Ihrem Sohn?«

»Unser Sohn war schon seit Wochen nicht mehr bei uns zu Hause. Und von dem Besuch Lautenschlägers hat er nichts mitbekommen.«

»Weiß er von der wahren Identität seines Vaters?« »Nein, die kennt er nicht. Ich habe mit Adelbert früher einmal darüber gesprochen, aber mein Mann entschied sich dafür, seinem eigenen Sohn nichts davon zu erzählen.«

»Na dann.« »Wäre auch zu schön gewesen!«, denkt Kimski, als er auf die Straße tritt. Auf dem Rasenstück längs der Allee entdeckt er nur wenige Schritte von seinem Wagen entfernt etwas, das seine Aufmerksamkeit erregt. Dort liegt ein schwarzes rundes Etwas, das im orangegefärbten Halbdunkel der Straßenlaternen wie eine Landmine aussieht, was er aber nach genauerem Nachdenken ausschließt. Während er auf den Gegenstand zuläuft, grübelt er noch einmal über die letzte Frage, die er Maria gestellt hat, nach. Wer hätte ein Interesse daran und wäre in der Lage, einen Mord zu begehen, um den Ruf des alten Kampowskis zu beschützen?

Nachdem er die Grünfläche erreicht hat, bückt er sich. Nun sieht er, dass es sich bei dem Gegenstand um einen Kochtopf handelt, und dreht diesen um. Unwillkürlich muss er lachen. Wer schmeißt denn einen Topf hier hin? Er bemerkt, wie schnell man sich täuschen kann, wenn man etwas von der falschen Seite betrachtet. Vielleicht geht er ja auch die Fragen, die er sich in dem Fall stellt, von der verkehrten Seite an? Bisher ist er davon ausgegangen, dass der Mord an Lautenschläger eine zentrale Rolle spielt – begangen, um Kampowskis wahre Identität unentdeckt zu lassen – und dass die Morde an den Widerstandskämpfern nur eine Art Nebeneffekt sind. Was wäre aber, wenn die Ermordung der Widerstandskämpfer Dreh- und Angelpunkt und Jonathan nur durch Zufall in das Kreuzfeuer eines Mörders geraten wäre? Am selben Tag, an dem Jonathan tödlich verunglückt ist, starb nur wenige Kilometer weiter bei einem Feuer ein alter Mann in seinem Haus, wobei die Polizei davon ausgeht, dass es Brandstiftung war.

Ein alter Mann. Vielleicht einer der Widerstandskämpfer, die Jonathan interviewt hat? Wenn nun jemand es in Wirklichkeit auf den alten Mann abgesehen hatte und Jonathan nur beseitigt wurde, weil er ein unliebsamer Zeuge war, und der Mörder danach alle anderen Mitglieder der Gruppe umbringt, dann wäre die Spur, die Maria Kampowski in Verdacht gebracht hat, eine falsche Fährte. Warum aber sollte noch jemand Grund haben, die Widerstandskämpfer zum Schweigen zu bringen? Vielleicht ein weiterer Altnazi, der ihm bis jetzt entgangen ist, oder ein Geschichtsrevisionist? Das ist doch verrückt, denn handelte es sich um einen weiteren Nazi, wäre Jonathan wahrscheinlich auch auf dessen Spur gewesen.

Kimski dreht den Topf wieder um. Die Tretmine kommt wieder zum Vorschein. Dann würde also doch wieder alles passen, nur dass es einen weiteren Verdächtigen gibt, von dem ihm noch niemand etwas erzählt hat. Und dieser jemand muss auch das Geld geholt haben. »Warum nicht?«, denkt Kimski, legt sein Fundstück zurück ins Gras und steht auf. Das wäre immerhin eine Möglichkeit, aber an welcher Stelle soll er jetzt weitermachen? Die einzige Zeugin, die er im Moment noch auf der Liste hat, ist diese mysteriöse Klara, von der er nicht mal den Nachnamen kennt.

32

Juni 1957
Mannheim

Als sie vor der Baustelle stand, musste sie an den Abend in der Kirche denken, damals vor so vielen Jahren. Der Missionar hatte recht behalten, die Trinitatiskirche war bei einem der letzten Bombenangriffe im Krieg komplett in sich zusammengestürzt. Es war wahrlich kein Stein auf dem anderen geblieben und es hatte Monate gedauert, bis der Schutt komplett abgetragen war. Danach hatte man notdürftig aus den Brettern ehemaliger Armeebaracken eine Übergangskirche zusammengezimmert. Was dann passiert war, hatte sie nicht mehr mitbekommen, denn sie hatte einen Mann kennengelernt, Karl, und war zu ihm nach Karlsruhe gezogen.

Karl und Klara in Karlsruhe, das klang gut, immerhin. Wohlgefühlt hatte sie sich nie. Oder war sie wenigstens zu Beginn der Beziehung glücklich gewesen und hatte es nur vergessen? Es war eine wirre Zeit, die ersten Jahre nach dem Krieg, und sie war damals so jung gewesen. Mittlerweile glaubte sie, sich wie eine alte Frau zu fühlen. Die Last eines langen Lebens lag bereits auf ihren Schultern, obwohl sie gerade erst dreißig geworden war.

Karl hatte sie an ihrem ersten Arbeitsplatz im Lager einer Fabrik kennengelernt. Er war groß, etwas älter als sie und sah gut aus. Sie selbst war neunzehn und Karl der erste Mann, der ihr Avancen machte.

Ja, doch, zum damaligen Zeitpunkt fühlte es sich gut an. Ein adretter junger Mann, der ihr seine Aufmerksamkeit schenkte. Hingegen war sie auf das, was danach kam, nicht wirklich vorbereitet gewesen. Schon nach wenigen Wochen hatte er sie so weit, dass sie mit ihm schlief, obwohl sie es eigentlich gar nicht wollte. Denn Klara wusste nicht, wie sie es mit ihrem Glauben vereinbaren sollte, und sie hatte auch Angst davor gehabt, aber dann war es einfach passiert. Obwohl sie es in dem Moment auch gewollt hatte, fühlte sie sich danach furchtbar. Wie aber hätte sie es wieder rückgängig machen sollen? Schließlich blieb sie bei ihm, gab sich ihm immer wieder hin. Vielleicht würde er sie ja heiraten, dachte sie damals.

Es waren einige Monate vergangen, die sie zusammen verbracht hatten, als Karl ihr eröffnete, er werde nach Karlsruhe gehen, weil er dort Arbeit gefunden hätte. Ob sie mit ihm gehen wolle, hatte er sie gefragt, und sie stimmte zu. Was hätte sie auch entgegnen sollen. Als sie ihren Eltern davon erzählte, waren diese zu ihrem Erstaunen nicht schockiert. Im Gegenteil, sie waren ganz froh darüber, in der winzigen Wohnung eine Person weniger durchfüttern zu müssen. Und Karl würde gut verdienen, was war dagegen also einzuwenden?

Doch von da an war alles bergab gegangen. Karl dachte gar nicht daran, sie zu heiraten. Das sei etwas für Kleingeister, hatte er ihr erklärt. Er könne auch ohne Trauschein glücklich sein. Sie wollte mit ihm darüber sprechen, doch langsam musste sie feststellen, dass sie beide nicht offen miteinander reden konnten. All das, was sie ihm sagen wollte, verstand er nicht, als spräche sie eine andere Sprache. Oder es kam nicht bei ihm an, wie ein Funkspruch, der auf einer anderen Frequenz als die des Empfängers gesendet wird. Ihren Glauben, das, was sie im Krieg erlebt hatte, oder ihre Zeit als Angehörige der Widerstandsgruppe eingeschlossen: »Der Krieg ist vorbei. Lass das doch jetzt, denk an die Zukunft.«

Doch Klara wollte nicht nur an die Zukunft denken, sondern immer öfter über die Vergangenheit sprechen. Aber da war niemand, dem sie sich hätte mitteilen können. Und war es nicht so, dass die Vergangenheit nicht auch die Zukunft beeinflusste? War es nicht so, dass die Arbeit des Widerstands – nicht nur die ihrer Gruppe – nach dem Krieg komplett totgeschwiegen wurde, während Menschen, die ganz offensichtlich ihren Nutzen aus dem Krieg gezogen hatten, im neuen Staat als Erste wieder etwas zu sagen hatten?

Es gab aber noch etwas, worüber Klara nachdachte und was sie klären wollte. Sie hatte nämlich noch immer keine Ahnung, was in der unheilvollen Nacht im Sandhofener Wald wirklich passiert war. Zuerst hatte sie Schüsse gehört, dann Stimmen und schließlich Schreie – und dann hatte sie ihren Posten verlassen und war geflüchtet. Was mit den anderen Mitgliedern der Gruppe passiert war, wusste sie nicht. Hatte sie die anderen im Stich gelassen? Was hätte sie überhaupt unternehmen können?

»Lass gut sein«, hatte Karl gesagt, wenn er ihr überhaupt noch geantwortet hatte und nicht an ihr vorbeiging, sich in seinen Mantel warf und den Abend außer Haus verbrachte, um seine Ruhe zu haben. Aber Klara konnte einfach nicht aufhören, über das Thema zu reden.

»Was ist mit den Menschen, die ihr Leben aufs Spiel gesetzt haben, weil sie ihr Gewissen nicht verleugnen konnten und wollten? Sollen diese Menschen einfach so in Vergessenheit geraten?« Karl hatte nur geknurrt. Dann war er gegangen und kam erstmals nicht am selben Abend zurück, sondern erst nach drei Tagen. Mit einer anderen Frau.

Klara hatte, ohne zu zögern, ihren Koffer gepackt und war in den nächsten Zug nach Mannheim gestiegen. Erst als sie im Abteil saß, hatte sie sich erlaubt zu weinen. Ihre Eltern hatten sie freundlich aufgenommen und jetzt war sie hier.

Vor ihr erhoben sich riesige graue Platten. Was sollte das sein, bauten sie etwa die Kirche wieder auf? Aus Beton, wie einen Bunker? Der Krieg hatte einfach zu lange gedauert.

Traurigkeit erfasste sie, als sie weiter durch die Straßen der Stadt schlenderte, in der sie sich einst so gut ausgekannt hatte – das kam ihr vor, wie in einem anderen Leben. Es war, als würde sie die Wege zum ersten Mal zurücklegen. Vielleicht war es auch die erdrückende

Befremdlichkeit der Umgebung, die es ihr ermöglichte, ihn sofort wiederzuerkennen, obwohl es Jahre her war. Obwohl sie nicht einmal seinen richtigen Namen kannte, nichts über ihn wusste. Aber als sie ihn in der Nähe des Eingangs zum Paradeplatz-Tiefbunker stehen sah, in dem mittlerweile ein Hotel untergebracht war, wusste sie sofort, dass er es war. Es war Herakles.

33

Mittwoch, 30. April 2008
Heidelberg

Eva steht in der Küche ihrer Wohnung und hält ihr tragbares Telefon in der Hand. Sie wählt Kimskis Nummer. Es ertönt immer noch kein Freizeichen, stattdessen erklärt ihr die Stimme vom Band, der Teilnehmer stehe momentan nicht zur Verfügung.

»Dieser Mistkerl!« Er hat ihr doch versprochen, sein Handy anzulassen. Wann lernt er endlich, dass man ein Mobiltelefon einschalten muss, damit es seine Funktion erfüllen kann – Erreichbarkeit, zu jeder Zeit an jedem Ort.

Frustriert legt Eva das Telefon zur Seite und denkt nach. Grund ihres Anrufs ist die Nummer von Franz, dem anderen Mannheimer Historiker, mit dem sie sich gemeinsam mit Carlo getroffen haben. Ihre Suche nach Informationen über Jonathan Lautenschläger stagniert, aber sollte er tatsächlich in Mannheim studiert haben und sein Schwerpunkt auf Widerstandsforschung gelegen haben, dann müsste Franz ihm doch schon mal über den Weg gelaufen sein.

Sie greift noch einmal zum Hörer und wählt Carlos Nummer. Sie sieht auf die Uhr, bald 23 Uhr. Zum Glück geht Carlo nie früh ins Bett. »Na, wie geht es unserem Gast?«, begrüßt sie ihn.

»Dem alten Eisbären geht es wunderbar. Er hat sich großartig bei mir eingelebt. Wir sehen gerade einen alten *James Bond*-Film auf DVD.« Hat Carlo gerade Eisbär gesagt? Obwohl – manchmal geht es bei ihm tatsächlich zu wie in einem Zoo. Es stellt sich nur die Frage, für wen er sich selbst hält, wenn er den Widerstandskämpfer für einen Eisbär hält. Für den Zoowärter?

»Pass mal auf, Carlo. Ich will gar nicht lange stören. Du kannst mir doch bestimmt die Nummer deines Kumpels Franz geben, oder?«

»Klar. Worum geht es denn? Du willst ihn doch hoffentlich nicht um diese Uhrzeit aus dem Bett klingeln? Der Franz ist nicht so ein Nachtmensch wie wir.«

»Wahrscheinlich hast du recht, ich kann ihn auch morgen früh anrufen. Ich sollte langsam auch Feierabend machen, denn so wichtig ist es heute dann doch nicht mehr. Es geht nur um einen Historiker aus Mannheim, der tödlich verunglückt ist und über den ich mehr erfahren möchte. Ich dachte, dass Franz ihn vielleicht kennt.«

»Du meinst diesen Lautenbläser?« »Lautenschläger. Genau. Kennst du ihn etwa?« »Ich nicht, aber über den Unfall, der ja vielleicht doch keiner gewesen sein soll, stand doch ein Bericht im *Mannheimer Morgen*. Ich habe Franz darauf angesprochen. Ich glaube, das war sogar an dem Tag, als wir zusammen in der Kneipe waren. Ich hab einen blöden Witz darüber gemacht, dass das Berufsrisiko von Historikern auch immer mehr steigt, und gefragt, ob Franz denn schon eine Lebensversicherung abgeschlossen hätte. So etwas in der Art.«

»Und wie hat Franz reagiert?«

»Er fand das gar nicht lustig, er kannte Lautenbauer nämlich.«

»Lautenschläger!«, denkt Eva, aber sie hat keine Lust, Carlo noch einmal zu korrigieren.

»Das ist ja super. Hat er dir zufällig gesagt, ob er ihn gut kannte oder nur flüchtig?«

»Nun, er muss ihn ziemlich gut gekannt haben.«

»Wieso?«

»Franz hat ihm bei seiner Doktorarbeit geholfen.«

Eva muss sich auf den letzten in ihrer Küche verbliebenen Stuhl setzen. »Danke«, presst sie hervor. »Wofür?« »Du hast mir sehr geholfen.«

Carlo gibt ihr Franz' Adresse und Telefonnummer und sie verabschieden sich. Eva geht zur Spüle und gießt sich einen Schluck Wasser ein. Sie muss ihre Gedanken sortieren. Wenn Franz Jonathan bei seiner Doktorarbeit unterstützt hat, muss er doch auch wissen, dass es darin um die Widerstandsgruppe geht, nach der Kimski sucht. Franz hat aber so getan, als wüsste er von nichts. Warum?

Eva stürzt das Wasser hinunter und setzt sich wieder hin. Was soll sie jetzt machen? Soll sie ihn doch anrufen? Nein, lieber nicht. Besser sie ruft erst mal Kimski an, um sich mit ihm zu beraten. Nur hat er wieder sein Handy nicht an! Sie steht auf und geht Richtung Badezimmer. Als sie in den Flur tritt, zuckt sie zusammen. Die Wohnungstür steht einen Spalt breit offen. Hat sie die Tür nicht richtig geschlossen, nachdem Kimski gegangen war? Sie könnte schwören, dass sie vorhin die Klinke fest zugedrückt hat. Ein kalter Hauch weht ihr entgegen und umfasst ihren Körper, als sie die Tür noch weiter öffnet und ins dunkle Treppenhaus blickt. Nichts. Was sollte da auch sein? Sie schließt die Tür, wendet sich um und geht in die Mitte des Flurs, wo sich die Tür zum Badezimmer befindet. Auf halbem Wege bleibt sie stehen und sieht noch einmal zur Eingangstür. Sie sollte vielleicht die Türkette vorlegen, zur Sicherheit. Als sie das kalte Metall der Kette berührt und deren Ende in den dafür vorgesehenen Schlitz schiebt, fühlt sie sich besser. Aber nur für einen kurzen Moment, denn ein Knarren lässt sie zusammenfahren. Es klang so, als käme es aus der Richtung ihres Schlafzimmers. Es war so leise, dass Eva sich im nächsten Augenblick schon gar nicht mehr sicher ist, ob sie wirklich etwas gehört hat. Oder kam das Geräusch vielleicht gar nicht aus ihrer Wohnung? Vielleicht aus einem anderen Stockwerk? Bei den alten Dielenböden, die überall im Haus vergelegt sind, kann es schon mal lauter werden, wenn jemand in der Wohnung ein Stockwerk über ihr herumläuft.

Jetzt ist es still. Ein kurzer kalter Schauer läuft ihr über den Rücken und lässt sie zusammenfahren. Dabei ist doch gar niemand in der Wohnung und es gibt keinen Grund, warum sie panisch werden sollte. Sie ist eine starke Frau und weiß, auf sich aufzupassen. Sie muss nur ins Schlafzimmer gehen und nachsehen, dann klärt sich schon alles auf. Sie macht einen Schritt vorwärts, hält jedoch nach dem zweiten Schritt inne. Vielleicht sollte sie doch für alle Fälle etwas mitnehmen, um sich zu verteidigen. Wo hat sie bloß den Elektroschocker hingelegt, den Kimski ihr gegeben hat? Sie muss überlegen. Das letzte Mal hat sie die Waffe bei Kimskis Einbruch in der Kampowski-Villa dabeigehabt. Als sie zurückkam, hat sie das Gerät irgendwo in ihrer Wohnung abgelegt. Aber wo? Eva konzentriert sich. In der Nacht war sie hundemüde, sie hat nur noch die Schuhe abgestreift und dann ist sie sofort ins Bett gefallen – und hat den Elektroschocker auf das Fensterbrett im Schlafzimmer gelegt! Porca miseria.

Sie will weitergehen, doch da fällt ihr Blick auf das kleine Schuhregal, das vor ihr im Flur steht. Beim Herunterbücken knacken ihre Kniescheiben, sie greift sich ein Paar Stiefel mit langen Pfennigabsätzen und betrachtet sie. Eigentlich trägt sie die Schuhe fast nie, nur zu besonderen Anlässen, bei italienischen Hochzeiten und Verlagsempfängen. Ansonsten hat sie es gerne bequem und da helfen hochhackige Stiefel nicht gerade weiter. Aber jetzt könnten sie gerade richtig sein.

Die Schlafzimmertür ist angelehnt. Sie reißt sie mit Wucht auf, sodass das Holz gegen die Wand knallt. Hinter der Tür steht schon mal niemand. Mit einer schnellen Bewegung drückt sie den Lichtschalter, die Energiesparlampe springt sofort an, erleuchtet den Raum zunächst aber nur schwach. Eva muss sich konzentrieren, um sich einen Überblick zu verschaffen, und hält die Luft an. Nach einigen scheinbar endlos langen Sekunden hat die Birne endlich ihre volle Leuchtkraft entfaltet, doch Eva sieht nichts Ungewöhnliches. Erleichtert atmet sie aus. Das Zimmer liegt kahl und fast leer geräumt vor ihr. Es sind nur noch die Matratze und zwei große Reisekoffer übrig. Und der Elektroschocker, den sie wie erwartet sofort auf der Fensterbank erblickt. Jetzt muss sie nur noch einen Fuß in den Raum setzen, um auch alle Ecken zu überblicken, dann hat sie letzte Gewissheit.

Als sie das Zimmer betritt, huscht ein schwarzer Schatten aus der linken Ecke, die sie vorher nicht einsehen konnte. Mit Gewalt wird sie an ihrer Schulter gepackt und schneller, als sie reagieren kann, zurückgerissen. Sie spürt den heißen Atem in ihrem Rücken, spürt, wie ihr rechter Arm zurückgezogen und nach hinten gebogen wird. Sie holt mit ihrem rechten Fuß aus und tritt mit voller Wucht nach hinten aus. Der spitze Absatz ihres Stiefels knallt auf etwas Hartes. Hinter sich vernimmt sie ein kurzes Japsen, einen unterdrückten Aufschrei. Sie kann fühlen, dass die Hände, die ihren Körper umklammern, für einen kurzen Moment ihren Griff lockern. Eva windet sich wie ein Zitteraal unter Strom, sie geht in die Knie, vollzieht eine halbe Drehung und reißt sich los. Sie weiß selbst nicht, wie sie nach dieser Aktion auf ihren Absätzen wieder aufrecht zum Stehen kommt. Als sie sich vor der dunklen Gestalt mit der Fechtmaske aufrichtet, reißt sie ihr rechtes Bein hoch und donnert ihren Stiefelabsatz zwischen deren Beine.

Die Gestalt will noch nach ihr greifen, aber zu spät. Ein Grunzen wird unter der Maske hervorgepresst, es klingt wie das Schwein, das ihr Onkel damals in dem Dorf auf Sizilien geschlachtet hat. Ihr Gegner torkelt zurück, prallt gegen die Wand, geht in die Knie und krümmt sich. Damit dürfte klar sein, dass die Person, die sich hinter dieser Maskerade verbirgt, männlich ist. Eva dreht sich um und rennt, so gut es eben mit hohen Absätzen geht, Richtung Fensterbank. Kurz bevor sie den Elektroschocker erreicht, veranlasst sie ein idiotischer Reflex, sich im Laufen umzusehen. Der Maskenmann hat sich bereits aufrichten können und hält ein riesiges Messer in der Hand. Wo zum Henker hat er das denn auf einmal her? Vielleicht ist es der Schock gewesen, der ihren Gegner so schnell wieder auf die Beine hat kommen lassen, und vielleicht sind es die Stiefel oder auch etwas anderes, jedenfalls erwischt sie den Elektroschocker gerade noch mit ihren Fingerspitzen, reißt ihn in ihre Richtung, rutscht dann aber aus und stürzt in vollem Schwung zur Seite. Sie hört, wie ihre Waffe auf dem Boden aufschlägt, irgendwo außerhalb ihres Blickfelds. Sie selbst landet relativ weich auf ihrer Matratze. Aus dem Augenwinkel heraus kann sie sehen, wie der Maskierte zum Sprung in ihre Richtung ansetzt. Blitzschnell rollt sich Eva zur Seite und tastet mit ihrer Hand über den Boden. Tatsächlich, es gelingt ihr, den Elektroschocker zu fassen. Auf dem Rücken liegend will sie ihre Waffe hochreißen, doch im selben Moment spürt sie, wie ein schwerer Körper auf sie fällt. Ihre Eingeweide ziehen sich zusammen, keuchend stößt sie einen Schwall Luft aus. Dann merkt sie auch schon, wie eine kalte Klinge oberhalb ihres Kehlkopfs in die Haut gedrückt wird.

Eva beugt ihr Handgelenk nach vorn, um besser zielen zu können. Sie muss jetzt nur noch den Auslöser drücken und hoffen, dass er vor Schmerz das Messer loslässt. Doch Moment, ist es nicht eher so, dass man sich an Gegenständen festkrallt, wenn man einen Stromschlag erhält? Bevor sie weiter nachdenken kann, packt er sie an ihrem Handgelenk und hält es so fest, dass sie die Waffe fallen lässt. Der Maskierte packt den Elektroschocker und schmeißt ihn hinter sich, ohne genau darauf zu achten, wohin er wirft. Mit der freien Hand packt er Eva an den Haaren. Indem er sich langsam aufrichtet, zieht er sie mit sich in die Höhe. Auf einmal lässt er sie los, nimmt die Klinge von ihrem Hals weg und steht ihr gegenüber, das Messer aber noch auf sie gerichtet.

Was soll das, warum rührt er sich nicht mehr? Hat er überhaupt einen Plan? Eva hat den Eindruck, als fange er gerade erst an zu überlegen, was er mit ihr anstellen soll.

Evas Blick wandert vorsichtig an ihm vorbei. Sie sieht den Elektroschocker, der am Fuße des Türrahmens liegt, dann sieht sie wieder zu dem Maskierten. »Vaffanculo!«, brüllt sie. Scheiß drauf, besser sie macht irgendetwas, als sich ohne Gegenwehr von einem Spinner abstechen zu lassen, denkt sie und springt an dem Angreifer vorbei auf den Boden. Sie packt den Elektroschocker, dreht sich auf den Rücken und drückt den Auslöser. Der Maskenmann springt auf sie drauf, sie sieht noch die blauen Funken zwischen den goldenen Pins am Waffenkopf aufblitzen. Das, was sich aus ihm entlädt, trifft auf das Hemd ihres Angreifers. Wie war das noch mal – die Wirkung ist abhängig von der Dauer des Stromschlags. Aber eine Sekunde müsste ausreichen, um einen ausgewachsenen Mann kampfunfähig zu machen. Hat sie ihn eine ganze Sekunde lang erwischt? Und wo ist eigentlich das Messer abgeblieben?

34

Mittwoch, 30. April 2008
Mannheim

Kimski fährt dreimal um den Block und sucht vergeblich einen Parkplatz. Schließlich stellt er sein Auto gegenüber der Popakademie ab und läuft ins Jungbuscher Zentrum zu seiner Wohnung. Auf halbem Wege will er sein Handy aus der Jackentasche ziehen, um Eva anzurufen, doch es ist nicht darin. Wo hat er es nur gelassen? Wahrscheinlich liegt es im Handschuhfach. Kimski bleibt stehen und überlegt, ob er zurück zum Auto laufen soll, um es zu holen. Aber lohnt es sich überhaupt? Seine alte Kiste klaut niemand und in zwei Minuten ist er zu Hause und kann Eva vom Festnetz aus anrufen. Also geht er weiter.

Er biegt in die kleine Fußgängerzone ein, in der sich seine Wohnung befindet. Vor ihm liegt die Straße im orangefarbenen Schummerlicht der Laternen. Es ist ungewöhnlich ruhig, denn normalerweise hängen dort bis spät in die Nacht Menschen herum. Jugendliche im Rudel, Trinkerpärchen mit Wein in Tetrapacks, Punks aus den anliegenden Clubs und natürlich die ganz normalen Kneipengänger. Wie spät ist es eigentlich? Er sieht auf seine Armbanduhr. Kurz vor halb eins.

Kimski geht weiter zu dem Tor, das zum Hinterhof seines Hauses führt. Als er den Schlüssel ins Schloss stecken will, merkt er, dass das Tor offen steht. Vielleicht sollte er mal seinem Vermieter eine Nachricht aufs Band sprechen und ihn bitten, nach dem Hoftor zu sehen, damit es endlich wieder schließt, wenn man es zuzieht. Kimski drückt das Tor auf und lacht stumm. Natürlich wird er den Vermieter nicht anrufen. Wozu auch? Dass er wegen des Lochs in der Küchendecke immer der Erste im Haus ist, der feststellt, dass es draußen regnet, hat er auch weitergegeben. Wie lange ist das schon her? Ein Jahr? Gerührt hat sich jedenfalls noch niemand.

Kimski geht durch den Durchgang zum Hof. Der Treppenhauseingang liegt auf der Rückseite des Hauses. In dem Moment, als er die Tür öffnen will, durch die man den Flur betritt, nimmt er hinter sich im Hof ein sonderbares Geräusch wahr. Erst knackt es, gefolgt von einem kurzen Rauschen, wie von einem Funkgerät. Kimski dreht sich um und lässt seinen Blick über den Hof schweifen, der in Dunkelheit getaucht ist. Sollte er dem Vermieter jemals aufs Band sprechen, wird er gleich noch die kaputte Hofbeleuchtung erwähnen, denkt er, und lässt seine rechte Hand vorsichtig unter seine Jacke zur Waffe im Halfter wandern. Als er deren Griff packen will, wird die Tür neben ihm aufgerissen und eine maskierte, schwarze Gestalt stürmt auf ihn zu. Kimski sieht den Angreifer erst nur aus dem Augenwinkel heraus, schon spürt er den Lauf einer Waffe an seinem Kopf. Er dreht sich um, lässt von seiner eigenen ab und greift in die Luft. Er bekommt den waffenführenden Arm des Maskierten zu fassen und drückt diesen nach oben. Im selben Moment hört er hinter sich im Hof das Getrampel von Stiefeln. Verdammt! Es gelingt ihm aber, den Arm seines Angreifers zu verdrehen. Ein Schrei. Dann packt er ihn am Hals und schlägt dessen Kopf an die Hauswand. Kimski selbst springt zurück.

Noch mehr Stiefel. Wie viele sind es? Zwei Maskierte rennen genau auf ihn zu. Er wird sie sich nicht beide auf einmal vom Hals schaffen können, selbst wenn er sich konzentriert. Er dreht sich nach rechts und tritt einem von ihnen in den Magen. Der Angreifer torkelt zurück und Kimski geht in Kampfstellung.

Noch bevor der Zweite ihn erreicht, wird Kimski von einem Arm zurückgerissen, der sich um seinen Hals legt. Instinktiv packt er mit beiden Händen danach, um sich aus dem Griff zu befreien. Eine Faust saust in seinen Magen.

»Auf den Boden!«

Der nächste Schlag. Noch mehr Schritte. Kimski tritt noch einmal zu und trifft sogar. Ein Fluch. Jemand zerrt an seinen Beinen und dann geht er tatsächlich zu Boden.

Eva irrt planlos durch die Straßen der Heidelberger Weststadt. Ihre Hände zittern. Was hatte Kimski ihr noch zu den Nachwirkungen erzählt, nachdem eine große Menge Adrenalin im Körper ausgeschüttet wurde? Er verglich das Gefühl mit dem bei einem Drogenentzug oder so ähnlich.

Sie muss sich zusammenreißen, da sie nicht einmal weiß, wo sie momentan ist. Was genau ist in ihrer Wohnung passiert? Der Angreifer – sie hat ihn doch ausgeschaltet, oder nicht? Sie kann sich nicht genau erinnern. Nachdem sie ihm eins mit dem Elektroschocker verpasst hat, ist sie sofort aufgesprungen und in den Flur gerannt. Der Maskierte ist liegen geblieben, bloß wie lange?

Panisch und aufgeputscht zugleich rannte sie weiter, Hauptsache weg. Allerdings nicht, ohne vorher ihre Handtasche zu schnappen, die neben dem Schuhregal im Flur stand. Ihre Handtasche, sehr gut! Eva öffnet ihren Reißverschluss und sieht hinein. Erst jetzt fällt ihr auf, dass sie den Elektroschocker noch immer fest umklammert in der rechten Hand hält. Sie steckt ihn in die Handtasche und holt ihr Handy raus. Aber wen soll sie nur anrufen?

Sie sucht Kimskis Handynummer im Telefonbuch heraus und drückt die grüne Wahltaste. Doch sie erreicht ihn wieder nicht, da sein Mobiltelefon nach wie vor offenbar nicht eingeschaltet ist. Eva will seine Festnetznummer heraussuchen, aber dann fällt ihr ein, dass sie diese nicht in ihrem Handy gespeichert hat. Cazzo! Auswendig weiß sie die Nummer nämlich nicht.

Vielleicht sollte sie die Polizei rufen? Nein, das bringt auch nichts und in ihre Wohnung zurück kann sie erst recht nicht. Mittlerweile ist der Maskierte mit Sicherheit wieder auf den Beinen. Sie rauft sich die

Haare und sieht an sich herab. Ihr kurzes Kleid, das eigentlich viel zu leicht für diese Jahreszeit ist, hängt total verknittert an ihr herab. Sie trägt immer noch die hochhackigen Stiefel. Sie muss fürchterlich aussehen und hofft, in nächster Zeit nicht in einen Spiegel sehen zu müssen. Sie verschränkt die Arme und reibt sich mit den Händen die Oberarme. Immerhin nimmt sie zumindest wahr, dass sie friert. Anscheinend lässt ihr Adrenalin-Turkey langsam nach. Dennoch sollte sie so schnell wie möglich von der Straße verschwinden. Eva sieht noch einmal in ihrer Handtasche nach, findet den Zettel mit Lukas' Telefonnummer und ruft ihn an.

»Ich bin überfallen worden.«

»Was? Wo? Wie?« Er ist total verwirrt. »Hast du die Polizei verständigt?«

»Nein. Kannst du mich abholen? Ich brauche jemanden, der bei mir ist.«

»Wo bist du?«

Sie sieht sich um, entdeckt ein Straßenschild und sagt ihm, wo er sie finden kann. Es dauert nicht lange, vielleicht zwei oder drei Minuten, und sie sieht ihn hinter dem Steuer eines alten Mercedes herannahen.

»Wie siehst du denn aus?«, fragt er erschrocken, nachdem er das Fenster an der Fahrerseite heruntergekurbelt hat. »Steig ein.«

Sie antwortet nicht, läuft auf die Beifahrerseite und öffnet die Tür. »Schönes Auto«, murmelt sie abwesend, als sie sich hinsetzt und zurücklehnt. Ihre Augen fallen zu. Sie würde jetzt am liebsten einfach einschlafen.

»Soll ich dich zur Polizei bringen? Du siehst nicht gut aus.«

»Nein.«

»Oder zu einem Arzt?«

»Nein.«

»Was ist denn eigentlich passiert?« Seine Stimme klingt besorgt.

»Ich weiß es nicht«, antwortet Eva. Das ist nicht mal gelogen, denn so genau weiß sie es wirklich nicht.

»Kannst du mich nach Mannheim fahren?« Es ist zwar mitten in der Nacht, aber sie sollte versuchen, Kimski aus dem Bett zu schmeißen, und ihm erzählen, was passiert ist. Und ihm vor allem davon berichten, was sie über Franz herausgefunden hat.

»Na gut.« Lukas startet den Wagen. »Ich sage dir dann, wo es lang geht, wenn wir von der Autobahn kommen. Weck mich einfach, falls ich einschlafen sollte.«

Sie lässt ihre Augen wieder zufallen und atmet durch. Lukas fährt los und das Vibrieren des Fahrgestells beruhigt sie. Nach der Anspannung fühlt sie sich auf einmal ganz leicht. »Gar nicht so schlecht, dieses Adrenalinzeug«, denkt sie noch und döst vor sich hin.

Nach ein paar Kurven öffnet sie noch einmal ihre Augen für eine Sekunde. »Sag mal«, murmelt sie. »Hättest du nicht links abbiegen müssen, um zur Autobahn zu kommen?« Als sie keine Antwort erhält, öffnet sie ihre Augen erneut und sieht zum Fahrersitz hinüber. »Lukas?« Der zeigt keine Regung und starrt stur gerade aus.

»Wo fährst du hin?« Erneut erwidert er nichts. Stattdessen greift er mit der linken Hand zu dem Knauf, der die Zentralverriegelung in Gang setzt, und drückt ihn herunter. Eva hört das Klacken, als alle Autotüren gleichzeitig verschlossen werden. Sie sieht zu ihrer Tür und erst jetzt bemerkt sie, dass der Fensterheber abgeschraubt und der Knauf zum Entriegeln des Schließmechanismus auf ihrer Seite abgesägt und komplett in der Öffnung verschwunden ist.

»Der Wagen ist zwar schon älter, war aber eins der ersten Modelle, die serienmäßig eine Zentralverriegelung hatten. Super, oder?« Lukas sieht zu ihr rüber. Er lächelt immer noch. Eva tastet nach der Handtasche auf ihrem Schoß. Ob sie an den Elektroschocker kommt, ohne dass er es merkt? Sie kann seinen Blick auf ihren Händen spüren. »Das ist nicht der Weg nach Mannheim.«

»Ich weiß«, entgegnet er. »Aber der Weg hier führt an einen Ort, der mir viel besser gefällt.«

35

August 1968
Marbella

Wie nur, wie nur könnte sie ihn ablenken? Sie musste es irgendwie fertigbringen, dass er sie allein in die Stadt gehen ließ. Die ersten drei Tage hatte sie all das mitgemacht, was er vorgeschlagen hatte. Was so viel hieß wie: Strand, Strand, Strand. Spanien war großartig – die Sonne, die Freiheit, die man verspürte, wenn man durch das weite Land reiste, da musste sie ihm schon recht geben. Aber das war nicht der Grund, weswegen Klara hingefahren war.

Beim Frühstück hatte sie ihm eröffnet, dass sie heute nicht mit ans Meer kommen, sondern sich lieber die Altstadt Marbellas ansehen würde. Aber er könne ruhig allein zum Baden gehen, sie wolle ihm den Spaß nicht verderben.

»Altstadt?«, sagte Eugen. »Aber das ist doch nur ein winziger Bereich. Wir haben doch bei unserer Ankunft schon festgestellt, dass der historische Kern nicht viel hergibt.« Er hatte schon recht, die Stadt bestand hauptsächlich aus Neubauten, die erst in den letzten Jahren entstanden waren. »Bitte«, entgegnete sie schlicht.

»Ich verstehe dich nicht, wir sind doch wegen der Sonne hergekommen.«

Wieder hatte er recht. Er verstand sie nicht, schon lange nicht mehr.

Dabei hatte alles so gut angefangen mit ihnen. Endlich hatte Klara jemanden gefunden, mit dem sie über ihre Kriegserlebnisse reden konnte, er war ja selbst dabei gewesen, außerdem konnte er ihr noch mehr darüber erzählen – darüber, was nach ihrer Flucht aus dem Wald passiert war. Darüber, wie er verhaftet worden war und wie man ihn in einen Gestapokeller verfrachtet hatte. Anfangs hatte Eugen auch noch von dem SS-Mann Friedrich Schulze gesprochen. Davon, wie dieser ihn verhört hatte, manchmal mit einer Fechtmaske auf ihn losgegangen war, ihn gefoltert hatte und immer mal wieder ganz ohne Maske erschienen war und dabei die ganze Zeit über auf seine Menschlichkeit gepocht hatte.

Irgendwann hatte Eugen über all das nicht mehr reden können. Klara hingegen brannte noch immer vor Neugier, die noch ungestillt war. Sie begann, sich zu informieren. Sie fand heraus, dass der SS-Mann nach dem Krieg einfach verschwunden war, als hätte er sich einfach in Luft aufgelöst. Auch für sein Wirken bei der Gestapo in Mannheim fanden sich keine Beweise mehr. Vielleicht war es gerade diese Information, die ihr neuen Antrieb verlieh. Wie konnte es sein, dass dieser Mann einfach verschwinden konnte, ohne für seine Taten belangt zu werden, während seine Opfer in Vergessenheit gerieten? So wurde dem Täter am Ende doppelte Genugtuung zuteil.

Über Jahre stagnierten Klaras Nachforschungen, bis sie eines Tages einen Journalisten traf, der ihr von der Kolonie alter SS-Veteranen in Spanien erzählte. Wer nicht bis nach Südamerika wollte, wäre auf der Flucht einfach an der Costa del Sol geblieben und hätte sich dort gemütlich eingerichtet. Des Weiteren hätten sich die Kriegsverbrecher unter deutsche Touristen gemischt und seien entweder aufgrund ihrer Sprachkenntnisse in den aufkommenden Tourismus oder aufgrund ihrer Kriegserfahrung ins Waffengeschäft eingestiegen.

Warum er denn darüber nicht in der Zeitung berichte, hatte sie ihn gefragt. Dieser Missstand sei doch eine große Geschichte wert. Der Journalist hatte gleichgültig den Kopf geschüttelt. »Das will doch niemand lesen.« Stattdessen hatte er Klara eine Adresse aus dem örtlichen Telefonbuch von Marbella besorgt, denn unlängst hätten Urlauber dort am Strand einen älteren Herrn als ehemals hohes Tier der

SS identifiziert und dies den deutschen Behörden gemeldet. Ohne Resultat. Aber sie könnte ja mal bei dem Alten vorbeischauen, denn sollte Schulze noch in Europa sein, dann war er bestimmt in der Nähe Marbellas zu finden.

Eugen hatte schließlich nachgegeben und sie allein ziehen lassen. Klara brauchte eine Weile, bis sie in den schmalen verwinkelten Gassen des alten Stadtkerns die richtige Straße entdeckt hatte. Nachdem sie das Haus ausfindig gemacht hatte, setzte sie sich einige Meter entfernt auf eine Bank. Sie war nah genug, um den Hauseingang zu beobachten. Sie trug einen Sonnenhut mit breiter Krempe und eine große Sonnenbrille. Aus ihrer Umhängetasche zog sie ein Buch hervor und las darin, während sie wartete. Am ersten Tag passierte gar nichts, niemand näherte sich dem Haus. Tags darauf ging sie wieder dort hin und diesmal hatte sie mehr Glück. Gegen 12 Uhr mittags liefen zwei Männer in kurzer Hose und Polohemd die Straße entlang, die Hände in den Taschen vergraben. Beide waren braun gebrannt und Klara hätte nicht mit Sicherheit sagen können, ob es sich um Spanier oder Deutsche, die sich bereits seit einer Weile an der Küste aufgehalten hatten, handelte. Vor dem Hauseingang blieben sie stehen und klopften. Klara wühlte in ihrer Tasche, um ihren Fotoapparat hervorzuholen, war aber zu langsam, sodass die beiden Männer bereits hinter der Tür verschwunden waren, als sie so weit war.

Sie wartete weitere sechs Stunden, ohne dass sich etwas tat. Die Kamera lag die ganze Zeit über griffbereit neben ihr auf der Bank. In ein paar Minuten war sie mit Eugen im Hotel verabredet. Sie wollte gerade aufstehen, als sich die Haustür öffnete und die beiden Männer auf die Straße traten, gefolgt von einem dritten älteren Herrn, der ihnen die Hand zum Abschied schüttelte. Diesmal war Klara schnell genug und schoss eine ganze Reihe von Bildern, auf denen alle drei zu sehen waren. Dann steckte sie die Kamera hastig ein, weil die zwei Männer direkt auf sie zuliefen, während der Dritte ihnen hinterherwinkte. Sie musste sich aber keine Sorgen machen, da sie sie überhaupt nicht wahrnahmen, weil sie sie wohl für eine harmlose Touristin hielten.

Klara stand auf. Auf dem Rückweg belichtete sie wahllos einige Bilder, um den Film vollzubekommen. In einem kleinen Fotoladen gab sie die Rolle ab, um ihn entwickeln zu lassen. An den folgenden drei Tagen begleitete sie Eugen wieder an den Strand. Die Sonne strahlte vom Himmel und alles schien wunderbar zu sein – zumindest für Eugen.

Am vierten Tag konnte Klara die Abzüge abholen. »Und jetzt?«, fragte sie sich, denn sie selbst konnte die Männer auf den Fotos nicht identifizieren. Eigentlich müsste sie die Bilder Eugen zeigen, der wissen würde, ob sein Peiniger darauf zu sehen war. Doch das würde wieder Streit bedeuten. Das Problem erübrigte sich jedoch, als Eugen den Stapel mit den Fotos im Hotelzimmer entdeckte und diesen ohne böse Vorahnung durchsah. Klara kam gerade aus dem Badezimmer zurück, als er sie irritiert anschaute.

»Warum fotografierst du fremde Männer?«, fragte er eher verwundert als aufgebracht. Doch als er weiterblätterte, gefror sein Blick mit einem Mal.

»Was soll das?« Er warf die Fotos auf den Tisch.

»Was ist denn?« Hatte er Schulze tatsächlich entdeckt? Warum regte er sich plötzlich so auf. Offensichtlich musste ihm eines der Gesichter bekannt vorkommen.

»Das weißt du ganz genau!«

»Nein. Ich weiß nicht, wovon du sprichst«, schwindelte sie. Eugen rannte aus dem Zimmer und Klara trat an den Tisch und sortierte die Bilder, um nachzusehen, bei welchem der Fotos er die Fassung verloren hatte.

An diesem Tag sprachen sie kein Wort mehr miteinander, bis Eugen ihr am Abend verkündete, dass er von ihren Schnüffeleien die Schnauze voll hätte.

»Ich reise allein ab, ich halte das einfach nicht mehr aus. Verstehst du das denn nicht?« Sie verstand es nicht. Sie wollte doch nur der Wahrheit auf die Spur kommen.

Eugen nahm sich am nächsten Morgen ein Taxi und verschwand mit seinem Reisekoffer, wohin wollte er ihr nicht sagen.

»Wir sehen uns in Deutschland?«

»Ja, ja.« murmelte er nur. Dann stieg er ein.

Nachdem er verschwunden war, weinte Klara den halben Vormittag auf ihrem Hotelzimmer. Die Beziehung war schon lange nicht mehr glücklich gewesen, denn Eugen weigerte sich standhaft, sie zu heiraten, weil er den Zorn seiner Familie fürchtete, wenn er als Katholik eine Protestantin ehelichen sollte. Aber dass es sich so zwischen ihnen entwickeln sollte, hatte Klara auch nicht gewollt.

Sie trocknete ihre Tränen und erhob sich. In der Hotelbar trank sie einen Schnaps, obwohl es noch nicht mal Mittag war und sie fast nie Alkohol zu sich nahm. Dann packte sie ihre Umhängetasche und machte sich wieder zu der Adresse in der Altstadt auf. Sie wusste jetzt, wie Friedrich Schulze aussah, wusste, dass er sich tatsächlich in der Gegend aufhielt, und sie hatte noch eine Woche Zeit, bis sie zurückreisen würde.

36

Donnerstag, 1. Mai 2008
Mannheim

Das Vernehmungszimmer ist kahl und grau; kein besonders einladender Ort. Aber er kennt ihn ja schon von früher. Jetzt sitzt er allerdings auf der anderen Seite des Verhörtischs, ihm gegenüber Vollmer und dieser neue, dessen Namen Kimski schon wieder vergessen hat.

»Siehst müde aus«, murmelt Kimski.

»Tja, das liegt auch ein bisschen an dir.« Vollmer starrt ihn mit stechendem Blick an. Dann erhellt sich seine Miene plötzlich und er fängt an zu lachen.

»Du hast das MEK ganz schön aufgemischt, als die dich verhaften wollten.«

»Warum hast du nicht gleich das SEK geschickt?«

»Das Mobile Einsatzkommando stand schneller zur Verfügung. Und es musste ja schnell gehen.« Vollmer macht eine wegwerfende Bewegung.

»Schwamm drüber.«

»Was wirft man mir vor?«

»Weißt du das nicht?«

Kimski schweigt. Vollmer starrt ihn lange an, so als wolle er ergründen, ob Kimski ein Spielchen mit ihm spielt oder ob er es wirklich nicht weiß. »Zuerst ist dein Name im Zusammenhang mit dem Mord an Eugen Kämper aufgetaucht, den wir hier in Mannheim mit einer zehnköpfigen Sonderkommission bearbeiten. Wir alle machen deshalb seit einer Woche jede Menge Überstunden und kriegen kaum noch Schlaf. Und diese Nacht bist du es, der uns an unserer eigentlich so wohlverdienten Nachtruhe hindert.« Er grinst und macht eine Kunstpause. »Du kennst das, warst ja auch mal Mitglied unseres Klubs.«

»Wegen der Kämper-Geschichte haben wir doch bereits gesprochen. Ihr habt überhaupt nichts gegen mich in der Hand.«

»Stimmt.«

Vollmer schließt die Augen und legt eine weitere Kunstpause ein. Oder ist er etwa eingeschlafen? »Dann aber passiert Folgendes.« Vollmers Stimme wird lauter. »Ein weiterer Mord passiert, diesmal in Heidelberg. Wieder ist das Opfer ein alter Mann, ein Rollstuhlfahrer.« Kimski zuckt zusammen. Was redet Vollmer da? »Adelbert Kampowski. Und du bist der letzte Zeuge, der ihn lebend gesehen hat. Sonderbar, nicht wahr?«

»Sonderbar. Hast recht.«

»Der Staatsanwalt fand es sonderbar genug, dass er mir sofort einen Haftbefehl ausgestellt hat.«

»Eifrig, der Herr Staatsanwalt. Hält sich nicht lange mit Vorladungen auf.«

»Ich hab ihm natürlich erklärt, du seist unberechenbar. Du hast immerhin eine Kampfausbildung beim SEK genossen, da kann ich doch nicht einfach zwei Streifenpolizisten vorbeischicken.«

»Gut mitgedacht, Sherlock. Hast du auch schon einen Verdacht, warum ich zwei Rentner umgebracht haben soll? Denn dass du mich für schuldig hältst, daran gibt es wohl keinen Zweifel.«

Vollmer beugt sich vor und legt die Arme auf den Tisch. Er grinst bis über beide Ohren. »Nein also, die Entscheidung, ob du schuldig bist oder nicht, müssen wir natürlich dem Richter überlassen. Aber du hast recht, ich hab mir schon so meine Gedanken gemacht.«

»Schieß los.«

»Das ist mir noch zu früh.«

»Ach bitte, erzähl schon.«

»Mach dich nicht lustig über mich. Du vergisst, dass das jetzt mein Verhörzimmer ist.« Vollmer starrt ihm einen Moment lang stumm in die Augen. Kimski starrt zurück. Dann macht Vollmer den Mund auf und presst einen kurzen Satz über die Lippen. »Du bist jetzt Auftragskiller.«

Vollmer sieht ihn durchdringend an, so als erwarte er eine Reaktion von Kimski, die ihm seine Theorie bestätigen könnte. Wie soll man aber auf so etwas schon ernsthaft reagieren?

»Du siehst zu viel fern«, entgegnet Kimski.

»Meinst du?«

»Ja.«

»Ich hab dein Konto überprüfen lassen. Wie viel verdienst du eigentlich so als Privatdetektiv? Kann man davon leben?«

Kimski antwortet nicht.

»Deine Zeit beim SEK – da hast du doch eine Menge gelernt. Nahkampf, Waffenkunde, Präzisionsschießen.«

»Jetzt hör aber mal auf! Meinst du wirklich, ich ziehe als Racheengel durch die Altersheime und bringe bettlägerige Rentner um? Wer beauftragt denn dafür einen Auftragskiller? Hast du den alten Kampowski mal gesehen, als er noch lebte? Ein Häufchen Elend, den hätte jeder umbringen können.«

Vollmer verzieht seinen schmalen Mund zu einem Grinsen. »Witzig. Aber du hast da gerade ein schönes Wort gesagt: Racheengel. Da hätten wir doch schon mal ein Motiv. Du kanntest die beiden ja anscheinend. Wer könnte sich an den beiden alten Männern rächen wollen?«

»Sag du es mir.«

»Ich frag aber dich.« Vollmer lehnt sich auf seinem Stuhl zurück und verschränkt die Arme. »Worum ging es bei deinem Termin mit Kampowski?«

»Berufsgeheimnis.«

Vollmer lacht auf. »Hör zu, ich hab eben noch mal mit Kriminaloberrat Benesch vom Dezernat in Heidelberg telefoniert. Die haben einen wunderschönen Degen vor Kampowskis Haustür gefunden, der höchstwahrscheinlich die Tatwaffe ist. Morgen früh wird sich die Spurensicherung mal etwas genauer damit beschäftigen. Die spannende Frage ist natürlich, ob sich daran irgendwelche Fingerabdrücke und DNA-Spuren finden lassen. Und wenn ja, wem die gehören.« Kimski schweigt.

»Du erinnerst dich vielleicht noch daran, dass alle Mitarbeiter unseres Dezernats eine DNA-Probe abgeben mussten, damit man nicht fälschlicherweise irgendwelchen mysteriösen Spuren hinterherjagt, die in Wahrheit von einem Polizisten bei der Untersuchung eines Tatorts hinterlassen wurden. Damals warst du doch noch bei uns, nicht? Dann bist du auch in der Datei, was einen Abgleich der Daten ziemlich einfach macht. Aber so blöd, dass du Spuren hinterlassen hast, wirst du ja wohl nicht sein, oder?«

Kimski steckt die Hände in seine Hosentaschen. Plötzlich grummelt es in seinem Bauch. Er war den ganzen Abend so beschäftigt, dass er seine Verdauungsprobleme total verdrängt hat. Jetzt holen sie ihn wieder ein. Er rutscht auf seinem Stuhl hin und her und sieht Vollmer direkt ins Gesicht. Dann baut er genüsslich den Druck in seinem Magen ab und fragt, ob er mal telefonieren kann.

37

Donnerstag, 1. Mai 2008
Mannheim

Vollmer scheint nicht gerade unglücklich darüber zu sein, dass Kimski ausgerechnet jetzt telefonieren will, nachdem dieser seine Stinkbombe gezündet hat. »Ich geh mir mal einen Kaffee holen«, hat er entnervt gemurmelt. »Kümmer dich darum, dass der Gefangene keinen Unsinn baut, Timmermann.«

Timmermann! So heißt der Neue also. Kimski sieht Vollmer hinterher, als dieser am Ende des Flurs verschwindet. Der Kommissar hat schon ganz rote Augen, da wird ihm der Kaffee auch nicht nützen. Er sollte sich besser ins Bett legen und schlafen, anstatt ehemalige Kollegen zu verhaften. Aber der Versuch, ihm dies zu erklären, wäre so unnötig wie der Versuch, einem Esel das Sprechen beizubringen. Kimski sitzt vor dem Apparat an Timmermanns Schreibtisch und nimmt den Hörer ab.

»Erst die Null vorwählen.«

»Ich weiß«, sagt Kimski. »War früher mein Telefon.« Er wählt Evas Festnetznummer. Sie schläft wahrscheinlich schon, aber sie wird es hoffentlich verstehen, dass er sie jetzt aus dem Bett schmeißt. Also lässt er es läuten, obwohl auch nach dem zehnten Tuten niemand abnimmt.

»Niemand zu Hause?«, fragt Timmermann gelangweilt und lässt sich gegenüber von Kimski auf einen Stuhl fallen.

»Sieht so aus«, sagt Kimski und legt auf.

Wie kann das sein? Sie hat ihm doch selbst gesagt, dass er die ganze Nacht sein Handy anlassen soll, damit sie jederzeit miteinander in Kontakt treten können. Er greift wieder zum Hörer und wählt Evas Mobilnummer. Es piept, dann rauscht es in der Leitung: »Hallo. Hier ist die Mailbox von Eva. Wie es aussieht, bin ich momentan nicht zu erreichen. Wenn ihr mir eine Nachricht hinterlassen wollt, könnt ihr dies nach dem Piepton tun.« Kimski legt auf.

»Wieder nichts?«

»Wieder nichts«, bestätigt Kimski und kratzt sich am Bauch. Wohin ist Eva nur verschwunden?

Eva beobachtet Lukas, wie er stur geradeaus sieht, während er fährt. Sie nimmt ihren Blick nicht von ihm, während sie mit Zeigefinger und Daumen der rechten Hand den Reißverschluss ihrer Handtasche umklammert. Behutsam zieht sie am Verschluss und die Tasche öffnet sich. Sie muss nur noch den passenden Moment abpassen.

Lukas grinst. Was hat er auf einmal? Sollte er etwas bemerkt haben?

Vaffanculo! Dann muss es eben sein und Eva greift in die Tasche und tastet nach dem Elektroschocker. Doch Lukas ist schneller. Er bekommt ihre Handtasche zu packen und reißt daran. Evas rechte Hand ist eingeklemmt. Wo ist nur die Waffe? Sie kann ihre Finger nicht bewegen. Mit der linken Hand holt sie aus und schlägt nach ihm, wodurch Lukas für einen kurzen Moment die Kontrolle über den Wagen verliert und Schlangenlinien fährt. Die Reifen quietschen, doch dann fängt er sich wieder. Eva schlägt immer wieder zu, was dazu führt, dass er nur fester an der Tasche zerrt, bis diese durch die Luft fliegt und im hinteren Teil des Wagens landet, außerhalb ihrer Reichweite. Lukas sieht sie an und lächelt.

»Entschuldige bitte«, sagt Kimski.

Timmermann sieht ihn verwirrt an. »Entschuldigen, was denn?«

Kimski lehnt sich nach vorn und legt seinen Arm auf den Tisch, während er seinen Kopf hängen lässt, der auf seinen Händen ruht. Hat er sich das auch gut überlegt? Vielleicht ist Eva einfach nur irgendwo außer Haus und der Akku ihres Handys hat schlapp gemacht? Er sieht auf seine Armbanduhr. Wo sollte sie um diese Uhrzeit schon sein? Irgendwo da draußen läuft immer noch jemand herum, der sich gern in ein Fechtoutfit zwängt und Leute umbringt. Ob der Mörder ihn beobachtet hat? Schließlich war er am Abend bei Eva und hat ihr die Unterlagen vorbeigebracht. Am Ende hat er den Killer noch selbst zu Eva geführt. Kimski steht auf. Er braucht Gewissheit.

»Entschuldige«, sagt er noch einmal, als er auf den jungen Kommissar zuläuft. »Wofür denn?«, stottert Timmermann. Langsam wird er unsicher. Er zieht seine Waffe aus dem Schulterhalfter, aber da ist Kimski schon bei ihm. Der packt mit seiner Rechten den Arm, mit dem Timmermann die Waffe hält, und verdreht ihn. Timmermann geht in die Knie. Kimski greift sich die Pistole und lässt das Magazin herausplumpsen. Dann wirft er sie in den nächsten Mülleimer. »Dafür.«

Wenige Sekunden später steht Kimski im Flur und verschließt die Tür mit dem Schlüssel, den er zuvor von innen abgezogen hat. Er steckt ihn in seine Hosentasche und läuft den Flur entlang Richtung Treppenhaus. Hinter sich hört er bereits, wie Timmermann an die Tür hämmert.

Wo sich Vollmer wohl gerade befindet? Zum Glück gibt es zwei Treppenhäuser, was die Wahrscheinlichkeit, dass er ihm auf dem Weg zum Ausgang nicht vor die Füße läuft, erhöht. Kimski steigt die Treppe hinab ins Erdgeschoss. Der Flur liegt einsam und verlassen vor ihm. Er läuft Richtung Haupteingang, öffnet die Tür, die zur Aufnahmestelle führt, und grüßt im Vorbeigehen den uniformierten Polizisten, der hinter dem Tresen steht. Der Polizist erwidert den Gruß und beachtet ihn nicht weiter.

»Glück gehabt!«, denkt Kimski, als er auf die Straße tritt. Nur wie soll er jetzt nach Heidelberg kommen? Er rennt los. Die öffentlichen

Verkehrsmittel sollte er meiden, solange er flüchtig ist. Sein Auto kann er auch nicht nehmen, das Nummernschild wird in Kürze zur Fahndung ausgeschrieben werden. Und ein Auto zu klauen kommt eigentlich nicht infrage.

Auf dem Ring sieht er ein unbesetztes Taxi. Kimski läuft auf die Straße und wedelt mit den Armen. Mit quietschenden Reifen kommt der Wagen einige Zentimeter vor ihm zum Stehen.

»Hea, Longaa! Hawwe se dir ins Hirn geschisse!« Der Taxifahrer hat das Fenster heruntergekurbelt und streckt seinen Kopf aus dem Auto. »Du gehörscht doch hinter Schloss un Riegel!«

»Da sind Sie nicht der Einzige, der so denkt«, murmelt Kimski, während er die Wagentür öffnet und auf der Rückbank Platz nimmt. Er wartet einen Moment, bis der Fahrer sich beruhigt hat, dann sagt er: »Nach Heidelberg, bitte.«

38

Donnerstag, 1. Mai 2008
Heidelberg

Kimski bittet den Taxifahrer, zwei Straßen von Evas Wohnung entfernt zu halten. Seinen Geldbeutel hat man ihm bei der Verhaftung nicht abgenommen. Er zahlt den Betrag von 36 Euro und 40 Cent mit den letzten beiden 20-Euro-Scheinen, die er bei sich hat. Dann steigt er aus und läuft los.

Vor dem Hauseingang bleibt er stehen und klingelt mehrmals. Er wartet zwei Minuten, doch nichts rührt sich. Kimski macht einen Schritt zurück und betrachtet die Haustür aus Holz. Die dunkelgrüne Farbe scheint erst unlängst erneuert worden zu sein. Dennoch täuscht der frische Anstrich nicht darüber hinweg, dass es sich um ein sehr altes Modell handelt, wahrscheinlich ist es so alt wie das Jugendstilgebäude selbst.

»Eigentlich schade um das gute Stück«, denkt Kimski. Er sieht noch nach links und nach rechts, um sicherzugehen, dass sich niemand auf der Straße befindet. Dann holt er aus.

Im Treppenhaus betätigt Kimski nicht den Lichtschalter. Denn sollte jemand im Haus durch den Krach wach geworden sein, will Kimski ihn lieber in dem Glauben lassen, dass es sich um Lärm von der Straße gehandelt hat. Und bis zu Evas Wohnungstür im ersten Stock schafft er es auch ohne Weiteres ohne Licht. Er will gerade nach dem Türgriff tasten, um nach Spuren eines möglichen Einbruchs zu suchen, als er bemerkt, dass die Tür nachgibt. Sie ist lediglich angelehnt. Kimski drückt sie auf und betritt Evas Flur. Hier endlich schaltet er das Licht an und sieht sich um.

Das Türschloss scheint auf den ersten Blick nicht beschädigt worden zu sein. Vorsichtig schließt Kimski die Tür, immer noch darauf bedacht, im Treppenhaus keinen unnötigen Lärm zu erzeugen.

»Eva?« Keine Antwort. Er geht weiter, öffnet die Tür zum Schlafzimmer. Der Raum ist leer. Die Bettwäsche liegt unordentlich auf dem Boden, was für Eva ungewöhnlich ist. Kimski sieht sich auch die anderen Räume der Wohnung an, ohne etwas zu finden, was ihm Aufschluss darüber geben könnte, wohin Eva verschwunden ist. Dann fällt sein Blick auf einen Notizblock, der in der Küche neben dem Mobilteil des Telefons liegt. Er liest das, was Eva auf das oberste Blatt gekritzelt hat:

Franz wusste von L.s Doktorarbeit.
Warum hat er nichts gesagt?
Hat F. etwas mit L.s Tod zu tun?

Franz? Meint sie den Kerl aus dem Historischen Institut? An den hat er gar nicht weiter gedacht, denn als sie sich mit ihm getroffen haben, wussten sie selbst noch nichts von Jonathan Lautenschläger und seiner Doktorarbeit. Aber Franz hätte die Zusammenhänge erkennen und davon erzählen können. Immerhin arbeitete Lautenschläger an der Aufdeckung einer noch unbekannten Widerstandsgruppe. Und wenn es jemanden gibt, den Lautenschläger in seine Pläne eingeweiht hat, dann wird dieser Jemand am Ende sogar von Marias Bestechungsversuch wissen. 100.000 Euro. Sollte also Jonathan Franz von dem Geld berichtet haben, wäre das ein Mordmotiv und Franz würde als Täter infrage kommen. Aber wie verhält es sich dann mit den Morden an Eugen Kämper und dem alten Kampowski? Und warum sollte Franz es auf Eva abgesehen haben?

Kimski blättert das oberste Blatt des Notizblocks um. Auf der nächsten Seite hat sie Franz' Telefonnummer und Adresse notiert. Kimski nimmt das Telefon zur Hand und sieht nach, welche Nummern zuletzt gewählt wurden. Die letzte Verbindung war mit Carlo, die Nummer von Franz ist nicht darunter, angerufen hat sie ihn also nicht. Vielleicht ist sie aber bei ihm vorbeigefahren, um ihn zur Rede zu stellen? Würde sie so etwas machen? Zuzutrauen wäre es ihr. Aber warum stand dann die Tür offen, als er hereinkam?

Kimski nimmt den Hörer ab und wählt Carlos Nummer.

»Hallo Eva, weißt du, wie spät ...«

»Nein, nicht Eva, hier ist Kimski. Hat Eva dich vorhin angerufen?«

»Ja. Da war es auch schon gegen elf.«

»Was wollte sie?«

»Die Nummer von Franz, und die habe ich ihr gegeben. Sag mal, ist was mit Eva?«

»Weiß nicht. Habt ihr sonst noch über irgendetwas gesprochen?«

»Nicht wirklich.«

»Hast du ihr irgendwas über Franz und Jonathan Lautenschläger erzählt?«

»Ach ja, doch. Ich hab ihr gesagt, dass Franz diesem Lautenschläger bei der Doktorarbeit geholfen hat. Deswegen hat es ihn ja auch so berührt, als er von dem Unglück erfuhr.«

»Wie hat Eva auf diese Information reagiert?«

»Na ja, das konnte ich nicht so ganz einordnen. Sie hat es zwar so nicht gesagt, aber irgendwie hatte ich das Gefühl, dass diese Nachricht sie aufgewühlt hat.«

»Hat sie gesagt, wo sie hingehen wollte?«

»Nein. Aber sag mir doch, was passiert ist.«

»Ich hab keine Ahnung. Hör zu, ich muss jetzt los.«

»Falls ich dir irgendwie helfen kann ...«

»Ich melde mich wieder.« Kimski legt auf. Sein Blick fällt auf die Adresse von Franz in Seckenheim. Dann muss er also wieder zurück nach Mannheim.

Als das Telefon klingelt, fühlt sich Kriminaloberrat Benesch wie eine Banane im Mixer. Er tastet nach seinem Radiowecker und zuckt zusammen, als er die Uhrzeit sieht. Lange kann er nicht geschlafen haben, denn er kann sich noch daran erinnern, wie er sich nachdenklich im Bett gewälzt hat. Irgendwie muss er es geschafft haben einzuschlafen, und wenn er sich die Uhr so anschaut, hätte er doch glatt noch drei bis vier Stunden Schlaf zusammenbekommen können. Wenn nur das Telefon nicht wäre!

»Oh nein!«, schimpft seine Frau verschlafen. »Geh nicht ran.« Er tut es aber doch. Natürlich.

»Benesch.«

»Vollmer hier, hallo.«

»Hallo.«

»Ich wollte Sie nur darüber informieren, dass wir Kimski vorübergehend festgenommen haben.«

»Super«, murmelt Benesch. »Hören Sie, ich weiß Ihren Einsatz zu schätzen und ich lobe Sie auch gern für Ihren Erfolg, falls es das ist, weswegen Sie anrufen. Aber hätten Sie mir das nicht auch nach dem Frühstück erzählen können?«

»Na ja. Die Geschichte geht noch weiter.«

»Hat Kimski irgendetwas gestanden?«

»Nein, das kann man nicht sagen. Er hat einen meiner Männer überwältigt und ist aus dem Revier geflohen.«

»Was Sie nicht sagen!«

»Ja. Für mich ist das ein Geständnis. Finden Sie nicht auch?«

»Kann sein, aber lassen Sie uns nachher darüber sprechen. Sie haben wahrscheinlich alles Nötige für eine Fahndung in die Wege geleitet?«

»Selbstverständlich. Wir haben auch schon das Heidelberger Präsidium kontaktiert. Kimski kann ziemlich gefährlich werden, man darf ihn nicht unterschätzen.«

»Ja, das haben Sie mir bei unserem letzten Gespräch bereits gesagt. Wie auch immer, gute Nacht.«

»Gute Nacht.«

Benesch legt auf und lässt sich wieder ins Bett fallen. Das war doch immerhin ein erster Schritt in die richtige Richtung. Er hat es geschafft, Vollmer abzuwimmeln; Kapitel 2 des Ratgebers: *Lassen Sie es nicht zu, dass Sie Ihre Arbeit mit ins Bett nehmen.*

Vollmer ist ihm ohnehin nicht sympathisch. Der Typ ist zu schnell in seinen Schlussfolgerungen und geht zu ruppig vor. Wenn er denkt, er könne so auf dem kürzesten Weg Karriere machen, dann gute Nacht. Kimski ist flüchtig, also macht ihn das zu einem flüchtigen Verdächtigen, nicht mehr und nicht weniger. Aber natürlich ist die Frage interessant, warum Kimski abgehauen ist. Angenommen er wäre unschuldig, dann müsste er doch als ehemaliger Polizist nur zu gut wissen, dass er damit alles nur noch schlimmer macht. Vertraut er dem Rest der Polizei denn so wenig, dass er versucht, auf eigene Faust zu ermitteln? Er könnte sich genauso gut in der Zelle der Untersuchungshaft zurücklehnen und abwarten, bis die ehemaligen Kollegen etwas Entlastendes finden. Wobei – wenn er an Vollmer denkt, kann er sogar verstehen, weswegen Kimski sein Vertrauen in den Polizeiapparat verloren haben könnte.

Benesch liegt noch eine ganze Weile einfach nur da und grübelt. Mit dem ausgiebigen Erholungsschlaf, den Marianne und der Autor des Burn-out-Buchs ihm verordnet haben, war es dann wohl wieder nichts.

Diesmal zahlt Kimski die Taxifahrt mit seiner EC-Karte, wodurch sich später noch einfacher zurückverfolgen lassen wird, wohin er gefahren ist, aber das ist jetzt erst mal egal. Er steigt aus dem Wagen und sieht sich um. Eine gutbürgerliche Wohngegend. Das Haus, in dem Franz wohnt, steht etwas abseits am Ende der Straße. In einer Wohnung im ersten Stock brennt noch Licht. Ob das bei Franz ist?

Kimski liest die Namen auf den Klingelschildern. Nur drei Parteien wohnen in dem Haus. Er betrachtet die Eingangstür. Sie ist nicht sonderlich alt, ein Modell mit Eisenrahmen und Sicherheitsglas. Wenn er versuchen würde, genau so vorzugehen wie im Falle von Evas Haustür, würde er sich wohl eher den Fuß zertrümmern als die Tür.

Längs der rechten Hauswand geht ein schmaler Weg entlang, der zum hintergelegenen Garten führt. Kimski läuft los. An der Seitenwand des Hauses entdeckt er ein Kellerfenster, das gekippt ist. Das Fenster ist sichtlich älter als die Haustür. Außerdem ist es lediglich mit einer schmalen Eisenkette fixiert, deren Ende in einer Verankerung im Fensterrahmen eingehängt ist. Kimski braucht nur den Haken zu entfernen und schon klappt das Fenster auf.

Kimski stellt fest, dass dies bereits der dritte Einbruch ist, seitdem er den Auftrag von Maria Kampowski angenommen hat. Ein Rekord, mit dem er sich in Zukunft als kriminellster Privatdetektiv Deutschlands bewerben kann. Mühsam quetscht er sich durch den Fensterrahmen.

Er tastet sich durch den dunklen Kellerraum, bis er einen Drehschalter findet, den er betätigt. Eine kahle Birne an der Decke erleuchtet das kleine quadratische Zimmer. An den Wänden stehen überall vollgestopfte Regale und wahllos übereinandergestapelte Kisten herum. Er geht zur Tür und drückt die Klinke herunter. Wie erwartet ist sie abgeschlossen. In einem der Regale findet er einen Werkzeugkasten, aus dem er ein Brecheisen und einen Schraubenzieher nimmt. Mit dem Schraubenzieher zerlegt er das Schloss kurzerhand in Einzelteile und tritt ins Treppenhaus. Das Brecheisen behält er in der Hand, ein Hammer steckt in seiner Gesäßtasche. Somit ist er nun endlich auch wieder bewaffnet.

Noch bevor er den ersten Stock erreicht, hört er laute Rockmusik durch den Flur schallen. Wie kann das sein? Es ist gleich 4 Uhr, sind die anderen Hausbewohner alle schwerhörig? Kimski bleibt vor der Tür stehen und schaltet die Treppenhausbeleuchtung ein. Das Namensschild an der Klingel weist die Wohnung ganz eindeutig als das Domizil von Franz aus. Er fackelt nicht lang und setzt das Brecheisen an.

Den kalten Stahl kampfbereit über dem Kopf schwingend stürmt Kimski in die Wohnung. Er weiß nicht, was ihn erwartet, will aber auf alles gefasst sein. Das, was er sieht, als er die Tür zum Schlafzimmer eintritt, irritiert ihn dann doch für einen kurzen Moment. Den dürren Nackten, der mit plüschbezogenen Handschellen ans Bettgestell gefesselt ist, identifiziert er eindeutig als Franz. Die zwei blutjungen Damen, die halbbekleidet in Versatzstücken schwarzer Armeeuniformen stecken, hat er noch nie gesehen.

Für ein paar Sekunden stehen beziehungsweise liegen sich alle vier regungslos gegenüber und starren einander an. Dann schreit eines der Mädchen auf, kurz darauf das zweite. Franz stammelt nur unverständliches Zeug vor sich hin. Kimski lässt die Schlagwaffe sinken, denn die beiden mutmaßlichen Prostituierten werden wohl kaum über ihn herfallen und Franz hat sich freiwillig frühzeitig außer Gefecht setzen lassen. Damit dürfte auch geklärt sein, was er mit den 100.000 Euro anstellt.

Kimski lässt seinen Blick durch das Zimmer schweifen. Über dem Bett prangt ein überdimensionaler Abzug einer nackten Athletin aus Leni Riefenstahls Olympiafilm. Auf einem riesigen Plasmabildschirm in der Ecke läuft ein Schwarz-Weiß-Film. Darin wiederholen sich in einer Art Endlosschleife dieselben Bilder deutscher Soldatenkolonnen bei irgendwelchen Paraden. Die Choreografie des Ganzen erinnert an geometrische Formen. Dazwischen Hitler, der vom Podium winkt, und wieder die marschierenden Truppen. Im restlichen Zimmer stehen allerhand NS-Devotionalien herum, darunter ein schwarzer SS-Helm und eine Flasche mit *Führerbier*, Geschichtsbücher sind überall verstreut. Das alles passt zur Musik, die mit einem gewissen Selbstbewusstsein düsteres Industrial-Gestampfe mit pathetischer Marschmusik und sanften Engelschören verbindet und die aus den Boxen dröhnt.

»Ich dachte, du arbeitest in der Abteilung Widerstandsforschung?«, fragt Kimski, geht zur Musikanlage und stellt den Ton ab. Die beiden Mädchen sind mittlerweile aus dem Zimmer verschwunden.

»Was, was?«, stammelt Franz. Er sieht ziemlich verängstigt aus, nicht wie ein brutaler Killer, denkt Kimski und macht einen Schritt auf ihn zu. Es fällt ihm schwer, nicht auf das schrumpelige Etwas zwischen dessen Beinen zu starren. Es sieht aus wie ein Haufen vertrockneter – na was eigentlich? Die Umschreibung Walnüsse wäre noch zu freundlich, eher würde klebrige Rosinen passen. Klebrige Rosinen mit Zündschnur.

»Deine Nachbarn haben wohl kein Problem damit, wenn du hier deine Partys feierst?«

»Nein, ja ... äh ... die Nachbarn oben sind in Urlaub und Frau Schmidt im Erdgeschoss, die Hausbesitzerin, ist total taub, wenn sie ihre Hörgeräte nicht drin hat.« Franz verschluckt sich beim Reden, außerdem zittert er zwischen seinen Handschellen wie ein Aal hin und her, was total albern aussieht.

»Aha.« Kimski setzt sich an den Rand des Bettes, schlägt ein Bein über das andere und legt das Brecheisen gut sichtbar auf seinen Schoß. Der Anblick ist wirklich widerlich, sodass Kimski einen kurzen Augenblick lang überlegt, die Scham des Historikers zu bedecken. Er könnte beispielsweise den Stahlhelm darüber legen. Er tut es doch nicht, obwohl die Versuchung, diesen Anblick zu verschleiern, wirklich groß ist. So bleibt die Machtverteilung bei dem folgenden Verhör zu seinen Gunsten erhalten.

Durch den Türrahmen sieht er noch, wie die beiden Mädchen in den Flur treten. Sie tragen wieder ihre normale Arbeitskleidung – kurze Röckchen und hohe Stiefel – und verschwinden wortlos durch die offen stehende Wohnungstür.

Kimski dreht seinen Kopf zu Franz und fragt lakonisch: »Freundinnen von dir?«

»Was willst du eigentlich hier?«

»Ich bin derjenige, der hier die Fragen stellt«, sagt Kimski und streichelt das Brecheisen. Er beobachtet, wie sich Schweiß auf Franz' Stirn bildet – noch mehr Schweiß als vorher.

»Äh, bitte.« krächzt Franz.

»Wie meinen?«, fragt Kimski mit gespielter Lässigkeit. Franz zeigt mit seinem Kopf nach links, stottert irgendetwas, das Kimski nicht verstehen kann, selbst wenn er es wollte.

»Du musst schon deutlicher reden, wenn du willst, dass man dich versteht.«

»Na da.« Franz streckt seinen Hals nach vorn und nickt immer wieder in dieselbe Richtung.

Kimski folgt seinem Blick. »Ach so, versteh schon.« Kimski steht auf und läuft zu einer Kommode. Er nimmt den kleinen Schlüssel, der darauf liegt.

»Den hier meinst du?«

Franz nickt wild. »Der fehlt mir noch für meine Sammlung.« Kimski steckt ihn in dieselbe Hosentasche, in die er zuvor den Schlüssel gesteckt hat, mit dem er Timmermann im Präsidium eingeschlossen hat.

»Aber!« Kimski setzt sich wieder auf das Bett.

»Scheiße! Mann, was willst du!« Franz' Kopf läuft rot an, sein Tonfall ist aggressiv und das Sprechen klappt wieder etwas besser.

»Wo ist Eva?«

»Eva?«, quietscht Franz hervor. Er klingt so, als wäre er ernsthaft verwirrt.

»Du weißt schon, von wem ich rede.«

»Nein. Was denn? Was willst du eigentlich?«

»Du wiederholst dich.«

»Ich kenne keine Eva.«

»Du erinnerst dich doch noch an unser Treffen in dem Weinlokal?« Franz nickt wieder. »Also ja?«

»Ja! Eva«, ruft Franz aus, erleichtert darüber, dass ihm eingefallen ist, wen Kimski meint. »Deine Freundin.«

»Sie ist nicht meine Freundin«, sagt Kimski und drückt Franz die Spitze des Brecheisens an die Gurgel.

»Schon, schon klar«, presst Franz hervor. »Ich mach mir nur Sorgen um sie, verstehst du?«

»Alles was du sagst, Mann.«

»Gut.« Kimski lässt von ihm ab. »Du weißt also nicht, wo sie sich momentan aufhält?« Franz schnappt nach Luft. »Wo ist sie?«, setzt Kimski mit aggressivem Ton nach und drückt Franz das Eisen in den Bauch.

»Wie denn? Ich hab sie doch nur einmal in meinem Leben gesehen. Ich weiß doch überhaupt nichts von ihr.« Franz kneift seine Augen zusammen. Er ist jetzt dem Weinen nahe.

»Scheiße!«, denkt Kimski. Ob er ihn anlügt? Dann müsste er ein ziemlich guter Schauspieler sein. Wie ein Pokerface wirkt der Kerl aber nicht gerade. Sollte er sie jedoch entführt haben, wo hält er sie dann versteckt? In dieser Wohnung jedenfalls nicht. Was wird hier gespielt?

»Dann lass uns mal über Jonathan Lautenschläger sprechen.«

»Jonathan?«

»Genau. Das war doch ein Freund von dir?«

»Ja ... äh ... nein.«

»Ihr kanntet euch doch.«

»Ja ... kennen ja.«

»Du hast ihm bei seiner Doktorarbeit geholfen?«

»Ja, aber ...«

»Das heißt, du kanntest das Thema, um das es in der Arbeit ging.« Franz nickt langsam. »Warum hast du uns nichts davon erzählt?«

»Ich, ich dachte, es wäre nicht so wichtig.«

»Nicht wichtig?« »Du, du hast doch damals nach einer ganz anderen Widerstandsgruppe gefragt.«

»Die aber genau dieselben Merkmale aufweist, wie die Gruppe in der Doktorarbeit.«

Jetzt fängt Franz' wirklich an zu heulen. Kimski entschließt sich, dieses Trauerspiel zu verkürzen und direkt auf den Punkt zu kommen. »Wo sind die 100.000 Euro?«

»Bitte?« Franz Stimme fiept und bricht, während er spricht.

»Jonathan bekam von Maria Kampowski 100.000 Euro geboten, wenn er ihren Mann bei seinen Nachforschungen nicht berücksichtigen würde. Jonathan wollte das Geld aber nicht. Da ihn der Bestechungsversuch sehr aufgewühlt hat, wollte er einem Freund davon erzählen – jemanden, den er für seinen Freund hielt. Dir.« Franz zuckt zusammen, als wäre er von einem Faustschlag getroffen worden. Dabei hüpfen die Rosinen zwischen seinen Beinen auf und ab. Kimski muss angesichts dessen kurz die Augen schließen, um sich wieder konzentrieren zu können.

»Doch du fandest die Vorstellung, an viel Geld zu kommen, ziemlich verlockend. Du hast versucht, ihn umzustimmen, aber er wollte nicht. Du wusstest auch, dass Jonathan Mittwoch einen Termin im Odenwald hatte und dass das Geld am Donnerstag bereitliegen würde. Du bist ihm an diesem Tag hinterhergefahren und hast seinen Wagen von der Straße abgedrängt. Als du nachsehen wolltest, ob er wirklich tot ist, hast du bemerkt, dass er sich noch bewegte. Also hast du einen stumpfen Gegenstand genommen, wahrscheinlich einen herumliegenden Ast, und hast auf deinen Freund eingeschlagen. Am nächsten Tag hast du dir das Geld geholt und anschließend sämtliche Spuren, die auf Jonathans Recherchen schließen ließen, verschwinden lassen. Hast du eigentlich eine Kopie seiner Doktorarbeit?«

»Nein! So war das nicht!«

»Ach so? Wie denn dann? Erzähl doch mal, ich bin sehr gespannt.«

Franz schluckt. »Jonathan hat mir tatsächlich von dem Angebot erzählt. Das ist aber auch schon alles, was stimmt. Insgeheim fand ich es total verrückt von ihm, dass er das Geld nicht nehmen wollte. Aber das habe ich ihm nicht gesagt. Mit seinem Tod habe ich überhaupt nichts zu tun. Ich erfuhr erst am Donnerstagmorgen davon, als ich ins Historische Institut kam. Zu dem Zeitpunkt sprachen noch alle von einem ganz normalen Unfall. Mittlerweile waren ja mehrmals Leute von der Kriminalpolizei bei uns und haben alle Menschen befragt, die Jonathan kannten.«

»Und weiter?«

»Erst war ich total schockiert, als ich von dem Unfall hörte. Ich mochte Jonathan, ehrlich! Aber dann musste ich an das Geld denken. Jonathan hatte mir ja ganz genau beschrieben, wo es abzuholen war. Ich habe mir schwarze Klamotten angezogen und bin dann in der Nacht zu den Kampowskis hinaufgestiegen. Ich habe alles so vorgefunden, wie Jonathan es gesagt hatte. Mal ehrlich, Jonathan war ohnehin schon tot. Ich hätte das Geld doch nicht einfach so liegen lassen können? Oder etwa doch?« Franz senkt seinen Blick.

»Bitte, tu mir nichts! Ich habe nichts Schlimmes gemacht.« Kimski brummt unverständlich vor sich hin. Er muss nachdenken. Wenn es sich tatsächlich so verhält, wie Franz es beschrieben hat, bleibt die Frage nach Jonathans Mörder weiter offen. Allerdings hatte er sowieso noch kein Motiv gefunden, warum Franz an den anderen Morden hätte beteiligt sein sollen – eine neue Erkenntnis ausgenommen.

»Was soll das hier eigentlich alles?«, fragt Kimski und wedelt mit dem Brecheisen durch die Luft. »Dieses ganze Adolf-Hitler-Gedächtniszeug.« Sollte Franz ein Doppelleben führen, tagsüber Widerstandsforscher und nachts Nazizirkusdirektor, dann könnte das Motiv darin begründet sein.

»Ach das, das bedeutet gar nichts.«

»Sieht irgendwie so aus, als wärst du nicht der, für den du dich im Historischen Institut ausgibst.«

»Nein, nein. Das verstehst du falsch. Das hat alles nur ... nur ästhetische Gründe.« »Was hat Ästhetik damit zu tun?«

»Ich, ich war schon seit frühester Jugend von Symbolen totalitärer Systeme und Strukturen fasziniert. Die Gleichförmigkeit von Uniformen, die Macht und Kontrolliertheit, die deutlich zu erkennen sind, Menschenmassen, das Rigide, die Makellosigkeit in der Kunst. Das alles versetzt mich in ... in Verzückung. Das Ganze hat überhaupt nichts mit Politik zu tun, das musst du mir glauben. Selbst wenn ich als Kind die alten Fotoalben meiner Großeltern durchgeblättert und die ganzen Uniformen gesehen habe ... Das hatte etwas Majestätisches! Ich habe nur noch Bücher über den Faschismus und den Zweiten Weltkrieg gelesen, über den Spanischen Bürgerkrieg und Mussolini. Es lief dann darauf hinaus, dass ich nach der Schule und der Bundeswehrzeit Geschichte studiert habe. Das ist alles.« Je länger Franz über sein sonderbares Hobby und seine Neigung spricht, desto lockerer wird er, stellt Kimski fest. Auf einmal artikuliert er sich auch wieder normal.

»Und deswegen brauchst du Prostituierte in schwarzen Uniformen, damit du den ...« Kimski zeigt auf den Rosinenkompott. »Na ja, du weißt schon.«

Franz schweigt.

»Verrückt!«, denkt Kimski. Aber dafür hat er ihn jetzt bei den Eiern. »Was ist mit der Doktorarbeit?«

»Ich, ich bin der Einzige, dem Jonathan eine Kopie gegeben hat. Er hatte den Text nur auf seinem Laptop gespeichert. Eine Sicherungskopie hat er regelmäßig auf einen USB-Stick gezogen. Die Polizei hat aber weder den Computer noch den Stick gefunden.«

»Und was ist mit deiner Kopie?«

»Die habe ich versteckt. Da drüben im Schrank, in der mittleren Schublade.«

»Aha.« Kimski steht auf, läuft durchs Zimmer und öffnet besagte Schublade. Franz hat doch tatsächlich Unterhosen, auf denen im Schritt ein Hakenkreuz aufgedruckt ist! Das hat Kimski zum letzten Mal in einem Musikvideo der *Sex Pistols* gesehen.

Er zieht die Schublade komplett heraus und nimmt den Ausdruck hervor. Was für ein selten blödes Versteck. Franz wollte wohl besonders gewieft sein, aber dort wäre die Polizei bei einer Hausdurchsuchung sofort über die Unterlagen gestolpert. Er blättert den losen Papierstapel kurz durch, schüttelt ihn einmal, damit der Staub herausfällt, und geht zurück zu Franz.

»Was ich mich die ganze Zeit schon frage, ist, wie Jonathan eigentlich auf die Spur von Adelbert Kampowski und dieser Widerstandsgruppe kam.«

»Er fand Unterlagen von einer Frau, die bereits in den Siebzigern einen Brief an das Historische Institut in Mannheim geschickt hatte. Aber irgendwie ist ihr Schreiben damals untergegangen. Sie war anscheinend in der Widerstandsgruppe aktiv gewesen.«

Eine Frau? Kimski fehlt doch immer noch die Spur dieser Widerstandskämpferin Klara. »Hieß die Frau vielleicht mit Vornamen Klara?«

»Ich glaube schon. Aber das steht alles in der Doktorarbeit ganz genau erklärt, inklusive einer Abschrift des Briefs.«

»Und den Originalbrief? Hast du den auch verschwinden lassen?«

»Ja, den hab ich weggeworfen, weil ich wegen des Geldes nicht auffliegen wollte. Jonathan hätte das alles auch nicht mehr genützt. Lebendig wäre er davon doch auch nicht mehr geworden, hätte man seine Forschungsergebnisse veröffentlicht.«

Kimski klemmt sich den Ausdruck unter den Arm und nimmt das Brecheisen.

»Bitte verrate mich nicht. Bitte! Du hast doch gesehen, wie viel Kohle diese Kampowskis haben. Das ist doch nur Wechselgeld für die, es tut ihnen nicht weh, wenn ich es behalte.«

»Dann darfst du mich aber auch nicht verraten«, sagt Kimski und macht noch einen Schritt auf Franz zu, bis er direkt neben ihm an der Bettkante steht. »Weswegen sollte ich dich denn verraten?«

»Dafür zum Beispiel.« Kimski nimmt das Brecheisen, zielt auf das Rosinenhäufchen in der Mitte und holt aus.

»Hey!«, brüllt Franz. Kimski lässt die Schlagwaffe herabsausen, kurz bevor diese Franz' Körper trifft, hält er inne. Er dreht seinen Kopf zu ihm und starrt in seine Augen. Langsam entfaltet sich ein Lächeln auf seinem Gesicht. »War nur ein Scherz.«

»Puh.« Franz atmet auf. »Hast mich ganz schön erschreckt.«

Kimski richtet sich wieder auf. »Dann lass ich dich jetzt mal allein.«

»Ja, aber vergiss nicht die Handschellen. Die sind doch jetzt nicht mehr nötig, ich hab alles erzählt.«

Kimski lächelt immer noch. Er dreht sich um, tritt in den Flur und betrachtet die Wohnungstür. Das Holz ist zwar an mehreren Stellen zersplittert, aber das Schloss ist noch in einigermaßen gutem Zustand. Er drückt die Tür zu und öffnet sie dann wieder, um zu sehen, ob sie noch schließt. Er sieht sich weiter im Flur um. Auf einer Kommode entdeckt er einen Schlüsselbund und nimmt ihn in die Hand. Er sieht durch den Türrahmen zu Franz ins Schlafzimmer. »Dein Hausschlüssel?«

»Ja, aber, die Handschellen. Kollege!« Kimski hört ihm nicht zu, nimmt stattdessen einen Zettel vom Notizblock, der ebenfalls auf der Kommode liegt, und einen Stift und schreibt etwas auf. Seine Notizen nimmt er mit und winkt Franz zu, bevor er die Wohnung verlässt. Die Tür zieht er hinter sich zu.

Kimski tritt vor die Haustür und betrachtet die Briefkästen. Den Schlüsselbund versenkt er zusammen mit dem Zettel, auf den er *Bitte Franz füttern!* geschrieben hat, in den Kasten von Frau Schmidt. Die Hausbesitzerin mag vielleicht taub sein, aber blind ist sie sicherlich noch nicht.

39

August 1968
Marbella

Das Taxi hielt auf der schmalen Landstraße in der Nähe der kleinen Villa. Sie hatte wieder vor besagtem Haus gesessen, drei Tage in Folge. Dann war auch er wieder aufgetaucht. Als er das Haus verließ, war sie ihm gefolgt. Er war in ein Auto gestiegen und losgefahren. Klara hatte sich ein Taxi genommen und fuhr ihm hinterher, aus der Stadt hinaus.

Sie bezahlte und stieg aus. Als sich der Wagen auf der Straße entfernte, blickte sie ihm noch einen Moment nach. Das Anwesen lag einsam auf einem kahlen Feld, weit und breit waren keine anderen Häuser in Sicht. Die Sonne ging bereits hinter den Hügeln unter und tauchte die ganze Ebene in ein unwirkliches Dämmerlicht.

Klara lief los, sie näherte sich dem Haus von der Seite. Auf der Rückseite befanden sich ein kleiner Garten und ein Swimmingpool. Das Gartentor stand offen. Sie zögerte nicht, sondern betrat das Grundstück. Deswegen war sie doch hergekommen, oder nicht? Was sollte sie hier noch, wenn sie nicht bereit war, Schulze zu konfrontieren? Sie zitterte, was sie zuerst gar nicht bemerkte. Als sie aber auf der Veranda zum Stehen kam und durch die Glasfront in das Wohnzimmer blickte, war es ganz deutlich zu spüren. War es das, was sie wollte? Und was erwartete sie eigentlich? Dass Schulze alles zugab, und dann? So weit hatte sie bislang noch nicht gedacht.

Als sie die Glastür ins Haus aufschob, musste sie unwillkürlich daran denken, dass sie nicht einmal bewaffnet war. Wie konnte sie nur so dumm sein, wie sollte sie sich gegebenenfalls verteidigen? All die Geschichten, die Eugen ihr erzählt hatte, fielen ihr wieder ein. Dieser Mann war gefährlich.

Irgendwo im Haus hörte sie das Rauschen einer Dusche. In der Mitte des Wohnzimmers blieb sie stehen und rührte sich nicht mehr. Nach etwa drei Minuten kam er herein. Nackt, lediglich ein Handtuch um die Hüften gewickelt und ein zweites in der Hand, mit dem er sich das Haar trocknete. Als er sie sah, blieb er wie angewurzelt stehen und starrte sie an.

»Friedrich Schulze?«

»Kenn ich nicht«, sagte er gelassen und ging zum Sideboard, um sich einen Drink einzuschenken, als würde er jeden Tag Besuch dieser Art bekommen.

»Darf ich Ihnen etwas zu trinken anbieten?«

Klara schüttelte den Kopf und kam direkt zur Sache. »Sie waren 1945 in Mannheim bei der Gestapo.«

»Wie kommen Sie darauf?« Er lehnte sich an einen Barhocker und setzte ein breites Lächeln auf, ein waschechter Playboy. Sie wurde unsicher, wusste nicht, was sie entgegnen sollte, denn es gelang ihm, sie mit seinem Gesichtsausdruck und der aufgesetzten Freundlichkeit zu entwaffnen. Und genau das war es, was er wollte.

»Sie waren 1945 in Mannheim bei der Gestapo«, wiederholte sie schließlich, diesmal mit mehr Nachdruck.

»Kommen Sie«, sagte er, ohne auf ihre Worte einzugehen. »Es ist ein wunderschöner Abend. Lassen Sie uns in den Garten gehen.« Als er an ihr vorbeischritt, drehte er sich zu ihr um und lachte sie an. Dann trat er auf die Veranda und lief zum Pool. Sie konnte nichts anderes tun, als ihm zu folgen.

Einen Moment lang standen sie beide schweigend am Beckenrand. Sie beobachtete ihn und er starrte ins Wasser, um sich selbst zu betrachten. »Sie haben mich also gefunden«, sagte er plötzlich frei heraus. »Na und? Wen interessiert das heute noch?«

»Die deutschen Behörden interessiert es.«

»Ach ja!« Er lachte auf. »Sind Sie sich da ganz sicher? Wenn die mich hätten erwischen wollen, hätten sie jede Menge Gelegenheiten dazu gehabt. Wissen Sie, dass ich mehrmals im Jahr geschäftlich nach Deutschland reise? Den langen Weg hätten Sie sich also sparen können. Begreifen Sie doch, die deutschen Behörden und Unternehmen profitieren von meiner Arbeit. Von daher sollten Sie sich auf das Interesse Ersterer besser nicht verlassen.«

»Mag sein.« Klara musste Luft holen, um weiterzusprechen. »Aber es gibt noch jemanden, der sich noch heute dafür interessiert, was sie im Krieg gemacht haben.«

»Ach so? Wen denn?«

»Mich.«

»Jetzt hören Sie mir mal gut zu!« Er hatte sich zu ihr gedreht und das smarte Lächeln war aus seinem Gesicht verschwunden. Das Cocktailglas warf er wütend zu Boden, packte sie mit beiden Händen an ihren Armen und starrte sie an. Von einer Sekunde zur nächsten hatte er sich vom Schönling zur Bestie gewandelt.

»Ich scheiße auf das, was Sie interessiert! Verstehen Sie?« Sie wollte sich losreißen, konnte aber nicht. Seit sie ihn beschattete, spürte sie zum ersten Mal, was es bedeutete, Angst zu haben. Was hatte sie sich nur dabei gedacht? Dass sie allein in das Haus eines Mörders hineinspazieren konnte und dieser sich seelenruhig anhören würde, was sie gegen ihn vorzubringen hatte?

»Mit Leuten wie Ihnen kenne ich mich aus! Sie suchen sich irgendeinen Schuldigen, wenn sie mit ihrem Leben nicht zurechtkommen. Aber nicht mit mir. Ihr verkorkstes Leben ist mir so was von scheißegal!« Er verdrehte solange ihren linken Arm, bis sie aufschrie und zusammengekrümmt zu Boden sank. Er drückte sie noch fester nach unten und beugte sich über sie. »Ihr billiges Leben kann ich ganz schnell auslöschen«, flüsterte er ihr direkt ins Ohr. »Wenn ich wollte, könnte ich Sie direkt hinter dem Haus im Dreck verbuddeln und es würde kein Schwein interessieren! So ist es doch, oder?«

Klara sagte nichts, schwitzte nur und Tränen stiegen ihr in die Augen.

»Ist es nicht so?«, setzte er nach. Sie nickte. Nickte, ohne etwas zu sagen oder zu denken. »Sie weinen ja? So ist es richtig! Heulen Sie sich nur aus. Ihre ganze klägliche Existenz. Gleich ist es vorbei.«

Sie spürte, wie er mit seiner anderen Hand nach ihrem Kleid griff und den Stoff zur Seite schob. Sie wollte schreien, konnte aber nicht. Seine Finger bohrten sich in ihren Slip, rissen ihn zur Seite. Sie sah noch, wie er das Handtuch von seinen Lenden losmachte, und schloss die Augen.

Er war früh zu Bett gegangen, aber der Schlaf wollte sich nicht einstellen. Was war vorhin am Pool geschehen? Es war furchtbar, was passiert war, aber was hätte er machen sollen? Dieser Schnüfflerin musste eine Lektion erteilt werden, die sie so schnell nicht vergessen würde. Er hatte sie demütigen müssen, damit sie nie wieder bei ihm auftauchen und über diese Begegnung sprechen würde. So weit war sein Handeln richtig gewesen, etwas Besseres hätte ihm auf die Schnelle auch nicht einfallen können. Aber als er über sie herfiel, war etwas Seltsames mit ihm passiert. Er hatte sich selbst gesehen, vielmehr sein Gesicht, zuerst von der Wasseroberfläche gespiegelt und später ein zweites Mal in der Spiegelung der Verandatür, als er zur Seite sah. Es kam ihm vor, als hätte er sich selbst zum ersten Mal wahrgenommen.

War das wirklich er selbst gewesen? Irgendetwas hatte gefehlt, nur was? Erst kurz bevor er von ihr abließ, fiel es ihm ein. Die Maske! Bis dahin hatte er sie immer getragen, wenn er seinen Pflichten nachkam, wenn er Dinge tat, die er eigentlich nicht tun wollte. Die Maske hatte ihm dabei geholfen, sein Leben strikt in zwei Bereiche, zwei Realitäten zu trennen. Jetzt waren erstmals beide Wirklichkeiten aufeinandergeprallt, hatten sich in der Spiegelung seiner Selbst auf der Wasseroberfläche vermischt. Friedrich Schulze und Adelbert Kampowski waren gegeneinander angetreten.

So wie an diesem Abend hatte er sich selbst noch nie gesehen. Und was er erblickt hatte, gefiel ihm nicht. Diese Erkenntnis führte dazu, dass er noch lange über sein Leben nachdachte, über das, was in der Vergangenheit geschehen war, und über die Zeit, die noch vor ihm lag. Es dauerte, bis er endlich in einen tiefen Schlaf fiel. Dies war die Nacht, in der die Albträume begannen.

40

Donnerstag, 1. Mai 2008
Mannheim

Ausgangspunkt meiner Nachforschungen ist ein Brief, den ich im Frühjahr 2007 durch Zufall im Archiv des Historischen Instituts der Universität Mannheim gefunden habe. Der Poststempel ist auf den 13.07.1977 datiert, das Schreiben wurde in Hamburg aufgegeben. Eine Frau namens Klara Maibaum hat es verfasst. Darin weist sie auf eine Widerstandsgruppe hin, der sie anscheinend selbst angehört hat. Des Weiteren berichtet sie von einem SS-Offizier, der in Mannheim für die Gestapo gearbeitet hat und der seit Ende des Zweiten Weltkriegs verschwunden ist. Friedrich Schulze. Frau Maibaum behauptet in dem Schreiben, Schulze wäre mit neuer Identität in Spanien untergetaucht und sie hätte ihn bereits Jahre zuvor aufgespürt. Weitere Informationen würde sie dem Institut auf Anfrage gern zukommen lassen.

Der Brief war in einem Ordner abgeheftet, in dem Zusendungen von Zeitzeugen aufbewahrt werden, die sich auf einen Aufruf des Instituts im Juni 1977 hin gemeldet haben. Dies legt die Vermutung nahe, dass Klara Maibaums Schreiben aufgrund der Ablage niemals richtig bearbeitet worden ist.

Wie von Frau Maibaum nahegelegt gibt es keine Information über eine Mannheimer Widerstandsgruppe, die die im Schriftstück beschriebenen Merkmale aufweist. Einen Nachweis für den Namen Friedrich Schulze er-

hielt ich hingegen auf Anfrage von der Ludwigsburger Zentralen Stelle der Landesjustizverwaltungen zur Aufklärung nationalsozialistischer Verbrechen. Besagter Schulze wird immer noch gesucht aufgrund seiner Beteiligung an den 1942 durchgeführten Massenerschießungen von Juden in den Ostgebieten. Bereits nach 1943 verliert sich jede Spur von ihm.

Ich begann, nach Klara Maibaum zu suchen, denn ich wollte herausfinden, wer diese Frau ist, wo sie sich aufhält und ob sie überhaupt noch lebt. Weder in Hamburg noch sonst irgendwo in Deutschland konnte ich sie ausfindig machen. Dennoch verfolgte ich die Sache weiter.

Kimski sieht von dem Papierstapel auf und lehnt sich auf der Parkbank zurück, auf der er sich niedergelassen hat. Nun ist also auch die letzte Widerstandskämpferin aufgetaucht, Klara Maibaum.

Maibaum. Irgendwo hat er diesen Namen in den letzten Tagen gelesen. Aber wo? Denn so verbreitet wird er wahrscheinlich nicht sein. »Ach du Scheiße!«, ruft er plötzlich. Er legt die Doktorarbeit zur Seite und holt den Geldbeutel aus seiner Gesäßtasche hervor. Er klappt ihn auf und zieht die Visitenkarte Kampowskis Pflegers heraus, die er im Schummerlicht einer Straßenlaterne betrachtet. *Sebastian Maibaum. Neurologe.* Darunter steht keine Adresse, nur eine Mobilnummer und eine E-Mail-Adresse.

Es dauert ein paar Minuten, bis Kimski eine Telefonzelle findet. Ein Kartentelefon, natürlich, aber das sollte kein Problem sein. Er hat seit über fünf Jahren eine Telefonkarte in seinem Geldbeutel, deren Guthaben noch immer nicht aufgebraucht ist. Aber soll er Sebastian wirklich anrufen und mit dem, was er weiß, konfrontieren? Womit aber genau? Er weiß ja immer noch nichts Konkretes. Er hat nur den vagen Verdacht, dass Sebastian Klaras Sohn ist und dass damit die Lösung des Falls möglich ist.

Er muss ihn anrufen, was hat er denn für eine Wahl? Man kann Handys orten lassen, wofür ihm allerdings die Mittel fehlen. Und die Zeit, denn er muss herausfinden, was mit Eva passiert ist.

Er nimmt die Visitenkarte und wählt die angegebene Nummer. Kimski sieht auf die Uhr, 4.35 Uhr. Es tutet nur zweimal, dann hebt jemand ab. »Ja?« Die Stimme klingt nicht sonderlich verschlafen, sondern eher danach, dass der, dem sie gehört, in dieser Nacht ebenso wenig ins Bett gekommen ist wie Kimski. Das ist doch verdächtig, oder? Es ist Sebastian, mit dem er spricht. »Was ist mit Eva?« Keine langen Vorreden.

»Oh, hallo! Kimski, sind Sie das?«

»Ja.«

»Was für eine Überraschung. Von wo aus rufen Sie an?«

»Von einer Telefonzelle. Was ist mit Eva?« Jetzt fängt er an, sich zu wiederholen.

»Gut. Ich dachte schon, Sie wären in Polizeigewahrsam. Dann wäre es nämlich keine so gute Idee, mich anzurufen.«

»Das war ich auch schon.« Wie kommt Sebastian darauf, dass er in Polizeigewahrsam sein könnte? Wie viel Einblick hat er in die Ermittlungen?

»Sie waren schon in Polizeigewahrsam?« Sebastian klingt etwas irritiert. Die haben Sie wieder gehen lassen?«

»Wieso nicht? Sollten die mich etwa da behalten? Was ist mit Eva?«
»Sie brauchen sich keine Sorgen um sie zu machen.«

»Mach ich aber trotzdem. Hören Sie ...« Kimski hat eine Idee. Er muss bluffen und darf nur nicht zu sehr daneben liegen. »Ich kann beweisen, dass Sie den alten Kampowski umgebracht haben. Und jetzt bin ich gerade auf dem Weg zurück ins Präsidium, um die Beweise zu präsentieren.«

»Das ist doch Unsinn. Sie können denen gar nichts vorlegen.« Sebastians Stimme klingt für einen Moment unsicher, als hätte Kimski ihn überrumpeln können. War das schon ein Schuldeingeständnis, ist er auf dem richtigen Weg?

»Das werden wir ja sehen«, sagt Kimski und holt tief Luft. »Sie sind sich ja sehr sicher, Sie haben sich auch viel Mühe gegeben, alle Indizien auf mich zu lenken, nicht wahr?« Stille am anderen Ende der Leitung. Er ist tatsächlich auf den wunden Punkt gestoßen.

»Was ist mit Eva?«

»Lassen Sie uns nicht am Telefon darüber sprechen.«

»Na gut. Dann komme ich bei Ihnen vorbei.«

»Nein.« Sebastian klingt jetzt wieder bestimmter. »Treffen wir uns an einem neutralen Ort. In ein paar Stunden beginnt die Kundgebung zum Ersten Mai auf dem Marktplatz der Heidelberger Altstadt. Kommen Sie um 10 Uhr dort hin.«

»Können wir uns nicht sofort treffen?« »Nein. Denken Sie daran, dass Sie mit mir über Eva sprechen wollen.« Sebastian betont Evas Namen und wirkt wieder viel selbstsicherer. Kimski kann sich geradezu vorstellen, wie er am anderen Ende der Leitung grinst.

»Na gut.«

»Also bis dann. Und bringen Sie Ihre Beweise ruhig mit. Ich sehe sie mir gern an. Und bitte versuchen Sie keine krummen Sachen, ich verlasse mich auf Sie.« Kimski hängt den Hörer ein und stützt sich ab. Sebastian ist also der Mörder von Adelbert Kampowski. Vielleicht ist er auch für die anderen Morde verantwortlich. Jonathan Lautenschläger könnte er kennengelernt haben, als dieser bei den Kampowskis vorstellig wurde. Von Eugen Kämper könnte er gehört haben, als Maria Kimski am Gardasee anrief, um sich nach den Ergebnissen seiner Ermittlungen zu erkundigen. Er war immerhin die ganze Zeit über bei ihr im Haus. Und Eva? Ob er Kimski beschattet hat und so auf Eva gestoßen ist? Möglich wäre alles.

Fehlt nur noch ein Motiv. Warum sollte Sebastian die Männer umbringen, die mit seiner Mutter im Widerstand waren? Wer weiß, ob Klara Maibaum überhaupt seine Mutter ist? Vielleicht ist sie auch seine Tante oder sonst wer. Das ergibt alles überhaupt keinen Sinn und nun muss er auch noch zum vierten Mal in dieser Nacht die Strecke zwischen Mannheim und Heidelberg zurücklegen. Kimski will schon zum Hörer greifen und sich ein Taxi rufen, als er eine bessere Idee hat. Er schlägt das Telefonbuch auf, findet die Nummer, die er sucht, und wählt.

41

Donnerstag, 1. Mai 2008
Heidelberg

Als Benesch sein Büro betritt, warten dort bereits zwei Kommissare aus der Sonderkommission Sturm auf ihn.

»Morgen, die Herren. Hoffe, Sie haben auch so gut geschlafen wie ich.«

»Natürlich«, sagt einer der beiden lakonisch.

»Na, dann ist ja alles klar«, murmelt Benesch und lässt sich auf einen Stuhl fallen. Den Galgenhumor haben sie in der Abteilung jedenfalls noch nicht verloren. »Gibt's was Neues?«

»Allerdings. Diese Fotokopie lag heute Morgen im Briefkasten des Präsidiums. Der Umschlag hat keinen Absender und als Empfänger ist unser Dezernat angegeben.« Der Kommissar schiebt ein Blatt über den Tisch, das in einer Klarsichtfolie steckt.

»Was ist das?« Benesch nimmt das Dokument in die Hand, aber so sehr er sich auch anstrengt, in seiner momentanen Verfassung kann er nur einen Haufen Buchstaben erkennen, für zusammenhängende Worte ist es noch zu früh.

»Ein Kaufvertrag zwischen Adelbert Kampowski, dem Toten von heute Nacht, und einer Frau Schulze, der belegt, dass er ihre Villa erworben hat.«

»Und warum lässt uns jemand diese Information zukommen? Direkt nach dem Mord?«

»Wir haben uns mal schlau gemacht wegen dieser Frau. Und wissen Sie was?«

»Nein.« Benesch braucht unbedingt eine Tasse Kaffee, so viel steht fest.

»Wir haben die Daten der Frau überprüft. Sie ist schon ein paar Jahre tot, hatte aber einen Bruder Friedrich, der seit Ende des Zweiten Weltkriegs verschollen ist. Er wird aber immer noch als Kriegsverbrecher gesucht.«

»Ach was.«

»Es kommt noch besser. In der Datenbank der Ludwigsburger Kollegen haben wir ein altes Passbild von Friedrich Schulze gefunden. Hier.« Der Kommissar schiebt ein weiteres Blatt über den Schreibtisch. Auch mit müden Augen kann Benesch eine gewisse Ähnlichkeit zwischen dem Toten und Schulze nicht von der Hand weisen.

»Wie alt wäre dieser Friedrich heute?«

»Ungefähr neunzig.«

»Also in etwa so alt wie Adelbert Kampowski?«

»Genau.«

Benesch betrachtet das Bild noch eine ganze Weile. Die Augen des Mannes auf dem Foto leuchten vor jugendlichem Enthusiasmus. Das ist einer, dem die Welt offensteht, der etwas erleben will, der noch Hoffnung hat und vom Leben etwas erwartet. Er scheint ganz anders zu sein als die tote Hülle des Menschen, die er heute Nacht gesehen hat. »Können Sie mir die Fotos von der Leiche besorgen?«

»Sind schon unterwegs.«

»Danke. Das hier kommt in die KTU.« Benesch schiebt die Plastikfolie mit dem Vertrag zurück. »Vielleicht finden die Kollegen Fingerabdrücke darauf.«

Die beiden Kommissare erheben sich und verlassen den Raum. Benesch lehnt sich zurück und sieht aus dem Fenster. Wenn die Abzüge kommen, werden sie mehr wissen. Sie werden die Bilder Fachleuten geben, die die Gesichtszüge vermessen und nach Übereinstimmungen suchen. Aber eigentlich hat er im Gefühl, wie die Antwort lauten wird – Friedrich Schulze und Adelbert Kampowski sind ein und dieselbe Person. Aber wer sollte ihnen diese Information umgehend nach dem Mord zuspielen? Und warum?

Sonnenstrahlen kitzeln sein Gesicht. Er sieht auf seine Armbanduhr. Viertel vor zehn. Mühsam erhebt er sich von der Bank, auf der er eine Stunde vor sich hin gedöst hat, Sicht auf das Heidelberger Schloss eingeschlossen – immerhin.

Kimski läuft durch die Altstadt zum Marktplatz und sieht sich um. Vor dem Rathaus herrscht geschäftiges Treiben. Eine überdachte Bühne ist aufgestellt worden, Biertische, Luftballons, Transparente und jede Menge Infostände. Er blickt in den blauen Himmel. Die Überdachung für die Bühne hätte man sich heute sparen können. Keine Wolke ist zu sehen und es verspricht, ein heißer Tag zu werden.

Orientierungslos schlendert er über den Platz, der sich rasch mit Menschen füllt, und betrachtet das Treiben. Er wandert vom Kubazum DGB-Stand, dann weiter vorbei am Stand der SPD, passiert den Informationstisch der Linken und landet unerwartet vor dem Stand der VVN. Die Abkürzung kennt er doch, denn er ist mehrmals über sie in den Büchern zum Mannheimer Widerstand gestolpert. Kimski tritt näher heran und liest die Unterzeile auf dem großen Transparent: *Vereinigung der Verfolgten des Nationalsozialismus e.V.*

»Hallo.« Eine Stimme, die von der Seite in sein Ohr dringt, lässt ihn zusammenfahren. Kimski blickt nach links. Der Mann neben ihm lässt eine Zeitschrift herabsinken. Er trägt eine große Sonnenbrille, wie sie in den Siebzigerjahren modern war, und eine schwarze Baseballmütze. Er hat sich seit einigen Tagen nicht rasiert, aber Kimski erkennt ihn sofort wieder. Sebastian Maibaum, mit einem schiefen Lächeln im Gesicht.

»Sie interessieren sich auch für Widerstandskämpfer?«

»Man muss auf dem Laufenden bleiben«, entgegnet Sebastian. Dann sieht er zu dem Mann mit den langen Rastalocken, der auf der anderen Seite des Stands steht, und wohl eher ein Enkel eines Verfolgten des Nationalsozialismus ist als ein echter Veteran. »Wie viel kostet die Zeitung?«

»Zwei Euro.«

»Bitte.« Sebastian greift in seine Hosentasche und legt ein 2-Euro-Stück auf den Tisch. Danach wendet er sich wieder an Kimski. »Lassen Sie uns ein wenig lustwandeln.« Lustwandeln? Will der Kerl witzig sein oder ist er ein Spinner? Oder wieder mal ein Geschichtsverrückter?

Sie laufen ein paar Meter seitlich des Platzes entlang. Auf der Bühne beginnt eine Band mit dem Soundcheck.

»Was ist mit Eva?« Sebastian lacht.

»Immer wieder dieselbe Frage. Machen Sie sich keine Sorgen, momentan geht es ihr gut. Aber wenn das so bleiben soll, sollten wir beide zusammenarbeiten.« Sebastian bleibt stehen und sieht Kimski direkt in die Augen. »Was ist mit den Beweisen, die Sie gegen mich haben? Ich will sie sehen.«

»Das geht nicht.«

»Habe ich mir gleich gedacht. Sie wollen nur bluffen.«

Kimski schüttelt den Kopf. »Die Beweise sind alle hier drin.« Er klopft sich mit der Faust auf den Schädel.

»So?«

»Sehen Sie mal, das ist doch alles ganz einfach. Sie fühlen sich sicher, weil es momentan offenkundig keine Verbindung zwischen Ihnen und Kampowski gibt, außer dass Sie sein Pfleger waren. Und solange Sie bei dem Mord vorsichtig vorgegangen sind und darauf geachtet haben, dass sich nur meine Fingerabdrücke auf dem Degen befinden, wird die Polizei gar nicht erst in Ihre Richtung ermitteln. Ihre Spuren befinden sich sowieso im ganzen Haus.«

»Und weiter?«

»Was aber, wenn es doch noch eine andere Verbindung zwischen Ihnen und dem Opfer gibt?«

»Und wie soll diese Verbindung aussehen?«

»Nun, ich könnte zur Polizei gehen und denen erzählen, dass Adelbert Kampowski in Wirklichkeit Friedrich Schulze hieß und ein gesuchter Naziverbrecher war. Schulze war in Mannheim bei der Gestapo und deckte eine Widerstandsgruppe auf, zu der auch Klara Maibaum gehört hat.«

Sebastians Grinsen friert für einen Moment ein. Kimski kann förmlich in seinem Gesicht lesen, wie es in dessen Kopf zu rattern anfängt. »Wissen Sie, dass es noch eine Kopie von Jonathan Lautenschlägers Doktorarbeit gibt?«

Sebastian schweigt einen Moment. »Wo ist die Kopie?«, fragt er schließlich.

»An einem sicheren Ort.«

»Ich habe Ihnen doch gesagt, Sie sollen alle Beweise mitbringen!«

»Sie haben Eva doch auch nicht mitgebracht.«

Sebastian sieht zu Boden und Kimski beobachtet ihn dabei. Sein Gegenüber scheint ihn jetzt nicht mehr wahrzunehmen, gänzlich in Gedanken versunken. Worüber grübelt Sebastian nach? Darüber, wie er Kimski zum Schweigen bringen kann? Ändert er gerade seine Strategie? Das würde zu ihm passen, denn Kimski hatte schon in den letzten Tagen den Eindruck, dass der Mörder nicht nach einem festgelegten Plan vorgeht, sondern sich von den aktuellen Ereignissen leiten lässt.

Auch auf den Namen Lautenschläger hat er reagiert. Damit fügt sich ein weiteres Puzzleteil ins Bild. Sebastian könnte also Kampowski umgebracht haben, um seine Mutter zu rächen. Lautenschläger musste dran glauben, weil er in seiner Doktorarbeit den Namen der Mutter erwähnt hat und Eugen – er hatte doch mal was mit Klara. Auch Rache? Und Eva und Kimski sind ihm einfach dazwischengekommen. Nein, das ist alles Quatsch und ergibt keinen Sinn. Immerhin war Lautenschläger das erste Opfer und außerdem erklärt das nicht den Anschlag auf Walter. Was hat er denn verbrochen? Irgendwie muss er Sebastian dazu bringen, ihm die Wahrheit zu sagen.

»Setzen wir uns«, sagt dieser plötzlich. Er wirkt, als hätte er sich wieder gefangen. »Haben Sie schon gefrühstückt?« Er deutet auf ein Straßencafé und läuft los. Mit der Widerstandszeitung wedelt er sich Luft zu. »Heiß heute, nicht?« Kimski trottet ihm hinterher, die Hände in den Taschen vergraben. Sie setzen sich an einen runden Tisch, von dem sie einen guten Blick auf das bunte Treiben haben.

»Es ist doch so«, sagt Sebastian. »Sie wollen Eva wiederhaben und ich will die Kopie der Doktorarbeit. Also müssen wir irgendwie ins Geschäft kommen.«

»Das sehe ich auch so. Aber wie habe ich Gewissheit, dass Eva nichts passiert, wenn ich Ihnen die Unterlagen zukommen lasse?«

»Die Gewissheit können Sie sich nur selbst verschaffen, indem Sie auf mein Ehrenwort vertrauen.«

»Nehmen wir also an, Sie lassen Eva frei. Wieso sollten Sie das tun? Sie würde Sie wiedererkennen.«

»Sie weiß nicht, wer sie entführt hat. Das Ganze ging in einer Nacht- und Nebelaktion vonstatten und genau so könnte es auch wieder rückgängig gemacht werden. Wenn Sie ihr nicht erzählen, dass ich sie entführt habe, wird sie es nie erfahren. Ursprünglich brach ich nur bei ihr ein, weil ich die Unterlagen zurück wollte, die Kampowski Ihnen gegeben hat. Die Entführung war eher ein Kollateralschaden. Aber wie Sie sehen, ist sie jetzt doch ein sehr nützliches Druckmittel, nicht wahr?«

Soll er ihm glauben? Wenn Sebastian die gesamte Entführung in dem Fechtanzug durchgeführt hat und Eva jetzt an einem neutralen Ort gefangen hält, den sie später nicht wiederfinden kann, wäre sie tatsächlich kein Risiko für Sebastian. Das ist aber nur der Fall, wenn er die Wahrheit gesagt hat. »Was, wenn ich aber der Polizei von der Entführung erzähle?«

»Dann steht Ihr Wort gegen meins. Sie werden sowieso schon wegen Mordes gesucht. Und dass meine Mutter etwas mit Widerstandskämpfern zu tun hatte, wird sich schwerlich beweisen lassen ohne die Doktorarbeit. Ich werde Ihre Aussage als üble Verschwörungstheorie gegen mich auslegen.«

Kimski kratzt sich am Kopf. Eine Bedienung kommt an ihren Tisch und er bestellt sich einen doppelten Espresso. Sebastian ordert ein Croissant und einen Milchkaffee. Was dieser ihm erzählt, ergibt immer noch keinen Sinn, denn für Sebastian wäre das alles viel zu riskant. Warum hat er Kimski nicht einfach an einen verlassenen Ort bestellt und versucht, ihn ebenfalls umzubringen? Er scheint sehr darauf versessen zu sein, dass die Polizei Kimski für den Täter hält.

»Ich möchte noch mal auf die Unterlagen vom alten Kampowski zu sprechen kommen. Es ist sehr interessant, dass Sie dieses Thema vorhin überhaupt angesprochen haben. Ich muss zugeben, dass ich zwar nachweisen kann, dass Sie etwas mit den Morden zu schaffen haben. Aber warum haben Sie das alles getan? Erklären Sie es mir.«

»Warum sollte ich ausgerechnet Ihnen alles erzählen?«

»Weil ich das zur Bedingung mache. Ich will die ganze Wahrheit von Ihnen hören, sonst bekommen Sie Ihre Unterlagen nicht.«

»Sie können mir nicht drohen. Dafür wünschen Sie sich viel zu sehr, dass Eva diese Sache unbeschadet übersteht.« Er lacht. Die Kellnerin kommt mit der Bestellung. Als sie weg ist, beißt Sebastian genüsslich in sein Gebäckstück. Dann lehnt er sich zurück.

»Also gut. Ich erzähle Ihnen alles, warum auch nicht? Was wollen Sie wissen?«

»Weshalb haben Sie Kampowski umgebracht?«

»Das ist eine lange Geschichte. Dafür muss ich weiter ausholen und am Ausgangspunkt beginnen.«

»Und der wäre?«

»Meine nationale Gesinnung, mit der fängt alles an.«

»Sie sind Faschist?«

»Wenn Sie das so nennen wollen, ja.«

»Dann haben Sie ja überhaupt keinen Grund für das, was Sie getan haben!«

»Langsam, ich habe doch schon gesagt, dass es etwas kompliziert ist. Meine Mutter war tatsächlich eine Gegnerin der Nationalsozialisten. Aber davon ist nichts auf mich abgefärbt und so habe ich schon in jungen Jahren für das Wohl unserer Nation gesorgt.«

»Indem Sie Faschist geworden sind?«

»Sie sprechen das Wort mit einem negativen Unterton aus. Dabei ist daran nichts Verwerfliches.«

»Ach nein?«

»Nein. Faschismus bedient menschliche Urbedürfnisse, denn jeder will von Natur aus einer überlegenen Gruppe angehören. Dabei muss es sich nicht zwingend um eine Rasse handeln. Passen Sie auf, Sie sind doch gebürtiger Mannheimer?«

»Ja.«

»Als Mannheimer haben Sie sich doch bestimmt schon mal den Karlsruhern gegenüber überlegen gefühlt. Und als Kurpfälzer den Schwaben und als Baden-Württemberger den Schleswig-Holsteinern, als Deutscher den Italienern und als Europäer den Amerikanern, oder?«

Kimski überlegt einen Augenblick. Worauf will der Kerl hinaus? Ist er aber ehrlich sich selbst gegenüber, hat Sebastian sogar recht. Aber dabei handelte es sich doch nur um einzelne Situationen, in denen er sich so gefühlt hat, oder etwa nicht? »Was wollen Sie damit beweisen?«

»Niemand will zu den Verlierern zählen. Wenn manche Menschen sehen könnten, in welch erbärmlichem Zustand sie sich in Wirklichkeit befinden, würden sie verrückt werden. Also reden sie sich ein, jemand Besseres zu sein, was auch ganz in Ordnung ist, denn es hat eine therapeutische Wirkung. Das Problem ist aber, dass wir uns in dieser liberalen Gesellschaftsordnung nicht mehr als etwas Besseres fühlen dürfen. Auf einmal müssen wir alle gleich behandeln, auch wenn das gegen unsere Natur ist! Man darf nicht einmal mehr seine Meinung sagen, wenn man damit irgendeine Minderheit verletzen könnte. Oder wenn man damit eine ausländische Regierung provozieren könnte, die unsere Gesellschaftsordnung nicht einmal anerkennt. Aber wir müssen den Mund halten!

Seien wir doch mal ehrlich. In unserem Land herrscht die eigentliche Diktatur, die Diktatur des liberalen Wortes, aufgezwungen von allzu aufgeklärten Journalisten, die die Medienwelt und alles andere regieren. Und wenn jemand eine Meinung hat, die Ecken und Kanten hat, wird er sehr schnell stigmatisiert.

Somit kommen wir zum größten Vorteil des Faschismus: Der Faschismus bezieht seine Macht aus der Stärke des Gemeinsamen. Der Einzelne ist schwach, aber wenn man sich zur Erreichung von Zielen zu einer Gruppe zusammenschließt, wird man zu einem unbesiegbaren Überwesen. Die Herrenrasse ist in Wirklichkeit nicht von einer bestimmten Herkunft abhängig, sondern davon, ob ein Volk zusammensteht und sich zu einer wahren Gemeinschaft erhebt. Die alten Römer beispielsweise wussten das schon sehr gut. Und solange der römische Staat in seinem Innern stabil blieb, war er unbesiegbar. Als die Gemeinschaft auseinanderbrach, zerbrach auch das Imperium.«

Kimski wird langsam ungeduldig, aber er lässt sein Gegenüber weiter seine Weltanschauung erklären.

»In Deutschland fehlt eine starke Hand.«

»Ach so?«

»Ja. Die nationale Bewegung in Deutschland sammelt langsam aber sicher ihre Kräfte. Momentan kranken die einzelnen Strömungen, Vereine und Parteien vor allem an zwei Dingen: einer nicht vorhandenen gemeinsamen Zielsetzung und einer fehlenden starken Führungspersönlichkeit. Was ist eine Bewegung ohne eine starke Leitfigur? Die Linken haben doch auch ihre Idole. Und was die gemeinsame Zielsetzung betrifft, beobachte ich, dass sich die einzelnen nationalen Gruppen in letzter Zeit zusammenraufen. Es ist nur eine Frage der Zeit, bis Nationalismus wieder eine ernstzunehmende politische Kraft in Deutschland wird. Und wenn neue Führungspersönlichkeiten gesucht werden – nun, dann möchte ich gern zur rechten Zeit am rechten Ort sein.«

»Sie wollen der neue Führer werden?«

Sebastian lacht auf. »Na, übertreiben Sie mal nicht. Es muss ja nicht immer ein Platz in der ersten Reihe sein. Die zweite tut es doch auch, denken Sie nicht? Wussten Sie eigentlich, dass Goebbels auch in Heidelberg studiert hat?« Kimski zuckt mit den Schultern. Sebastian beugt sich vor und sieht ihm in die Augen. »Die meisten der heutigen Gegner des Faschismus machen einen riesigen Fehler. Sie behaupten die ganze Zeit, Nationalisten wären nur dumme Hohlköpfe, doch sie unterschätzen uns. Halten Sie mich für dumm, Kimski?«

Kimski zuckt wieder mit den Achseln. Für ungebildet hält er ihn nicht, für sympathisch aber auch nicht.

»Wissen Sie, meine Mutter hat mir, als ich noch ein Teenager war, von Friedrich Schulze – oder sollte ich sagen Adelbert Kampowski – erzählt. Sie hatte ihn in Spanien ausfindig gemacht. Sie war eine unerschrockene Frau, das muss man ihr lassen. Sie hätten sie kennenlernen sollen, sie hätte auch eine gute Detektivin abgegeben. Allerdings hat sich niemand für ihre Entdeckung interessiert – außer mir.

Ich habe über die Jahre viel an Schulze denken müssen. Und dann fand ich heraus, dass er mittlerweile wieder in Heidelberg wohnte, genau vor meiner Nase, einen Eintrag im Telefonbuch inklusive. Als ich dann auch noch erfuhr, dass er im Rollstuhl saß und einen Pfleger suchte, konnte ich mir diese einmalige Chance doch nicht entgehen lassen, oder?«

»Was für eine Chance denn?«

»Nun, der alte Mann hatte Kontakte gehabt bis in die höchsten Kreise des Dritten Reichs. Das war für mich eine Möglichkeit, mich aus erster Hand darüber zu informieren, was damals vor sich gegangen war.«

»Sie wollten beim Erzfeind Ihrer Mutter in die Lehre gehen?«

»Genau. Das haben Sie jetzt schön formuliert. Das Problem war nur, dass es mir nie gelang, eine Vertrauensbasis zu dem Alten aufzubauen. Von früher wollte er überhaupt nichts mehr wissen, man durfte ihn auch nicht darauf ansprechen, sonst verschlechterte sich sein Zustand zusehends. Ich hatte die Hoffnung eigentlich schon aufgegeben, aus meinem Aufenthalt in seinem Haus irgendeinen Mehrwert für meine weitere Laufbahn mitzunehmen, als sich die Ereignisse plötzlich überschlugen.

Zuerst tauchte dieser Historiker auf, der irgendwie an Informationen zu Kampowskis Identität herangekommen war, die anscheinend meine Mutter vor ihrem Tod der Universität Mannheim übermittelt hatte. Das Zusammentreffen mit Lautenschläger war der endgültige Todesstoß für Kampowski, denn nach dieser Begegnung verschlechterte sich sein Zustand sehr. Ich hatte zum ersten Mal echtes Mitleid mit meinem Patienten, vor allem aber empfand ich eins: Wut auf diesen Pseudowissenschaftler. Den hätten Sie mal sehen sollen, eine jämmerliche Erscheinung. Außerdem war er skrupellos und total egozentrisch. Der Kerl geilte sich regelrecht daran auf, als er sah, wie der alte Mann unter seinen Anschuldigungen zerbrach. Endlich war er mal jemand, der Macht über einen anderen Menschen hatte, mit Sicherheit das erste Mal in seinem Leben. Der große Historiker, der Richter der Nation. Dabei ist Geschichte und das Wissen darum doch vor allem Auslegungssache und wird immer von den Gewinnern geschrieben. Und Lautenschläger hat sich an diesem Abend wie ein Gewinner gefühlt, das können Sie mir glauben. Als er das Haus verließ, hatte er ein überlegenes, falsches Grinsen im Gesicht. Und als ich ihn zur Tür brachte, beschloss ich in dem Moment, ihm dieses Grinsen ein für alle Mal aus dem Gesicht zu schlagen.«

»Sie haben also beschlossen, ihn umzubringen, bevor er seine Arbeit veröffentlichen konnte?«

»Zunächst war es noch kein fester Entschluss, vielleicht hätte ich ihn auch nur eingeschüchtert. Als Erstes habe ich mich über ihn informiert, und wenn ich dienstfrei hatte, habe ich ihm hinterherspioniert. Ich habe aus dem Keller der Kampowskis einen alten Fechtanzug mitgehen lassen, mit dem ich mich maskiert habe.«

»So einen Anzug wie Kampowski ihn auch in seiner Zeit als SS-Schlächter getragen hatte?«

»Ja. Der Fechtanzug taucht auch in Lautenschlägers Ausführungen auf. Ich war mir sicher, dass ich ihm damit einen gehörigen Schrecken einjagen könnte. An einem Tag fuhr ich ihm auf gut Glück hinterher, er besuchte einen alten Mann im Odenwald. Ich war mir sicher, dass es sich um einen der Widerstandskämpfer handeln müsste, den er irgendwie ausfindiggemacht hatte. Dann, kurz bevor Lautenschläger sich auf die Rückfahrt machen konnte, brach dieser Sturm los. So etwas habe ich noch nicht erlebt. Und da hatte ich die Idee. Was, wenn ich ihn jetzt einfach von der Straße abdrängen würde? Jeder würde zuerst an einen Unfall denken und bei dem Regen würde es später wenig verwertbare Spuren geben.«

»Na ja. Ein paar Spuren wurden sehr wohl gefunden, sonst gäbe es keine Sonderkommission, die sich seit zwei Wochen mit dem Fall beschäftigt.«

»Sie haben aber nichts gefunden, das in meine Richtung deutet. Wollen Sie wissen, wie die Geschichte weitergeht? Anschließend fuhr ich zurück zu dem alten Mann, der Sturm tobte noch immer. Ich klingelte und die Tür öffnete sich. Meine Maskierung setzte ihm so mächtig zu, dass er allein deswegen beinahe in Ohnmacht gefallen wäre, sodass ich ihn gar nicht hätte niederschlagen müssen.«

»Und dann haben Sie sein Haus angezündet?«

»Ja, das war gar nicht so kompliziert. Danach ging ich zurück zu meinem Auto, das ich am Waldrand außerhalb des Orts geparkt hatte, und fuhr zurück nach Heidelberg. Ich dachte, jetzt Ruhe zu haben. Leider nicht allzu lang, denn drei Tage später tauchten Sie plötzlich bei uns auf. Es dauerte eine Weile, bis ich verstand, was Maria dazu bewegt hatte, einen Privatdetektiv zu beauftragen, der die alten Vaterlandsverräter ausfindig macht. Als ich ihre Motivation dann endlich kannte, fand ich die Idee gar nicht so schlecht. Es gab aus meiner Sicht nur einen Haken, denn ich konnte mir nicht vorstellen, dass Maria die alten Leute mit Geld ruhig stellen könnte. Was soll jemand, der nicht mehr lang zu leben hat, damit anfangen? Nein, ich wollte zu Ende bringen, was ich angefangen hatte. Ich habe Maria belauscht, als sie mit Ihnen telefonierte, und später ihre Handtasche durchsucht und den Zettel gefunden, auf dem sie den Namen notiert hatte. Eugen Kämper.« Sebastian lehnt sich zurück und nimmt einen Schluck von seinem Milchkaffee.

»Na gut. Aber all das erklärt nicht, warum Sie Kampowski umgebracht haben.«

»Nach dem Mord an Kämper wollte ich die ganzen Akten, die der Alte im Keller gebunkert hatte, an mich nehmen. Ich habe Ihnen, wenn ich mich recht erinnere, sogar davon erzählt, als wir das erste Mal miteinander sprachen. Ich habe Ihnen damals nur nicht die ganze Wahrheit erzählt, denn selbstverständlich habe ich die Akten sehr wohl gelesen, als ich sie fand. Kampowski hat die Unterlagen total dilettantisch, ordentlich beschriftet einsortiert. Er muss sich sehr sicher gewesen sein, dass ihn die Vergangenheit nicht mehr einholen würde, und hielt es offensichtlich nicht für nötig, sie besser zu verstecken. Nicht sehr schlau.

Als ich jedenfalls in den Keller kam, um die Akten zu holen, fehlte ausgerechnet die wichtigste, was ich mir nicht erklären konnte. Also tat ich das einzig Vernünftige und sprach den alten Kampowski direkt darauf an. Erst war er total perplex und wollte wissen, woher ich von den Unterlagen wüsste. Dann wurde er ungemütlich und warf mir vor, ihn schon die ganze Zeit über die Vergangenheit auszufragen und dass ich wohl nur zu ihm gekommen sei, um ihn auszuspionieren. Er bekräftigte, dass er von der Vergangenheit nichts mehr wissen wolle und deswegen würde er auch Ihnen die Akte geben, damit endlich Ruhe sei. Das Ganze traf mich ziemlich.«

»Ach was«, sagt Kimski mit sarkastischem Unterton.

»Natürlich. Aber dann hatte ich eine neue Idee.«

»Schon wieder.«

»Machen Sie sich nicht lustig. Ich wusste jetzt nämlich, wie ich die Sache endlich beenden würde. Kennen Sie die Geschichte von Horst Wessel?«

»Horst Wessel? Da gibt es doch dieses Lied, oder?«

»Ja. Horst Wessel war SA-Sturmführer gewesen, der auch Kampflieder geschrieben hat. Unter anderem *Die Fahne hoch, die Reihen fest geschlossen*, was später unter dem Titel *Horst-Wessel-Lied* zur zweiten Nationalhymne des Dritten Reichs avancierte. 1930 wurde er in seiner Wohnung angeschossen und starb kurz darauf im Krankenhaus. Goebbels stilisierte ihn danach äußert erfolgreich zum Märtyrer.«

»Ja und?«

»Der Hintergrund seiner Ermordung wurde nie hundertprozentig geklärt. Interessant ist aber, dass Wessel sich bereits einige Monate vor seinem Tod aus den Kreisen von SA und Partei zurückgezogen hatte. Wessel lebte zu der Zeit mit einer Prostituierten zusammen, worüber die alten Kameraden wenig begeistert waren. Eines Tages kamen ein paar Männer in seine Wohnung und schossen ihm in den Kopf. Die Täter wurden gefasst, allesamt KPD-Mitglieder, aber das half bei der Aufklärung des Verbrechens recht wenig.

Eine Theorie besagt, die Männer seien ein Schlägertrupp gewesen, der von der Vermieterin geschickt worden war, um die fällige Miete einzutreiben. Eine andere besagt wiederum, der Anführer der Gruppe sei ein Zuhälter gewesen, der sich rächen wollte, weil Wessel ihm zuvor sein Mädchen ausgespannt hätte. Goebbels proklamierte die Angelegenheit als politischen Mord. Vielleicht war er das ja tatsächlich, wer weiß. Aber getroffen hat es keinen völkischen Märtyrer, sondern einen Mann, der seine Ideale verraten hatte.«

»Und Ihrer Meinung nach hat Kampowski das Gleiche getan?«

»Sehr richtig. Ich wollte ihn töten, weil ich wütend auf ihn war und es nicht zulassen konnte, dass er Ihnen alles verrät. Aber vermarkten wollte ich seinen Tod als Märtyrertod.«

»Ich bin aber kein KPD-Mitglied.«

»Und wie sieht es mit Ihrem Vater aus? Der ist doch immer noch aktiver Kommunist und Sie sind in diesem Sinne erzogen worden. Während Ihrer Zeit bei der Polizei waren Sie auffällig und haben mindestens ein Disziplinarverfahren erhalten. Sie sehen, ich habe mich über Sie informiert.«

»Ich soll also der Mörder sein, und was dann? Es interessiert doch niemanden, wenn ich einen Kriegsverbrecher umbringe, der im Rollstuhl sitzt – ganz gleich, welche politische Gesinnung auch immer Sie mir andichten wollen.«

»Sagen Sie das nicht. Wichtig ist doch, dass eine Diskussion angeheizt wird. Und glauben Sie mir, wenn ein Linksextremer einen wehrlosen Kriegsveteran hinrichtet, wird es Diskussionen geben. 1930 saß die NSDAP auch noch nicht im Reichstag, trotzdem hat der Mord für großen Rummel gesorgt.«

»Und was ist mit Eva?«

»Nachdem Sie die Villa verlassen haben, bin ich in seinem Fechtanzug zum alten Kampowski und habe ihm seinen eigenen Degen ins Herz gerammt. Der hat vielleicht Augen gemacht, als ich aus meinem Versteck kam. Danach bin ich sofort ins Auto gestiegen und Ihnen nachgefahren, Sie waren zum Glück noch nicht weit gekommen. Leider musste ich mitansehen, wie Sie mit den Unterlagen in einem Haus verschwanden und ohne sie wieder herauskamen. Sie verstehen sicherlich, dass ich mir die Akte wiederholen musste. Die Entführung Ihrer Freundin war dabei eher ein Nebenprodukt.«

»Und? Was nun?« Sebastian winkt der Bedienung und verlangt die Rechnung.

»Wir müssen ein Treffen für die Übergabe vereinbaren. Sie bringen die Unterlagen, ich bringe Eva. Ich weiß nur noch nicht, wo und wann. Haben Sie ein Mobiltelefon bei sich?«

»Nein.«

»Hier«, sagt Sebastian und zieht ein Handy aus seiner Hosentasche. »Nehmen Sie das hier. Ich rufe Sie an, wenn es so weit ist. Ich lade Sie ein.« Sebastian bezahlt für beide. Sie stehen auf und gehen ein paar Meter. Dann hält Sebastian und fasst Kimski am Arm. »Bleiben Sie hier stehen, bis ich verschwunden bin. Und machen Sie keinen Scheiß. Denken Sie an Eva.« Er wühlt sich in die Menschenmasse und ist nicht mehr zu sehen.

Was für ein Arsch! Und die ganze Wahrheit hat er ihm auch nicht erzählt. Sicher plant er wieder irgendeinen neuen Mist. Wenn Kimski nur wüsste, was Sebastian sich diesmal hat einfallen lassen. Er beobachtet noch, wie dieser auf der anderen Seite des Marktplatzes hinter dem Rathaus verschwindet. Wenige Sekunden später setzt sich auf der anderen Straßenseite ein Mann in Bewegung, schwingt sich auf eine Vespa und fährt los.

Kimski lächelt. Zumindest ist noch nicht alles verloren.

Vierter Teil

42

Donnerstag, 1. Mai 2008
Heidelberg

Er fährt auf der B3 am Neuenheimer Feld entlang. Der Privatdetektiv hat ihm vorhin einen ganz schönen Schrecken eingejagt. Der Scheißkerl hat doch tatsächlich eine Kopie der Doktorarbeit aufgetrieben, so ein durchtriebener Drecksschnüffler, was Kimski zu einem würdigen Gegner macht, das muss man ihm lassen. Aber sei's drum, der kurze Überraschungsmoment hat schließlich dazu geführt, dass seine grauen Zellen wieder ordentlich in Schwung gekommen sind. Es ist nicht gut, den Feind zu unterschätzen, denn davon wird man träge. Jetzt ist er wieder hellwach und obendrein ist ihm ein Spitzenplan eingefallen, wofür er sich selbst auf die Schulter klopfen könnte. Nun schließt sich der Kreis, Kimski muss nämlich sterben! Warum ist ihm das nicht früher klar geworden? Das ist der perfekte Mord, weil die Polizei ihn bereits für den Täter hält. Nach seinem Tod würden die Ermittlungen eingestellt und alles für immer zu den Akten gelegt werden. Es darf natürlich nicht so aussehen, als sei Kimski seinerseits ermordet worden, denn das würde neue Fragen aufwerfen. Die Polizei muss Kimski bei der Festnahme erschießen und dafür wird er sorgen.

Sein Vertrauen hat er sich schon erschlichen. Dafür war es unerlässlich, ihm die Wahrheit über seine Motive zu erzählen – oder zumindest zum großen Teil, denn alles hat er nicht ausgepackt. An zwei Stellen hat er sogar bewusst gelogen, denn seine Mutter ist nicht tot. Aber da Kimski ihre Spur anscheinend noch nicht aufgenommen hat, wollte er es dabei belassen. Dass Eva sein Gesicht nicht gesehen hat, entspricht auch nicht der Wahrheit. Zu gerne hätte er diesem Mistkerl ins Gesicht gesagt, wie er sie unter falschem Namen zum Essen eingeladen hat und wie sie sich ihm danach ganz freiwillig hingegeben hat. Doch darüber wäre Kimski wahrscheinlich auf der Stelle ausgerastet. Den Wutanfall des Schnüfflers hebt er sich aber für später auf. Die ganze Wahrheit wird er ihn schon noch rechtzeitig wissen lassen.

Monoton rattert die Vespa über die Bundesstraße. Carlo merkt jetzt erst, dass er den Kinnriemen seines Helms nicht geschlossen hat, da die rote Halbkugel beständig auf seinem Kopf auf und nieder wippt. Vorhin auf dem Marktplatz ging alles so schnell. Was für ein Tag! Kimski klingelte ihn aus dem Bett, als es nicht einmal hell war. Das an sich ist – und auch noch an einem Feiertag – schon der bodenlosen Gemeinheit genug, um ihm die Laune für den gesamten Tag zu verderben. Übertroffen wurde dies von Kimskis Nachricht: Eva entführt! Verschleppt und eingesperrt, seine Eva! Zugegebenermaßen wundert es ihn nicht, dass man umgehend in Lebensgefahr gerät, sobald man sich mit dem Verrückten einlässt. Kimski zieht diese Art von Kalamitäten doch förmlich an, was er ihm auch gleich gesagt hat.

»Wir haben jetzt keine Zeit für Diskussionen«, hatte Kimski entgegnet. »Erst mal müssen wir uns um Eva kümmern. Kann ich mich auf dich verlassen?«

»Was soll ich machen?«

Kimski gab ihm kryptische Anweisungen, die er nicht verstanden hat. Aber natürlich hat er sich sofort auf seine Vespa geschwungen und ist über Seckenheim, Ladenburg und Handschuhsheim bis in die Heidelberger Altstadt getuckert. Er brach so übereilt auf, dass er seinen Flachmann vergessen hat. Aufgefallen ist ihm das erst, als er auf dem Marktplatz stand, doch da war er bereits mit dem Observieren beschäftigt. Er sollte den Mann im Auge behalten, mit dem Kimski sich traf, und diesem folgen, sobald er aufbrechen würde. Und einen Flachmann hätte er in der Stadt sowieso nicht kaufen können, da die Geschäfte zu sind. Er braucht ihn ja auch nicht unbedingt. Er würde einen Schluck zwar begrüßen, das aber doch nur, weil sein Mund so trocken ist.

Ein wildes Kitzeln in seinem Herzen lässt ihn plötzlich zusammenfahren, sodass er für einen Moment Schlangenlinien fährt. Es ist zum Glück kein Herzinfarkt, wie er erleichtert feststellt – bei so viel Aufregung ist schließlich alles möglich –, sondern lediglich der Vibrationsalarm seines Handys, das in der Innentasche seiner Windjacke steckt. Der Verkehr geht nicht sonderlich schnell voran. Sein Zielobjekt, ein dunkelblauer Audi, kann er deutlich zwei Autos vor sich ausmachen, also fummelt er das Telefon aus der Tasche, nimmt ab und hält es ans Ohr, wobei sich der Umstand, dass der Helm lose ist, nun doch bezahlt macht. Hoffentlich fährt er jetzt an keiner Polizeistreife vorbei.

»Ja?«

»Kimski hier.«

»Ich dachte, du würdest dich erst später melden?« Das Obskurste an dieser Observation ist, dass sie verabredet haben, über Telefon in Verbindung zu bleiben, obwohl Kimski doch gar kein Telefon bei sich hat! Er hat lediglich Carlos Nummer und wollte sich nach einer Frist von zwanzig Minuten von einer Telefonzelle aus melden.

»Ich wollte nur sichergehen, dass du an ihm dran bist.«

»Bin ich, keine Angst. Er fährt noch. Wir kommen gerade nach Handschuhsheim.«

»Alles klar. Ich habe jetzt auch ein Handy. Ruf mich einfach auf dieser Nummer zurück, wenn es was Neues gibt.« Carlo verabschiedet sich. Kimski will also nur kontrollieren, ob er seinen Auftrag richtig ausführt. Natürlich tut er das, kein Grund, misstrauisch zu sein. Auf ihn ist sehr wohl Verlass.

Carlo nimmt die Hand mit dem Mobiltelefon vom Ohr und will das Gerät gerade einstecken, als das Zittern wieder beginnt. Verdammt, muss das jetzt sein? Ausgerechnet jetzt, als er gerade anfängt, sich wie James Bonds kleiner Bruder zu fühlen. Carlo versucht, seinen Arm Richtung Jacke zu bewegen, doch dieser entwickelt ein Eigenleben, ohne sein Zutun streckt er sich, sodass das Telefon zwischen seinen Fingern hin und her schaukelt. Jene wollen nicht mehr auf seinen Befehl zum Zugreifen reagieren. Mit der anderen Hand kann er dem Handy nicht zu Hilfe kommen, irgendwie muss er ja auch noch den Lenker festhalten. Zielkonflikt! Während er noch darüber nachdenkt, was James Bond in solch einer Situation machen würde, fliegt das Handy in hohem Bogen über seinen Kopf hinweg.

Und als hätte seine Hand gewusst, dass sie ihn nun genug geärgert hat, hört das Zittern von einer Sekunde zur nächsten auf. Er bremst abrupt, was eine drohend erhobene Faust des Autofahrers hinter ihm zur Folge hat. Carlo will schon am Straßenrand halten und von seiner Vespa steigen, um nach dem Handy zu suchen, als er bemerkt, dass sein eigentliches Zielobjekt gerade dabei ist, an einer T-Kreuzung abzubiegen, und er es komplett aus den Augen verlieren würde, wenn er sich nicht beeilt. In dem Fall bräuchte er auch kein Mobiltelefon mehr, um Kimski mitzuteilen, wo sich der Flüchtige befindet. Also fährt er weiter. James Bond lässt sich von Rückschlägen auch nicht von einer Mission abbringen.

43

Donnerstag, 1. Mai 2008
Dossenheim

Auf der Höhe von Dossenheim biegt der Wagen ab und schlängelt sich durch die engen Straßen des alten Ortskerns den Berg hinauf. Carlo folgt ihm, immer den nötigen Abstand wahrend. Nachdem sie ein paarmal abgebogen sind, landen sie auf einem Feldweg, der direkt in die Weinberge führt. Carlo lässt sich noch weiter zurückfallen, denn auf dem wenig befahrenen Weg würde es umso mehr auffallen, dass er den anderen verfolgt.

Nachdem der dunkelblaue Audi weitere zwei Mal abgebogen ist, hat Carlo ihn tatsächlich aus den Augen verloren und muss an einer Kreuzung auf gut Glück entscheiden, wohin er fahren soll. Und tatsächlich findet er das Auto. Es steht hinter einer Biegung am Wegrand geparkt. Carlo stellt seine Vespa auf der anderen Seite der Kurve ab und läuft los. Der Fahrer des Wagens ist in einiger Entfernung noch zu sehen. Carlo zieht seinen signalroten Helm ab und folgt ihm. Nach ein paar Hundert Metern biegt der Mann auf einen Trampelpfad ab, der zu einem Schrebergarten führt.

Carlo geht hinter einem Gebüsch in Deckung und beobachtet das Grundstück. Es ist ziemlich verwuchert, aber zwischen all dem Wildwuchs macht er eine kleine Hütte aus. Hat er Eva dort drinnen versteckt? Carlo muss unbedingt Kimski kontaktieren, nur womit? Er hat ja kein Handy mehr. Und selbst wenn er irgendwo eine Möglichkeit zum Telefonieren finden würde, gibt es ein Problem, denn er hat keine Nummer, unter der er Kimski erreichen könnte.

Kimski versucht bereits zum dritten Mal, Carlo anzurufen, nachdem dieser sich nicht mehr gemeldet hat. Doch Carlo hat anscheinend sein Handy ausgeschaltet. Das hat man nun davon, einen mutmaßlichen Alkoholiker für eine Beschattungsaktion zu verpflichten. Aber es gab sonst niemanden, den er hätte fragen können, und auf Carlo scheint Sebastian noch nicht aufmerksam geworden zu sein. Vielleicht meldet sich Carlo auch gleich und alle Aufregung war umsonst. Aber bis dahin sollte er sich auf den Ernstfall vorbereiten. Irgendwann wird Sebastian anrufen und dann darf er sich nicht in die Enge treiben lassen.

Er läuft eine Gasse entlang, bis er an der Neckarpromenade ankommt, und greift in einen Mülleimer. Die Doktorarbeit ist immer noch dort, wo er sie heute Morgen deponiert hat – unter den Resten einer McDonalds-Tüte und einer fauligen Bananenschale. Er zieht die Seiten heraus und wedelt sie einmal kräftig durch die Luft. Kimski klemmt die Unterlagen unter seinen Arm, stellt sich an das Geländer und blickt auf den Fluss hinab.

Sebastian betritt die Hütte und geht zum Kühlschrank. Er holt sich eine Flasche Bier heraus und öffnet sie. Es ist eigentlich nicht sein Stil, vormittags Alkohol zu trinken, aber er findet, dass er sich eine erfrischende Abkühlung verdient hat.

»Hallo«, sagt er ganz nebenbei, als er an Eva vorbeigeht, die auf einem Stuhl in der Ecke sitzt. Sie erwidert seine Begrüßung nicht. Wie auch, sie hat ja einen Knebel im Mund. Außerdem sind ihre Arme und Beine an den Stuhl gefesselt.

Sebastian lehnt sich an die kleine Kommode, die ihr gegenübersteht und betrachtet sie. Er lächelt. Sie hingegen starrt auf irgendeinen Punkt im Raum und tut so, als sei er gar nicht da. Sie sieht jetzt nicht mehr so schön aus wie bei ihrer ersten Begegnung, was eigentlich schade ist. Es hat ihm gefallen, wie sie sich ihm hingegeben hat, obwohl sie nur sein Trumpf gegen Kimski ist. Am liebsten hätte er sie gar nicht ins Spiel gebracht, aber nun ist es eben so weit gekommen und er muss sich Gedanken machen, was er mit ihr anstellen will, wenn das alles vorbei ist. Jetzt, wo ihre ganze Anmut verflogen ist und sie weiß, dass er nicht der nette Lukas ist.

Er nimmt einen ausgiebigen Schluck aus der Flasche und stellt das Bier zur Seite. Er verschränkt die Arme und schaut sie noch eine Weile an. Eva sieht zwar etwas mitgenommen aus, aber wenn er ehrlich ist, bringt sie sein Blut immer noch in Wallung. Ist es die Angst, die er in ihren Augen sieht? Und das Wissen darum, dass er totale Macht über sie hat? Der Gedanke ist tatsächlich erregend, das Gefühl hat er so noch gar nicht gekannt. Es fühlt sich gut an. Vielleicht würde sich doch noch eine Verwendung für sie finden, wenn er mit Kimski abgerechnet hat.

Sebastian steht auf. »Sag mal, musst du eigentlich mal aufs Klo?« Darüber hat er noch gar nicht nachgedacht, sie sitzt jetzt schon seit ein paar Stunden so da. Er sucht sich fast drei Minuten durch die alten Schränke, bis er einen Topf gefunden hat, den er für geeignet hält.

Zuerst lockert er Evas Knebel und schüttet, bevor sie überhaupt etwas sagen kann, etwas von seinem Bier in ihren Mund. »Trink was, ich bin doch kein Unmensch.« Danach zieht er den Knebel wieder fest und geht in die Knie, schiebt ihr Kleid hoch und zieht ihren Schlüpfer herunter. Jetzt zeigt Eva Regung, sie zappelt und versucht zu schreien. »Hab dich nicht so. Ich habe dich bereits nackt gesehen, schon vergessen?«

Die Prozedur stellte sich als schwieriger heraus, als er gedacht hatte, außerdem hat es eine Ewigkeit gedauert. Aber nachdem er den Topf irgendwie zwischen Evas Körper und den Stuhl gezwängt und er sich umgedreht hatte, verrichtete sie tatsächlich ihre verspätete Morgenwäsche. Danach ist er nach draußen gegangen und hat sich auf die alte morsche Holzbank im hinteren Teil des Gartens gesetzt, um die Details seines Plans zu überdenken. Nach etwa einer halben Stunde greift er zu seinem Handy und ruft zuerst Kimski an. Zum

Glück war er darauf vorbereitet gewesen, als Kimski ihm sagte, er habe kein Telefon bei sich. Sebastian hatte am Morgen extra sein zweites Mobiltelefon eingesteckt, weil er wusste, dass es später unabdingbar sein würde, um mit Kimski jederzeit in Kontakt treten zu können. Das Handy hatte er mitsamt einer Prepaid-Karte bei Tchibo gekauft und bar bezahlt, sodass es keine Spur gibt, die man bis zu ihm zurückverfolgen könnte. Wahrscheinlich werden seine Fingerabdrücke auf dem Apparat zu finden sein, wenn man diesen nach Kimskis Tod sichert, aber er ist sich nicht sicher, ob man diese überhaupt nehmen wird. Und wenn doch, dann wird man damit noch lange nicht auf seine Spur kommen, denn er ist nicht vorbestraft und sein Name taucht in keiner Kartei auf.

»Ja?«, meldet sich Kimski am anderen Ende der Leitung.

»Wir treffen uns nach Einbruch der Dunkelheit an der Thingstätte in Heidelberg. Finden Sie dorthin?«

»Ja. Vergessen Sie nicht, Eva mitzubringen.«

»Wie könnte ich. Sie finden uns in dem großen Durchgang in der Mitte der Bühne.« Er legt auf. Danach wählt Sebastian die Nummer der Polizeidirektion Heidelberg. »Verbinden Sie mich mit der Mordkommission.«

Carlo hat den halben Tag im Gebüsch gelegen. Mittlerweile färbt sich der Himmel rot, bald wird die Sonne untergehen. Erst nachdem er aufgestanden ist und sein rechter Fuß bei dem Versuch aufzutreten umknickt und er sich an einem Dornenstrauch abfangen muss, merkt er, dass dieser eingeschlafen ist. Außerdem hat er ein halbes Ameisenvolk in seiner Hose. Er schüttelt sich.

Was soll er tun? Kimski hat ihm klare Anweisungen gegeben und die sehen so aus, dass er nur beobachten soll. Aber er hat seit einigen Stunden überhaupt keine Regung außerhalb der Hütte feststellen können. Er könnte sich eine Waffe bauen, vielleicht eine Art Keule bestehend aus einem Ast und etwas Stacheldraht, mit der er das Versteck stürmen könnte. Aber was dann, kleiner Bruder James Bonds?

Während er nachdenkt, hört er Schritte hinter sich und fährt herum. Der Mann ist aus der Hütte getreten und kommt auf das Gartentor zu. Carlo springt wieder ins Gebüsch und wartet so lange, bis der andere an ihm vorbeigelaufen ist. Der Mann geht zu seinem Audi, vorsichtig steht Carlo auf. Dass seine Hand zu zittern beginnt, ignoriert er wohlwollend.

Und jetzt? Soll er dem Kerl weiterhin folgen, wie es ihm aufgetragen wurde, oder soll er nachsehen, was sich in dem Gartenhaus befindet? Das hätte zur Folge, dass er die Spur seines Zielobjekts vielleicht nie wiederfinden wird. Er kann ja auch nicht mit Sicherheit sagen, dass Eva sich im Garten befindet. Was, wenn der Entführer sie an einem ganz anderen Ort versteckt hält? »Au Backe«, denkt Carlo. Immer diese Entscheidungen.

44

Donnerstag, 1. Mai 2008
Heidelberg

Bereits auf dem Trampelpfad durch den Wald hat man das Gefühl, als wandle man auf einer Müllhalde in der sogenannten Dritten Welt. Wie muss es erst oben auf dem Berg aussehen? In der Nacht vom 30. April auf den Ersten Mai treffen sich jedes Jahr Zigtausende junge Leute auf dem Gelände der Thingstätte. Das Aufräumen hingegen dauert Wochen. Kimski war vor ein paar Jahren auch mal dabei, aber schon im Jahr darauf fühlte er sich für das Remmidemmi zu alt und für die Menschenmassen zu klaustrophob und ist nicht mehr hingegangen.

Er läuft weiter. Die Sonne ist vor etwa fünf Minuten hinter den Baumwipfeln verschwunden. Der Treffpunkt liegt nur noch wenige Hundert Meter entfernt. Sebastians Anweisungen sind nicht gerade ausführlich. In dem Moment klingelt auch schon das Handy in seiner Tasche.

»Wie ich sehe, tragen Sie die Unterlagen bei sich. Gut.« Kimski sieht sich unwillkürlich um. Wird er beobachtet?

»Wo sind Sie?«

»Unwichtig. Wir treffen uns gleich an der Stelle, die ich Ihnen genannt habe. Aber kommen wir erst zur Doktorarbeit. Sehen Sie vor sich die Bank und den Mülleimer am Wegrand?«

»Ja.« Wo befindet sich Sebastian? Er beobachtet ihn offensichtlich. »Legen Sie die Unterlagen dort hinein, dann warten Sie zwei Minuten und kommen anschließend den Berg hinauf zum vereinbarten Treffpunkt.«

»Ich dachte eigentlich, ich übergebe sie Ihnen persönlich sobald ich Eva gegenüberstehe.«

»Negativ. Ich bestimme die Spielregeln. Und ich denke doch, dass ich in der besseren Position bin, nicht wahr?«

»Vorsicht, Junge«, sagt Kimski wütend, geht aber weiter und tut wie ihm geheißen.

»Gut so. Also dann, bis in zwei Minuten.«

Sebastian hat aufgelegt. Kimski blickt vorsichtig den Hügel hinauf. Irgendwo da oben muss er sich versteckt halten und ihn observieren. Oder besser gesagt observiert haben. Wenn er von ihm verlangt, zwei Minuten hier zu warten, kann dies nur eins bedeuten: Sebastian will zwei Minuten Vorsprung haben, um sich hinter der Tribüne zu verschanzen. Das heißt auch, dass Sebastian ihn nach Ablauf der Wartezeit nicht mehr im Blick haben wird. Kimski sieht auf seine Uhr. Die Zeit ist abgelaufen. »Scheiß drauf!«, denkt er, und bückt sich. Er zieht die Unterlagen ein weiteres Mal aus einem Mülleimer und schiebt sie hinter seinem Rücken zwischen Unterhose und Hosenbund.

Als er auf dem Hügel ankommt, liegt die Thingstätte in Dunkelheit gehüllt vor ihm, vom Mond keine Spur. Am unteren Rand des Areals sind lediglich die Lichter der Stadt Heidelberg im Talkessel zu sehen. Langsam steigt Kimski die Stufen der Tribüne hinab, die Hände in den Hosentaschen vergraben. Der Papierstapel in seiner Hose drückt bei jedem Schritt. Er muss daran denken, dass er nicht bewaffnet ist, was er ändern sollte. Da er beim Sondereinsatzkommando gelernt hat, in ungewohnten und bedrohlichen Situationen blitzschnell zu improvisieren, sucht Kimski vor sich den Boden ab, aber es dauert einen Moment, bis seine Augen sich an die Finsternis gewöhnt haben. Eher durch Zufall stößt er mit seinem Fuß gegen einen Berg leerer Bierflaschen. Er geht in die Knie und nimmt eine in die Hand.

»Warum nicht?«, denkt er. Die Idee mit der Glasflasche, die man recht unauffällig in der Hand halten und der man im Bedarfsfall den

Hals abschlagen kann, um sie als Waffe zu nutzen, ist zwar nicht besonders originell, aber hilfreich. Mit der Flasche in der Hand schlendert er weiter, bis er in der Mitte des Geländes zwischen Tribüne und Bühnenkomplex angelangt ist. Er bleibt kurz stehen und sieht sich um. Er kann jetzt die Umrisse des Steinklotzes vor sich gut ausmachen. Und da ist auch der Durchgang, so wie Sebastian es beschrieben hat. Ob dort jemand steht, kann er allerdings nicht erkennen. Kimski bleibt nichts anderes übrig, als näher heranzutreten. Gerade als er loslaufen will, klingelt das Handy erneut.

»Was macht er da?«

»Er telefoniert.« Kommissar Vollmer und Kriminaloberrat Benesch stehen im hinteren Teil des Durchgangs im Dunkeln und starren auf den Platz in der Mitte. Als Vollmer sich in Bewegung setzen will, packt Benesch ihn am Arm und hält ihn fest.

»Was haben Sie vor?«

»Ich werde ihn mir jetzt kaufen gehen.«

»Warten Sie ab. Ich will sehen, ob noch etwas passiert. Außerdem haben Sie selbst gesagt, dass Kimski gefährlich ist.« Vollmer trampelt schon den ganzen Abend gehörig auf seinen Nerven herum. Der Kerl ist so hibbelig und nervös wie eine Nonne, die sich in einen Stripclub verlaufen hat. Benesch macht einen Schritt vor, er will unbedingt sehen, was Kimski als Nächstes macht.

Irgendetwas an dieser skurrilen Situation ist faul, er kann es förmlich riechen. Das hat schon mit diesem sonderbaren Anruf heute Nachmittag begonnen. Der anonyme Anrufer hat ihm erklärt, dass Leonard Kimski ihn umbringen will.

»Kimski? Was wissen Sie von Kimski?«

»Er hat sich mit mir für heute Abend verabredet. Nach Einbruch der Dunkelheit will er sich mit mir an der Tribüne der Thingstätte treffen. Aber ich fürchte, dass das eine Falle ist. Er will mich töten.«

»Warum sollte er Sie umbringen wollen?«

»Aus politischen Gründen.«

»Warum das? Inwiefern?«

»Näher kann ich Ihnen das jetzt nicht erklären. Aber ich bin mir sicher, dass sie irgendwann von selbst darauf kommen werden. Außerdem hat er schon vorher gedroht, mich aus dem Verkehr zu ziehen.«

»Sagen Sie mir Ihren Namen. Es ist schwierig, jemandem Glauben zu schenken, der nicht einmal einen Vertrauensvorschuss gibt, indem er seine Identität offenbart.«

»Das kann ich nicht.« Er hatte laut geseufzt. »Lassen Sie mich raten. Das ist auch wieder was Politisches?«

»Genau. Allerdings bin ich mir sicher, dass Sie heute Abend trotzdem auf dem Heiligenberg auflaufen werden. So dringend, wie Sie nach Kimski suchen.«

Da hatte der Anrufer allerdings recht. Und hier sind sie. Hinter Benesch stehen acht Männer vom SEK in schwarzen Anzügen und Sturmhauben, die Vollmer bestellt hat. Zusätzlich befinden sich vier Scharfschützen mit Nachtsichtgeräten an unterschiedlichen Positionen am Waldrand, die das gesamte Areal überblicken können.

»Politische Gründe«, denkt Benesch. Bis heute hat er noch nie davon gehört, Kimski sei politisch engagiert. Das, was ihm die Mannheimer Kollegen bisher über ihn erzählt haben, klingt nach einem Menschen, der sich einen feuchten Kehricht für Politik interessiert. Das Bild, das sie von Kimski gezeichnet haben, ist das eines einsamen Wolfs, der in seiner eigenen Welt lebt. Er macht nicht den Eindruck, als würde er daran glauben, dass man die Welt mithilfe einer bestimmten Ideologie verbessern könnte. Als er Vollmer vorhin darauf angesprochen hat, fing dieser an, etwas davon zu faseln, Kimskis Vater sei Kommunist. Benesch wollte daraufhin wissen, was die Überzeugung des Vaters mit dem Sohn zu tun habe. Doch Vollmer begann sofort, eine Rotfront-Verschwörungstheorie zusammenzuschustern, vor der selbst J. Edgar Hoover seinen Hut gezogen hätte.

»Mit wem spricht der so lange? Was soll das?«

»Keine Ahnung. Aber fürs Erste bleibt uns nichts anderes übrig, als abzuwarten.«

»Und wenn ihn jemand warnt?«

»Dann haben Sie ja immer noch Ihre Scharfschützen. Immer mit der Ruhe, Vollmer.«

»Sebastian?« Kimski hält das Telefon an sein Ohr und bleibt stehen.

»Ja.«

»Warum rufen Sie schon wieder an?«

»Es gibt noch etwas, das ich dir sagen muss, Kimski, bevor ich dir Eva aushändigen kann.« Er legt eine Kunstpause ein.

»Mach jetzt kein Theater. Spuck es endlich aus!« Sebastian hat angefangen ihn zu duzen, also tut er es ihm gleich.

»Aber du darfst dich jetzt nicht aufregen, Kimski. Es betrifft die Beziehung zwischen Eva und mir. Ich weiß, wie viel sie dir bedeutet, aber ...«

»Wovon redest du? Hast du sie angefasst, du Arsch?«

»Tief durchatmen, Kimski. Du musst dich entspannen. Es ist nicht so, wie du denkst – zumindest nicht so, wie du es dir gerade vorstellst.« Woher will der wissen, was er sich gerade vorstellt? »Ich weiß, dass es trotzdem schwer sein wird für dich. Immerhin empfindest du so viel mehr für Eva als bloße Freundschaft. Und sie lässt dich abblitzen.«

»Was ich empfinde und was nicht, geht dich überhaupt nichts an. Außerdem ist das alles Quatsch, was du da erzählst.«

»Da wäre ich mir nicht so sicher.« Der Typ weiß echt, wie er ihn wütend machen kann. »Ich habe Eva nicht vergewaltigt, wenn es das ist, was du vorhin andeuten wolltest.«

»Ist besser für dich, glaub mir.«

»Ja, natürlich. Ich fand es anders auch viel besser. Sie hat sich mir freiwillig hingegeben.«

»Träum weiter. Wenn ich Märchen hören will, geh ich ins Kasperletheater, du Spinner!«

»Der Unterton in deiner Stimme wird immer ungehaltener, merkst du das?«

Kimski antwortet nicht. Wie soll man auch nicht ungehalten werden bei einem Entführer, der die Übergabe der Geisel hinauszögert und sich dabei vorkommt wie Schweinchen Schlau. »Ich gebe zu, dass ich Eva bei unserem ersten Treffen unter einem falschen Namen angesprochen habe. Ich wusste ja nicht, ob du ihr zufällig von mir erzählt hattest. Sie sollte nicht gleich Verdacht schöpfen. Auch bei dem

Lebenslauf, den ich ihr aufgetischt habe, habe ich mich ein bisschen von den Berichten eines ehemaligen Mitbewohners inspirieren lassen. Aber der Mensch, den sie kennengelernt hat und den sie mit nach Hause genommen hat, das war dann doch ich.«

»Wann soll das denn gewesen sein?«

»Tja. Es ist alles noch ziemlich frisch, das stimmt. Dienstagabend waren wir zusammen essen.«

Das ist doch alles Bullshit. Eva hat ihm nichts davon erzählt, dass sie jemanden kennengelernt hat. Sie sind doch Freunde, warum sollte sie es ihm gegenüber nicht erwähnen? Andererseits – wann hätte sie die Gelegenheit dazu gehabt? Und was war das am Dienstagnachmittag, als sie nicht von ihm nach Hause gefahren werden wollte? Hatte sie vielleicht etwas von einem Termin erwähnt?

»Denkst du, ich lüge, Kimski?« Schweigen. »Du denkst, ich verarsche dich, Kimski. Das merke ich doch. Aber keine Sorge, ich kann es dir beweisen. Ich weiß, dass du eine kurze Beziehung mit Eva hinter dir hast. Ja, da staunst du, was ich alles weiß. Eva hat mir davon erzählt. Was war damals eigentlich los mit euch beiden? Warum hast du dich nicht mehr bei ihr gemeldet? Du stehst doch immer noch auf sie, da kannst du mir erzählen, was du willst.«

Woher will er das wissen? Verdammt! Kimski weiß es doch selbst nicht so genau. Und wie kann er über ihre kurze Beziehung im Bilde sein?

»Eva hat mir von ihrem letzten missglückten Versuch der Kontaktaufnahme mit der Männerwelt erzählt«, erklärt Sebastian, als hätte er Kimskis Gedanken gelesen. »Keine Angst, sie hat keinen Namen genannt. Eva ist ja ganz diskret. Ich konnte mir trotzdem zusammenreimen, dass sie dich gemeint hat. Schließlich kenne ich dich mittlerweile ein bisschen. Und weißt du was? Eva würde das zwar nie zugeben, aber ich glaube, die Geschichte mit dir hat ihr ziemlich zugesetzt.«

»Komm endlich zur Sache, Drecksau. Ich bin nicht hier hergekommen, damit ich mir dein dummes Geschwafel anhören muss!« Er wollte Sebastian nicht beleidigen, es ist einfach so passiert. Bei der Schulung über Verhandlungsmethoden mit Geiselnehmern, an der er während seiner SEK-Zeit teilgenommen hat, wurde ihm etwas anderes beigebracht. Aber dieser Typ legt es doch echt drauf an, es ist zum Verrücktwerden! »Ich komm jetzt rüber!«

»Er kommt.« »Das sehe ich«, entgegnet Benesch seinem Kollegen.

»Der hält etwas in der Hand!« Vollmer flüstert und schreit gleichzeitig.

»Das ist doch das Telefon.«

»Sicher? Könnte auch eine Waffe sein.«

»Nein.« Das ist das Mobiltelefon, das Kimski die ganze Zeit an sein Ohr gehalten hat. Nachdem er das Gespräch beendet hat, ist er losgelaufen. In der rechten Hand hält er immer noch das Handy, oder? Was, wenn er es doch weggesteckt und stattdessen eine Waffe hervorgezogen hat? Verdammt! Muss es denn so furchtbar dunkel sein.

»Der wird immer schneller«, sagt Vollmer. »Gucken Sie doch mal. Der trampelt wie ein wilder Stier auf uns zu!« Vollmer greift zu seinem Funkgerät. »Ich sage den Scharfschützen, dass sie feuern sollen.«

»Nein.« Benesch fasst Vollmer am Arm.

»Aber wir müssen zuerst an unsere eigene Sicherheit denken. Sie haben doch gesagt, dass Kimski hier oben jemanden abknallen will!«

Benesch muss nachdenken. Kimski ist zwar bedrohlich nahe, aber nach wie vor passt überhaupt nichts zusammen.

»Wir sollten wenigstens in Deckung gehen!«

Doch Benesch, der in Extremsituationen oftmals die besten Einfälle hat, bewegt sich nicht – und es ist eine Extremsituation, in der sie sich jetzt befinden.

Er holt die einzelnen Puzzlestücke vor sein inneres Auge und fügt sie zusammen. Da ist Adelbert Kampowski, tot, ein gesuchter Kriegsverbrecher, der untergetaucht war. Da ist Kimski, der Ex-Bulle mit Kommunistenvater, der aber eigentlich nicht den Eindruck macht, sonderlich politisch zu sein. Da ist ein anonymer Anrufer, der behauptet, Kimski wolle ihn umbringen, und Kimski als politischen Amokläufer hinstellt. Kimski ein politisch motivierter Mörder?? Ja, er hat es! Das ist es!

»Sagen Sie mal, Vollmer. Kennen Sie die Strategie der Spannung?«

»Was?«

Die Strategie der Spannung könnte die Lösung sein, auch wenn er jetzt keine Zeit hat, Vollmer das Konzept zu erklären, wobei es recht einfach wäre, da Benesch vor ein paar Jahren einen Vortrag darüber angehört hat. Ihre Anfänge gehen zurück auf ein Netzwerk, das sich Ende der Sechzigerjahre in Italien gebildet hat. Damals kam es dort, wie in fast allen westlichen Ländern, zu Studentenunruhen, aus denen zahlreiche linksextremistische Gruppierungen hervorgegangen sind. Um dieser Entwicklung entgegenzutreten, begann ein Netzwerk aus Mitgliedern italienischer Geheimdienste, Bombenattentate auf die Zivilbevölkerung zu verüben. Mithilfe gefälschter Beweise sorgte man dann dafür, dass die Anschläge linksextremen Terroristen angelastet wurden. Wenn er sich richtig erinnert, wurden allein bei dem Anschlag auf den Bahnhof von Bologna an die hundert Menschen getötet. Ziel der Aktionen war es gewesen, die italienische Bevölkerung so sehr zu verängstigen, dass diese von sich aus den Staat um eine Verschärfung der Gesetze bat. Für die Durchführung der Attentate konnten Rechtsextremisten gewonnen werden.

Auch wenn hinter dem Mord an Kampowski wahrscheinlich kein Geheimdienst steckt, ist Benesch sich sicher, dass er den richtigen Ansatz gefunden hat, um den Fall zu entwirren. Irgendjemand versucht hier, Strategie der Spannung mit ihnen zu spielen. Aber nicht mit ihm! Als Nächstes muss er mit Kimski reden.

»Mir reicht es jetzt!«, brüllt Vollmer, reißt seine Dienstwaffe hoch und macht einen Schritt vor.

»Moment!«

Zu spät, Vollmer hört ihn nicht mehr. Ein Schuss ertönt und die angespannte Stille der Nacht zerbirst in tausend kleine Fetzen.

45

Donnerstag, 1. Mai 2008
Heidelberg

Als er etwa zehn Meter von der Bühne entfernt ist, merkt Kimski, dass etwas nicht stimmt. Er macht ganz eindeutig zwei Figuren im hinteren Teil des Durchgangs aus. Zwei Männer, nicht etwa nur einen Mann oder eine Frau und einen Mann. Es handelt sich ganz sicher um zwei männliche Personen. Plötzlich kommt einer der beiden auf ihn zu und reißt eine Pistole hoch. Kimski fährt zusammen. Das ist doch Vollmer! Was soll der Scheiß? Wie kommt es, dass Vollmer am Treffpunkt ist? Für einen Moment versteht Kimski gar nichts mehr. Aber es kommt noch besser, nachdem Vollmer ein paar Schritte vorgetreten ist, gibt er den Blick frei auf ein Rudel schwarzer Gestalten, das nun hinter ihm herstürmt. Alter Schwede, das ist eine Gruppe SEKler!

Kimski ist vollkommen überrumpelt, rennt los, bremst abrupt ab und schleudert wie in Trance die Flasche in seiner Hand reflexartig in Vollmers Richtung. Das Ganze kommt einem Akt der Selbstverteidigung gleich, denn er kann es einfach nicht mehr ertragen, von Vollmer verfolgt zu werden. Dennoch bereut Kimski umgehend diese Tat, und das nicht zu Unrecht. Vollmer drückt ebenso reflexartig den Abzug, als er die Flasche auf sich zufliegen sieht.

Er hat sich am Waldrand im Unterholz verschanzt. Den braunen Fechtanzug und die Maske hat er wieder übergezogen, wodurch er sich bestens an die farbliche Gegebenheit seiner Umgebung anpasst. Erstmals fühlt er sich auf seinem Beobachtungsposten wie ein Soldat. Es ist großartig und diesmal ist es, anders als zuvor, auch gefährlich. Vor allem kommt es darauf an, nicht von den Scharfschützen der Polizei entdeckt zu werden, die sich ihrerseits auf verschiedenen Posten verstecken.

Sebastian ist gleich aufgebrochen, nachdem Kimski die Unterlagen in dem Mülleimer deponiert hatte, und ist zu seiner jetzigen Position geschlichen, wobei er sich nicht mal hätte beeilen müssen, da Kimski es mit der Pünktlichkeit nicht sonderlich genau nimmt. Statt der vorgeschriebenen zwei Minuten hat er sich bestimmt drei Minuten Zeit gelassen. Sogar auf dem eigentlichen Gelände der Thingstätte bewegte er sich nicht besonders schnell. Erst nach dem Anruf rannte Kimski auf einmal los. Gut so.

Sebastian schiebt seinen Kopf ein Stück vor, da er nur schlecht erkennen kann, was dort unten vor sich geht. Dann ertönt ein Schuss und der Platz vor der Tribüne wird für einen kurzen Augenblick von dem Mündungsfeuer einer Pistole erhellt. »Na also«, denkt er. »Geht doch.«

Kimski wird mit voller Wucht zu Boden geschmettert. Das Handy gleitet ihm aus seiner linken Hand und fliegt durch die Luft. Als ihm klar wurde, dass Vollmer auf seinen Angriff reagieren würde, erteilte er seinem Körper noch rechtzeitig den Befehl, sich fallen zu lassen. Allerdings gelingt es ihm nicht, sich ordentlich abzufangen, und er stürzt unsanft zu Boden.

Mühsam richtet er sich in der Gewissheit wieder auf, dass er Vollmer mit seinem Wurf gestreift hat, was diesen vermutlich nicht außer Gefecht gesetzt, aber für einen Moment gehörig aus der Fassung gebracht haben wird. So bleibt Kimski genug Zeit, sich zu berappeln und aus der Schusslinie zu verschwinden. In dem Moment fallen ihm die SEK-Männer wieder ein. Er sieht auf, mindestens vier Mann rennen direkt auf ihn zu. Da er selbst Teil des Kommandos gewesen ist, kommt ihm die Situation jetzt noch bizarrer vor. Eine Einsatzgruppe ist viel zu sehr auf ihre eigene Sicherheit bedacht, als dass sie nur aus einer Richtung und auch noch frontal angreift. Nicht auf einem Areal wie diesem. Zu seiner Zeit hätte er bei einem Einsatz wie diesem sicherlich irgendwo Scharfschützen positioniert.

Scharfschützen! Das Wort hallt noch in seinem Kopf nach, als er sich zur Seite wirft und auf dem Boden abrollt. Im selben Moment schlägt direkt neben ihm eine Kugel in den Rasen ein. Kimski spürt, wie ihm aufwirbelnde Grasbüschel und Erdklumpen ins Gesicht schleudern. Sein Manöver erfüllt einen doppelten Nutzen: Einerseits ist er dem Schuss eines Präzisionsschützen entgangen, anderseits hat sein ungelenker Hechtsprung die SEK-Männer für ein oder zwei Sekunden aus der Fassung gebracht. Er springt sofort wieder auf, obwohl eins seiner Beine schmerzt, aber bis er wieder auf die Warnsignale seines Körpers eingehen kann, muss das Bein sich eben noch eine Weile gedulden. Er spurtet direkt an der Betonwand entlang nach rechts. Als er am Ende der Bühnenmauer anlangt, wirft er sich in der Hoffnung dahinter, dort zumindest aus dem Blickfeld der Scharfschützen zu sein.

Sebastian robbt noch ein Stück weiter nach vorn, um besser sehen zu können. Was geht da unten nur ab? Mittlerweile ist ein zweiter Schuss gefallen, aber Kimski rennt scheinbar immer noch umher. Es ertönen Rufe und mehrere schwarze Schatten huschen vor der Bühne umher.

Sebastian erhebt sich, was nicht hilft, seine Sicht zu verbessern. Er muss aus seinem Versteck ein Stück hervortreten, wenn er erkennen will, was dort unten vor sich geht. Er macht ein paar Schritte vor und bleibt direkt zwischen zwei Baumstämmen stehen. Von dort aus kann er Kimski wieder sehen, der hinter der rechten Bühnenseite in Deckung gegangen ist. Plötzlich dreht Kimski seinen Kopf und sieht in Sebastians Richtung, fast so, als starre er ihn direkt an. In dem Moment erkennt Sebastian, dass es ein Fehler war, aus seiner Deckung hervorzutreten.

Kimski hört, wie sich der SEK-Trupp von beiden Seiten anpirscht. Er hat noch ein paar Sekunden Zeit, um nachzudenken. Die Männer werden sich erst neu formieren und auf Nummer sicher gehen. Was soll er tun? Er schaut um sich, auf der Suche nach einem Fluchtweg, als sein Blick an einer schwarzen Silhouette hängen bleibt, die zwischen zwei Bäumen am Waldrand auftaucht. Es gibt keinen Zweifel, die Person, zu der sie gehört, hat sich gerade bewegt. Und sie ist ihm bereits vertraut. In diesem Moment wird ihm bewusst, dass er in eine Falle geraten ist. Ihm ist der Sinn, der dahintersteckt, noch nicht ganz klar, aber er verspürt sofort wieder den Zorn, der ihn zuvor am Telefon übermannt hat.

Von allen Seiten springen die schwarzgekleideten SEK-Männer hervor und umzingeln ihn mit ihren Sturmgewehren im Anschlag. Einen kurzen Moment lang bewegt sich niemand. Dann verschränkt Kimski die Arme wie ein Football-Spieler, der gerade den Ball gefangen hat und diesen fest umklammert. »Scheiß drauf!«, schreit er und rennt los. Er könnte schwören, dass ihm die Verwunderung in den Augen der beiden Männer, die vor ihm standen und die er wie ein Quarterback zur Seite geschoben hat, selbst hinter den Visieren der Titanhelme nicht entgangen ist. Er hat den Ring, der ihn umzingelte, durchbrochen, noch ehe einer der Anwesenden verstanden hat, was vor sich geht. Dass ein Zielobjekt, das man bereits gestellt hat und auf das die Mündungen von acht Feuerwaffen gerichtet sind, derartige Gegenwehr leistet, gehört nicht zum Standardprogramm bei SEK-Lehrgängen und Einsätzen.

Bevor sich jemand an seine Verfolgung macht, hat Kimski bereits einige Meter Vorsprung. Jetzt muss er hoffen, dass niemand von der Einsatzgruppe einen locker sitzenden Zeigefinger hat. Man hat ja bereits zweimal auf ihn geschossen, wobei er jeweils derjenige war, der zuerst angegriffen hat, und man vermutlich davon ausgeht, dass er bewaffnet ist. Wenn man ihn, unbewaffnet wie er ist, bei der Flucht hinterrücks anschießt und er an den Folgen stirbt, macht es den Eindruck einer brutalen Hinrichtung, was sich doch wohl kein Einsatzleiter leisten kann.

Als Kimski weiterrennt, sieht er, wie der schwarze Schatten zwischen den Bäumen verschwindet. Er muss sich beeilen, denn er vernimmt das Trappeln der Stiefel deutlich hinter sich, aber Schüsse sind keine zu hören, was ihn ungemein beruhigt. Den Waldrand erreicht er ohne Unterbrechung. Ab da ist es einfacher, da der dichte Bewuchs seinen Verfolgern die Sicht erschweren wird. Kimski rennt den Hügel hinab, als gäbe es kein Morgen mehr. Von irgendwo erklingt ein Motorengeräusch. Äste peitschen ihm ins Gesicht. Wenige Höhenmeter unter ihm taucht ein Feldweg auf. Und da ist tatsächlich ein Wagen, der gerade anfährt. In seinem Nacken hört er Schreie, unverständliches Gebrüll. Verdammt! Er wird das Auto nicht mehr erreichen. Auf einmal stolpert Kimski, fällt kopfüber nach vorn, als hätte er zum Hechtsprung angesetzt, und rollt ein gutes Stück den Abhang hinab. Sein Gesicht und seine Hände brennen, aber er richtet sich wieder auf. Er muss diesen Kerl aufhalten, denn nur Sebastian weiß, wo Eva steckt. Er stellt fest, dass seine Rutschpartie ihn schneller nach unten befördert hat, als wenn er gelaufen wäre. Er befindet sich oberhalb des Weges in drei Meter Höhe. Das Auto ist noch etwa fünf Meter entfernt. Kimski nimmt Anlauf und springt ab. Zum Glück fährt der Wagen nicht sonderlich schnell, sodass Kimski auf dem Autodach landen kann. Er schlingert darauf von links nach rechts und zurück. Er rudert mit seinen Armen, bis er mit der rechten Hand das obere Ende des Türrahmens zu fassen bekommt. Kurz darauf kann er sich auch mit der linken Hand an die Karosserie klammern. Er will gerade aufatmen, als er spürt, wie Sebastian im Wagen unter ihm das Gaspedal durchdrückt.

46

Donnerstag, 1. Mai 2008
Heidelberg

Aufgebrachtes Treiben, Schreie. Die ersten, die auf dem Weg ankommen und dem Auto hinterhersehen, das mit dem Hauptverdächtigen auf dem Dach verschwindet, sind die Männer vom SEK. Vollmer und Benesch folgen nur wenige Sekunden später.

»Scheiße!«

»Er war es nicht«, sagt Benesch.

»Was!«

»Wir haben uns einen Bären aufbinden lassen, Herr Kollege.« Vollmer sieht Benesch verwirrt an. Um sie herum herrscht Geschäftigkeit. Die Männer vom SEK rennen den Pfad hinauf in die entgegengesetzte Richtung, dorthin, wo die Einsatzfahrzeuge geparkt sind.

»Er hatte einen Komplizen, haben Sie das nicht gesehen? Das Fluchtauto stand schon bereit!«

»Ich glaube nicht, dass das Kimskis Komplize war.«

»Was denn sonst!«

»Kommen Sie«, sagt Benesch und winkt ihm zu. »Lassen Sie uns auf dem Weg zum Auto darüber reden, bevor wir die Spur des Fahrzeugs komplett verlieren.«

»Die finden wir doch eh nicht mehr. Oh Mann!« Vollmer macht den Eindruck eines Kindergartenkindes, dem man gerade den Lutscher geklaut hat.

»Da haben Sie wahrscheinlich recht.« Natürlich haben sie die Fahrzeuge nicht direkt am Einsatzort geparkt, denn das wäre zu auffällig gewesen. Bis sie ihren Wagen erreichen, kann der des Flüchtigen bereits zehn Kilometer entfernt sein. »Aber versuchen können wir es wenigstens.«

Sie fahren immer noch durch den Wald. Kimski versucht, sich zu konzentrieren. Als er zwanzig war, kannte er ein paar Verrückte, die sich an Kletterseilen von Brücken stürzten oder sich bei hundert Sachen auf das Dach eines VW-Busses stellten und über die Autobahn surften. Einmal war er bei so einer Tour dabeigewesen, allerdings nur als Beifahrer. Der Spaß damals hätte auch böse ausgehen können, war er aber nicht. Das heißt, dass es prinzipiell möglich sein muss, auch bei erhöhter Geschwindigkeit eine Weile auf einem Autodach ausharren zu können, oder etwa nicht? Leider hat diesmal niemand ein Klopfzeichen vereinbart, mit dem er auf sich aufmerksam machen könnte, wenn es ihm zu schnell wird.

Sie gelangen an eine Weggabelung. Sebastian macht keine Anstalten abzubremsen, bevor er die Kurve nimmt, und legt ein halsbrecherisches Manöver hin, mit dem er sich unter anderen Umständen als Stockcar-Fahrer hätte bewerben können. Kimski wird gehörig durchgeschüttelt und rutscht vom Autodach ab, sodass die Füße in der Luft baumeln. Er klammert sich verzweifelt an die Karosserie und zieht mühsam seinen Unterkörper zurück aufs Dach. Er stöhnt und sieht an sich herab. Es ist ihm tatsächlich irgendwie gelungen, die Beine wieder aufs Dach zu hieven. Als er wieder nach vorn sieht, stöhnt er ein weiteres Mal auf: Genau vor ihm erblickt er die nächste scharfe Kurve.

Wieder gibt Sebastian Gas. Doch in der Mitte der Kurve bremst er auf einmal ab. Die Reifen quietschen. Diesmal kann Kimski sich nicht mehr halten. Seine Finger lösen sich von der Karosserie und sein Oberkörper wird nach vorn geschleudert. Er prallt auf der Motorhaube auf und segelt weiter in den Wald hinein, ins Dunkel. Alles um ihn herum wird schwarz.

47

Donnerstag, 1. Mai 2008
Heidelberg

Ein helles Licht strahlt direkt in sein Gesicht. Er muss die Augen zukneifen, seinen Körper kann er nicht spüren. Kimski blinzelt, sieht an sich herab. Halb verrenkt sitzt er auf einem sonderbaren Stuhl. Es dauert einen Moment, bis er kapiert, um was für eine Art Stuhl es sich handelt. Jetzt weiß er auch, woher das helle Licht kommt – er sitzt auf einem Stuhl, wie sie in gynäkologischen Praxen stehen. Dann taucht vor der Lampe eine Gestalt auf und grinst ihn an. Obwohl ihr Mund von einem Mundschutz verdeckt ist, weiß er ganz genau, dass sie grinst. Sie zieht sich Einweghandschuhe an, was ein klatschendes Geräusch verursacht, als ihre Finger das gespannte Gummi des zweiten Handschuhs loslassen. Kimski will schreien, kann aber nicht. Sein Mund steht offen, doch es kommt kein Ton heraus. Er will sich bewegen, doch sein Körper reagiert nicht.

»Dann können wir ja mit der Operation beginnen«, sagt sein Gegenüber und lacht. Wer ist das? Was soll das? Wo ist er? Aribert Heim kommt ihm in den Sinn, der KZ-Arzt, der später als Frauenarzt gearbeitet hat. Der ist doch längst tot! Nein, ist er nicht, hatte Eva gesagt, er werde immer noch gesucht. Aber der wäre doch auch viel älter als sein Gegenüber.

»Entspannen Sie sich.« Bitte? Was soll er? Der Kerl beugt sich vor und streckt ihm seinen Arm entgegen. Da Kimski sich nicht bewegen kann, schaut er weg, schließt einfach die Augen. Das ist, wie er feststellt, der einzige Befehl, den sein Körper befolgt. Panik steigt in Kimski auf. Er öffnet die Augen. Der ganze Raum ist kahl, die Wände weiß, zum Verrücktwerden. In seinem Unterleib brennt es. Fingert der Doktor ihm gerade an einer Stelle herum, wo er nicht sollte?

»Schauen Sie mal, was ich gefunden habe.« Sein Gegenüber richtet sich auf und hält ein schrumpeliges Ding in der Hand, das entfernt an ein menschliches Herz erinnert. »Sehen Sie mal. Ist kaputt.«

Als der Typ seinen Mundschutz herunterzieht, erkennt Kimski ihn wieder. »Ich dachte, Sie wären Psychotherapeut!«, presst er hervor. Auf einmal klappt auch das Sprechen wieder. Sein Gegenüber antwortet nicht, strahlt ihn nur an mit einem fürchterlichen Grinsen. Aber klar – der Psychotherapeut! Dann ist das Ganze wieder so ein furchtbarer Traum.

»Sie haben nicht gut darauf aufgepasst.« Der Kerl hantiert immer noch mit dem Stück Fleisch herum. »Ist ganz verkümmert, das arme Ding. Sie lassen zu wenige Gefühle zu. Dadurch verschrumpelt das Herz.«

»Ich zeig Ihnen gleich Gefühle!« Kimski will um sich schlagen, was nicht geht. »Moment mal! Das Herz schlägt nicht mehr?« Wie blöd von ihm, wie soll es auch schlagen, wenn es gerade herausgeschnitten worden ist. Nicht dass es am Ende gar kein Traum ist. Vielleicht ist er ja tatsächlich tot?

Der Doktor setzt sich auf einen Bürostuhl ihm gegenüber an einen Tisch. Wo kommen nur der Tisch und der Stuhl auf einmal her? Er lässt das wabbelige Herz in eine Nierenschale fallen, greift zu einem Kuli und notiert etwas. »Kein Wunder, dass Sie immer wieder in Schlamassel geraten, Kimski. Sie gehen alles viel zu verspannt an, machen Sie sich mal locker. Unternehmen Sie etwas Schönes mit Ihrem Vater, laden Sie Ihre Freundin Eva zum Essen ein.«

»Sie ist nicht meine Freundin! Und ich bin locker!«

»Natürlich.« Der Arzt erhebt sich und kommt wieder auf ihn zu. In der Hand hält er Nadel und Faden. »Entspannen Sie sich bitte, während ich Sie wieder zusammenflicke.«

»Bitte!«

»Wissen Sie, Kimski, Sie können nicht Ihr ganzes Leben lang Ihre Eltern für Ihr Elend verantwortlich machen. Lernen Sie zu verzeihen, schauen Sie mit erhobenem Haupt in die Zukunft, werden Sie erwachsen.« Was würde er nur dafür geben, wenn er jetzt seine Hände bewegen könnte und diesem Psychokerl ordentlich eine reinhauen könnte!

»So, alles wieder zusammengeflickt.«

»Herr Doktor, darf ich Sie mal was fragen?«

»Sehr gern.«

»Bin ich tot?«

Der Doktor lacht ihn an und schüttelt den Kopf. »Noch nicht.«

Als Kimski wieder zu sich kommt, wünscht er sich, er wäre bereits tot. Sein ganzer Körper schmerzt, alles ist dunkel. Er kann seine Arme und Beine nicht bewegen und ziemlich schnell muss er feststellen, dass er gefesselt und geknebelt ist. Seine Gliedmaßen sind fürchterlich verdreht und er ist wie eine Sardine in der Dose zusammengequetscht. Laut und deutlich vernimmt er den Motor eines Autos, spürt die Vibration des Wagens auf der Straße und nun weiß er auch, wo er sich befindet – in einem Kofferraum!

Scheiße! Er versucht, seine Hände zu befreien. Doch das scheint unmöglich. Welche Position genau hat er eigentlich eingenommen? Sind seine Arme hinter oder vor seinem Rücken zusammengebunden? Es dauert tatsächlich einige Sekunden, bis er sich sicher ist – die Hände sind hinter seinem Rücken gefesselt. Aber womit? Mit Klebeband? Kimski hat das Gefühl, sich gleich übergeben zu müssen. Das Atmen fällt ihm schwer. Was steckt in seinem Mund? Ein T-Shirt? Im Fernsehen sieht es immer so bequem aus, wenn Gangster jemanden in einen Kofferraum stecken, was offensichtlich nicht wahr ist. Das ist ihm immer schon komisch vorgekommen. Kimski ist etwa einen Meter neunzig groß. Wie um alles in der Welt passt ein ausgewachsener Mann seiner Größe in den Kofferraum eines Mittelklassewagens, ohne dass man seinen Körper wie einen Wäscheständer zusammenklappt? Kimski hat schon so einiges erlebt und er würde sich selbst sicherlich nicht als Angsthase beschreiben, aber jetzt spürt er deutlich, wie Panik in ihm aufsteigt. Eine Panik, die sich von einem Punkt tief in seinem Magen aus ausbreitet, seine Lungen zusammenschnürt und schließlich in seinen ganzen Körper vordringt. So etwas ist ihm noch nie passiert.

48

Donnerstag, 1. Mai 2008
Heidelberg

Er kommt langsam wieder runter. Wahrscheinlich war es das Adrenalin, das seinen Körper in diese Unruhe versetzt hat. Jetzt kann er sich wieder einigermaßen sammeln. Er kurbelt die Scheibe herunter, um frische Luft in den Wagen zu lassen. Dann streckt er den Kopf aus dem Fenster und schreit in die Nacht hinaus, danach geht es ihm besser.

Es ist zwar einiges schiefgelaufen, aber irgendwie hat er trotzdem den Eindruck, in Hochform zu sein, zudem ist noch nichts verloren. Er muss nur weiter gut nachdenken. Kimski hat er eingesackt – im wahrsten Sinne des Wortes –, also kann der Schnüffler schon mal nichts der Polizei verraten. Die Doktorarbeit hat er in Kimskis Hose versteckt gefunden, als er ihn fesselte. Der wollte ihn doch tatsächlich bescheißen, indem er die Dokumente nicht rausrückt. Aber jetzt stecken sie im Handschuhfach seines Wagens. Und ihn selbst hat die Polizei nicht erkannt, er war ja maskiert. Ob sie das Nummernschild sehen konnten? Es ging alles so schnell und es war so dunkel, außerdem hat er die Autoscheinwerfer erst eingeschaltet, nachdem er losgefahren war. Das heißt, sie können das Kennzeichen in der Dunkelheit eigentlich überhaupt nicht gelesen haben. Das ist gut.

Er geht davon aus, dass Kimski nach dem Feuergefecht an der Thingstätte immer noch der Hauptverdächtige der Polizei ist. Die SEKler haben ihn nicht erschossen, was seinen Plan eigentlich zunichte macht, und er selbst kann ihn auch nicht einfach abknallen. Aber Moment – was, wenn Kimski auf der Flucht Selbstmord begehen oder tödlich verunglücken würde? Das wär's doch! Er muss dessen Ableben so aussehen lassen, als hätte Kimski selbst Hand an sich gelegt. Vielleicht kann er ihn im Neckar ersäufen. Er wüsste sogar eine geeignete Stelle, an der nachts niemand vorbeikommen dürfte. Er sieht auf die Uhr, noch nicht mal zehn. Das ist zu früh, er sollte damit noch ein paar Stunden warten.

Also fährt er Richtung Dossenheim. Und was er mit Eva anstellen kann und wie er sein aufgewühltes Inneres wieder zur Ruhe bringt, wird ihm bestimmt auch noch einfallen. Nach ein paar Minuten Fahrt parkt Sebastian auf dem unbeleuchteten Feldweg in der Nähe des Gartenhauses. Er nimmt die Fechtmaske vom Beifahrersitz, läuft um den Wagen herum und klopft auf den Kofferraumdeckel. »Na, alles frisch da drin?« Er muss sich konzentrieren, um hören zu können, dass Kimski sich im Kofferraum bewegt. Soll er nur zappeln. »Du musst dich noch ein bisschen gedulden, Kumpel, zu dir komme ich später.«

Als er den schmalen Pfad zwischen den Büschen zur Hütte hinaufläuft, ist er bester Laune, er fühlt sich geradewegs beschwingt.

»Ich bin wieder da!«, ruft er überschwänglich, als er die Tür öffnet. Doch nachdem er das Licht eingeschaltet hat, gefriert das Lächeln auf seinem Gesicht. Der Stuhl, an den er Eva gefesselt hatte, steht an derselben Stelle wie vorhin. Aber wohin ist sein Opfer verschwunden? Und was ist aus dem Vorhängeschloss geworden, das er an der Tür angebracht hatte, bevor er das Grundstück verließ?

Nachdem der dunkelblaue Audi verschwunden war, betrat Carlo den kleinen Schrebergarten. Er brauchte eine Weile, bis er es geschafft hatte, das Schloss zu knacken. Schließlich fand er im Gebüsch eine rostige Gartenschere, mit der er nach ein paar Minuten den schmalen Riegel des Schlosses durchtrennen konnte.

In der Hütte dann fiel er beinahe in Ohnmacht, als er Eva sah. Ihn übermannte aber die Erkenntnis, eine echte Heldentat zu vollbringen, und natürlich die Freude, Eva lebend vorzufinden. Oh Mann! Er war tatsächlich im Begriff, eigenhändig eine Geisel zu befreien – ohne SEK, ohne GSG 9 und ohne die Kavallerie – in regelrechter James-Bond-Manier! Irritierender war, was danach passierte. Nachdem Eva sich gefangen hatte, wollte er sie sofort von dem Ort ihrer Pein wegschaffen und gemeinsam mit ihr auf seiner Vespa in den Sonnenuntergang düsen. Sie wollte aber gar nicht.

»Wir müssen jetzt ganz logisch denken«, hatte sie gesagt. »Wir können uns nicht von unserer Angst leiten lassen.«

»Ich habe kein Angst«, wollte Carlo schon entgegnen, ließ es aber dann doch bleiben, denn es wäre gelogen gewesen.

»Wohin sollen wir jetzt gehen? Zur Polizei? Ich bin sicher, dass Kimski dir gesagt hat, dass die Polizei aus dem Spiel bleiben soll.« Das hatte er tatsächlich. »Aber irgendwann kommt dieser Kerl vielleicht wieder. Ich habe keine Ahnung, was genau er vorhat und ob Kimski ihn irgendwie ausschaltet. Aber falls er es nicht tut, dann sollte besser jemand hier sein, wenn er zurückkommt. Und dieser jemand sollte dafür sorgen, dass er unschädlich gemacht wird.«

Carlo sah Eva lange an. Er bewundert sie, sie ist eine starke Frau. So etwas konnte es nicht geben, nach all dem, was ihr zugestoßen war – und so genau wusste er ja noch nicht, was ihr widerfahren war. Ihr Vorsatz, den Täter zu stellen, ist sehr mutig! Ob er selbst so mutig ist, würde sich noch zeigen müssen. Sie hatten schon eine geraume Weile gewartet, in der sie ihr Zeitgefühl bald verloren hatten, als sich plötzlich die Gelegenheit zur Umsetzung ihres Plans aufzutun schien und draußen Geräusche zu hören waren. Im Dunkeln stehend und mit einem Holzbrett bewaffnet harren sie nun also der Dinge, die da kommen werden.

Sebastian versucht, die Situation zu überblicken. Was ist hier vorgefallen? Das Schloss ist verschwunden, also muss jemand Eva geholfen haben. Sie kann sich unmöglich selbst befreit haben, oder etwa doch? Für Ursachenforschung hat er jetzt keine Zeit. Fest steht, sie ist abgehauen, was in der Tat so manches ändert. Sie kennt immer noch nicht seinen richtigen Namen, kann aber sein Gesicht identifizieren.

Die Morde wird man ihm, auch wenn ihre Aussage ihn belasten sollte, nicht nachweisen können. Von daher kann man ihn nur wegen Freiheitsberaubung belangen. Verjährt Freiheitsberaubung irgendwann? Vielleicht kann er sich ins Exil absetzen und die Sache irgendwie so drehen, dass seine Flucht den nötigen politischen Wirbel verursacht. Von dort aus könnte er eine nationale Bewegung aufbauen, um Deutschland zur rechten Zeit zu unterwandern.

Er muss die Fortführung dieses Gedankens unterbrechen, denn sein Verschwinden hat erst mal Priorität. Keine Ahnung, wie lange Eva schon fort ist, ob sie schon bei der Polizei aufgelaufen ist und wann hier ein Trupp Bullen anrollt. Fürs Erste muss er an seinem bisherigen Plan festhalten. Das heißt: Kimski beseitigen, und zwar am besten sofort.

Sebastian tritt aus der Hütte in den Garten und will Richtung Gartentor laufen, als er ein Geräusch hört. Es kommt aus dem hinteren Teil des Grundstücks, vielleicht hinter dem Gartenhäuschen. Ein Tier könnte es verursacht haben, muss aber nicht. Er verharrt für einen kurzen Moment, geht dann aber weiter. Was, wenn sich Eva immer noch im Garten befindet? Möglicherweise hat er sie durch seine Rückkehr überrascht, als sie gerade fliehen wollte. Und was ist mit ihrem Helfer? Das sollte er schnellstmöglich herausfinden und versuchen, das Problem mit Eva ein für alle Mal zu lösen.

Sebastian geht zu seinem Auto. Aus dem Handschuhfach holt er den Elektroschocker, den er Eva abgenommen hat, und schaltet ihn ein. Außerdem zieht er die Fechtmaske über sein Gesicht. Als er zurück zum Gartenhaus schleicht, verschmilzt er mit der Dunkelheit.

Eva tastet sich an der Rückwand des Gartenhauses entlang. Dann sieht sie zu Carlo.

»Ich glaube, er ist schon wieder abgehauen«, flüstert er ihr zu.

»Ja. Mannaggia!«

»Wir haben zu lang gezögert. Was machen wir jetzt?«

Das ist in der Tat eine gute Frage. Sollen sie ihm folgen? Als könnte er ihre Gedanken lesen, löst Carlo sich aus seinem Versteck und will um das Haus herumgehen. Eva kann ihn gerade noch am Hemdkragen packen und zurückreißen, als sie ein Geräusch aus der Richtung des Gartentores hört. Sie pressen sich an die Wand und tatsächlich sind wieder Schritte zu hören, die näher kommen. Die Tür der Hütte öffnet sich und wird unmittelbar darauf zugeschlagen. Dann ist es still.

»Ist er das wieder?«, murmelt Carlo. Er klingt ängstlich, was ihr gerade noch gefehlt hat.

»Wer soll es sonst sein, Bugs Bunny?«

»Warum ist er weggegangen und dann wiedergekommen?«

»Was weiß ich. Vielleicht hat er etwas in seinem Auto vergessen. Komm!«, Eva läuft los. »Diesmal kaufen wir ihn uns.«

Er stellt sich hinter die Tür, das Licht bleibt aus. Er steht einfach da und wartet. Es dauert nicht lang, dann hört er Geräusche, die sich um das Haus herum nähern, Richtung Eingangstür. »Na also«, denkt er. »Geht doch.«

Eva zeigt mit dem Finger auf Carlo. »Du zuerst«, flüstert sie.

»Ich?«, presst er hervor. Sie nickt. Carlo atmet tief durch. Dann macht er einen Schritt zurück, um Anlauf zu nehmen, und schmeißt sich gegen die Tür. Sie springt tatsächlich auf. Carlo rennt in den Raum und Eva will ihm folgen, als sie sieht, wie Carlo zu Boden geht. Aus dem Schatten hinter der Tür tritt der Mann mit der Maske. In der Hand hält er ihren Elektroschocker. Eva weicht zurück, holt mit ihrem Holzbrett aus, während er bedrohlich näher kommt. Sie trifft nicht. Kann ihn lediglich auf Distanz halten. »Cazzo!« Wenn er Carlo mit einem ordentlichen Stromschlag aus den Socken gefegt hat, kann sie die Schützenhilfe für die nächsten paar Minuten vergessen. Aber vielleicht kann sie den Angreifer noch eine Weile hinhalten?

Die Idee klingt gut, die Ausführung klappt leider nicht. Sie wedelt mit dem Brett vor sich her, doch der Maskierte lässt sich davon nicht beeindrucken. Er bekommt den Prügel ohne Probleme zu fassen und zieht so lange daran, bis Eva das Holz aus der Hand rutscht und sie nach hinten geschleudert wird. Sie schlägt auf dem Boden auf. Er schmeißt das Brett weg und lacht, kommt unmittelbar auf sie zu, den Elektroschocker in der Hand.

»Du hast dich tapfer geschlagen, Respekt! Aber jetzt ist es vorbei.« Er steht nun genau vor ihr und beugt sich zu ihr herunter. »Es tut mir leid. Ich fürchte, ich muss dich zusammen mit Kimski und eurem komischen Freund an die Fische im Neckar verfüttern.«

Eva rutscht rückwärts über den Rasen, Panik steigt in ihr auf. Sie atmet laut hörbar aus. Als sie mit dem Rücken gegen einen Baum stößt, sitzt sie in der Falle, sie kommt nicht mehr weiter. Durch die Maschen der Fechtmaske spürt sie bereits seinen heißen Atem, als ihr eine letzte Idee kommt. Ein bescheuerter Einfall, ganz ohne Zweifel, aber was spricht dagegen? Immerhin trägt sie noch die furchtbaren hochhackigen Stiefel.

Als er nah genug ist, holt sie aus und donnert die pfeilförmige Spitze ihres Stiefels mitten in seinen Schritt. Das zweite Mal innerhalb von zwei Tagen. Ihr Angreifer japst nach Luft, wieder mal. Doch diesmal dauert es nur einen kurzen Moment, bis er sich wieder gefangen hat. Eva hat gerade so viel Zeit, dass sie ihn wegstoßen und sich zur Seite rollen kann. Keuchend kriecht sie über den Boden. In dem Moment, als sie nach dem Holzbrett greifen will, bekommt er ihren linken Stiefel zu packen und zerrt sie zurück. Sie wird gut einen halben Meter in seine Richtung gezogen, bis der Schuh von ihrem Fuß rutscht und sie sich vorwärts bewegen kann.

»Auf die Stiefel ist also immer noch Verlass«, denkt sie, als sie das Holzbrett packt, »dann war die Investition doch zu etwas nutze.«

Sie richtet ihren Oberkörper auf. Auch der Angreifer hat sich wieder berappelt und kriecht auf allen Vieren zu ihr herüber. Doch diesmal ist sie schneller. In dem Moment, als er aufstehen will, um sich auf sie zu stürzen, holt Eva erneut aus und zieht ihm das Brett mit voller Wucht über den Schädel. Es macht einen lauten Schlag, auf den noch ein zweiter folgt, als der Maskierte, ohne sich abzufangen, auf dem Boden aufschlägt. Langsam steht Eva auf und sieht auf ihn herab. Hat sie ihn tatsächlich gerade k. o. geschlagen? Sie kann es selbst nicht glauben.

Das Holzbrett fest umklammert stolpert sie zur Hütte. Carlo bewegt mühsam seine Arme und Beine. »Wir müssen ihn fesseln«, stammelt Eva. Dann sinkt sie erschöpft auf den Stuhl. Sie zittert, Adrenalin schnellt durch ihren Körper.

»Hä?«, entgegnet Carlo. Er braucht noch einen Moment, bis er wieder ganz bei der Sache ist. Doch nach ein oder zwei Minuten richtet auch er sich auf und erhebt sich, um den Mann mit der Maske zu fesseln.

Fünf Minuten später schleifen sie gemeinsam den immer noch bewusstlosen Sebastian zu dem dunkelblauen Audi und verfrachten ihn auf die Rückbank.

»Geht es wieder?« Carlo legt Eva eine Hand auf die Schulter.

»Ich glaube schon.« Sie atmet tief durch. »Was machen wir jetzt mit ihm?«

»Keine Ahnung. Wenn ich nur wüsste, wo Kimski sich herumtreibt.«

In diesem Moment ertönt ein leises Kratzen vom Heck des Autos. Als sie den Kofferraum öffnen, finden sie zu ihrer freudigen Überraschung einen schlecht gelaunten Kimski vor.

Epilog

November 1968
Mannheim

Klara irrte ziellos durch die Straßen der Stadt. Sie hatte geweint, so viel, dass keine Tränen mehr kamen. Der Arzt hatte ihr gesagt, dass nun endgültige Gewissheit bestehe, sie sei tatsächlich schwanger. Dies sei in ihrem Alter zwar ungewöhnlich, aber auch nicht unmöglich. Nachdem sie die Praxis verlassen hatte, fingen die Tränen an, unablässig zu laufen.

Sie hatte den Besuch beim Frauenarzt so lange herausgezögert, wie es nur ging. Eugen kam als Vater ganz bestimmt nicht infrage. Nicht nur, weil sie all die Jahre ihrer Beziehung nicht schwanger geworden war, sondern weil sie auch während ihres Urlaubs und in den Wochen zuvor überhaupt nicht miteinander geschlafen hatten. Das Kind konnte nur von – nein, sie konnte es nicht mal denken!

Wie sollte sie nur ihre Schwangerschaft Eugen erklären? Sie sprachen seit ihrer Rückkehr aus Spanien nur noch das Nötigste miteinander. Was er in der Zwischenzeit getrieben hatte, war nicht aus ihm herauszubekommen. Auch sie hatte begonnen, beharrlich zu schweigen. Und nun? Eugen würde sie mit Sicherheit vor die Tür setzen. Und vielleicht war es sogar besser so.

Als sie merkte, wo sie sich befand, blieb sie stehen und sah sich um. Hier hatte alles begonnen. Wirklich alles. Links von ihr befand sich das Grundstück, auf dem die große Synagoge gestanden hatte. Wie lang war das jetzt her? Bald drei Jahrzehnte, mittlerweile hatten Wohnhäuser ihren Platz eingenommen, nichts ließ mehr darauf schließen, dass sich hier einst ein Gotteshaus befunden hatte. Klara seufzte.

Sie blickte schräg über die Straße. Vor ihr auf der gegenüberliegenden Seite ragte der graue Betonturm der neuen Trinitatiskirche in die Höhe. Wie lange sie schon in keinem Gottesdienst mehr gewesen war. Die Erlebnisse der letzten Jahre, ihre Suche nach Antworten und nach Gerechtigkeit hatten ihren Glauben zur Nebensache werden lassen, zur Fußnote degradiert. Es war ein schleichender Prozess gewesen. Zunächst hatte sie nicht mehr so oft in der Bibel gelesen, nicht mehr so häufig gebetet, war nicht mehr regelmäßig in die Kirche gegangen, bis sie all dies irgendwann überhaupt nicht mehr tat. Glaubte sie überhaupt noch? Konnte sie nach all dem noch glauben, wo es doch nirgendwo auf dieser Welt Gerechtigkeit gab?

Klara legte ihre Hände auf den Bauch und konnte doch wieder weinen. Dieses Kind zum Beispiel, es konnte für ihre Notlage überhaupt nichts. Sebastian, ein Opfer des Bösen, der Bösartigkeit dieser Welt. Sie trocknete sich die Augen und setzte sich auf die Stufen vor der Kirche. Sie musste an früher denken, an ihre Kindheit. Wie einfach es ihr damals gefallen war zu glauben. Damals hatte sie sich geborgen gefühlt, wenn sie den Worten des Pfarrers gelauscht hatte.

Nach einigen Minuten stand sie auf und lief um die Kirche. Hinter dem Gebäude, zwischen dem Hintereingang und dem Zugang zum Gemeindehaus, fand sie einen Schaukasten, in dem die Gottesdienstzeiten angegeben waren, diese merkte sie sich. Danach schweifte ihr Blick über die anderen Aushänge, Einladungsschreiben zu Gebetstreffen, Bibelverse und Ankündigungen. Und dann war dort noch ein Gedicht angebracht. Die Zeilen waren von Dietrich Bonhoeffer, der sie im Winter 1944 in einer Gestapozelle geschrieben hatte, wenige Wochen vor seiner Hinrichtung im Konzentrationslager Flossenbürg.

Von guten Mächten treu und still umgeben,
behütet und getröstet wunderbar,
so will ich diese Tage mit euch leben
und mit euch gehen in ein neues Jahr.

Noch will das Alte unsre Herzen quälen,
noch drückt uns böser Tage schwere Last.
Ach Herr, gib unsern aufgeschreckten Seelen
das Heil, für das du uns geschaffen hast.

Und reichst du uns den schweren Kelch, den bittern
des Leids, gefüllt bis an den höchsten Rand,
so nehmen wir ihn dankbar ohne Zittern
aus deiner guten und geliebten Hand.

Doch willst du uns noch einmal Freude schenken
an dieser Welt und ihrer Sonne Glanz,
dann wolln wir des Vergangenen gedenken,
und dann gehört dir unser Leben ganz.

Lass warm und hell die Kerzen heute flammen,
die du in unsre Dunkelheit gebracht,
führ, wenn es sein kann, wieder uns zusammen.
Wir wissen es, dein Licht scheint in der Nacht.

Wenn sich die Stille nun tief um uns breitet,
so lass uns hören jenen vollen Klang
der Welt, die unsichtbar sich um uns weitet,
all deiner Kinder hohen Lobgesang.

Von guten Mächten wunderbar geborgen,
erwarten wir getrost, was kommen mag.
Gott ist bei uns am Abend und am Morgen
und ganz gewiss an jedem neuen Tag.

Klara schloss ihre Augen und ließ die Worte auf sich wirken. Dann sah sie auf und las sie erneut. Vielleicht würde sie am Sonntag wirklich den Gottesdienst besuchen. Dann machte sie sich auf den Weg nach Hause.

Sonntag, 4. Mai 2008
Flughafen Frankfurt

»Und was, wenn du hier bleibst?« Hat er sie das wirklich gefragt? Die Worte sind ihm einfach so rausgerutscht.

»Du bist süß«, sagt Eva. »Aber ich muss fliegen. Ich muss diese Reise jetzt machen, einmal im Leben. Verstehst du?«

Kimski nickt zaghaft. Was will sie ihm damit sagen, er sei süß? Das ist so ein typischer Frauenausdruck, den er noch nie verstanden hat. Heißt das, dass sie auf ihn steht? Und steht er überhaupt auf sie? Ist das wieder nur eine Anwandlung, weil sie ihn aus dem Kofferraum eines Autos gerettet hat, oder ist er sich nun tatsächlich über seine Gefühle für sie im Klaren? Sie lächelt ihn an, dann umarmt sie ihn. »Holst du mich ab, wenn ich zurückkomme?«

»Mal sehen«, sagt Kimski. »Wer weiß, was in einem Jahr alles passiert.«

»Ja, mal sehen.« Sie lässt ihn los, nimmt ihr Handgepäck und geht. Nach ein paar Metern dreht sie sich noch einmal um. »Bau bitte keinen Scheiß, während ich weg bin. Dann ist nämlich niemand da, der dir den Arsch retten kann, wenn du dich mal wieder in Lebensgefahr begibst.«

Wehmütig blickt er Eva hinterher, während sie den langen Gang zur Passkontrolle hinuntergeht. Der Anblick versetzt ihn in ein bisher unbekanntes Gefühl von Traurigkeit. Das kann ein langes Jahr werden. Als sie aus seinem Blickfeld verschwunden ist, sieht er auf die Uhr. Es hilft alles nichts, er hat noch einen Termin, also bricht er auf.

Die Sonne scheint strahlend hell, als er in Mannheim ankommt. Er parkt in der Nähe seiner Wohnung und läuft zu Fuß zur neuen Synagoge. Bereits von Weitem sieht er Menschen und einen Polizeiposten vor dem Eingang stehen. Im Foyer wimmelt es von Besuchern und Interessierten, die sich die Führung durch das Gotteshaus und die Stände zur Feier anlässlich der Gründung Israels vor 60 Jahren nicht entgehen lassen wollen.

Vor dem Zugang zum Gebetsraum stößt Kimski beinahe mit einem Kamerateam des Rhein-Neckar-Fernsehens zusammen. Er setzt sich eine schwarze Kippa auf und betritt den Saal. Die Hände in den Taschen vergraben kommt er zwischen den Stuhlreihen zum Stehen. Vorn am Altar hat sich eine Gruppe um eine Dame versammelt, an deren Pullover ein weißes Namensschild befestigt ist. Sie referiert darüber, wie ein jüdischer Gottesdienst gefeiert wird. Kimski muss nicht näher herantreten, da er jedes Wort, das sie sagt, versteht.

Kimski lässt seinen Blick über die Empore schweifen. Er war noch nie zuvor in einer Synagoge. Und jetzt? Wie fühlt er sich? Nach all dem, was er über seinen Großvater erfahren hat. Er kann es nicht sagen, da er es nicht weiß. Wie soll er sich auch fühlen? Ein Gefühl der Leere erfüllt ihn, worüber er nicht unglücklich ist. Ihm fällt eine alte Dame auf, die verlassen in einer der hinteren Bankreihen sitzt. Bedächtig läuft er zu ihr hin und setzt sich neben sie. »Frau Maibaum?«

»Ja.«

»Ich bin Leonard Kimski, sehr erfreut.« Er betrachtet sie einen Moment. Sie sieht gut aus, beinahe jugendlich für ihr Alter. Früher war sie sicher eine sehr schöne Frau.

Gestern hatte sie sich unverhofft bei ihm gemeldet. Er war total baff, da er fälschlicherweise angenommen hatte, sie wäre bereits tot. Dabei lebt sie, froh und munter, bei ihrer Schwester und ihrem Schwager in Frankreich. Von der Verhaftung ihres Sohnes hat sie in den Nachrichten gehört. Das veranlasste sie, weiter zu recherchieren und sich eine deutsche Tageszeitung zu kaufen. Dabei war sie auf seinen Namen gestoßen. Sie würde gern mit ihm über ihren Sohn reden, hatte sie gesagt. Das ist gut, hatte er geantwortet, er habe auch noch ein paar Fragen.

»Wie geht es meinem Sohn?«

»Ich weiß nicht. Ihm wird es den Umständen entsprechend gut gehen. Er sitzt in Heidelberg in Untersuchungshaft.«

»Wann kann ich ihn besuchen?«

»Sie müssen einen Termin beantragen, was ein paar Tage dauern kann.«

Neben ihm beginnt Klara zu schluchzen. Kimski zieht ein frisches Taschentuch aus seiner Jackentasche hervor und reicht es ihr. Unbedarft legt er seine Hände auf die Stuhllehne vor sich und starrt in den Raum. Eine weinende Frau an seiner Seite, das ist eine der Situationen, in denen er nicht weiß, wie er sich verhalten soll.

»Er hatte es nicht leicht im Leben, das müssen Sie wissen«, sagt sie plötzlich. Kimski hört ihr zu. »Sebastian ist doch ohne Vater aufgewachsen.«

Das ist scheiße. Kimski weiß ganz genau, wovon sie redet. Er ist ja auch nur mit einem Elternteil aufgewachsen. Und immer diese bohrende Frage, woran es gelegen habe, dass seine Mutter eines Morgens einfach nicht mehr aufgetaucht ist. Als Kind hat er sich gefragt, ob es seine Schuld gewesen sei. Jedes Mal hatte er dabei einen dicken Kloß im Hals.

»Als Kind wusste er nicht mal, wer sein Vater war. Ich konnte es jahrelang niemandem erzählen. Und als ich Sebastian später erzählte, dass er sein Vater ist ...«

»Er?«

»Der Gestapomann. Es war ... es ist ...«, sie stockt.

»Schon gut«, beschwichtigt Kimski und lehnt sich wieder zurück. Er denkt sich seinen Teil lieber, als dass er von Klara verlangt, weiter ins Detail zu gehen.

»Es war gespenstisch. Auf einmal glorifizierte er den Mann, den er zuvor so sehr gehasst hatte. Ich konnte für seine Nazibegeisterung kein Verständnis aufbringen. Von da an zerbrach unsere Beziehung gänzlich. Wissen Sie, ich habe meinen Sohn seit acht Jahren nicht mehr gesehen.« Sie schnäuzt in das Taschentuch.

»Machen Sie sich keine Vorwürfe.«

Sie wischt sich die letzten Tränen aus dem Gesicht und legt das Tuch zur Seite. Ihre Gesichtszüge entspannen sich wieder. »Keine

Angst. Ich mache mir keine Vorwürfe. Am Ende ist jeder Mensch für seine Taten selbst verantwortlich.«

»Wahrscheinlich«, murmelt Kimski.

»Wenn er das, was man ihm vorwirft, getan hat, dann ist es besser so, dass Sie ihn gestoppt haben. Vielleicht hilft ihm die Zeit im Gefängnis, sich mit seinen Taten auseinanderzusetzen.«

»Vielleicht.«

»Ich glaube, es gibt nichts Schlimmeres, als alt zu werden und zu wissen, dass man die Dinge, die man in seinem Leben angestellt hat, nicht ins Reine gebracht hat. Ich habe es schon damals am Blick dieses Mannes gesehen. An diesem fürchterlichen Tag ... als er mich gehen ließ ... Seine Augen sagten, dass es ihm nicht gut ging.«

Kimski entgegnet nichts. Er muss an Adelbert Kampowski denken, als er ihn das letzte Mal gesehen hat, kurz vor dessen Tod. Und an Sebastian. Er will sie nicht entmutigen, aber Geschichten von Menschen, die sich im Gefängnis geläutert hätten, hat er noch nicht oft gehört. »Darf ich Sie etwas fragen?«

»Gerne«, antwortet sie.

»Glauben Sie, dass es irgendetwas gebracht hat, dass Sie damals in den Widerstand gingen?«

»Wenn man die Wirkung betrachtet, die der Widerstandskampf in Deutschland hatte, muss man die Frage verneinen. Aber dass es in diesem Land Tausende Menschen gegeben hat, die nicht mit dem Strom geschwommen sind, die ihren Mund aufgemacht haben, wenn sie Unrecht sahen, und das, obwohl sie wussten, dass sie damit ihr Leben riskierten – das ist doch immerhin etwas.«

»Das stimmt.«

Klara dreht ihren Kopf zu ihm hin und blickt ihn direkt an. »Wieso haben Sie ausgerechnet diesen Ort als Treffpunkt gewählt?«

»Ich weiß nicht. Ich wollte heute sowieso hier hin«, er zögert. »Ich habe herausgefunden, dass ich jüdische Vorfahren habe. Ich glaube, deswegen wollte ich mir die Synagoge einfach mal ansehen.«

»Und? Wie fühlen Sie sich, jetzt wo Sie hier sind?« Kimski zuckt mit den Achseln. Klara lächelt ihn an und legt ihre Hand auf seine Schulter.

»Kommen Sie.« Sie erhebt sich und verlässt die Bankreihe Richtung Gang.

»Wohin gehen Sie?«

»Nach nebenan in den Speisesaal. Ich habe mir sagen lassen, hier gäbe es erlesene israelische Köstlichkeiten zu probieren. Oder haben Sie schon gegessen?«

»Nein. Erlesene Köstlichkeiten sagen Sie?«

»Ganz genau.«

Kimski hört seinen Magen knurren. Er könnte tatsächlich mal wieder ein paar Köstlichkeiten vertragen. Und wenn sie erlesen sind, dann umso besser. »Warten Sie auf mich!«, ruft er und springt auf. »Ich glaube, das ist eine gute Gelegenheit, mich mit einer neuen Kultur vertraut zu machen.«

ENDE

Leseprobe

Die Partie

Mannheim-Krimi (Band 1)
von Daniel Morawek

1

Samstag, 3.27 Uhr

Krähen. Ein halbes Dutzend. Sie saßen auf der Kuppel der Christuskirche und beobachteten den Nebel. Der Dunst lag dicht und düster über den menschenleeren Straßen. Allein der halbrunde Turm des Gotteshauses ragte verlassen aus den Nebelschwaden hervor. Der goldene Engel auf der obersten Spitze blies mit seiner Posaune in die kalte Nacht, um ihn herum lauerten die Krähen. Es war beinahe so, als wollten sie die Menschen täuschen und sie in dem Glauben lassen, es gäbe im Sommer keine Krähen in der Stadt. In Wirklichkeit wohnten sie das ganze Jahr hier. Lediglich durch den Zuzug von Vögeln aus Osteuropa entstand im Winter das Gefühl von Überpopulation.

Vereinzelt durchschnitt der Schein des Vollmonds den milchigen Brei mit seinen Strahlen und beleuchtete zwei schwarz gekleidete Gestalten. Als die beiden an der Kirche vorbeischritten, erhob sich eine der Krähen mit lautem Krächzen in die Luft. Der Vogel tauchte im Sturzflug in den Nebel ein, als wollte er den Menschen folgen. Doch knapp über ihren Köpfen zog er nach oben und schoss über sie hinweg in die Nacht. Die Männer reagierten nicht. Um die Schultern trugen sie schwarze Umhänge, deren Säume bis fast auf den Boden hingen. Die Gesichter der Männer wurden von schwarzen Masken verdeckt. Historische Karnevalsmasken. Ebenfalls schwarz und mit Augenlöchern und geschwungenen Vogelschnäbeln. Wie Figuren aus einer vergangenen Zeit liefen sie an Jugendstilvillen und an Nachkriegsbauten vorbei, die sich beliebig aneinanderreihten, und tauchten dabei immer tiefer in die Mannheimer Oststadt ein. Nach ein paar Metern begegnete ihnen ein torkelnder Passant.

»Ja ... haben wir denn schon Fasching ...«, lallte er und lachte. Er schüttelte den Kopf und bewegte die flache Hand vor seinem Gesicht heftig hin und her, so wild, dass er das Gleichgewicht verlor und umfiel. Die Männer beachteten ihn nicht. Nachdem er sich einen Moment gesammelt hatte, richtete er sich auf und verschwand in der Nacht. Die Begegnung mit den beiden seltsamen Gestalten hatte er bereits vergessen.

An einer Straßenecke blieben die Maskierten stehen. Der Größere griff mit seinen Samthandschuhen unter seinen Mantel und holte aus einer kleinen Sporttasche ein elektronisches Gerät hervor. Er betätigte den Einschaltknopf. Auf dem winzigen Monitor erschien ein undeutliches Bild. Man konnte schemenhaft einen Raum erkennen, in dem sich ein breiter Treppenaufgang befand.

»Die Überwachungskamera vom Eingangsbereich. Wir müssen näher ran, um die Schlafzimmerkamera zu empfangen.«

Sie überquerten die Straße und stellten sich direkt unter das Schlafzimmerfenster einer imposanten Gründerzeitvilla. Jetzt war das Bild deutlich. Es zeigte ein anderes Zimmer. Ein Mann lag einsam in einem riesigen Bett und schlief.

»Ich hatte recht. Er ist alleine.«

Der Kleinere lachte leise. Er starrte das Monitor-Babyfon an. Er hielt nicht viel von den technischen Schöpfungen der Neuzeit, aber wenn es seiner Sache dienlich war, konnte er damit leben.

»So können wir die Moderne also mit ihren eigenen Mitteln schlagen«, flüsterte er. Die Worte aus seinem Munde kamen langsam, gepresst.

Der Größere nickte, ohne den Kleinen weiter zu beachten, und steckte das Gerät wieder ein. Sie schritten durch das eiserne Eingangstor, das ihnen mit einem schwachen Quietschen den Weg in den Vorgarten freigab. Als sie die zehn großen Stufen zum Eingangsportal hochstiegen, zog der Größere sein rechtes Bein nach, was wenig zu seiner sonst athletischen Erscheinung passte. Der Kleinere klingelte.

»Sind Sie sicher, dass er uns einfach so öffnen wird?« Er hatte dieselbe Frage bei den Planungen in den letzten Tagen schon mehrmals gestellt.

»Sûrement, sicherlich.« Der Antwortende räusperte sich. Dann fügte er in bedauerndem Ton hinzu: »Die Auffassungsgabe des Menschen ist sehr beschränkt.«

Erneut drückte sein rechter Finger den Klingelknopf anhaltend. Der Hall des Glockentons drang bis vor die Haustür. Der Größere griff in seine Tasche und holte das Funksprechgerät wieder hervor.

»Jetzt ist er aufgewacht. Sehen Sie, er sieht um sich, fragt sich, wo er ist ... nun kommt er zu sich und steht auf.«

»Halte dich bereit«, sagte der Kleinere, obwohl es eigentlich überflüssig war. Mittlerweile klingelte er zum siebten Mal.

Der Größere schaltete den Monitor aus, steckte ihn zurück in die Tasche und holte stattdessen ein kurzes Stück Seil hervor, nicht länger als 50 Zentimeter. Er wickelte sich ein Ende um die rechte Hand. Als Nächstes griff er nach einem Bolzenschneider, umklammerte den Griff und verschränkte beide Hände hinter dem Rücken. In der Eingangshalle des Hauses ging das Licht an, wie man durch die Milchglasscheiben sehen konnte. Schritte ertönten und näherten sich. Die Tür wurde langsam und nur einen Spaltbreit geöffnet.

Der Größere blickte auf die Türkette.

»Ja?«

Der zerzauste Kopf eines Mannes mittleren Alters tauchte hinter der Kette auf.

»Herr Oberbürgermeister, ich wünsche Ihnen einen schönen guten Abend ...«

Der Kleinere übernahm das Reden. »Wir möchten ...«

»Guten Abend? Es ist drei Uhr in der Nacht!«

Der Stadtvater machte die Augen nun etwas weiter auf und erschrak, als er die seltsame Aufmachung der beiden ungebetenen Gäste sah.

»Es ist drei Uhr und 31 Minuten, um genau zu sein. Und nun lassen Sie uns bitte herein.« Der Tonfall des Kleineren klang zugleich förmlich und fordernd.

»Herein?« Die Stimme des Bürgermeisters war weniger höflich. »Was wollen Sie überhaupt?«

»Werden Sie nicht unhöflich ...«

»Ich denke, Sie sollten umgehend von meiner Treppe verschwinden, bevor ich die Polizei rufe«, sagte der Oberbürgermeister, noch immer mit verschlafener Stimme. Mit einer Hand griff er zur Tür, um sie zuzuschlagen.

»Bitte, so lassen Sie uns doch vernünftig miteinander reden«, sagte der

Kleinere und schob seinen Fuß in den Türspalt. Ein dumpfer Schlag ertönte, als das Holz gegen den Stiefel knallte.

»Lassen Sie das!«

Langsam wachte der Oberbürgermeister auf.

Der Kleinere nickte dem Größeren zu. Dieser hatte den Bolzenschneider bereits hinter seinem Rücken hervorgeholt.

»Ich habe Sie gewarnt! Ich rufe die Polizei!« Der Bürgermeister trat von der Tür zurück.

Die Kette hielt dem Biss der Zange nicht stand. Mit einem lauten Poltern stürmte der große Mann in die Eingangshalle. Der Kleinere trat nach ihm ein, schloss bedächtig die Tür und wartete. Sein Begleiter stand in der Mitte des Raumes und sah sich um. Wohin war der Hausherr verschwunden? Geradeaus führte eine breite Treppe ins Obergeschoss, zur Linken befand sich eine verschlossene Tür und zur Rechten stand ein Zimmer offen, allerdings unbeleuchtet. Der große Mann entschied sich, nach oben zu gehen.

Er stand in der Dunkelheit und atmete schwer. Vorsichtig tastete er nach dem Telefonapparat. Er war ins Arbeitszimmer im Erdgeschoss geflüchtet. Nur wenig Licht fiel durch den kleinen offenen Spalt der Tür in den Raum, aber es reichte, um den Hörer zu finden. Mit verschwitzten Fingern drückte er die Tasten, von denen er hoffte, dass es die richtigen waren. Dann hörte er das Freizeichen. Er atmete tief durch.

»Polizeinotruf Mannheim.«

»Hallo ... ich werde gerade überfallen!«

»Einen Einbruch meinen Sie?«

»Genau! Hier in meinem Haus ...«

»Gut. Ich notiere. Aber ich muss Sie darauf hinweisen, dass Sie die Kosten eines Polizeieinsatzes im Falle einer Falschmeldung selbst zu tragen haben.«

»Jetzt hören Sie doch!«

Der Oberbürgermeister wurde lauter.

»Idiot! Er ist hier unten und telefoniert.«

Die Stimme aus der Eingangshalle ließ sein Blut gefrieren. Als Nächstes hörte er Schritte auf der Treppe.

»Sie sind also sicher, dass es ein Notfall ist?«, fragte der Beamte am anderen Ende der Leitung nach.

»Ja ... ich ...«

Er fuhr zusammen, als er den großen Mann in das Zimmer stürmen sah.

»Kommen Sie schnell!«

»Aber sagen Sie mir erst einmal, wohin wir kommen sollen. Hallo! Hallo?«

Eine Schlinge legte sich um seinen Hals. Er wollte noch etwas sagen, doch die Worte erstarben zu einem schwachen Krächzen. Ihm wurde schwarz vor Augen. Mit Gewalt wurde er von dem Schreibtisch weggezogen, auf den das Telefon gefallen war.

»Hallo? Hallo?« Die Stimme aus dem Hörer war kaum noch zu hören.

Der kleine Mann betrat den Raum, schaltete das Licht ein, lief zu dem Tisch und legte den Hörer auf.

»Du kannst ihn jetzt wieder atmen lassen.«

Der Größere lockerte seinen Griff. Der Oberbürgermeister fiel auf die Knie und schnappte nach Luft. Ein stechender Schmerz beeinträchtigte seine Wahrnehmung. Während er langsam wieder zu sich kam, spürte er, wie ihm die Hände hinter dem Rücken gefesselt wurden.

»Was wollen Sie von mir?« Die Angst ließ seine Stimme zittern.

»Was meinen Sie? Glauben Sie etwa, wir wollten Ihnen etwas antun?« Er klang ehrlich bestürzt.

»Die Polizei ... sie wird sofort hier sein, und dann ...«

»Das glaube ich nicht.« Der Kleine tippte auf den eingehängten Telefonhörer. »Die Alarmanlage wurde ebenfalls nicht ausgelöst, da Sie uns ja persönlich die Tür geöffnet haben. Erinnern Sie sich?«

Der Große zog einen weiteren Umhang aus seiner Sporttasche. Er warf ihn dem Bürgermeister über und schloss eine Schnalle am Kragen. Als Nächstes holte er eine Faschingsmaske hervor. Er setzte an, sie dem Gefangenen umzubinden.

»Moment!«, unterbrach der Kleine. »Er muss doch noch zum Schlafen gebracht werden.«

Der Große legte die Maske zur Seite, packte den Oberbürgermeister mit seinen Pranken an beiden Armen und hielt ihn fest. Der Kleinere fischte ein kleines braunes Medikamentenfläschchen und ein seidenes Taschentuch aus seiner Hosentasche, lief auf den Gefesselten zu und tröpfelte etwas von der Flüssigkeit auf das Tuch. Er drückte es seinem Opfer ins Gesicht.

Der Oberbürgermeister bäumte sich ein letztes Mal auf und zappelte, bis sein Kopf schlaff herunterhing. Sein Körper sackte in sich zusammen, doch der große Mann hielt ihn fest. Der Kleine steckte die Utensilien weg, nahm die Maske und band sie dem Schlafenden um.

»Sieht schön aus, nicht ...«

Nun hakten die beiden Männer den Entführten jeweils unter einem Arm unter und trugen ihn wie einen Betrunkenen fort. Sie löschten das Licht, traten durch die Haustür und verschlossen diese ordentlich. Auf dem Sims des Vordachs saß eine Krähe, bewegungslos wie eine Statue, und beobachtete die drei Männer, als sie im Nebel verschwanden.

2

Montag, 16.21 Uhr

Kimski sitzt auf einer Kloschüssel in der öffentlichen Toilette des Polizeipräsidiums und schwitzt. Er reißt einen Fetzen Klopapier von der Rolle und tupft sich die Stirn ab. Dann greift er in die Innentasche seines Leinenjacketts und zieht einen Kugelschreiber hervor. Noch einmal trennt er einen Streifen Klopapier ab und presst ihn an die kahle Wand.

ICH KÜNDIGE!, kritzelt er in großen Lettern auf das Papier.

Er erhebt sich und zieht die Hose hoch. Mit beiden Händen hält er den beschmierten Fetzen vor sein Gesicht und sieht ihn an.

»Nein, so geht das nicht«, sagt er leise, zerknüllt den Zettel und wirft ihn in die Toilette. Er spült und verlässt die Kabine. Kaum hat er die Tür hinter sich geschlossen, dreht er sich um und tritt dagegen.

»Mist!«

Die Tür donnert gegen die Verankerung der Innenwand und federt zurück. Kimski macht einen Schritt vor und trennt noch mehr Klopapier ab. Diesmal fünf Blatt an einem Stück. Er stopft den Streifen in die Außentasche seines Jacketts, direkt über sein Herz.

Er läuft zu einem der Waschbecken und dreht den Hahn mit dem blauen Punkt auf. Das kühle Nass läuft über seine verschwitzten Hände. Als er in den Spiegel sieht, erblickt er dort, wo sich normalerweise sein Kopf befindet, eine Tomate. Keine vollreife Tomate, zugegeben, die Rotfärbung seines Gesichts deutet noch nicht darauf hin, dass er reif zur Ernte ist – aber immerhin, knallorange.

Er hält beide Hände aneinander und bildet so eine Kuhle, in der sich das Wasser sammelt. Er hebt die Arme und klatscht die Flüssigkeit in sein Gesicht. Er atmet tief durch. Wenn das Wasser beim Auftreffen auf die Haut laut zischend verdampfen würde – es würde ihn nicht wundern.

Doch es passiert nichts. Mein Leben ist ein Trauerspiel kurz vor dem letzten Akt, denkt er – eine Sackgasse, in die er seit Jahren gefahren ist, ohne die Wand zu bemerken, auf die er unausweichlich zusteuert; und dieser furchtbare Sommer hilft beim besten Willen nicht, seine Laune zu verbessern.

Temperaturen über 35 Grad im Hochsommer sind in dieser Stadt nichts Seltenes. Aber dieser sonderbare Wetterumschwung am Wochenende. Erst der Kaltlufteinbruch und danach diese widerliche Nebelbrühe. Seit heute Morgen kam der Sommer wieder mit voller Macht zurück. Sein Kreislauf fühlt sich bereits den ganzen Tag an wie zertretener Wackelpudding.

Was wohl aus ihm geworden wäre, wenn er einen Konservativen als Vater gehabt hätte und keinen Revolutionär? Einen kraftvollen Kapitalisten anstatt eines soften Achtundsechzigers? Wäre er dann, um gegen ihn zu rebellieren, nicht Polizist geworden, sondern Langzeitstudent?

Er schüttelt den Kopf und holt das Klopapier hervor.

»Noch mal von vorne.«

Was wird er machen, wenn er seinen Beamtenposten aufgibt? Was soll er arbeiten? Wie soll er an Geld kommen?

Sein Vater erlitt vor zwei Jahren einen Schlaganfall, ist halbseitig gelähmt und lebt seither in einem Pflegeheim. Seit die Kapitalreserven seines Vaters aufgebraucht sind, hat das Sozialamt Kimski als nächsten Verwandten zu monatlichen Zahlungen verknackt, die einen Großteil seines Gehaltes auffressen, und mit denen er sich an den Pflegekosten beteiligen muss.

Sehr geehrter Herr Pflüger, schreibt Kimski und fragt sich drei Sekunden später, ob es nicht hätte lauten müssen *Sehr geehrter Kriminalrat Pflüger.* Wie zum Kuckuck formuliert man eine vorschriftsmäßige Kündigung? Er hat 37 Jahre Lebenserfahrung, aber was formelle Schreiben betrifft, hat er immer noch den Wissensstand eines Schülers kurz vor dem ersten Besuch beim Berufsberater.

... hiermit kündige ich mein Arbeitsverhältnis ...

Arbeitsverhältnis? Er kratzt sich am Kopf. Als Beamter muss er vermutlich eine andere Formulierung benutzen. Egal.

... hiermit kündige ich mein Arbeitsverhältnis zum nächstmöglichen Termin. Mit freundlichen Grüßen, L. Kimski

Eigentlich nicht übel, denkt er und schiebt den Zettel zurück in die Tasche. Er sieht auf seine Armbanduhr. In wenigen Minuten hat er Feierabend. Also kann er sich jetzt wieder ins Büro trauen.

Er legt die rechte Hand auf seine Brusttasche. Das beruhigt ihn. Auch wenn er die Kündigung, die sich in der Tasche befindet, doch nicht abschicken wird, wenn er ehrlich zu sich ist.

Schon verrückt, geht es ihm durch den Kopf. Er ist, nur um seinen Erzeuger zu ärgern, zur Polizei gegangen – und jetzt hindert die Krankheit des Familienoberhauptes ihn daran, wieder aus dem Klub auszutreten.

Noch einmal sieht er auf die Uhr. Er muss gehen. Er macht drei Schritte zur Tür und greift nach der Klinke. Er hält inne, dreht sich ein letztes Mal um und packt mit seinen kräftigen Händen den Seifenspender. Die Konstruktion gibt innerhalb des Bruchteils einer Sekunde nach, als er daran zerrt. Die Schrauben bröseln aus der Wand. Ein Knirschen. Dann ein Knall. Das Plastikgehäuse zersplittert, als Kimski den Kasten auf den Boden schleudert. Die Flüssigseife verteilt sich als grüne schmoddrige Brühe auf den Fliesen. Er wendet sich ab und sieht nicht mehr zurück.

Als er sein Büro betritt, sieht er die Journalistin schweigend an und setzt sich auf seinen Stuhl. Zwei der anderen Schreibtische im Raum sind nicht besetzt, nur Meier sitzt auf der anderen Seite am Fenster und tippt an seinem Computer.

Kimski gießt sich ein Glas stilles Wasser ein. Die Flüssigkeit befeuchtet seinen trockenen Hals und seine Stimmbänder.

»Ich fürchte, das war es für heute. Wir machen in ein paar Minuten Feierabend. Tut mir leid, dass ich Ihnen nichts Aufregenderes bieten kann.«

Die Reporterin sitzt auf einem Holzstuhl vor seinem Schreibtisch, der wahrscheinlich genauso alt ist wie sie selbst. Kimski schätzt sie auf Anfang dreißig. Sie sieht ihn aus großen braunen Augen an und lächelt. Er beobachtet sie. Schließlich ertappt er sich dabei, wie er ihren Körper mustert. Sofort ermahnt er sich wegzusehen.

Was kann er dafür, dass die Mädchen im Sommer immer in diesen kurzen, luftigen Kleidchen umherspazieren.

Noch einmal greift er zu seinem Taschentuch und tupft sich die Stirn ab. Niedlich ist sie, das muss er zugeben. Schulterlange braune Haare und eine feine aristokratische Nase. Außerdem strahlt sie eine unangestrengte Fröhlichkeit und Selbstsicherheit aus. Das komplette Gegenteil zu einem raubeinigen, einzelgängerischen, in Selbstmitleid badenden Draufgänger wie ihm.

»Das macht nichts, Herr Kommissar.«

»Wie bitte?«

Er ist in Gedanken versunken und hat vergessen, was er zu ihr gesagt hatte.

»Dass Sie mir keine aufregenderen Geschichten bieten konnten. Ich habe Ihnen ja gesagt, dass ich einen Artikel über den echten Alltag der Mordkommission schreiben soll.«

»Tippen und telefonieren, das ist unser Alltag, Sie haben es ja gesehen.«

Zumindest ist das mein Alltag, denkt er. Für die Kollegen bin ich gerade gut genug, um den Märchenonkel für Presseleute zu spielen.

»Tja, doch nicht so spannend, wie es beim Tatort aussieht. Aber sagen Sie mal, worüber wir noch nicht gesprochen haben ... man hat mir gesagt, Sie wären, bevor Sie in Mannheim in diesem Dezernat angefangen haben, ähm ...« Sie blickt auf ihren Notizblock. »Dezernat 11 – Tötungsfälle, Vermisstenfälle und Brand- und Sprengstoffdelikte, nicht wahr?«

Er nickt.

»Also bevor Sie hier als Kommissar angefangen haben, sollen Sie Gruppenleiter beim SEK gewesen sein?«

Kimski erstarrt. Wer hat ihr das erzählt?

Er bringt ein knappes *Ja* hervor und tastet auf seinem Schreibtisch nach irgendetwas, an dem er sich festhalten kann.

»Also kann man von einer Spezialeinheit einfach so in ein Kommissariat wechseln?«

Wenn man Mist gebaut hat, dann schon, denkt Kimski.

»Doch, das geht. Die meisten Kollegen sind ab vierzig, fünfundvierzig Jahren nicht mehr in der Lage, die hohen Anforderungen im Training zu erfüllen, und gehen wieder dorthin zurück, wo sie hergekommen sind.«

2008 bereits erschienen!

Manfred H. Krämer
ONCA - Der weiße Jaguar

Hardcover mit Schutzumschlag
Umfang: 412 Seiten
im Format 14 x 22 cm
ISBN: 978-3-935651-34-9

Preis: Euro 14,90

Online bestellen:
www.kehl-verlag.de

Der *Geologe Dr. Jo Teger* untersucht im Auftrag einer amerikanischen Ölgesellschaft mögliche Förderstätten im brasilianischen Regenwald. Von einem Erkundungsflug kehrt die kleine Maschine mit dem Team nicht zurück. Alle Suchaktionen verlaufen erfolglos.

Jo Tegers *Frau Sanyia,* im dritten Monat schwanger, fliegt in die grüne Hölle. Sie glaubt fest, dass ihr Mann noch am Leben ist. Aber ihr Sohn Christian wird ohne seinen Vater geboren werden. Jahre vergehen, in denen Sanyia in ihr und dem Kind die Erinnerung an Jo wach hält. Entgegen aller Vernunft lässt sie Dr. Jo Teger nicht für tot erklären.

Auf dramatische Weise tritt Frank Hoffmann in ihr Leben. Der Mann, den sie sich als Todesengel ausgewählt hat, führt sie und ihren Sohn nun zurück in ein erfülltes zweites Leben. Dann, zehn Jahre nach seinem Verschwinden, kehrt Jo Teger zurück! Doch er ist nicht mehr der Mann, der er einst war. Er ist nicht einmal mehr ein Mensch ...

Aus den Regenwäldern Brasiliens steigt eine Vergangenheit herauf, die Sanyias mühsam erkämpftes neues Leben zu zerstören droht. Die Metropolregion Rhein-Neckar erlebt ein noch nie da gewesenes Medienspektakel, in dem kein Platz ist für die Gefühle einzelner Menschen.

Dies ist Sanyias Geschichte. Die Geschichte einer Frau, die ihren Gefühlen vertraut. Wenn es sein muss, bis in den Tod.

Weitere Infos unter: **www.onca-dasbuch.de**

2008 bereits erschienen!

Der Bergstraßen-Krimi, Band 4

Jo Arnold
Limesblut

Umfang: 203 Seiten
im Format 13,5 x 20,5 cm
ISBN: 978-3-935651-31-8

Preis: Euro 11,00

Online bestellen:
www.kehl-verlag.de

Ein scheinbar unspektakulärer Mord in einem kleinen Dorf bei *Michelstadt* im zentralen Odenwald entfesselt eine Lawine der Ereignisse. In dem beschaulichen Örtchen Hirschbach werden kriminelle Energien frei, die selbst die erfahrenen Kommissare der Darmstädter Polizei erschrecken. Jeder neue Mord ist bizarrer als der vorhergehende. Eine Mordserie? Oder doch nur die Verquickung unglückseliger Zufälle? Haben die Opfer alle etwas mit dem zu tun, was im Odenwald vor 1.800 Jahren passierte? Welche Rolle spielt der Limes: die alte römische Grenze, das Ende der zivilisierten Welt? Und was hat es mit den Gerüchten um einen fluchbeladenen Römerschatz in der Gegend auf sich?

An Unglücksfälle glaubt Oberkommissar Gröllich nicht, und er treibt, zusammen mit seiner Junior-Ermittlerin Vera Flügel, das Darmstädter Soko-Team zu Höchstleistungen an. Die Beamten stellen dabei fest, dass der Odenwald eine ganz eigene Welt für sich ist, und nicht so simpel, wie es die Landbevölkerung vermuten lässt.

Der Odenwald ist gefährlich für arglose Stadtmenschen – in vielerlei Hinsicht – und manchmal sogar tödlich!

Weitere Infos über die Autorin: **www.joarnold.de**

Erscheint am 25.11.2009!

Der Rheinhessen-Krimi, Band 6

Walter Passian
Fischerstechen

Umfang: ca. 210 Seiten
im Format 13,5 x 20,5 cm
ISBN: 978-3-935651-33-2

Preis: Euro 11,00

Sie können das Buch ab sofort online vorbestellen:
www.kehl-verlag.de

Ludwig (Lui) Fischer hat die Detektei in Worms an seine Wiesbadener Kollegin Rosi Blum verkauft. Er will im Norden Deutschlands Schafe züchten, und er ist bereits auf dem Weg dorthin. In Worms findet zu diesem Zeitpunkt das Backfischfest, mit dem beliebten traditionellen Fischerstechen statt. Auch der *Hofnarr des Teufels* ist wieder unterwegs.

Und mit Ihm kommen düstere Gedanken an einen Mord aus vergangenen Jahren. Damals wurde die lebenslustige Gisela Rodalke beim Fischerfest in Gernsheim erstochen.

Mit der Erinnerung kommt der Gedanke an Rache. Und da ist Rosi Blum gefordert. Aber in diesem Fall braucht sie dringend die Hilfe von Lui Fischer. Rosi weiß nicht das Fischer selbst Hilfe braucht, denn Fischer hat gute Gründe, auf dem Weg nach Norden in Mannheim »Station« zu machen.

Zum letzten Mal kommt Fischer nach Rheinhessen.

Mehr Infos zum Buch unter: **www.rheinhessen-krimi.info**

2. Auflage erscheint in Kürze!

Mannheim-Krimi, Band 1

Daniel Morawek
Die Partie

Umfang: 261 Seiten
im Format 13,5 x 20,5 cm
ISBN: 978-3-935651-20-2

Preis: Euro 12,80

Sie können die 2. Auflage ab sofort online vorbestellen: **www.kehl-verlag.de**

Ein Wahnsinniger veranstaltet eine mörderische Schachpartie – und die Mannheimer Quadrate dienen als Spielbrett! Die Hinweise, die die Polizei bekommt, führen zurück in die Geschichte der Stadt: zum Kurfürsten Carl Theodor und zu einer geheimen Bruderschaft.

Kommissar Kimski lässt sich auf das tödliche Katz-und-Maus-Spiel ein. Beim Berechnen des jeweils nächsten Zuges hilft ihm die Journalistin Eva del Monte – die, wie sich herausstellt, Geschichte studiert hat.

Die Partie – ein Thriller, der die Vergangenheit der Residenzstadt Mannheims in die Gegenwart fortspinnt.

Mehr Infos zum Buch unter: **www.mannheim-krimi.de**

2008 bereits erschienen!

Hohlbein-Trilogie, Erster Teil

Marcus Murken
EGO - Gefälschte Morde

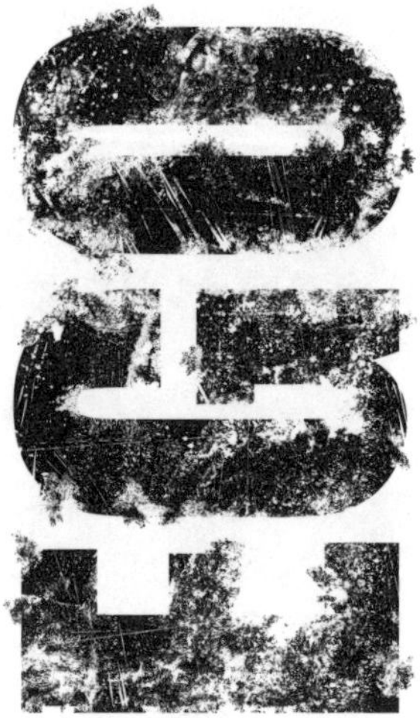

Umfang: 211 Seiten
im Format 13,5 x 20,5 cm
ISBN: 978-3-935651-96-7

Preis: Euro 7,95

Online bestellen unter:
www.kehl-verlag.de

Hamburg, 1997: Ein Serienmörder, der seine Opfer mit fortlaufenden Zahlen markiert, versetzt die Hansestadt in Aufregung. Die Sonderkommission des leitenden Ermittlers Udo Hohlbein ist ratlos. Irgendwann verschwindet der Täter ohne jede Spur.

Berlin, 2007: 10 Jahre später wird die Berliner Polizei mit Morden konfrontiert, die den damaligen bis ins Detail gleichen. Nach dem zweiten Opfer wird Hohlbein reaktiviert. Er ist inzwischen ein trinkendes, zynisches Wrack geworden – und das hängt direkt mit den damaligen Verbrechen zusammen. Ist er überhaupt noch in der Lage, sich dem Fall zu stellen? Weder seine Kollegen noch er selbst glauben daran.

Aber Hohlbein ist nicht der Einzige, der die Spur aufnimmt. Einem Mann aus Hamburg ist jedes Mittel recht, um den Kopisten zu finden und für seine Unverschämtheit zu bestrafen: so zu morden, wie er es getan hat. Durch den gewaltigen Medienrummel der Mordserie droht die Hauptstadt im Chaos zu versinken, denn plötzlich scheint jeder verdächtig zu sein. Und auch der berüchtigte Akim Fuat, dessen jüngerer Bruder Opfer des Serienmörders wurde, sucht nach dem Täter. Mit einem Kopfgeld, das er in Berlins Unterwelt aussetzt, sorgt er für zusätzliche Unruhe.